EINS

Darren lachte leise. Es klang wie Wasser – ein Bach, der sich in Kaskaden über Felsen ergießt. Weich und murmelnd. Tief und souverän. »Du glaubst doch nicht wirklich, dass du mich schlagen kannst, Ryiah?«

Ich stemmte die Hände in die Hüften. »Woher willst du das wissen? Wir sind noch nie gegeneinander angetreten.«

»Ich habe dich bei dem Duell in Port Langli besiegt, als wir noch Lehrlinge waren.«

»Ja, aber das war *ohne* Magie.« Ich trat von einem Bein aufs andere, während der Prinz mich mit einem vielsagenden Blick bedachte und sich mit den Fingern gegen das Handgelenk tippte. Ihm war anzusehen, dass er hin- und hergerissen war, ob er meine Herausforderung ablehnen oder es mir so richtig zeigen sollte. Prinz Darren von Jerar, Zweiter in der Thronfolge, hatte seinen Stolz.

Aber er war auch stur. Wie ich. Und allem Anschein nach war er nicht gerade begeistert von der Aussicht, sich mit seiner Zukünftigen zu duellieren.

Ich biss mir auf die Unterlippe und überlegte, wie ich ihn dazu bringen konnte, seine Meinung zu ändern. Als

Darrens Blick auf meinen Mund fiel, wusste ich es plötzlich: In den vergangenen fünf Jahren hatte uns die gewaltige Anziehungskraft, die wir aufeinander ausübten, oft das Leben zur Hölle gemacht, doch diesmal würde ich sie zu meinem Vorteil nutzen.

»Lust auf eine Wette?«

»Eine Wette?« Darren klang misstrauisch. »Was für eine Wette?«

Ich ging einen Schritt auf ihn zu und legte meine Hand sacht auf seinen eng anliegenden Waffenrock. Als ich die flachen, harten Muskeln unter dem Stoff spürte, musste ich schlucken. *Reiß dich zusammen, Ryiah.* Jetzt war nicht der rechte Moment, um an so etwas zu denken. *Ich* sollte doch *ihn* in Versuchung führen.

»Dünnes Eis, Ryiah.« Der Prinz lächelte.

»Wenn ich gewinne, kommst du mit mir nach Ferren's Keep.« *Ha!* Die gesamte letzte Woche hatten wir damit verbracht, über unseren jeweiligen Einsatzort hin und her zu diskutieren.

»Du weißt, dass ich im Palast bleiben muss.«

»Dann besiege mich und du musst nicht weg.«

»Und was ist *dein* Wetteinsatz?«

Ohne nachzudenken, erwiderte ich: »Alles, was du willst. Du hast freie Auswahl.«

»Alles?« Darren sah mir direkt in die Augen und mir wurde ganz anders. Eine heiße Woge kroch meinen Hals hinauf und schoss mir ins Gesicht, sodass ich feuerrot wurde.

»D-das hab ich nicht gemeint«, stammelte ich.

»Dann sieh zu, dass du nicht verlierst.« Seine Augen

blitzten. »Das war doch gerade auch dein schlauer Rat an mich, oder?«

Ich verschränkte die Arme und starrte trotzig zurück. »Einverstanden«, sagte ich, »aber wenn du ›freie Auswahl‹ hast, stelle ich noch eine weitere Bedingung: Sollte ich gewinnen, musst du mit Alex Frieden schließen, wenn sich eure Wege das nächste Mal kreuzen.«

Der Prinz zog kaum merklich den Kopf ein. Er und mein Zwillingsbruder hatten ein angespanntes Verhältnis – und das war noch sehr positiv formuliert. Selbst nach der Magierweihe vor vier Tagen war Alex ihm gegenüber noch immer misstrauisch, wie er mir am Morgen nach der Zeremonie gestanden hatte.

Was insofern nicht einer gewissen Ironie entbehrte, als Darrens Bruder, der Kronprinz von Jerar, mich regelrecht *hasste.* Fairerweise musste allerdings gesagt werden, dass das auf Gegenseitigkeit beruhte. Es gab niemanden, den ich mehr verachtete als Prinz Blayne.

»Tja, zum Glück habe ich fest vor zu gewinnen.« Ich blickte auf und sah Darrens Grinsen. Bei allen Göttern, selbst wenn er auf arrogant machte, war er attraktiv. Oder vielleicht lag es genau an dieser Überheblichkeit. Am liebsten hätte ich ihm das blasierte Grinsen aus dem Gesicht geschlagen und ihn am Kragen gepackt und geküsst, bis er keine Luft mehr bekam. Vielleicht nicht unbedingt in dieser Reihenfolge.

Ich konzentrierte mich darauf, meine Haare zu einem straffen Knoten zusammenzudrehen, und gab mich möglichst ungerührt. »Eitelkeit steht dir nicht gut zu Gesicht.«

Er warf mir nur ein wissendes Lächeln zu, stieß sich von

der Wand ab und schlenderte lässig auf den Trainingsplatz. Ich folgte ihm, bis wir beide knapp drei Meter voneinander entfernt im Zentrum eines großen Steinpodiums standen. Der Übungsplatz des Palasts war deutlich kleiner als die Außenanlagen, auf denen wir während unserer Ausbildung trainiert hatten, dafür jedoch viel aufwendiger angelegt. Vermutlich, weil wir uns in der Hauptstadt befanden, wo mehr Geld für Schnickschnack ausgegeben wurde als für praktische Lösungen.

Normalerweise bestand eine Kampfarena einfach aus einem ungepflasterten Platz im Freien unter der brennenden Sonne. Lattenzaun drum herum, fertig. Hier im Palast von Devon befanden wir uns dagegen auf einer erhöhten Steinplattform, die von schlanken weißen Säulen und einer halbrunden Steinbank mit dicken Kissen umgeben war. Die Sitzplätze waren durch eine massive Glaswand abgetrennt, die von den Palastalchemisten in regelmäßigen Abständen mithilfe von magischen Elixieren verstärkt wurde.

Auf diese Weise konnte der königliche Hof entspannt seinen Vergnügungen nachgehen, ohne Gefahr zu laufen, dass der Angriff eines Ritters oder eines Magiers im wahrsten Sinne des Wortes danebenging.

Am entgegengesetzten Ende befanden sich in einer kleinen Nische verschiedenste Trainingswaffen und Rüstungen, wobei Darren sich nicht die Mühe machte, sich davon zu bedienen. Die mächtigste Waffe hatte er sowieso stets zur Hand: seine *Magie.* Als Kampfmagier waren wir in der Lage, jede Waffe heraufzubeschwören, die wir benötigten. Für ein echtes Gefecht würden wir uns natürlich sehr wohl ausstaffieren, doch dies war nur ein Trainingskampf, und wir hatten uns darauf verständigt, dass einzig und allein unsere magischen Fähigkeiten über den Ausgang entscheiden sollten.

»Bereit, Ryiah?«, fragte Darren grinsend.

Ich studierte seine Körperhaltung und erhoffte mir dadurch einen winzigen Hinweis darauf, wie sein erster Vorstoß aussehen könnte. Fünf lange Jahre hatte ich damit verbracht, ihn beim Zaubern zu beobachten, und auch wenn der Prinz gut war, so war doch niemand perfekt. Auch er verriet sich noch immer durch irgendwelche Kleinigkeiten, genau wie wir anderen. Nur dass es bei ihm nicht so offensichtlich war.

Sollte Darren eine klassische Waffe heraufbeschwören, würde er vermutlich seine rechte Hand minimal danach ausrichten – seine Faust nur eine Winzigkeit öffnen, um einen Griff packen zu können. Ebenso würde er sein Gewicht vermutlich stärker auf die rechte Ferse verlagern, wenn er einen mächtigen Zauber aus dem Zentrum seiner Schwerkraft heraufbeschwören wollte, wie zum Beispiel einen kräftigen Windstoß oder Feuer. Doch genau an diesem Tag, an dem es für mich so enorm wichtig war, seine Körpersprache zu lesen, glich der Prinz einer blanken Wasseroberfläche.

Ich machte ein finsteres Gesicht. »Bereit, wenn du es bist.«

»Bei drei geht's los.« Darren sah mir in die Augen. »Eins … zwei … *drei.*«

Wir legten beide sofort los und unsere Magie prallte mit brachialer Wucht explosionsartig aufeinander.

Der Rückstoß war immens und schleuderte uns an den

entgegenliegenden Enden der Arena gegen einen Stützpfeiler. Mir blieb kaum Zeit, meinen Aufprall durch ein herbeigezaubertes Luftkissen zu dämpfen, ehe ich schon wieder stolpernd auf Darren zurannte und Magie aus meiner Handfläche strömen ließ.

Doch er war noch schneller.

Als mir eine Reihe zischender Dolche um die Ohren sausten, duckte ich mich im letzten Moment. Ich strich mir eine lose Haarsträhne zurück, die aus dem Knoten gerutscht war, und blickte Darren fest in die Augen.

»Hast du Spaß, Liebes?« Es klang amüsiert.

»Und du?« Eine lange Klinge erschien in meiner einen Hand, während ich mit der anderen einen blendend grellen Lichtblitz aussandte. Die Luft schien zu glühen und einen Augenblick lang sah ich nichts als goldenes Licht. Halb blind machte ich mit erhobenem Schwert einen Satz nach vorn und stieß es dann senkrecht herab, wobei ich all mein Gewicht in die Attacke legte.

Doch darauf hatte Darren anscheinend nur gewartet. Unsere Klingen krachten aufeinander und es hallte klirrend über das Podium.

Ich wich einen Schritt zurück und beschwor gerade noch rechtzeitig einen Holzschild herauf, um seinen Hieb abzublocken.

»Netter Versuch, Ryiah.«

»Habe ich mir vom Besten abgeschaut.« Ich machte eine kleine Kunstpause. »Nee, vom *Zweit*besten.«

Er schnaubte.

Wir tauschten weitere Schwerthiebe aus und parierten. Innerhalb von Minuten hatte Darren mich mit einem unerträglichen Grinsen zurück über das Podium gedrängt. Die Wucht seiner Hiebe war einfach zu stark, und mein Arm begann unter den heftigen Schlägen zu schmerzen, die ich weit häufiger abwehren musste, als dass ich sie austeilte.

Kurzentschlossen warf ich mich mit meinem Schild nach vorn. Darren konterte die Aktion problemlos, doch das hatte ich einkalkuliert. Während er von dem Angriff abgelenkt war, tauschte ich mein Schwert gegen ein Messer.

Er bemerkte es eine Sekunde zu spät, als ich die Klinge schon in einem Halbkreis nach unten sausen ließ. Noch ehe er ausweichen konnte, erwischte ich ihn seitlich am Bein und wurde mit einem lauten Ratschen des Stoffs und einem roten Rinnsal belohnt.

Ich sprang zurück, um seinem Gegenangriff zu entgehen.

»Hätte wissen müssen, dass du auf das Messer setzt.«

»War schon immer meine Lieblingswaffe.«

Einen Moment lang taxierten wir uns schweigend. Obwohl unser Kampf noch keine zehn Minuten dauerte, atmeten wir beide schwer. Da ich ihm als Erste eine blutende Wunde beigebracht hatte, hatte ich nach den gängigen Zweikampfregeln gewonnen. Doch bei uns ging es um mehr. Wir waren Kriegsmagier. Unsere Definition von Sieg war Aufgabe – oder Tod.

Ich umklammerte das Messer fester. *Etappenziel erreicht, weiter geht's.* Im selben Moment, in dem Darren seine Hand senkte, hob ich meine. Unsere Blicke trafen sich und aus unseren Fingerspitzen barst Magie. Das Podium erbebte, und ich sprang zur Seite, um einem breiten Riss auszuweichen, während Darren gleichzeitig um sich einen magischen Schutzschirm erzeugte, um den Pfeilhagel von der Decke abzuwehren.

Diesmal gab es keine Verschnaufpause.

Flammen zischten über den Riss auf mich zu, loderten immer höher und trieben mich in die hinterste Ecke. Ich wirbelte herum und übergoss sie mit Eis, dass es nur so knisterte und zischte, als das Feuer und die Kälte aufeinandertrafen. Einen Moment lang vernebelte dichter Qualm den Kampfplatz. Ich nutzte die Zeit, um kurz die Augen zu schließen und mir für den nächsten Vorstoß eine Szene von früher ins Gedächtnis zu rufen.

Darren und ich. Der Abend, an dem er mir gesagt hatte, dass er mich nicht liebte. Blayne, der mir ins Gesicht lachte, während der Prinz nur mit unergründlicher Miene zusah, wie mein Herz in eine Million Scherben zersprang.

Ein Kribbeln in den Fingern und aufsteigende Hitze im Arm kündeten davon, dass sich die Magie in mir zu einer gewaltigen Woge aufbäumte. Genau solche Erinnerungen brauchte ich. Wettermagie war nicht wie normale Zauberei – sie wurde von Gefühlen genährt, am besten von extremen. Und durch meine Jahre mit Darren konnte ich in dieser Hinsicht nun wirklich aus den Vollen schöpfen.

»Ich habe dir doch gesagt, dass du einem Wolf nicht trauen darfst, weil er immer versuchen wird, dich zu brechen … Hast du es noch immer nicht kapiert, Ryiah? Der Wolf bin ich.«

Aus meinem Innersten stieg unbändige Wut in mir auf. Ich machte mir das Gefühl zunutze und kanalisierte es, indem ich die sengende Hitze durch meine Adern strömen ließ. Dann setzte ich die Magie frei.

Ein gewaltiger Blitz schlug in Darrens Schutzschild ein und zerschmetterte ihn. Mit einem ohrenbetäubend schrillen Klirren zersplitterte die magische Barriere wie Glas.

Darren reagierte in Sekundenschnelle. Mit einem magischen Schwert in jeder Hand kam er über das Podium auf mich zugestürmt.

Ich sandte eine große Feuerwalze aus, doch er kreuzte nur mitten im Laufen die Arme und die Flammen rasten zu mir zurück. Mir blieb gerade noch genug Zeit, mich links wegzuducken, ehe mir ein grässlicher Gestank in die Nase stieg.

Ich fasste mir an den Kopf. Direkt über meinem rechten Ohr hatte das Feuer einen Teil meiner Haare versengt.

Als Darren nachlegte, war ich vorbereitet. Auf die kurze Distanz schleuderte ich ihm Eis entgegen. Im Nu überfror das Metall und war von der Spitze bis zum Heft von funkelnden Eisblumen überzogen.

Knurrend ließ Darren die beiden Schwerter fallen – nichts geht über den schneidenden Schmerz von gefrorenem Metall – und sah auf seine Handflächen, die nun dunkelrot waren.

Da in meiner Ausbildung jemand das Gleiche mit mir gemacht hatte, wusste ich, wie sich das anfühlte, und schwankte zwischen diebischer Freude und Schuldgefühlen.

Aber schließlich wollte ich gewinnen.

Ich stürmte los, bereit, unser Duell damit zu beenden, dass ich ihm ein Messer an den Hals drückte. Das war zumindest der Plan. Doch wie üblich war Darren mir einen Schritt voraus.

Noch während sich die Klinge in meiner Hand materialisierte, attackierte er mich mitten in der Vorwärtsbewegung, und ehe ich mich versah, verschwand mein Messer, weil meine Konzentration durch seinen Angriff gestört worden war. Wir knallten beide mit einem dumpfen Schlag auf den Boden. Er landete auf mir, aber irgendwie war es mir gelungen, mich in letzter Sekunde ein Stück wegzudrehen, sodass Darren nicht komplett auf mir saß, sondern nur eines meiner Beine zwischen seinen eingeklemmt war.

Nun versuchte er, mich komplett auf den Boden niederzuringen. Wenn er mich erst einmal an den Schultern gepackt hätte und mir dadurch jede Vorwärtsbewegung versperrt wäre, war der Kampf so gut wie gelaufen. Für ein Kräftemessen mit den Armen war ich ihm körperlich einfach zu klar unterlegen, aber das hieß nicht, dass ich Darren nicht in dem Glauben lassen konnte, genau das vorzuhaben. Er und ich hatten noch nie mit reiner Körperkraft gegeneinander gekämpft, also konnte ich nur darauf spekulieren – und hoffen –, dass er meinen diesbezüglichen Fähigkeiten in der Ausbildung nicht allzu viel Aufmerksamkeit geschenkt hatte.

Ich tat so, als würde ich Luft holen, und warf mich theatralisch hin und her, als wolle ich mich so seinem Griff entwinden. Darren schluckte den Köder. Während er sich vorbeugte und versuchte, mich an den Schultern zu fassen zu bekommen, befreite ich unauffällig mein zweites Bein. Ohne zu zögern, rammte ich ihm meine Ferse in die Hüfte und rollte mich ein Stück zur Seite, um mir einen Hebel gegen sein Gewicht zu verschaffen. Mithilfe meines anderen Beins warf ich mich nach vorn, stieß mich ab und brachte den Prinzen unter mich. Jetzt war *ich* oben.

Doch ich hockte zu weit hinten. Und Darrens Reflexe waren zu schnell. Vielleicht hatte er meinen Schachzug auch vorausgeahnt. Mit den Hüften katapultierte er mich hoch, sodass ich vornüberkippte und mit den Händen voran auf den Boden schlug, während er mich mit vollem Körpereinsatz herumschleuderte.

Fluchend landete ich auf dem Rücken. Meine Lunge brannte, und ich war mir nicht sicher, ob ich mir bei dieser Aktion nicht etwas gebrochen hatte. Greller Schmerz nagte an meinen Rippen, während Darren meine Hände auf den Steinboden presste.

»Zeit, dich zu ergeben, Liebes. Mach dir nichts vor. Gegen einen Magier erster Rangstufe gewinnt man eben nicht alle Tage.«

Ich murmelte etwas wenig Damenhaftes, und Darren lachte so sehr, dass sein ganzer Körper bebte.

»Du bist unerträglich.«

Er hielt inne und sah mich an. Angesichts des Ausdrucks in seinen Augen waren die schrecklichen Schmerzen auf einmal wie weggeblasen und ein gänzlich anderes Gefühl übernahm die Oberhand. »Das nehme ich dir keine Sekunde ab.«

Als Darren sich vorbeugte, schoss mir das Blut ins Gesicht.

»Gib's zu, Ryiah.« Sein Mund war ganz nah an meinem Ohr. »Das gefällt dir doch …« Mit dem Daumen zeichnete er Kreise auf die Innenseite meines Handgelenks. Wohin seine Finger auch wanderten, stand meine Haut in Flammen. »Hab ich recht?«

Ich schluckte. Erst jetzt wurde mir bewusst, dass wir allein in diesem Raum waren. Und auf dem Boden, der mir auf einmal gar nicht mehr so ungemütlich und kalt vorkam. Nicht, wenn er mich so ansah. Wie …

Plötzlich überfiel mich die Erinnerung an jenen Tag vor zwei Jahren in seinen Gemächern, was sich so ziemlich als das letzte Mal herauskristallisiert hatte, dass wir wirklich allein waren.

Bei allen Göttern, ich war nicht in der Lage gewesen, meine Hände bei mir zu behalten. Und er ebenso wenig.

Der Gedanke daran trieb mir sogar jetzt noch die Röte ins Gesicht, was Darren nicht entging.

Um seine Lippen spielte ein kleines Lächeln und sein Blick verschleierte sich. »Dachte ich es mir doch.« Mit diesen Worten überwand er die letzten Zentimeter zwischen uns. In seinem Atem lag eine leichte Schärfe, wie Zimt und Hitze und *Eis* – etwas Dunkles, Gefährliches, und ehrlich gesagt genau das, wonach mir der Sinn stand.

Mir war bewusst, dass wir eigentlich schleunigst unsere Verletzungen behandeln lassen mussten, vor allem ich, aber …

»Wenn du mich küssen willst«, sagte ich herausfordernd, »dann solltest du es jetzt tun.«

Seine Mundwinkel zuckten. »Hm, habe ich vor.«

»Im Ernst, weil ich immer noch –«

Darrens Augen funkelten und er legte mir einen braun gebrannten Finger an die Lippen. »Ich habe dir noch nicht deinen Wetteinsatz genannt.«

Das ließ mich verstummen.

»Ah, wie ich sehe, hat es dir endlich die Sprache verschlagen.« Sein Grinsen wurde breiter. »Und ich hatte schon gedacht, dass du niemals –«

Ehe er weiter herumsticheln konnte, zog ich ihn kurz entschlossen am Saum seiner Weste zu mir, bis seine Lippen meine berührten, und für einen Augenblick blieb die Zeit stehen.

Ich spürte seinen unregelmäßigen Herzschlag. Die Behutsamkeit, mit der er meinen Kuss erwiderte, machte mich ganz schwindelig. Der Kuss mochte tastend und zärtlich sein, doch der Puls, der in meinen Ohren hämmerte, war ein gewaltiges Dröhnen. Ausnahmsweise hatte es keiner von uns beiden eilig. Wir taten nichts Verbotenes, nichts Falsches. Wir hatten alle Zeit der Welt.

Darrens Finger glitten in meine Haare im Nacken, und als ich aufblickte, sah ich, dass seine Augen glühten. *So* war es zwischen uns beiden. Er erwiderte meinen Blick, und es lag keine Herausforderung darin, kein Sarkasmus, kein Hohn, einfach nur Darren und ich.

Nach so vielen Jahren waren wir endlich zusammen.

Er strich mit den Fingerkuppen über meine Wange und meine Haut brannte unter seiner Berührung. *Konnte ein Mensch in Flammen stehen und trotzdem nicht verglühen?* Ganz sicher war ich mir nicht, aber ich hielt es durchaus für möglich.

Seine Lippen teilten meine. Ich schloss die Augen.

Bei den Göttern!

»Ryiah …« Seine Hand glitt zu meiner Taille und mir entfuhr ein Aufschrei.

Erschrocken rückte Darren von mir ab. »Bist du … verletzt?«

Ich presste die Hand auf meinen Oberbauch, hatte das Gefühl, mit heißen Nadeln traktiert zu werden, und unterdrückte eine ganze Salve von Flüchen. »Meine Rippen.« Ich wich seinem forschenden Blick aus und verfluchte im Stillen mein Schicksal. *Musste das echt jetzt sein?* Einen *unpassenderen* Zeitpunkt hätten sich die Schmerzen kaum aussuchen können.

Aber vielleicht ist es auch genau der richtige Zeitpunkt, meldete sich meine innere Stimme. *Du weißt ganz genau, was passiert ist, als es das letzte Mal mit euch beiden durchgegangen ist …*

Ich stöhnte lautstark, um diese Gedanken zu übertönen. Eigentlich sollte ich mich morgen früh auf den Weg nach Ferren's Keep machen, doch mit gebrochenen Rippen konnte ich wohl kaum eine vierzehntägige Reise hoch zu Ross antreten, bei der ich ständig durchgeschüttelt würde. Ich versuchte, mich aufzurichten, krümmte mich jedoch vor Schmerzen. Darren legte den Arm um mich und wollte mir aufhelfen, aber ich schob ihn mit einer schwachen Handbewegung weg.

»Ich bin Kampfmagierin.« Mühsam rappelte ich mich hoch und sog scharf die Luft ein. »Nicht eine von diesen Jungfrauen in Nöten, die ihr euch hier im Palast haltet.«

»Das habe ich auch nie behauptet.«

»Erzähl das mal den Lehrmeistern, die mir dein Vater diese Woche auf den Hals gehetzt hat, damit sie mir höfische Etikette beibringen.«

»Du musst immer das letzte Wort haben, oder?«

Ich verdrehte die Augen, doch insgeheim lächelte ich, auch wenn ich nach außen hin genervt tat. »Bring mich einfach zur Krankenstation.«

»Zu Befehl.« Darren wies in die Richtung, in die wir

mussten, weil ich auf den falschen Gang zusteuerte. »Kann es sein, dass ich mal zu dir gesagt habe, ich würde dich niemals tragen?«

Ich ließ ihm den Vortritt. »Das ist vier Jahre her, und ich habe dich nicht darum gebeten, mich zu tragen. Ich möchte einfach, dass du mich *begleitest*.«

Darren warf mir ein Raubtiergrinsen zu. »Erwarte nicht, dass ich unterwegs mit meiner Schadenfreude hinter dem Berg halte. Denn auch wenn du verletzt bist, Liebes, sieht es doch ganz danach aus, als hätte ich meinen Status als Magier erster Rangstufe behauptet.«

»Vorerst.«

Er lachte in sich hinein. Trotzdem hallte es über die leeren Gänge des Palasts, was irritierend war. Sonst wimmelte es hier immer nur so von umherflanierenden Höflingen, Dienern, Magiern und Rittern, die gerade frei hatten. Und meinem absoluten Liebling, Darrens drei Jahre älterem Bruder Prinz Blayne, lief man natürlich ebenfalls ab und an über den Weg.

Zum Glück war heute kein Tag wie alle anderen. Mit Ausnahme einiger weniger Bediensteter war der komplette Hofstaat an diesem Morgen zur alljährlichen Abschlussprüfung der Erstklässler an der Akademie für Magie in Sjeka aufgebrochen.

Traditionell wohnte die Krone – der König samt seinen beiden Söhnen – den Prüfungen komplett bei, doch diesmal hatte Darren eine Beurlaubung erhalten, da er Ende der Woche seinen Dienst als Magier im königlichen Regiment antreten würde.

In einträchtigem, entspanntem Schweigen liefen wir

weiter – na ja, so entspannt das eben ging in Anbetracht meiner Verletzungen. Dennoch genoss ich es. Seit der Magierweihe hatten wir uns kaum zu Gesicht bekommen. Nachdem Darren unsere Verlobung öffentlich bekannt gegeben hatte, hatte er die meiste Zeit in nicht enden wollenden Besprechungen mit dem König und dessen Beratern verbracht. Und ich wurde einer ganzen Schar übereifriger Höflinge zum Fraß vorgeworfen, die äußerst erpicht darauf waren, die Gunst der zukünftigen Prinzessin von Jerar zu gewinnen.

König Lucius war alles andere als begeistert von der Wahl seines Sohnes und betrachtete das Mädchen von ehemals niedrigem Stand, das den Prinzen überhaupt erst dazu gebracht hatte, eine derart gewagte, unverantwortliche Entscheidung zu treffen, wenig wohlwollend. Mit Darrens Hilfe war es Prinzessin Shinako von den Boreanischen Inseln gelungen, ihre bevorstehende Vermählung mit Blayne dadurch abzuwenden, dass sie mir ihre Mitgift versprochen hatte und im Gegenzug die Allianz zwischen ihrem Inselreich und Jerar erneuert worden war. Es war ein genialer Schachzug gewesen, mit dem keiner gerechnet hatte, doch nach der anfänglichen Euphorie waren neue Probleme aufgetreten, mit denen wir uns herumschlagen mussten.

Es gab viele Vorbehalte dagegen, dass jemand aus einfachen Verhältnissen wie ich eine so bedeutende Rolle in der königlichen Familie einnehmen sollte.

Da tat es nichts zur Sache, dass besagte Rolle lediglich dekorativen Charakter hatte, da Prinz Darren sowieso niemals König werden würde. Es tat nichts zur Sache, dass ich mir als Lehrling der Akademie selbst den gesellschaftlichen

Status einer Adligen erarbeitet hatte. Und am allerwenigsten tat es etwas zur Sache, dass ich bis über beide Ohren in den Kerl verliebt war.

Was allerdings sehr wohl zählte, war, dass ich eine strategische Heirat zwischen Blayne und einem wichtigen Verbündeten verhindert hatte. Jetzt steckte König Lucius mitten in Verhandlungen mit Pythus. Als Thronfolger des Königreichs von Jerar musste Blayne eine bessere Partie machen als sein jüngerer Bruder. Und da die Mitgift der boreanischen Prinzessin bereits mir versprochen war, sah sich Blayne nun gezwungen, stattdessen eine Verbindung mit einer von König Jorens Töchtern anzustreben.

Bei genauer Betrachtung war das eine hervorragende Gelegenheit. Die Boreanischen Inseln waren klein und ein großes Reich wie Pythus verfügte über weit mehr Rohstoffe und Reichtümer. Doch auf diesem Ohr war Blayne taub. Es war geplant gewesen, die beiden Prinzen baldig zu verheiraten, um sich die Mitgift ihrer jeweiligen Braut so schnell wie möglich zu sichern, und jetzt musste Blayne sich eine neue Frau suchen. Und König Joren war ein deutlich härterer Verhandler als Kaiser Liang. Es spielte keine Rolle, dass die Krone so viel Unterstützung brauchte wie nur irgend möglich, um gegen unseren nördlichen Nachbarn Caltoth in den Krieg zu ziehen – für Blayne würde ich immer das ungebärdige Mädchen niederer Herkunft bleiben, das es geschafft hatte, all seine Pläne zunichtezumachen.

Und deshalb war er fest entschlossen, auch mir Steine in den Weg zu legen. Direkt am Morgen, nachdem Darren und ich uns verlobt hatten, hatte Blayne seinen Vater gebeten, unsere Hochzeit noch hinauszuschieben, bis seine eigene in trockenen Tüchern war. Als Darren gegen diesen absurden Vorstoß seines Bruder Einspruch eingelegt und als Argument den drohenden Krieg mit Caltoth ins Feld geführt hatte, hatte sich der König auf die Seite seines älteren Sohnes geschlagen und gemeint, dass dieser Vorschlag Darren vielleicht dazu motivieren könne, sich mehr um die Belange der Krone zu kümmern. »Außerdem«, hatte er ungerührt hinzugefügt, »brauchen wir *zwei* Aussteuern, um eine Armee zu finanzieren, nicht *eine.*«

Ich war mir nicht sicher, ob ich dem Glauben schenken sollte. Wahrscheinlicher war, dass der König Darren für die öffentliche Demütigung bestrafen wollte, die ihm am Abend unserer Magierweihe widerfahren war. Lucius hatte der Strategie seines jüngeren Sohns nur allzu bereitwillig zugestimmt, bis er herausgefunden hatte, worin die zweite Hälfte des Arrangements bestand, nämlich in Darrens Vermählung mit einer Frau niederer Geburt. Da er sich bereits mit Darrens Vorhaben einverstanden erklärt hatte und ich in Kaiser Liangs Vertrag ausdrücklich namentlich genannt war, konnte er nichts dagegen tun – zumindest nicht, wenn er die Mitgift der Prinzessin behalten wollte.

Unnötig zu erwähnen, dass die letzten paar Tage nicht sonderlich angenehm gewesen waren. Das einzig Gute daran war, dass der König äußerst bereitwillig meiner Bitte nachgekommen war, in Ferren's Keep stationiert zu werden, da er meine Anwesenheit am Hofe nur schwer ertrug. Darren hatte es zwar nicht gepasst, doch er wusste genauso gut wie ich, dass ich, sobald Blayne vermählt war, gezwungen wäre, dauerhaft im Palast zu residieren.

Womöglich beneidete er mich sogar um meine Freiheit. Nun, da er seine Ausbildung abgeschlossen hatte, war er auf das Palastregiment beschränkt. Und nach Ablauf dieses Jahres würde für mich dasselbe gelten.

Das war an sich nicht weiter tragisch. Das königliche Regiment war das renommierteste weit und breit, und zudem beherbergte der Palast auch noch Marius, den amtierenden Schwarzen Magier. Aber die Ewigkeit machte mir irgendwie Angst. Ferren's Keep war meine einzige Chance, eine Weile lang eigene Wege zu gehen und mir unabhängig von meiner Stellung im Palast einen Namen zu machen. Und ich hatte noch immer die Worte der Kriegsmagier im Ohr: *An der Nordgrenze, da ist richtig was los.*

Nach einem zehnminütigen Fußmarsch erreichten wir endlich die Krankenstation. Als wir um die Ecke bogen, blickten wir in zwei bekannte Gesichter. Der Größere der beiden, ein junger Mann mit hellbraunen Locken und warmen blauen Augen, lachte gerade über irgendetwas, das das dunkelhäutige Mädchen neben ihm gesagt hatte.

Wie die meisten Magier im Königreich trugen auch diese beiden ihre offizielle Robe nur zu besonderen Anlässen, und doch war ihr Stand unverkennbar, denn sie strahlten dieses ganz gewisse Etwas aus, das allen frisch gekürten Magiern zu eigen war. Diese Mischung aus Euphorie und unverhohlenem Stolz, die in scharfem Kontrast zu der Ruhe und Abgeklärtheit der Hofheilerin in ihrem roten Heilergewand stand, die uns am Eingang in Empfang nahm.

»Alex! Ella!«, rief ich meinem Bruder und meiner besten Freundin zu.

Die beiden drehten sich zur Tür um. Auf Ellas Gesicht

erschien ein Grinsen, doch das Lächeln meines Zwillingsbruders erlosch, als er meine Verwundungen bemerkte und sah, wer neben mir stand.

»Was ist passiert?« Seine Frage klang harmlos, aber ich kannte Alex gut genug, um den für ihn untypisch beschwingten Ton herauszuhören. Mein Bruder hatte mich schon oft für die vielen Verletzungen gescholten, die ich mir im Laufe unserer vierjährigen Ausbildung eingehandelt hatte, und mir war klar, dass es ihm ganz und gar nicht gefiel, mich so zu sehen. *Schon wieder.*

»Nichts. Wir haben nur ein bisschen gekämpft –« Hastig korrigierte ich mich. »Äh … also trainiert, und ich glaube, ich habe mir eine Rippe gebrochen.«

»Halb so wild«, meinte Darren. »Es sollte einfach nur ein Heiler einen Blick darauf werfen.«

Alex funkelte ihn an. »Ich weiß, was eine gebrochene Rippe ist.«

Darren hielt seinem Blick stand. »Ich habe nie etwas anderes behauptet.«

»Hast *du* ihr das angetan?«

Der Prinz verschränkte die Arme. »Das mit dem Kräftemessen ging von deiner Schwester aus, Alex.«

»Das heißt aber noch lange nicht –« Mein Bruder brachte den Satz nicht zu Ende, weil Ella ihm genau in diesem Moment einen perfekt platzierten Tritt gegens Schienbein verpasste. Missmutig schluckte Alex den Rest hinunter und Ella beendete seinen Satz für ihn mit einem kleinen Lächeln in Darrens Richtung.

»Ich nehme an, Ry dachte, sie könnte dir den Rang ablaufen?«

Nun lächelte auch Darren ein wenig. »Sie hat es zumindest versucht.«

»Hatte sie wenigstens ein paar gute Zaubertricks auf Lager?«

»Kommt darauf an, was man als ›gut‹ bezeichnet.«

Ich krümmte mich. Jetzt war nicht der richtige Zeitpunkt für solche Scherze, nicht wenn mein Bruder nur wenige Meter entfernt vor Wut kochte. »Also, wegen meiner Verletzung …«

Während ich Alex zu einer der frisch bezogenen Liegen im hinteren Teil der Krankenstation folgte, blieben Darren und Ella zurück und unterhielten sich höflich, wenn auch etwas distanziert. Mein Bruder gehörte zwar nicht zu den Angestellten des Palasts, doch die Heilerin hatte in der Kammer nebenan alle Hände voll mit zwei Rittern des königlichen Regiments zu tun, sodass sie uns keines weiteren Blickes würdigte, und die anderen Heiler waren zweifellos mit dem Rest des Hofs auf dem Weg zur Abschlussprüfung der Erstklässler.

Als Alex anfing, mich zu untersuchen, senkte ich die Stimme zu einem Flüstern. »Völlig unnötig, Darren Vorwürfe zu machen.«

Mein Zwillingsbruder murmelte irgendetwas vor sich hin.

»Du solltest endlich deine negative Einstellung ihm gegenüber revidieren. Ich habe dir doch schon gesagt, dass er für alles, was er in der Ausbildung getan hat, gute Gründe hatte –«

»Ich möchte im Moment wirklich nicht über *ihn* sprechen«, schnitt Alex mir so barsch das Wort ab, dass ich beschloss, lieber nichts mehr zu sagen.

Schweigend setzte er seine Arbeit fort. Bald schon spürte ich die angenehme Kühle, als die Magie aus seinen Händen in meinen Bauchraum strömte, dann das widerwärtige Gefühl, wenn Gewebe und Knochensplitter wieder an ihren angestammten Platz zurückwandern, und zuletzt das wunderbare, wenn der Schmerz allmählich nachlässt. Es war eine leicht zu behandelnde Verletzung. Eine gebrochene oder angeknackste Rippe heilte ohne Magie innerhalb von ein, zwei Monaten auf natürlichem Wege auch von selbst, aber diesen Luxus konnte ich mir nicht leisten. So viel Zeit hatte ich nicht.

Ich setzte mich auf und schenkte meinem Bruder ein dankbares Lächeln. »Und, habt ihr euch endlich entschieden, in welcher Stadt ihr euren Dienst antreten wollt, du und Ella?«, fragte ich.

Bei der Erwähnung ihres Namens wurde seine Miene weicher. »Montfort.«

Ich stutzte. Ich hatte mit Ferren's Keep gerechnet oder vielleicht mit dem Außenposten Ishir. »Wo ist denn Montfort?«

»Es liegt fünf Tagesmärsche nördlich von hier. Wie du ja weißt, wollte Ella eigentlich mit dir mitkommen, aber nach den Geschehnissen letztes Jahr war mir nicht wohl dabei, so dicht an der Grenze stationiert zu sein – nicht dass es mir gefiele, dass *du* da hingehst.« Er sah mich demonstrativ an, doch ich ignorierte es geflissentlich.

Weder Darren noch Alex konnten mir die Stelle im Regiment von Kommandantin Nyx ausreden. Zudem war meine Stationierung, anders als bei Alex und Ella, sowieso nur von begrenzter Dauer. Die Berater der Krone hatten keinen Zweifel daran gelassen, dass ich nach meiner Vermählung mit Darren meinen Dienst wohl oder übel in der Nähe des Palasts leisten musste, was dann wohl das Ende meiner großartigen Abenteuer bedeuten würde. Das war der einzige Wermutstropfen an meiner bevorstehenden Heirat.

»Trotzdem ist es nah genug am Geschehen dran, um ihr den Kick zu geben, den sie braucht«, fuhr Alex fort. »*Und* sie haben dort einige der besten Heiler des ganzen Königreichs. Ronan geht auch dorthin.«

Ronan war wie Darren ein Magier erster Rangstufe, nur mit dem Unterschied, dass er sich für eine Ausbildung zum Heiler entschieden hatte. Im Laufe ihrer Lehrzeit hatten er und Alex sich angefreundet und mein Bruder blickte mit einer Mischung aus Bewunderung und ein wenig Neid zu ihm auf. In Alex' Augen war jeder Ort, an dem Ronan stationiert war, ein ganz hervorragender Einsatzort.

»Bei der Magierweihe haben wir Kommandant Braxton kennengelernt. Er macht einen ganz vernünftigen Eindruck, und außerdem darfst du nicht vergessen, dass seine Stadt nächstes Jahr Austragungsort der Kandidatur sein wird. Tja, und als er das erwähnt hat, waren auf einmal all die Pläne vergessen, die Ella geschmiedet hat, um mich doch noch irgendwie zu überreden, mit dir nach Ferren's Keep zu gehen.«

Ich grinste. Ella war durch und durch Kampfmagierin. Es erstaunte mich nicht im Geringsten, dass sie sofort mit Montfort einverstanden gewesen war, nachdem der Kommandant die Kandidatur ins Feld geführt hatte. Die Möglichkeit war durchaus verlockend, und wenn ich nicht so auf Ferren's Keep fixiert gewesen wäre, hätte ich vielleicht gefragt, ob sie mich mitnehmen würden. Bei der Kandidatur maßen sich die besten Magier unseres Landes und die Sieger des jeweiligen Zweiges stellten den neuen Magischen Rat. Auf diese Weise war auch der amtierende Schwarze Magier Marius vor neunzehn Jahren zu seinem Titel gekommen. Und in einem Jahr wäre *ich* an der Reihe.

Auch wenn es mir aller Wahrscheinlichkeit nach nicht gelingen würde, *die Robe* zu erobern, wäre das Prestige, das einem jeder noch so kleine Sieg bei dem berühmt-berüchtigtsten Turnier weit und breit einbrachte, meinem Ansehen zuträglich. Ich war jetzt als Magier zweiter Rangstufe klassifiziert, doch während ich in meinem eigenen Jahrgang nur dem Vergleich mit vier anderen hatte standhalten müssen, gab es insgesamt mindestens fünfzig weitere Kriegsmagier mit derselben Einstufung wie ich.

Selbst wenn ich nur ein paar andere meiner Rangstufe besiegte, würde es meine Stellung aufwerten und beweisen, dass ich besser war als diejenigen, die ich geschlagen hatte, und natürlich auch alle, die unter ihnen eingestuft worden waren.

»Fertig. Kannst mit Tagträumen aufhören.« Mein Bruder rüttelte mich sanft an der Schulter und riss mich damit aus meinen Gedanken.

Mit einer gespielten Unmutsbekundung schlug ich seine Hand weg. »Was, wenn du was übersehen hättest? Das hätte wehtun können.« Tat es zwar nicht, aber ich hatte nicht vor, ihn so leicht davonkommen zu lassen.

Alex grinste mich an. »Du bist doch nur neidisch, weil du nicht über meine Fähigkeiten verfügst.«

Ich verdrehte amüsiert die Augen. »Neidisch? Wohl kaum. Wenn ich mich recht entsinne, bezeichnet man mich im Norden als Heldin.«

»Komisch, dass sie immer wieder vergisst, dass die uns *beide* gemeint haben.«

Neben uns tauchten Darren und Ella auf, und ich bemerkte, wie Alex sich in der Anwesenheit des Prinzen versteifte. »Ella hat mir erzählt, ihr zwei würdet nach Montfort gehen?«, fügte Darren hinzu.

Mein Bruder holte schon Luft, besann sich jedoch eines Besseren, als er meine finstere Miene bemerkte, und behielt die Beleidigung, die ihm vermutlich auf der Zunge lag, für sich. Als er schließlich etwas sagte, war es die zahmste Erwiderung, die ich je aus seinem Munde vernommen hatte. Und auch die kürzeste. »Ja.«

»Das ist eine großartige Stadt. Und eine sehr gute Adresse.« Darren wies mit dem Kopf zu der rot gewandeten Frau am anderen Ende des Raums hinüber. »Die meisten neuen Heiler, die Jeanette für den Palast anheuert, kommen von dort.«

»Wie … nett.«

Ich stieß meinen Zwillingsbruder mit dem Ellbogen an und er knirschte mit den Zähnen.

»Danke für den Tipp. Das ist wirklich …« Alex holte tief Luft. Die Worte wollten ihm kaum über die Lippen. »… gut zu wissen. Danke, Euer Hoheit.«

Darrens Gesicht war zu einem höflichen Lächeln erstarrt. Er fühlte sich genauso unwohl wie Alex, doch durch all die Jahre bei Hofe wusste er es weit besser zu überspielen. »Gern geschehen.«

Ella zwinkerte mir zu. Sie konnte die Anspannung, die in der Luft lag, genauso spüren wie ich. »Ja dann … ich fürchte, wir müssen langsam los. Alex und ich haben noch einen langen Ritt vor uns. Schön, dass wir uns vorher noch einmal getroffen haben. Darren, ich gehe stark davon aus, dass wir dich – und Ry natürlich auch – nächstes Jahr in Montfort bei der Kandidatur sehen?«

Darrens Schultern schienen minimal nach unten zu sacken – nicht viel, aber genug, um preiszugeben, wie verkrampft er noch einen Augenblick zuvor gewesen war. »Natürlich.«

Hastig umarmte ich meine beste Freundin und meinen Bruder und sah ihnen nach, wie sie davongingen.

Sobald sie außer Sichtweite waren, wandte sich Darren an mich. »Er kann mich noch immer nicht ausstehen.«

»Gib ihm Zeit.« Ich drückte seine Hand. »Er konnte noch nie jemanden leiden, mit dem ich zusammen war.«

»Ian schon.«

»Ian war …« Ich hielt kurz inne, unsicher, wie ich es formulieren sollte. »Na ja, er ist …« Ich zögerte.

Darren betrachtete mich forschend. »Er ist das genaue Gegenteil von mir«, vollendete er meinen Satz.

»Ian ist das, was sich *Alex* für mich wünscht«, stellte ich klar. »Nicht ich.«

Darren schwieg.

»Aber ich habe mich für *dich* entschieden.« Ich stieß ihm meinen Finger gegen die Brust. »Ich wollte *dich.*« Wieder stach ich zu. »Ich liebe dich, du …« Pieks. »… dummer …« Pieks. »… sturköpfiger …«

Mit ausdrucksloser Miene packte Darren meine

Hand. »Sag mal, reicht dir die Abreibung für heute noch nicht?«

»Glaubst du mir?«

»Tja, ich werde nicht viel zu lachen haben, wenn ich mich irre.« Er hob mein Kinn an, sodass ich ihm ins Gesicht sehen musste. Ausnahmsweise waren seine Augen ernst. »Ich werde dich vermissen, Ryiah.«

Mir rutschte das Herz in die Hose und ich senkte den Blick. »Du kannst immer noch mitkommen.«

»Du kannst immer noch hierbleiben.«

Und da waren wir wieder mittendrin in der Diskussion, die wir schon die ganze Woche geführt hatten.

Darren verdrehte die Augen zur Decke. »Von allen Mädchen, die ich kenne, musste ich mir natürlich ausgerechnet dasjenige aussuchen, das zu stur ist, um sich am Hofe meines Vaters zu amüsieren.« Resigniert richtete er den Blick wieder auf mich. »Ich nehme an, es gibt nichts, womit ich dich umstimmen kann?«

Ich schüttelte den Kopf.

»Hätte mich auch gewundert.« Er stöhnte. »Du machst mich fertig, weißt du das?«

Ich lächelte. »Und du bist die größte Nervensäge, die mir je untergekommen ist.«

Er hob eine Augenbraue. »Also nach dir selbst, natürlich.«

»Darren.«

»Ja?«

Ich seufzte. »Ich werde dich auch vermissen.«

ZWEI

Auf dem vierzehntägigen Ritt zum Militärstützpunkt Ferren's Keep im Nordwesten des Landes überfiel mich eine nervöse Unruhe, die mich einfach nicht mehr losließ.

Den größten Teil der Reise verbrachte ich tief in Gedanken versunken, während die weiten Getreidefelder und die Flüsse der zentralen Landesteile an mir vorüberzogen. Aufgrund der immer häufigeren Angriffe der Rebellen, des drohenden Kriegs mit Caltoth und meines neuen Postens nahe der Grenze hatten die Berater des Königs angeordnet, der künftigen Prinzessin einen Leibwächter aus dem königlichen Regiment zur Seite zu stellen. Also leistete mir nun eine junge Ritterin Gesellschaft, was mich ein wenig daran erinnerte, wie damals Darren von einer Handvoll Wachen zur Akademie eskortiert worden war. Obwohl Paige lediglich vier Jahre älter war als ich, sprach sie nur das Allernötigste mit mir, und wenn ich versuchte, mich ein wenig mit ihr zu unterhalten, zog sie nur eine finstere Miene. Schüchtern war sie nicht, aber sie konnte sich auch nicht wirklich für mich erwärmen. Und wenn sie doch einmal eine Bemerkung machte, war sie dermaßen spitzzüngig, dass ich die meisten meiner Versuche schnell wieder bereute.

Paige war groß und kräftig und von der Statur her so ziemlich das weibliche Pendant zu meinem jüngeren Bruder Derrick. Sie trug stets ein Kettenhemd und Männersachen und verbarg ihre fantastischen braunen Locken in einem seitlichen Zopf. Ihre Augen, die immer zu schmalen Schlitzen verengt waren, wirkten hellwach und streng zugleich. Zwar war sie von niederer Geburt, doch sie verhielt sich anders als alle anderen einfachen Leute, die ich kannte. Sie hatte absolut nichts für oberflächliches Geplauder übrig, reagierte mit Spott auf all meine Bemühungen in dieser Richtung und beäugte jeden Reisenden – egal, ob adlig oder nicht – mit ausgeprägtem Misstrauen.

Als ich zum dritten Mal probierte, sie in ein Gespräch zu verwickeln, motzte sie mich an, dass ich lieber auf den Weg achten solle, und schob dann hastig wie zur Entschuldigung ein unterkühltes »Mylady« hinterher.

Ich wusste nicht, wie ich damit umgehen sollte. Angesichts unseres gemeinsamen Hintergrunds hatte ich eigentlich gedacht, wir könnten so etwas wie Freundinnen werden. Wir hatten beide mit viel Mühen einen Sprung in der gesellschaftlichen Hierarchie gemacht, und wir waren jung und mehr oder minder aneinandergekettet, solange der König ihre Anwesenheit als notwendig erachtete. Es wäre nur logisch gewesen, sich ein wenig anzufreunden – und sei es nur aufgrund der unendlich langen Zeit, die wir miteinander verbringen würden –, aber meine Begleiterin sah das offenbar anders.

Also schwiegen wir uns bis auf ein oder zwei Meinungsverschiedenheiten, was den richtigen Weg anging, die restliche Zeit an, und ich bestaunte stattdessen ausgiebig die Landschaft, je weiter wir nach Westen kamen. Die weiten Ebenen wurden von ausgedehnten Kiefernwäldern und Lichtungen mit duftenden, büschelartig wachsenden Gräsern abgelöst. Mehrere schmale Bäche vereinigten sich zu einem breiten, reißenden Strom, an dessen Ufer dickblättrige Pflanzen wucherten. Am besten gefielen mir jedoch die üppig grünen Bäume mit ihren großen glänzenden Blättern und den winzigen roten Blütendolden, die ihre Zweige sprenkelten.

Gewürznelkenbäume.

Ehe ich mich's versah, waren wir in Demsh'aa angekommen. *Zu Hause.*

Eigentlich war dort nur ein kurzer Zwischenstopp vorgesehen, doch sehr zum Leidwesen meiner Reisegefährtin bestand ich auf einem zusätzlichen Tag, um meinen Eltern einen Besuch abzustatten, die ich seit meiner Abschlussprüfung als Erstklässlerin vor vier Jahren nicht mehr gesehen hatte.

Paige beschloss, die Geschäfte zu durchkämmen und unsere Vorräte wieder aufzustocken, und ich drehte eine Runde, um zu sehen, was sich in meiner Abwesenheit getan hatte. Es freute mich, wie viel besser wir inzwischen dastanden. Früher hatte sich unsere Apotheke in einem separaten Zimmer im Haus meiner Eltern befunden, doch mithilfe des Geldes, das Alex und ich nach Hause geschickt hatten – Derricks Soldatengehalt lag weit unter dem eines Magiers –, hatten sie ein kleines Gebäude in ziemlich zentraler Lage erstanden und zwei junge Mädchen als Lehrlinge eingestellt, die sich für eine Ausbildung vor Ort entschieden hatten, statt ihr Glück an einer der drei Kriegsschulen des Landes zu versuchen.

Meine Eltern sagten, wie leid es ihnen tat, dass sie die Magierweihe von Alex und mir verpasst hatten, aber ich verstand, dass sie den Laden mit den zwei neuen Lehrlingen nicht sich selbst überlassen konnten. Zudem war die Zeremonie sowieso nicht öffentlich, und auch wenn ich mir sicher war, dass sie an den anschließenden Feierlichkeiten hätten teilnehmen können, so hätten sie für so ein kurzes Fest eine unheimlich weite Reise in Kauf nehmen müssen. Ich war einfach froh und dankbar, dass meine Eltern meine Ausbildung unterstützt hatten.

Natürlich hatte ich auch Neuigkeiten im Gepäck, doch sie hatten die Kunde bereits eine Woche zuvor durch einen Boten von Alex vernommen. Nicht dass es ihnen dadurch leichter gefallen wäre, es zu akzeptieren.

Mein Vater befand sich noch immer in einem Schockzustand. Während meiner Ausbildung hatte ich Darren mit keiner Silbe in meinen Briefen an sie erwähnt – in erster Linie, weil ich nicht gewusst hatte, was genau ich schreiben sollte. Kein Wunder also, dass es meinem Vater niemals in den Sinn gekommen wäre, dass der Prinz und ich uns in all den Jahren näherkommen und ineinander verlieben könnten.

Meine Mutter hatte mehr Verständnis und meinte, sie hätte damals, in der Woche unserer Aufnahmeprüfung, so eine Ahnung gehabt, dass etwas im Busch sei. »Er konnte den Blick nicht von dir losreißen. Ich wusste gleich, dass da mehr dahintersteckt … aber *das* hätte ich nie erwartet.«

Es war ja auch eine verrückte Vorstellung. Der zweitgeborene Prinz des Herrscherhauses hatte beschlossen, ein Mädchen niederer Herkunft nicht zu seiner Mätresse zu machen, sondern zur Frau zu nehmen.

Meine Eltern waren glücklich und verunsichert gleichermaßen, und ich hatte nicht die Zeit, um ihnen haarklein zu erklären, wie alles gekommen war. Um ganz ehrlich zu sein, war ich von dieser Wendung selbst immer noch ein wenig überrollt.

Solche Dinge passierten einfach nicht. Nicht mir.

Natürlich war auch die anstehende Kandidatur ein Thema, und sie versprachen, diesmal auf jeden Fall zu kommen, um Alex und mich zu unterstützen. »Bis dahin sollten die Mädchen so weit sein, den Laden eine Weile selbst zu führen«, meinten sie.

Wir sprachen auch über die Hochzeit, und mein Vater fragte, warum es noch keinen Termin gebe. Als ich versuchte, es zu erklären, wurde meine Mutter still.

Erst als ich am nächsten Morgen mein Pferd sattelte, rückte sie mit ihren Bedenken heraus. »Sei auf der Hut, Ryiah«, sagte sie. »Ich kann mir nicht vorstellen, dass der König erfreut ist über diese Entwicklung – wie auch immer sein Sohn es angestellt hat, dir einen Platz an ihrer Tafel zu sichern.«

Ich nickte stumm. Auch mir war dieser Gedanke nicht fremd. Nicht zuletzt deshalb wollte ich mich fürs Erste so weit wie möglich von Lucius und seinem Thronfolger fernhalten. Ein Grund mehr, das Angebot der Kommandantin von Ferren's Keep anzunehmen.

Danach sagten wir hastig Lebewohl, und ich kehrte zurück auf die belebte King's Road, die zu den weiten Wäldern des Nordens hin steil anstieg und am Fuße der Iron Mountains entlangführte.

Der Rest unserer Reise verlief ereignislos. Paige und ich verbrachten die Nächte in Gasthäusern am Weg und kamen gut voran.

Als wir schließlich eine gigantische steinerne Festung vor uns erblickten, die in den Berg hineingebaut war, stieß ich ein tiefes, erleichtertes Seufzen aus, und Paige tat es mir in seltener Einigkeit nach.

Ferren's Keep.

Es war ein grandioser Anblick. Da die Sonne bereits vor einer Stunde untergegangen war, wurde das große turmartige Hauptgebäude von hunderten gelb flackernder Fackeln erleuchtet, die sich Stockwerk um Stockwerk die Außenmauern hinaufzogen, bis die Lichter schließlich im Berg verschwanden.

Von unserem Standort aus konnte ich das Glänzen von Metall an den untersten Wachposten im Wehrgang erkennen, der am Fuße der Festung verlief.

Ich nahm die Zügel wieder auf und trieb meine Stute an.

Endlich da.

»Nennt Euren Namen und Euer Begehr.«

Paige und ich erklärten den Wachleuten am Rande des erhöhten Platzes am äußeren Mauerring den Grund unseres Kommens und hielten unsere Pferde im Zaum, während wir den Männern unsere offiziellen Dokumente überreichten: meinen Passierschein von Kommandantin Nyx und Paiges von der Krone signiertes Schreiben.

Der Soldat und seine zwei Kameraden musterten die Unterlagen eingehend und überprüften die Siegel, um sicherzugehen, dass es sich nicht um Fälschungen handelte. Als sie alles für rechtens befunden hatten, winkte uns der Anführer mit rasselndem Kettenhemd durch, und wir trabten unter lautem Hufgetrappel einen Überweg entlang, bis wir am Fuße der Burg an einem wuchtigen Torhaus ankamen, dessen Zugang ebenfalls von Soldaten bewacht war.

Erneut legten wir unsere Papiere vor und das Gitter wurde hochgezogen. Noch einmal wiederholte sich die Prozedur im Inneren der Anlage mit einem weiteren Wachtrupp und einem weiteren Tor, dann überließen wir unsere Pferde einem bereitstehenden Stallknecht und betraten über steile Stufen das Hauptgebäude.

Über Wendeltreppen ging es Stock um Stock, Kammer für Kammer nach oben.

Wo wir auch hinsahen, lagerten riesige Mengen an Vorräten – Fässer voller Getreide, große Haufen Feuerholz, schwere Geschütze und ganze Waffenarsenale mit Schwertern, Messern, Speeren und allen Arten von Rüstungen, die man sich nur vorstellen konnte: Kettenhemden, Brustharnische, Armschutz, zusätzliche Uniformröcke und Reithosen. Auch einen tiefen Brunnenschacht gab es. Die Festung war also für eine Belagerung gerüstet.

Ich hatte all das schon im letzten Jahr meiner Ausbildung gesehen, doch Paige war sichtlich beeindruckt. Die finstere Miene, die sie sonst immer zur Schau trug, hatte sich in Wohlgefallen aufgelöst, und sie starrte alles unverhohlen mit offenem Mund an.

Wir kamen an einer verschlossenen bewehrten Doppeltür vorbei, hinter der sich die privaten Besprechungsräume der Kommandantin mitsamt ihren Wohngemächern verbargen, an die sich ein noch größerer offener Außenbereich für Regimentsversammlungen anschloss. In wenigen Minuten würden wir die Baracken der Männer erreichen, eine lange Reihe von Hütten, die sich an der Mauer entlangzogen, so weit das Auge reichte. Dahinter lagen, wie ich wusste, die Unterkünfte der Frauen, und dann musste man nur noch ein kleines Stück durch einen Tunnel zurücklegen und einen weiteren Wachposten passieren, und man befand sich in dem kleinen Dorf Ferren, das nach der Festung benannt war, da es einzig und allein über eben jenen Tunnel der Burg zugänglich war.

Ferren lag in einem engen Tal und war von allen Seiten von steilen, unpassierbaren Felswänden umgeben. Aufgrund seiner Lage hatten sich hier die besten Schmiede des Königreichs niedergelassen, namhafte Männer und Frauen, die die nördlichen Verteidigungsposten und die Armee der Krone mit dem härtesten Stahl versorgten, dessen man habhaft werden konnte. In gewisser Hinsicht war die Herstellung von Waffen im großen Stil die wertvollste Ressource der Krone, weshalb das zur Festung gehörende Dorf ausschließlich dem hier stationierten Regiment und den Schmieden vorbehalten war – mit Ausnahme einer überschaubaren Zahl an Leuten, die für die Versorgung zuständig waren.

Ich führte Paige zu den Unterkünften der Frauen, wo wir uns bei offener Tür gleich ans Auspacken machten. Beide Baracken waren leer, was bedeutete, dass das Regiment gerade beim Abendessen im Speisesaal im zweiten Stockwerk war.

»Ryiah? Bist *du* das?«

Ich fuhr herum und entdeckte einen stämmigen Jungen mit bernsteinfarbenen Augen und schwarzen Ringellocken am Eingang der Baracke, der mich anstarrte. Es war einer meiner alten Mitstreiter aus der Ausbildung, den ich zuletzt vor drei Wochen bei der Magierweihe gesehen hatte. »Ray!«

»Wusste ich es doch, dass du das Angebot der Kommandantin annehmen würdest.« Er grinste. »Und wen hast du da im Schlepptau?«

Paige betrachtete ihn mit versteinerter Miene. »Ihre Leibwächterin. Und ich sage es gleich: Ich habe kein Interesse an nutzlosem Palaver.«

Ray sah sie irritiert an. »A-auch erfreut, dich kennenzulernen.«

Paige beschloss, ihn mit Missachtung zu strafen, und fuhr fort, sorgsam ihre Hemden zusammenzufalten und in einer Truhe neben ihrer Bettstatt zu verstauen. Langsam ging mir ihre Unfreundlichkeit wirklich auf die Nerven, und ich nahm mir fest vor, später in Ruhe mit ihr darüber zu reden, dass sie meine Freunde nicht so vor den Kopf stoßen konnte.

»Entschuldige bitte.« Ich warf Ray ein verlegenes Lächeln zu. »*Paige* und ich hatten einen langen Ritt. Da kann man schon mal etwas gereizt sein.« Ehrlich gesagt glaubte ich ja, dass sie einfach von Natur aus so war, aber ich hatte keine Lust auf langwierige Erklärungen. »Ich wollte nur noch schnell auspacken, ehe ich mich bei der Kommandantin melde.«

»Sie ist noch mit den anderen beim Abendessen … Wenn du magst, bringe ich dich hin.«

Ich zögerte. Eigentlich hatte ich vorgehabt, mich erst einmal frisch zu machen. Natürlich hatte ich in den meisten Gasthäusern, in denen wir auf unserem Weg Station gemacht hatten, ein heißes Bad genommen, aber meine Kleider starrten trotzdem vor Schmutz und der Staub einer Tagesetappe klebte in meinen Haaren.

Und wenn ich mich recht entsann, musste man in Ferren gut und gern eine Stunde an einem der zwei kleinen Badehäuser Schlange stehen – obwohl, da hatten sich natürlich noch zusätzlich sechzig Lehrlinge auf der Burg aufgehalten … Andererseits: Warum nicht? Der Rest des Regiments war gerade erst mit dem Dienst fertig und hatte den ganzen Tag lang schwitzend in Rüstung verbracht, insofern würde ich hervorragend dazupassen.

»Bring mich hin.«

Als wir den Speisesaal betraten, wusste ich gar nicht, wo ich zuerst hinschauen sollte. Ferren's Keep besaß das größte Regiment nördlich von Devon. Wenn alle anwesend waren, zählte es irgendetwas an die zweitausend Mann, was allerdings nie der Fall war, da sich fünfzehn seiner zwanzig Hundertschaften stets auf Patrouille befanden. Dennoch war das hiesige Regiment ein Fünftel so groß wie die Kronarmee und damit viermal größer als alle anderen. Die Truppen der meisten anderen Städte waren knapp an die fünfhundert Mann stark.

Ferren war der ideale Ort, um ein großes Regiment zu beherbergen, bis von der Kronarmee noch mehr Unterstützung aus dem Norden benötigt wurde.

Gleichwohl war das Leben auf der Burg äußerst einfach.

Das Mobiliar war abgenutzt und verschlissen, die Mahlzeiten bestanden aus welkem Obst und Gemüse, Trockenfleisch und altbackenem Brot – wie es eben so war, wenn in einer Ortschaft keine eigene Landwirtschaft betrieben wurde. Dazu noch die fünfhundert verschwitzten Leute, die sich zwischen Bierkrügen um die letzten Essensreste balgten …

»Wie eine ausgehungerte Hundemeute«, murmelte Paige.

Ich wollte schon Luft holen, um ihr zu sagen, dass wir auch nicht viel besser aussahen, doch dann erstarrte ich. Trotz der riesigen, unübersichtlichen Menschenmenge gab es jemanden, der fast augenblicklich meine Aufmerksamkeit auf sich zog. Die breiten Schultern und dieses ansteckende Lachen konnte man einfach nicht übersehen.

Ian. Ian war *hier.* Ray folgte meinem Blick und nickte. »Er ist vor zwei Tagen angekommen, direkt nach mir. Sieht aus, als wäre Port Langli nicht so nach seinem Geschmack gewesen. Jayson ist auch da. Er ist seit seiner Magierweihe schon zweimal befördert worden, und wenn du dich genauer umsiehst, solltest du auch irgendwo Ruth aus Alchemie entdecken. Ferren's Keep erfreut sich großer Beliebtheit.«

»Tja, wenn das mal keine Überraschung ist!«

Ich fuhr herum. Vor mir stand die oberste Befehlshaberin von Ferren's Keep, eine beeindruckende, wenn auch etwas klein geratene Frau Anfang vierzig mit einer blonden Mähne, die über ihren Ohren ganz kurz geschoren war, und stahlgrauen Augen, denen nichts entging. Die Ritterin hatte einen der begehrtesten Posten im ganzen Königreich inne.

Mit verschränkten Armen musterte Kommandantin

Nyx mich. »Ich freue mich, dass Ihr auf mein Angebot zurückgekommen seid, Magierin Ryiah. Nach den Neuigkeiten war ich da nicht mehr so sicher. Manchen Leuten steigt ein Titel zu Kopfe.«

Ich wurde rot. »Noch trage ich den Titel gar nicht.«

Sie zog eine Augenbraue hoch. »Und was sagt die Krone dazu?«

»Der König hat eingewilligt, dass ich bis zu Prinz Blaynes Vermählung in Eurem Regiment meinen Dienst verrichten darf … Aber ich werde immer Kampfmagierin bleiben. Daran kann kein Titel je etwas ändern.«

»Und Ihr erwartet keine besonderen Annehmlichkeiten während Eures Aufenthalts hier? Kein Privatgemach? Oder vielleicht einen hohen militärischen Posten? Denn ich gehe bei Beförderungen ausschließlich nach Leistung.«

Ich schüttelte den Kopf. »Ich erwarte von Euch, mich genauso zu behandeln wie jeden anderen Magier, der neu auf Eure Burg kommt.«

An dieser Stelle gab Paige ein Würgegeräusch von sich. »Ganz sicher nicht!«

»Die Festung geht in Ordnung.« Ich warf meiner Leibwache einen finsteren Blick zu. »Ich bin hier von Hunderten tapferer Frauen und Männer umgeben, die tagtäglich ihr Leben für unser Land riskieren. Wer wäre besser geeignet, mich zu beschützen?«

»Ich! Die Ritterin, die der König eigens dazu auserkoren hat!«

»Tja, deine Aufgabe ist gerade um einiges leichter geworden.«

Paige zog ein finsteres Gesicht und sagte nichts.

Auf dem Gesicht der Kommandantin erschien ein eigentümliches Lächeln, das ihre weißen Zähne aufblitzen ließ und mich irgendwie eiskalt erwischte – als bekäme man einen Eimer Wasser über den Kopf. Die Frau war ein einziges Rätsel. »Ich versichere Euch«, setzte sie an, »äh … wie heißt Ihr noch gleich?«

»Paige«, erwiderte meine Beschützerin einsilbig.

»Nun ja, Paige, meine Männer und Frauen sind genauso fähig wie Euer Regiment in der Hauptstadt. Ryiah ist hier in besten Händen.« Ihr Blick fiel auf jemanden hinter uns, in dessen Richtung sie eine flüchtige Geste machte. »Und jetzt entschuldigt mich bitte, ich muss zu einer Besprechung. Ray, Ryiah ist mit den anderen Neuankömmlingen Eurer Einheit zugeteilt. Ich erwarte, dass Ihr sie morgen früh als Allererstes mit Sir Gavin bekannt macht. Paige, solange Ihr hier seid, könnt Ihr zusammen mit Eurer Schutzbefohlenen Dienst tun, sofern Ihr Euch dem Befehl ihres Anführers beugt. Wenn ich es recht sehe, lautete der Auftrag des königlichen Regiments nur, Ryiah sicheres Geleit bei der An- und Abreise zu geben, oder?«

Ich dankte der Kommandantin dafür, dass sie sich kurz für uns Zeit genommen hatte, und Nyx begab sich wieder zurück in den überfüllten Saal.

Neben mir schnaubte Paige geräuschvoll. »Ich mag die Kommandantin nicht.«

Ich unterdrückte ein Stöhnen. »Du kannst niemanden leiden. Mich eingeschlossen.«

»Hm, *sie* mag ich wirklich nicht.«

Ray und ich warfen uns einen genervten Blick zu, während Paige sich einen angebissenen Laib Brot von irgendeinem Tablett schnappte und anfing, ihn ohne ein Wort der Entschuldigung zu verschlingen. »Was?«, fauchte sie. »Ich werde nicht gebraucht; solange Ihr hier ach so viele ›fähige‹ Leute um Euch habt. Da kann ich also genauso gut was essen. Oder muss ich da auch erst diesen Gavin um Erlaubnis fragen?«

Ray tätschelte mir mitfühlend die Schulter. »Ich bin dann mal weg, um mir ein Bad zu genehmigen, ehe bei den Badehäusern der große Andrang einsetzt.« Er deutete mit dem Kinn in Richtung Paige. »Viel Spaß … damit.«

Sobald er außer Hörweite war, drehte ich mich mit einem Seufzen zu meiner Beschützerin um. »Du wirst es noch eine ganze Weile mit mir aushalten müssen. Ein bisschen Freundlichkeit ab und an wäre echt kein Schaden.«

»Freundlichkeit ist was für Faulpelze und Dummschwätzer. Und ich bin weder das eine noch das andere.«

Und damit hatte es sich.

Der nächste Morgen kam viel zu schnell. Ich hatte den größten Teil des Abends damit verbracht, mich mit einigen Mädchen aus dem Regiment zu unterhalten, die ich noch von der Ausbildung her kannte. Als die Glocke schließlich von den dicken Mauern der Festung widerhallte, hätte ich mich am liebsten einfach umgedreht und weitergeschlafen.

Fünf Jahre ging das jetzt schon so, und dennoch hatte ich mich nicht an das frühe Aufstehen gewöhnt.

»*Mmmpf.*« Ich schob die warmen Decken zur Seite und fluchte, als meine Zehen den eisigen Boden berührten.

»Vermisst Ihr Eure Kammer zu Hause im Palast, Mylady?« Paiges Ton war alles andere als mitfühlend.

Ich fixierte sie mit verquollenen Augen. »Muss anstrengend sein, so viel negative Energie mit sich rumzuschleppen.«

»Ihr hättet um ein Privatgemach bitten sollen.«

»Ich dachte, du würdest dir nichts aus nutzlosem Geplapper machen?«, gab ich zurück.

Sie rang frustriert die Hände. »Ich war die Beste meines Jahrgangs und habe sechs Jahre auf eine Beförderung ins königliche Regiment hingearbeitet – und *wofür* das alles? Ihr habt auf keinen meiner Ratschläge gehört! Ich habe Euch gesagt, wir sollten uns immer Richtung Westen halten, und trotzdem habt Ihr auf diesem Umweg bestanden –«

»Um meinen Eltern einen Besuch abzustatten!«

»Dann habt Ihr mich mit banalem Blabla übers Wetter bombardiert, statt richtig auf die Straße zu achten!«

»Ich habe nur versucht, freundlich zu sein, und außerdem habe ich sehr wohl aufgepasst! Ich kann nämlich sprechen und schauen gleichzeitig!«

»Meine einzige Aufgabe besteht darin, Euch zu schützen, und Ihr habt nichts Besseres zu tun, als törichterweise darauf zu bestehen, mit sechshundert anderen Frauen und Mädchen unter freiem Himmel zu schlafen, wo ich unmöglich meine Pflicht erfüllen kann, sollte eine von ihnen Böses im Schilde führen!«

»Das sind Soldatinnen, Magierinnen und Ritterinnen wie du selbst«, gab ich zurück, »wohl kaum jemand, der mir Böses will.«

»Woher wollt Ihr das wissen? Ihr seid viel zu sehr damit beschäftigt, jeden anzustrahlen, der Euch über den Weg läuft. In diesem großartigen Land gibt es Rebellen, falls Ihr das vergessen haben solltet.«

»Ferren's Keep ist das Bollwerk unserer Nation. Es ist der letzte Ort, an den sich ein Rebell trauen würde.«

»*Ich* würde genau hierhergehen.«

Ich zerrte mein Kettenhemd etwas zu ruppig über meinen Waffenrock. »Na, dann bin ich ja froh, dass du kein Rebell bist.«

Ich atmete tief durch und versuchte, mich zu beherrschen. Auf ihre verschrobene – und extrem nervige – Art erfüllte sie nur ihre Pflicht. »Es tut mir leid, Paige. Versteh mich nicht falsch, ich will dir ja nicht grundsätzlich das Leben schwermachen, aber der König hat mir das hier zugestanden. Da kann ich nicht ernsthaft hier rumlaufen und eine eigene Kammer für mich beanspruchen. Ich verspreche dir aber, künftig deine Ratschläge ernst zu nehmen und zumindest darüber nachzudenken.«

Die Ritterin zurrte ihre Haare in einem hohen Knoten zusammen und sah dann über meine Schulter hinweg. »Es stimmt nicht, dass ich Euch nicht ausstehen kann.«

»W-was?« Sie hatte mich kalt erwischt.

Paige räusperte sich. »Was Ihr gestern gesagt habt. Vielleicht fühle ich mich in Eurer Gesellschaft nicht sonderlich wohl oder entspannt, aber ich habe nichts gegen Euch, Mylady.«

Das aus Paiges Mund kam einer Entschuldigung schon ziemlich nahe. Ich reichte ihr ihren einen Stiefel und sie nahm ihn.

Keine von uns sagte ein Wort, während wir durch den nasskalten Gang trotteten und über steile Treppen zum obersten Stockwerk des Hauptgebäudes hinaufliefen. Ich war so tief in Gedanken versunken, dass ich fast nicht merkte, wie ich im Vorübergehen jemanden anrempelte.

»Ryiah?« Der Junge musste zweimal hinsehen.

Ian. Ich erstarrte und schenkte ihm ein nervöses kleines Lächeln. »Überraschung.«

»Was machst *du* denn hier? Ich habe gehört …« Er unterbrach sich und setzte noch mal neu an. »Ich dachte, du wohnst jetzt im Palast.«

Ich errötete. Unsere gemeinsame Vergangenheit und die prekären Umstände dieses Gesprächs gingen auch an mir nicht spurlos vorüber. »Nein – ich meine, ja, werde ich schon … auf lange Sicht, nach der Vermählung, aber …«

»Sie ist hier, um sich zu profilieren«, schaltete sich Paige ein, »wie auch der Rest von euch.«

Erst jetzt schien Ian die junge Frau zu bemerken und machte ein finsteres Gesicht. »Und wer bist du?«

»Die Ritterin, die mit der ehrenvollen Aufgabe betraut ist, für Myladys Sicherheit zu sorgen.«

Ich lächelte entschuldigend. »Paige ist meine Leibwächterin. Nur so war es überhaupt möglich, fernab der Hauptstadt meinen Dienst anzutreten.«

Die beiden betrachteten sich argwöhnisch.

»Königliches Regiment?« Ian starrte das Mädchen an.

Sie hielt seinem Blick stand. »Im Dienste der Krone. Um die Interessen des *Prinzen* zu wahren.«

Ehe sie noch irgendwelche ähnlich unangebrachten Bemerkungen von sich geben konnte, wechselte ich hastig das Thema. »Und du bist Port Langlis so schnell überdrüssig geworden?«

Er zögerte. »Ich habe ein besseres Angebot erhalten.«

»In Ferren's Keep?«

»Na ja, ich bin schließlich hier aufgewachsen.« Ian spielte an einem Lederbändel an seinem Handgelenk herum. »Nyx und meine Eltern sind eng befreundet. Es gab hier praktisch schon immer eine Stelle für mich.«

»Oh.« Das hatte ich ganz vergessen.

»Ich schätze, man darf gratulieren.«

Ich blickte auf und sah den bitteren Zug um Ians Mund. Es war unüberhörbar, wie das gemeint war. »D-danke.«

Unbehagliche Stille folgte. Ich suchte fieberhaft nach den richtigen Worten und Ian ging es anscheinend ganz ähnlich.

Genau in diesem Moment tauchte Ray auf, schob sich zwischen uns, packte mich am Arm und ersparte uns dadurch den Rest des peinlichen Gesprächs. »Bereit für deinen ersten offiziellen Tag als Kriegsmagierin, Ry?«

»Schon mein ganzes Leben lang.«

»So, so, Ihr seid also die berühmt-berüchtigte Ryiah?«

Mit durchgedrücktem Rücken stand ich stumm da, während der Anführer unseres Trupps langsam um mich herumging und meine zierliche Figur in Augenschein nahm. Überdeutlich war ich mir jedes Makels in meinem Erscheinungsbild bewusst, als sein Blick kurz auf dem kleinen Riss an meinem Ärmel und meinen feuerroten Locken verweilte, die immer überall herausstachen und derer ich in meiner morgendlichen Hetze nie richtig Herr wurde.

Sir Gavin musterte mein eigensinniges Kinn, und ihm entging auch nicht, wie ich unter den neugierigen Blicken aller einhundert Mitglieder unserer Einheit unruhig von einem Bein aufs andere trat. Schließlich presste er die dünnen Lippen aufeinander und nickte.

Allem Anschein nach hatte ich die Prüfung bestanden.

»Euch eilt ein ganz schöner Ruf voraus«, meinte der Ritter. Seine Stimme war rau und laut, aber nicht unfreundlich. »Wäre ich nicht persönlich dabei gewesen, als Ihr und der Prinz letztes Jahr diese Heldentat vollbracht habt – ich bin mir nicht sicher, ob ich es glauben könnte.«

War das ein Kompliment oder eine Beleidigung? Ich schluckte und hoffte auf Ersteres. »Danke, Sir.«

Er nickte anerkennend. »Meine Einheit ist eine von zwanzig, die auf dieser Burg stationiert sind. Die Lehrlinge der Akademie werden bei ihrem Feldtraining immer mit einer der Patrouillen mitgeschickt, die in der näheren Umgebung der Burg im Einsatz sind, aber als richtiges Mitglied des Regiments ist das natürlich anders. Kommandantin Nyx lässt alle Rekruten bei mir anfangen und *mein* Zuständigkeitsbereich erstreckt sich auf die direkte Grenzregion. Das ist so eine Art Initiationsritus für die Neulinge, um sie gleich mit den Gefahren unserer Arbeit vertraut zu machen. Aus diesem Grund wird auch jedes Mal, wenn jemand neu zu uns stößt, jemand anders befördert. Es wird also diverse Gelegenheiten zum Aufstieg geben, sofern man die Befehle befolgt.«

Augenblicklich horchte ich auf.

»Gleichwohl muss aber auch gesagt werden, dass wir immer wieder Todesopfer zu verzeichnen haben, und zwar nicht zu knapp.« Die Miene des Ritters wurde ernst. »Jeder im Regiment ist sich darüber im Klaren, dass nicht alle

Mitstreiter gleich viel ›wert‹ sind. Die Wahrheit sieht nun einmal so aus, dass das Leben eines Magiers durch seine besonderen Fähigkeiten zehnmal so kostbar ist wie das eines einfachen Soldaten. Diese Regel ist in der Ausbildung zweifellos zur Sprache gekommen, also vergesst sie nicht, Ryiah. Wir haben weniger als zwölf Magier pro Einheit und mit Euch kommen wir in diesem Trupp auf vier Kampfmagier.«

Nur vier? Ich zählte im Stillen: Ray, Ian, ich und noch einer, nämlich der Anführer der Magier. Vier von einhundert, was bedeutete, dass es in der ganzen Festung um die zweihundert Magier gab, davon nicht mehr als achtzig Kriegsmagier.

»Natürlich erwartet man von Euch Kampfmagiern, dass Ihr Euch bei feindlichen Angriffen einbringt, aber Ihr müsst unbedingt Vorsicht walten lassen. Wenn wir auf Patrouille gehen, werden die gefährlichsten Aufgaben den Soldaten und Rittern übertragen. Dennoch gibt es mehr als genug Gelegenheiten für die Magier, ins Geschehen einzugreifen.« Sir Gavin schlug einem jungen, blond gelockten Mann, der neben ihm stand, kräftig auf die Schulter. »Das ist Lief, der Anführer der Kriegsmagier. Bei allen Angelegenheiten, die statt meiner eigenen Einschätzung der eines Magiers bedürfen, werdet Ihr seinem Befehl Folge leisten.«

Lief hob die Hand zu einem stummen Gruß. Er war nicht viel älter als die anderen, vielleicht Anfang dreißig, und machte einen netten Eindruck. Ganz anders als Master Byron. Ich atmete auf.

»Na gut«, meinte Sir Gavin, »wir sind zu viele, um jeden persönlich vorzustellen, aber ich denke, mit der Zeit werdet Ihr alle kennenlernen, Ryiah. Wir haben jetzt noch zwei weitere Tage hier auf der Burg und dann geht es wieder auf Patrouille. Fünf Trupps versehen ihren Dienst immer *in* der Festung, die anderen patrouillieren regelmäßig auf speziellen Abschnitten der Grenze. Drei Wochen verbringen wir im Einsatz, danach legen wir eine einwöchige Pause ein, immer im Rotationsverfahren mit den restlichen Einheiten. Sollten wir allerdings zu einem Einsatz gerufen werden, wird die Erholungsphase eben so lang wie nötig hinausgeschoben. Noch irgendwelche Fragen?«

Ich schüttelte enthusiastisch den Kopf. »Nein, Sir!«

»Gut. Wart Ihr und Eure Leibwächterin schon bei der Schneiderin und in der Waffenkammer, um Euch ordentlich ausrüsten zu lassen?«

»Noch nicht …«

»Dann soll Euch einer eurer Kameraden hinbringen. Ray, Ihr wart doch erst gestern dort. Ich gehe davon aus, dass Ihr Ryiah und Paige den Weg zeigen könnt?«

»Ja, Sir.«

»Danach kommt bitte in den Besprechungsraum. Kommandantin Nyx wird die momentan anwesenden Truppen auf den neuesten Stand bringen, was irgendwelche besonderen Aktivitäten und Vorkommnisse angeht.«

Ray nickte und führte Paige und mich über nicht enden wollende Treppen hinab in den dritten Stock des Hauptgebäudes. Als wir um die Ecke eines weiteren verwinkelten Flurs bogen, drehte er sich ohne das Grinsen, das er sonst immer zeigte, zu mir um.

»Und, was denkst du? Besser als vier Jahre mit Byron?«

»Machst du Witze?« Auch ich verzog keine Miene. »Das war die schönste Zeit meines Lebens.«

DREI

Auf Patrouille nimmt unser Kommando eine spezielle Formation ein«, erklärte Lief. »Eine Handvoll Soldaten gehen als Späher voraus, die anderen sichern unsere Truppe ganz vorne und hinten ab. Als Nächstes kommen die Ritter und das Zentrum bilden wir.« Der Anführer der Magier räusperte sich. »Klingt einfach, oder? Ist es auch. Aber jedes Mal, wenn neue Kampfmagier zu uns stoßen, versuchen sie zwangsläufig, den Helden zu spielen, und brechen beim ersten Anzeichen von Gefahr aus der Aufstellung aus.«

»Ist es jemals vorgekommen, dass ein Magier aus der Formation ausgebrochen und um sein Leben gerannt ist?«, fragte Ian unschuldig.

Lief verdrehte die Augen. »Wie ich dich vermisst habe, alter Freund.«

Mit einem Schmunzeln trieb Ian seine Stute zu ihm. »Gib's zu, du hast jede Nacht in dein Kissen geheult, als ich weg war.«

Ray und ich sahen uns grinsend an. Lief stammte ebenfalls aus Ferren's Keep, was bedeutete, dass Ian ihn schon eine Ewigkeit kannte und ihn ständig aufzog, wenn er seine Ansprachen zu trocken fand.

In den letzten zwei Jahren hatte ich fast vergessen, wie lustig es immer mit Ian gewesen war. Jetzt mitzubekommen, wie gut er sich mit unserem Anführer verstand, hatte für mich einen bittersüßen Beigeschmack. Einerseits war ich froh, dass er wieder lächeln konnte, Witze riss und für gute Stimmung sorgte, doch zugleich war ich auch traurig, weil ich wusste: Egal, wie viel Zeit wir auch miteinander verbringen würden, zwischen uns war unwiderruflich etwas kaputt gegangen.

Als Darren mich damals abgewiesen hatte, war ich am Boden zerstört gewesen. Was ich mit Ian gemacht hatte, war keinen Deut besser.

Der Unterschied bestand in unseren Beweggründen. Darren hatte gute Gründe für sein Verhalten gehabt. Er hatte das Wohl Jerars über seine eigenen Interessen gestellt. Und ich? Meine Motive waren einfach nur dumm und egoistisch gewesen. Ich hatte einen meiner besten Freunde benutzt, um meine Gefühle für einen anderen zu unterdrücken, und als sie schließlich doch übermächtig wurden, hatte ich ihn knallhart abserviert.

Am Tag seiner Magierweihe hatte Ian mir verziehen, doch das machte die Vergangenheit natürlich auch nicht ungeschehen. Unsere Freundschaft würde nie wieder das sein, was sie war, und daran trug einzig und allein ich die Schuld.

»Wir haben an diesem Tag zwei Kampfmagier verloren«, nahm Lief den Faden wieder auf und riss mich aus meinen Gedanken. »Sonst wird Sir Gavin eigentlich nie laut, aber da hättet ihr ihn sehen sollen. Er brüllte den Rest von uns drei Stunden lang zusammen, bis er komplett heiser war. Es tat nichts zur Sache, dass diejenigen, die sich seinen Befehlen widersetzt hatten, tot waren – er machte uns alle dafür verantwortlich. Wenn uns jemals wieder ein Magier unter die Augen käme, der versuchen würde, es auf eigene Faust mit dem Feind aufzunehmen, sagte er, dann sollten wir diesen Magier besser aufhalten, denn andernfalls würden wir degradiert und irgendwohin ans Ende der Welt versetzt, wo der Hund begraben ist.«

»Das finde ich aber ungerecht«, protestierte ich.

Lief zog eine Augenbraue hoch. »Um Gerechtigkeit geht es dabei auch nicht.«

Ray hustete. »Und wenn jemand – also zum Beispiel Ryiah – beschließt, sich selbstständig zu machen und mir mit Schmerzmagie droht?«

Ich lachte schallend, woraufhin der Kerl nur unverschämt grinste.

»Wie soll ich sie davon abhalten, aus der Formation auszubrechen, um … sagen wir mal, einem verwundeten Kameraden zu helfen? Dich und Ian kenne ich ja nicht so genau, aber die Gute ist nicht grundlos als zweitbeste Magierin ihres Jahrgangs eingestuft worden.« Ray warf Paige einen entschuldigenden Blick zu. »Tut mir leid, ich glaube auch nicht, dass *du* sie aufhalten könntest. Nicht ohne Magie.«

Während meine Beschützerin Ray zornig anfunkelte, runzelte Lief die Stirn. »Falls so etwas passieren sollte, dann holt euch Hilfe. Versucht sie aufzuhalten, egal wie.« Er sah mich eindringlich an. »Du hast doch nicht vor, irgendwelche Dummheiten zu machen, oder?« Er hatte mir zuvor erklärt, dass wir Magier uns untereinander alle duzten. Daraufhin hatte ich auch Paige das Du angeboten, aber sie hatte nur barsch abgelehnt.

Hinter mir gab Ian ein Schnauben von sich.

»Natürlich nicht!«, protestierte ich schnell. »Ich mache doch keine *Dummheiten!*« Doch noch während ich das sagte, kamen mir meine Eskapaden bei meiner Mission in Dastan Cove wieder in den Sinn, und ich war heilfroh, dass Darren unsere Anführerin Mira durch eine klitzekleine Erpressung dazu gebracht hatte, das in ihrem Bericht an Kommandant Chen unerwähnt zu lassen.

»Ich bin sehr gut darin, Befehle zu befolgen.« *Zumindest meistens.* »Ihr müsst euch wegen mir also keine Sorgen machen.«

Nachdenklich betrachtete Lief mich einen Moment lang, ohne etwas zu sagen, dann fuhr er mit einem Seufzen fort, die festen Abläufe der Truppe zu erklären. Den Blick auf die Straße vor uns gerichtet, hörte ich aufmerksam zu. Es war unser zweiter Einsatztag. Überall um mich herum ragten die Überreste verkohlter, kahler Kiefern auf und gemahnten an den berüchtigten Angriff der Caltothen von vor einem Jahr, als ein Viertel der nördlichen Wälder in Flammen aufgegangen war.

Ich hatte noch immer den bitteren Geschmack der Asche auf der Zunge, und immer wieder überfielen mich die Erinnerungen daran, wie ich kaum mehr Luft bekommen hatte, wie die Welt einen kurzen Moment lang gedonnert und getost hatte, als Eve ihr letztes Gefecht geschlagen hatte, um Darren und mir das Leben zu retten. Ein wenig war die Vegetation bereits zurückgekehrt, aber abgesehen von diesen kleinen grünen Inseln war der Wald nichts als ein Friedhof schwarz emporragender Stämme, die wie in tiefer Trauer davon kündeten, was wir verloren hatten.

Die untergehende Sonne hatte bereits eine tiefrote Färbung angenommen, ehe wir nach weiteren fünfzehn Meilen unser Lager auf einer Lichtung aufschlugen.

Wir versorgten unsere Pferde, striegelten, tränkten und fütterten sie, und im Anschluss daran kümmerten sich in erster Linie die Soldaten um den Aufbau des Lagers und den reibungslosen Ablauf: Sie stellten Zelte auf, bereiteten das Essen vor, füllten die Vorräte wieder auf, sammelten Holz und hielten auch reihum Wache. Die vierundzwanzig Ritter und vier Kriegsmagier hingegen verbrachten die Abende, indem sie mit Lief und Sir Gavin über Kampfstrategien diskutierten. Wir erfuhren mehr über die Besonderheiten der Patrouillen im Grenzgebiet, lernten die Namen der Dörfer kennen, bei denen der Ärger mehr oder minder vorprogrammiert war, und wiederholten allgemeine Kriegstaktik.

Am dritten Tag stellte Sir Gavin bei der Mittagspause die Frage in den Raum, die alle neuen Rekruten umtrieb und die viele auch laut ausgesprochen hatten.

»Ich habe immer wieder gehört, wie Ihr Eure Kameraden gefragt habt, wann wir endlich einen Caltothen treffen. Die Antwort ist einfach: nicht jetzt und nicht auf der Straße.« Er ließ seinen Hals knacken. »Es ist weitaus wahrscheinlicher, dass der Feind eines der kleinen Dörfer entlang der Grenze angreift als ein bewaffnetes Regiment. Und selbst dann ist davon auszugehen, dass es sich nur um ein paar Mann handeln wird, deren Vorgehen noch dazu wenig durchdacht ist.«

»Aber was ist mit dem Angriff letztes Jahr auf Ferren?«, hakte ich nach. »Die Caltothen wirkten damals nicht gerade schlecht vorbereitet.« Neben mir sah ich aus dem Augenwinkel, wie zwei weitere neue Soldaten und Ray zustimmend nickten.

Sir Gavin schwieg einen Moment lang, während sich mehrere Soldaten wissende Blicke zuwarfen. Als der Ritter schließlich antwortete, sprach er eine bittere Wahrheit aus. »Da stimme ich Euch voll und ganz zu, Ryiah, aber Ihr müsst eines bedenken, nämlich, dass es inzwischen auch bis zu den Caltothen durchgedrungen sein dürfte, dass König Lucius diesen letzten Überfall offiziell als Verstoß gegen den Großen Kompromiss bezeichnet hat.«

Meine Zuversicht geriet ins Wanken. Ein Vertragsbruch kam einer offenen Kriegserklärung gleich. Jeder wusste, dass sich die beteiligten Herrscher automatisch gegen das Land wenden würden, das sich nicht an den Vertrag hielt. Genau das hatte den Frieden zwischen Jerar, Caltoth, den Boreanischen Inseln und Pythus fast ein Jahrhundert lang gesichert.

»Bislang haben sich Kaiser Liang und König Joren geweigert, die Forderungen der Krone in Betracht zu ziehen, aber dieser direkte Angriff auf Ferren hat alles geändert. Die Festung liegt viel zu weit südlich, um als Grenzstreitigkeit abgetan zu werden.« Sir Gavin machte eine Pause und blickte allen Rekruten, einschließlich mir, in die Augen. »Jetzt haben König Lucius' Anschuldigungen ein ganz anderes Gewicht. Und wenn König Horrace von Caltoth kein völliger Narr ist, wird er sich zukünftig mit derartigen Angriffen zurückhalten und seine Energie lieber darauf konzentrieren, sich mit Jerars Ansprüchen auseinanderzusetzen. Zum gegenwärtigen Zeitpunkt wäre jedwede Aggression weder von unserer noch von caltoth'scher Seite aus ratsam.«

Es folgte ein kurzes Schweigen. Die anderen wandten sich wieder ihren Tellern zu, doch mir hatte es den Appetit verschlagen. Nachdenklich trank ich meinen Schlauch aus und machte mich dann zum Bach auf, um ihn wieder aufzufüllen.

Natürlich wusste ich, dass uns ein Krieg bevorstand, doch mir war nicht klar gewesen, wie sehr Jerar vom Wohlwollen seiner Bündnispartner abhängig war. Ich war so sehr mit meiner Ausbildung beschäftigt gewesen, dass ich der Politik nie viel Beachtung geschenkt hatte, und das Wenige, was ich aufgeschnappt hatte, hatte sich in erster Linie auf Mitgiftzahlungen beschränkt. Sir Gavins Worte beunruhigten mich. Es bedeutete, dass wir Caltoth ausgeliefert waren, falls sich die anderen Länder nicht zu unseren Gunsten entschieden.

Und selbst wenn die Caltothen schlau genug waren, von Angriffen auf Jerar abzusehen, solange sie unter Beobachtung standen, bestand immer noch die Gefahr, dass es König Horrace irgendwie gelingen könnte, die anderen auf seine Seite zu ziehen.

Denn auch wenn Kaiser Liang das Bündnis mit Jerar gerade erst erneuert hatte, würden die Boreanischen Inseln einen Bruch des Großen Kompromisses ohne den Rückhalt von Pythus nicht mittragen. Dazu waren sie militärisch zu schwach. Und nach dem Wutanfall zu urteilen, den Blayne bei der diesjährigen Magierweihe hingelegt hatte, war klar, dass König Joren, selbst wenn er dem Kronprinzen eine seiner Töchter zur Frau geben würde, kein Freund Jerars war.

Zudem war eine Schwester König Jorens bereits mit einem Bruder von König Horrace verheiratet. Was wiederum bedeutete, dass wir uns am Ende mit *drei* Ländern im Kriegszustand befinden würden statt nur mit *einem*, wenn es uns nicht gelang, die anderen irgendwie zu überzeugen. Und das konnten nicht mal eine pythische Prinzessin und meine boreanische Aussteuer wettmachen.

»Die anderen Herrscher sind Feiglinge.« Neben mir stocherte Paige, die mitgekommen war, übellaunig mit einem Stock am Ufer herum. »Sie klammern sich an ihre räumliche Entfernung und tun so, als wären sie zu weit weg, um mitzubekommen, was Caltoth da treibt. Dabei wissen alle Bescheid.«

»Sie hätten den Kompromiss nicht unterzeichnen sollen, wenn sie nicht willens sind, auch für ihn einzustehen.« Mir zog sich der Magen zusammen. *Was, wenn sie wirklich nicht dazu bereit sind?* »Was ist, wenn sie uns keine andere Wahl lassen, als Caltoth den Krieg zu erklären, ohne den Schutz des Vertrags?« *Haben sie vor, sich auf die Seite des reichsten Landes zu schlagen, oder auf die des Landes mit der größten Armee?* Denn Jerar war lediglich Letzteres. *Und was nützt uns die beste Armee, falls wir es tatsächlich mit drei vereinten Armeen zu tun bekommen und von allen Seiten unter Beschuss stehen?*

Ich blickte hinab auf meine Hände und sah, dass sie zitterten. So sehr ich mich auch bemühte, mir nichts anmerken zu lassen, war ich innerlich doch unheimlich aufgewühlt. Mir war nicht viel Zeit geblieben, über meine Mission in Dastan Cove nachzudenken, doch die Geschehnisse dort verfolgten mich noch immer in meine Träume – wie es sich angefühlt hatte, zu töten, wie es gewesen war, Darren fast zu verlieren.

Kämpfen war einfach. Bis es handfeste Konsequenzen hatte.

Caine und ich hatten uns nicht nahegestanden, zumindest nicht so wie Darren und Eve. Doch das bedeutete nicht, dass die schrecklichen Vorfälle in meinem zweiten und fünften Jahr als Lehrling, die zu ihrem Tod geführt hatten, mir nicht nachgingen. Am Tage ließ sich die Erinnerung daran relativ leicht verdrängen, doch sobald ich die Augen schloss, suchte sie mich heim. Noch immer konnte ich das versengte Fleisch in der Wüste riechen, noch immer sah ich den wild entschlossenen Ausdruck in Eves Augen vor mir, als sie ihr Leben gab, um den Prinzen und mich zu retten. Das »letzte Gefecht« eines Magiers … Es hätte niemals so weit kommen dürfen, dass sie keinen anderen Ausweg mehr sah, als sich selbst zu opfern.

»Wir können es uns nicht leisten, gegen Caltoth, die Boreanischen Inseln *und* Pythus in den Krieg zu ziehen.«

»Nein.«

Ich drehte mich um und sah, dass Paige mich unverwandt betrachtete. »Ich glaube nicht, dass Ihr es so weit kommen lasst, Mylady.«

Ich runzelte die Stirn. Wenn das doch nur in meiner Hand läge!

Wenn es doch nur einen Weg gäbe!

Wir fanden die Fährte der Räuber fast auf Anhieb.

Leider war das das Einzige, was uns in den Schoß fiel.

Wir hatten das Hilfsgesuch in der zweiten Woche unseres Einsatzes erhalten. Sir Gavins Trupp patrouillierte auf einem Hundert-Meilen-Korridor im nordwestlichen Herrschaftsgebiet Jerars, in dem drei Ansiedlungen lagen. Zwei davon erinnerten mich an Demsh'aa, die dritte jedoch, Pamir, war eine größere Stadt, die für ihre Pferdezucht berühmt war und die besten Vollblüter des Landes hervorbrachte. Wir hatten gerade erst die Grenze erreicht, als mehrere Boten auftauchten und uns von einem Diebstahl berichteten, der erst drei Tage zurücklag.

Lord Waldyn, der Herr über Pamir, hatte bereits sein halbes Regiment ausgesandt, um Jagd auf die Diebe zu machen, doch es war mit leeren Händen zurückgekehrt. Die Regimenter kleinerer Städte sollten sich grundsätzlich nicht so weit von ihrem Stationierungsposten entfernen. Zum einen verfügten sie nicht über die nötigen Ressourcen für eine längere Verfolgung, zum anderen wurden die meisten Leute zu Hause gebraucht, um Wache zu stehen und den restlichen Viehbestand im Blick zu behalten, für den Fall, dass die Räuber ein zweites Mal zuschlugen.

Da Pamir in unseren Zuständigkeitsbereich fiel, war es die Aufgabe von Sir Gavins Truppe, die Übeltäter ausfindig zu machen und die Hengste zu den verzweifelten Züchtern zurückzubringen.

»Das sind keine gewöhnlichen Verbrecher«, hatten uns die Boten gewarnt. Und sie sollten recht behalten. Innerhalb weniger Stunden war die Spur der Banditen komplett verschwunden.

»Vierzig Pferde lösen sich nicht einfach in Luft auf.« Lief betrachtete eingehend den Boden. »Ich vermute, dass sie jemanden mit magischen Fähigkeiten dabeihatten. Das ist die einzige Erklärung.«

Ich trieb meine Stute an. »Glaubst du, es sind Rebellen?«

Energisch schüttelte er den Kopf. »So weit nach Norden stoßen die Rebellen eigentlich nicht vor.«

»Warum nicht?« Ray war genauso wissbegierig wie ich.

»In allen Rapporten der Kronarmee wird von Angriffen südlich der Hauptstadt berichtet.« Lief schien nicht beunruhigt zu sein. »Hier an der Grenze hatten wir es noch nie mit so etwas zu tun.«

Ich legte die Stirn in Falten. Es stimmte schon: Im Süden der Roten Wüste lagen die Salzebenen und damit eines der einträglichsten Exportgüter des Landes, aber was war mit den Waffenschmieden in Ferren und den Pferdezüchtern im Norden? Das waren schließlich auch wichtige Handelswaren, oder etwa nicht?

Ian bemerkte meinen Gesichtsausdruck und schloss zu mir auf. »Mit den Rebellen müssen wir uns hier oben nicht rumschlagen. Warum sollten sie uns auch das Leben schwermachen? Das erledigt schon Caltoth für sie.«

»Glaubst du, dass sie von König Horrace finanziert werden?«

Sein Blick blieb weiterhin konzentriert auf den Wald gerichtet. »Schon möglich.«

»Wenn es so einfach wäre«, meinte Paige neben mir spöttisch, »dann müssten wir doch nur einen davon in die Finger kriegen und den Dummkopf windelweich prügeln, bis er singt. So ließe sich der Konflikt mit Caltoth und mit diesen armseligen Rebellen mit einem einzigen Streich – oder *Fausthieb* – beenden.«

Ians Augen blitzten in den hellen Strahlen der Nachmittagssonne. »Das ist ein bisschen –«

»Was? *Grausam?* Na ja, dann hätten sie nicht zu Verrätern werden sollen. Mein Bruder ist bei seinem Dienst in Port Cyri bei einem Rebellenangriff ums Leben gekommen.«

Lief räusperte sich und sprang Ian bei. »Keiner nimmt die Rebellen in Schutz, Paige, aber ich kann dir versichern, dass *das hier* nicht ihr Werk war. Sie bleiben weiter im Süden. Hier im Norden haben wir wegen der Grenzüberfälle in erster Linie mit Diebstählen zu kämpfen. Wenn den Leuten der Lebensunterhalt genommen wird, werden sie oftmals kriminell. Das rechtfertigt ihr Handeln natürlich nicht, aber so was kommt immer wieder vor.«

»Mit Magie? Eine verarmte Familie hätte keine Magier dabei.«

Dank der ihr angeborenen Skepsis war Paige noch nicht bereit, einzulenken. Ich versuchte, ein Grinsen zu unterdrücken. Ihre Entschlossenheit war bewundernswert. Sie vertraute auf Fakten und ließ auch nicht zu, dass die einfach so wegdiskutiert wurden. Nicht einmal, wenn derjenige sie finster anstarrte.

Ray kicherte neben mir, als Lief ein genervtes Seufzen ausstieß. »Ja, Paige, ›mit Magie‹. Es gibt massenhaft Leute, die sich an der Akademie bewerben und keinen Ausbildungsplatz bekommen, aber dennoch über genug Magie verfügen, um einen einfachen Zauber wie diesen zu wirken. Spuren zu verwischen und abgebrochene kleine Zweige zu verbergen, ist keine hohe Kunst.«

Meine Ritterin hatte wenigstens den Anstand, den Kopf ein wenig zu senken. »Oh.«

»Ja, allerdings *oh.*« Lief schenkte ihr ein müdes Lächeln. »Es ist verboten, Magie einzusetzen, wenn man kein Magier ist oder sich in der Ausbildung dazu befindet, aber jemand, der verzweifelt ist, spielt nicht unbedingt nach den Regeln. Ich bin sicher, da, wo du herkommst, halten sich die meisten an den Verhaltenskodex?«

»Stimmt.« Paiges Wangen hatten eine zartrosa Färbung angenommen. »Ansonsten bekommt man auch ziemlich harte Strafen aufgebrummt.«

Lief lachte. »Wenn das hier in der Gegend nur auch so funktionieren würde.«

Es entspann sich eine längere Diskussion zwischen meiner Beschützerin und Lief, die nun jedoch eher als freundliche Unterhaltung bezeichnet werden konnte. Ian, Ray und ich ritten hinter den beiden her und hörten amüsiert zu.

»Sieh mal, wird sie *rot?*« Ian starrte Paige an. »Ich dachte, deine Aufpasserin könnte niemanden ausstehen.«

»Offenbar gibt es Ausnahmen.«

»Ausnahmen mit goldblonden Locken und langen, *langen* Wimpern«, feixte Ray.

Ian grinste mich an. »Anscheinend hegen Paige *und* Ray amouröse Gefühle für Lief. Was ist mit dir, Ryiah? Schmachtest du auch unseren Obermagier an?«

»Natürlich. Ich meine, sieh dir nur diese langen, *langen* Wimpern an!« Ich zwinkerte Ray zu. »Wie könnte ich denen widerstehen?«

Ian erwiderte irgendetwas, doch ich bekam es nicht mit, weil ich ein paar Fetzen der Unterhaltung zweier Ritter hinter uns aufschnappte.

»… nicht mal ihre Pflicht als Magierin erfüllt die zukünftige Prinzessin mit der angemessenen Ernsthaftigkeit … zu beschäftigt damit, anderen schöne Augen zu machen.«

Binnen Sekunden war meine gute Laune dahin.

»Ich habe gehört, dass man ihr die Stelle nur angeboten hat, weil Nyx sich aus ihrer Beziehung zu Prinz Darren einen Vorteil verspricht.«

»War das so offensichtlich?«

»Nach dem Angriff auf Ferren? Alle wussten es. Als sie auf der Krankenstation lag, ging er täglich dort ein und aus … Hast du eine Ahnung, wie sie es angestellt hat, ihn dazu zu bringen, Lady Priscilla den Laufpass zu geben? Na ja, ganz bestimmt nicht mit hartem Training, wenn du verstehst, was ich meine.«

»So was Ähnliches ist mir auch zu Ohren gekommen. Ich war in Tijan. Dann glaubst du also wirklich, dass sie hier ist, weil …?«

»Warum sonst? Soweit ich es beurteilen kann, ist nichts Besonderes an ihr dran.«

Ich hatte nicht einmal gemerkt, wie fest ich die Zügel angezogen hatte, bis das Gespräch schlagartig verstummte und einer der beiden sich räusperte.

»Magierin Ryiah, ist irgendetwas?«

Die unechte Besorgnis hinterließ einen bitteren Geschmack. Meine Finger hielten die Zügel so sehr umklammert, dass meine Knöchel weiß hervortraten und ich meine Hände kaum spüren konnte. Am liebsten hätte ich mich im Sattel umgedreht und dem Kerl haargenau gesagt, was ich von seiner »Besorgnis« hielt.

Da schob sich ein schlanker Arm in mein Sichtfeld, entwand die Zügel meinen Händen und lockerte sie, sodass meine Stute wieder antrabte.

»Ryiah.« Ruth lehnte sich zu mir. Seit meiner Ankunft hatte ich noch kein Wort mit der Alchemistin gewechselt, was in erster Linie daran lag, dass ich einfach noch nicht dazu gekommen war. »Komm, wir schließen zum Rest deiner Gruppe auf«, meinte sie und lotste mich von den Rittern weg, zurück ins Zentrum unserer Formation, wo die anderen Kampfmagier und Paige ritten.

»Hast du das gehört?« Meine Stimme klang brüchig.

Das Mädchen nickte einmal kurz und ich wurde rot.

Schon die letzten paar Tage war mir aufgefallen, dass die Gespräche oft ziemlich abrupt verstummt waren, wenn ich irgendwo aufgetaucht war, doch bis jetzt hatte ich keinen Gedanken an den Grund dafür verschwendet. Zerriss sich etwa die komplette Truppe das Maul über mich?

»Sie kennen dich nicht, Ryiah.« Ruths scharfsichtiger Blick war voller Mitgefühl. »Das ist doch alles reine Spekulation.«

»Glaubst *du*, dass mir dieser Posten nur wegen seiner Gefühle für mich angeboten wurde?« Um wessen Gefühle es sich dabei handelte, musste ich nicht dazusagen. Aus der Ferne hatte Ruth während der ganzen Ausbildungszeit zugesehen, wie Darrens und meine Beziehung sich entwickelt hatte.

»Nein.« Das Mädchen zögerte. »Aber es wird immer

Leute geben, die das denken, ganz egal, was du ihnen sagst.«

»Sind das …« Ich schluckte meine Wut hinunter. »Sind das viele?«

Ruth erwiderte nichts darauf.

Großartig. Ich spürte, wie erneut Zorn in mir hochstieg. Meine ganze Einheit war der Meinung, ich hätte sowohl meinen Rang als auch meinen Posten nur wegen meiner Verlobung mit dem Prinzen erhalten. Vorne herum lächelten mir meine Kameraden freundlich ins Gesicht, und sobald ich ihnen den Rücken zuwandte, stellten sie meine Fähigkeiten infrage.

Fünf Jahre, in denen ich mich ständig hatte beweisen müssen, im Handumdrehen zunichtegemacht.

Kein Wunder, dass Darren damals am ersten Tag an der Akademie so frostig reagiert hatte, als Ella und ich sein Anrecht auf einen Platz als Schüler hinterfragt hatten. Zweifelsohne war es ihm schon tausendmal so ergangen wie mir jetzt. Als Prinz war er es vermutlich irgendwann leid gewesen, sich wieder und wieder zu beweisen, und seine wütende Erwiderung an jenem Morgen war wahrscheinlich der krönende Abschluss jahrelanger Heuchelei und übler Lästereien gewesen.

»Eines Tages wirst du mir dafür dankbar sein, dass ich dir keine unaufrichtigen Komplimente gemacht und dir damit Flausen in den Kopf gesetzt habe.« Letztendlich hatte Darren mir einen Dienst erwiesen. Hätte ich es doch nur damals schon kapiert anstatt erst Jahre später. Was ich als Hohn und Spott aufgefasst hatte, war eigentlich der Ratschlag eines zornigen Jungen gewesen, dem andere unab-

lässig Freundschaft vorgegaukelt hatten, um dann über ihn herzuziehen, sobald er das Zimmer verließ.

»Danke«, sagte ich zu Ruth, »dass du mich aufgehalten hast, ehe ich etwas sagen konnte, das ich hinterher bereut hätte.« Obwohl – wenn ich ganz ehrlich war, war ich mir nicht so sicher. Diese beiden Ritter verdienten es durchaus, dass ich ihnen die Meinung geigte, und zwar gründlich.

Ohne etwas von meiner Zerrissenheit mitzubekommen, tätschelte Ruth mir unbeholfen die Schulter. »Das wird schon, Ry, wirst sehen.« Freundliche Gesten und warme Worte waren nie so ihr Ding gewesen. »Und wenn nicht, na ja … du bist ja sowieso nur ein Jahr bei uns, bevor du in die Hauptstadt zurückkehrst, oder?«

Das waren ja trübe Aussichten. Ich schenkte ihr ein schwaches Lächeln, und Ruth reihte sich wieder bei den Alchemisten ein, während ich hinter Ian und Ray hertrabte, triefend vor Selbstmitleid – und voller Wut.

»Ryiah und Ian, ihr beiden reitet mit Jeffreys Leuten Richtung Süden, Ray und ich mit Sir Gavin nach Norden.«

Als Sir Gavin Lief an einer Weggabelung anwies, uns in zwei Gruppen aufzuteilen, versuchte ich, mir meine Enttäuschung nicht anmerken zu lassen. Obwohl die Fährte der Räuber die zwei ersten Tage nicht auffindbar gewesen war, gingen alle davon aus, dass sie entlang des Flusses nach Norden gezogen waren, nachdem doch wieder Fußabdrücke aufgetaucht waren, die nach Süden führten.

Wie Lief so schön sagte: »Niemand macht sich erst so viel Mühe, seine Spuren zu verwischen, und hört dann plötzlich damit auf.«

Ganz offensichtlich war den Räubern die Magie ausgegangen, und sie waren durchs Flussbett geritten, um ihre Fährte zu verbergen – und hatten massenhaft falsche Spuren in Richtung Süden gelegt, um ihre Verfolger in die Irre zu führen. Trotzdem musste Sir Gavin ein paar von uns abstellen, die dieser Möglichkeit nachgingen, und es überraschte mich nicht, dass ich der Gruppe zugeteilt wurde, bei der es am unwahrscheinlichsten war, dass sie mit dem Feind in Berührung kam.

Das Gespräch zwischen den beiden Rittern kam mir wieder in den Sinn: »*Soweit ich es beurteilen kann, ist nichts Besonderes an ihr dran.*« Als ich Ray und Lief nachsah, wie sie in der Gegenrichtung davongaloppierten, musste ich sehr an mich halten, um dem Magieranführer nicht meinen Apfelbutzen in den Rücken zu werfen. *Glaubst du auch, dass nichts Besonderes an mir dran ist?*, hätte ich am liebsten geschrien. Ich war locker in der Lage, es allein mit ein paar Räubern aufzunehmen!

Aber natürlich konnte ich das nicht sagen. Jeder Wutanfall hätte meine Kritiker nur darin bestätigt, dass ich lediglich aufgrund meiner Beziehung mit Darren hier war. Ein *echter* Kriegsmagier würde sich niemals über seine Aufgabe beschweren, egal, wie simpel oder unbedeutend sie ihm auch erscheinen mochte.

»Ihr seid heute so still.« Paige schloss mit ihrer Stute zu mir auf, nachdem ich zwei Stunden schweigend dahingeritten war. »Bedrückt Euch irgendetwas, Mylady?«

»Nichts«, stieß ich zwischen zusammengebissenen Zähnen hervor und ließ den Blick über den Wald und die moosbedeckten Granitbrocken schweifen, die überall verstreut lagen. Es hätte wunderschön sein können, wenn ich nicht so aufgewühlt gewesen wäre. »Glaubst du wirklich, die Räuber würden derart offensichtliche Spuren hinterlassen?« Ich sprach von den Pferdeäpfeln, die immer wieder zwischen dicken Grasbüscheln und Efeu herauslugten.

Die Ritterin biss sich auf die Lippe, weil sie den wahren Grund meiner Frage verstand. »Nein, Mylady.«

»Habe ich mir schon gedacht.«

Neben mir sagte Ian kein Wort, und ich fragte mich, ob er sauer war, weil man ihn mit uns fünfzig zusammengespannt hatte, die ganz offensichtlich in die falsche Richtung steuerten. Mit den Schwächlingen. Es musste ein Affront für ihn sein, dass Ray den Vorzug bekommen hatte, obwohl Ian doch ein Jahr älter war und über mehr Erfahrung verfügte. Ich riskierte einen schnellen Blick, doch seine Miene gab nichts preis.

Seit wann war er so schwer zu durchschauen?

Knapp drei Stunden lang schlugen wir uns durch das Unterholz und folgten der Spur aus abgebrochenen kleinen Ästen und zertretenem Gras, ehe die Fußabdrücke schließlich kehrtmachten und durch ein Gebüsch ganz in der Nähe wieder in die Richtung zurückführten, aus der sie gekommen waren.

»Tja, was für eine Überraschung«, murrte ein Soldat.

Ich saß ab und Paige tat es mir aus Gewohnheit nach. Die Sonne spitzte glühend wie ein Stück Holzkohle zwischen den Stämmen hindurch und tauchte alles in purpurrotes Licht. Nicht mehr lange, und es wäre an der Zeit, das Lager aufzuschlagen. Ein paar der Ritter beratschlagten, ob es besser wäre, *jetzt* umzudrehen und zu versuchen, Sir

Gavins Truppe weiter nördlich einzuholen, oder die Nacht hier zu verbringen. Da ich wusste, wie stockdunkel es werden konnte, wenn die Sonne untergegangen war, befürwortete ich Letzteres.

»Würde es euch dreien etwas ausmachen, Feuerholz zu sammeln?«

Nun, da wir nur noch fünfzig Mann waren, benötigten die Soldaten Hilfe bei den Dingen, die sie normalerweise allein erledigten. Ich hatte nichts dagegen einzuwenden, denn das gab mir etwas zu tun, und ein bisschen Ablenkung konnte ich gut gebrauchen. Zusammen mit Ian und Paige schnappte ich mir einen der leeren Säcke, und wir nahmen uns die Seite westlich des Pfads vor, während die Alchemisten und Heiler sich Richtung Osten hielten.

»Ist alles feucht«, beschwerte sich Paige, nachdem wir zehn Minuten vergeblich gesucht hatten. »Hier ist es so schattig, dass der Tau überall liegen bleibt. Nirgends ein Stück trockenes Holz. Schaut …« Sie schnappte sich im Vorübergehen einen Zweig und versuchte, ihn entzweizubrechen, was nicht gelang, weil er in der Mitte noch grün und biegsam war. »Hoffentlich haben die anderen mehr Glück.«

»Da drüben kommt etwas mehr Licht hin.« Ian deutete ein Stück weiter auf eine Stelle im Unterholz, an der die Bäume nicht ganz so dicht standen. »Kommt mit.«

Wir trotteten hinter ihm her und zwängten uns durch ein Gewirr aus stacheligen Brombeerranken, die lauter dünne rote Linien auf meinen bloßen Armen hinterließen.

Wunderbar, ganz wunderbar. Genervt verzog ich das Gesicht und kratzte mich, weil es wie verrückt juckte. Den

Militärdienst in Ferren's Keep hatte ich mir irgendwie anders vorgestellt. Nachdem wir in unserer Ausbildung mehrmals in gefährliche Situationen geraten waren, hatte ich mich darauf eingestellt, dass es nun richtig zur Sache gehen würde. Bislang jedoch kam dieses Brombeergestrüpp einem feindlichen Angriff noch am nächsten.

Ich verpasste der nächstbesten Ranke mit voller Wucht einen Fußtritt und jaulte auf, als ich mit der Zehe gegen einen großen Felsbrocken darunter stieß.

»Ryiah?«

Ich blickte auf und ertappte Ian dabei, wie er mich aufmerksam beobachtete. Ein paar Schritte weiter stand Paige, die uns demonstrativ ignorierte und hoch konzentriert einen Ast nach dem anderen abbrach.

Ich setzte eine ausdruckslose Miene auf, während ich den Sack für meine Leibwächterin aufhielt. »Es ist … nichts.«

»Bist du sicher?« Ian hörte mit dem Feuerholzsammeln auf. »Ich habe schon den ganzen Tag den Eindruck, dass dich etwas belastet.«

Warum es leugnen? Er wusste sowieso, dass etwas nicht stimmte. »Die anderen haben über mich geredet.«

Schweigen.

Ich hob ein Stück Holz vom Boden auf und fluchte, als sich auch noch ein winziges spitzes Rindenstück in meinen Finger bohrte. Ruckartig zuckte ich zurück, zog mir den Holzsplitter aus der Haut und sah zu, wie an der Stelle ein kleiner roter Blutstropfen zum Vorschein kam. »Alle denken, Nyx hätte mir den Posten nur wegen meiner neuen Stellung am Hof angeboten«, murmelte ich.

Ian wirkte nicht sonderlich überrascht. »Ich weiß.«

Danke, dass du dich für mich stark gemacht hast. »Warum hast du das nicht richtiggestellt?« Ich schluckte und zwang mich, die Frage zu stellen, die mir schon seit meiner Ankunft im Kopf herumging. »Sind wir …? Bist du noch böse auf mich?«

»Ryiah.« Ian verschränkte die Arme vor der Brust. »Das hat nichts mit uns zu tun – oder mit dem, was mal zwischen uns war. Wenn ich etwas sage, ändert das auch nichts an den Tatsachen. Du bist von niederer Geburt und hast genau an dem Abend die Einstufung als zweitbester Magier des Jahrgangs erhalten, als der Prinz seinem Vater gesagt hat, dass er nicht Priscilla, sondern *dich* heiraten wird.« Er nahm mir den inzwischen randvollen Sack aus der Hand und tauschte ihn gegen seinen leeren aus. »Was sollen die anderen da denn denken?«

»Darren hat Byron nicht darum gebeten.« Ich spürte, wie Wut in mir hochstieg, und schluckte mühsam, um sie zu unterdrücken. »Ich habe mir meinen Rang verdient, Ian, und das weißt du auch!«

»Ja«, sagte er mit einem Seufzen, »und wie ungemein praktisch, dass Master Byron diesen Sinneswandel ausgerechnet im Jahr deiner Magierweihe hingelegt hat.«

»Es ist nicht meine Schuld, dass Marius den Alten schließlich doch noch zur Vernunft gebracht hat!« Es war, als hätte ich einen Schlag in die Magengrube bekommen. Das war Ian. *Ian.* Mein ehemaliger Freund – hatte ich zumindest geglaubt. Vielleicht war er doch noch sauer. Vielleicht hatte er mir eben doch nicht verziehen.

»Warum werde ich dafür bestraft, dass ich den Schwarzen Magier beeindruckt habe? Warum werde ich mit Dreck dafür beworfen, dass ich Nyx ins Auge gesprungen bin, nachdem ich ihr Regiment *gerettet* habe? Warum sollte mein neuer Status hier irgendwie von Bedeutung sein? Ich habe mein Können ein ums andere Mal unter Beweis gestellt!«

»Du kannst dir nicht immer aussuchen, wann du die Opferrolle spielen willst, Ry.« Ian verstummte und senkte den Kopf, um mich anzusehen, mir richtig in die Augen zu blicken. »Ja, die Leute reden. So sind sie eben. Aber sieh es mir nach, wenn ich dir sage, dass du aufgrund deiner Freundschaft mit Darren auch eine Menge Privilegien genossen hast. Oder hast du schon vergessen, wie er dafür gesorgt hat, dass du bei dieser Mission in Port Langli mit an Bord warst?« Er atmete langsam aus. »Und meinst du, der Schwarze Magier hätte mit derselben Vehemenz auf Byrons augenscheinliche Voreingenommenheit gegen Frauen hingewiesen, wenn nicht Darren sein Augenmerk darauf gelenkt hätte?«

»Ian, ich ...« Meine Wangen brannten. Ich war tatsächlich bevorzugt worden. Und da stand Ian vor mir – der Junge, auf dessen Herz ich wegen eines anderen herumgetrampelt war – und musste mir ins Gedächtnis rufen, wie schlecht es mir zu Gesicht stand, mich über *einen* möglichen Nachteil zu beschweren, wo er doch alles darum gegeben hätte, auch nur *ein Mal* einen einflussreichen Fürsprecher zu haben. »Es tut mir leid«, stammelte ich. »Mir ... mir war nicht klar, dass –«

Er hob die Hand. »*Ich* weiß, dass du deine Rangstufe verdienst, Ry, aber ...« Er seufzte. »Aber die anderen musst du davon erst noch überzeugen. Und in der Zwischenzeit reiß ihnen nicht den Kopf ab für ihr Gerede, denn gänzlich unbegründet ist es nicht.«

Ich strich mir eine klebrige Haarsträhne aus dem Nacken. »Na gut, jetzt fühle ich mich echt richtig, richtig mies.«

»Solltest du auch.«

Ich klappte den Mund auf und dann wieder zu, als ich sein Lächeln sah.

»War nur ein Witz, Ryiah.«

Verlegen zuckte ich mit den Schultern. »Sieht aus, als hätte ich deinen ganz speziellen Humor verdrängt. Das hier muss das längste Gespräch sein, das wir zwei seit Jahren geführt haben.«

Er grinste. »Ein bisschen seltsam fühlt es sich schon an, oder?«

»Für mich auf jeden Fall«, schaltete sich Paige ein, noch ehe ich etwas darauf erwidern konnte. Ich funkelte sie wütend an, wenn auch nur halbherzig. Taktgefühl war einfach nicht ihre Stärke.

»Also …«, sagte Ian.

»Also.«

»Du und Darren.«

»Oh …« Ich zögerte einen Moment. »Das.«

Er räusperte sich unbehaglich. »Hat sich am Ende also herausgestellt, dass der Prinz doch gute Absichten hatte. Ich kann nicht behaupten, dass ich ernsthaft daran geglaubt habe.«

Schuldbewusst trat ich von einem Bein aufs andere. »Ich irgendwie schon … und auch wieder nicht. Er ist …« Ich wusste nicht, wie ich es ausdrücken sollte, ohne alles noch schlimmer zu machen. »Er ist kompliziert.«

»Kann man wohl sagen.«

Ich biss mir auf die Unterlippe und schob hastig eine Erklärung hinterher. »Aber er will das Richtige tun. Er macht es vielleicht nicht immer auf die ideale Art, aber er hat gute Absichten.« Als mir auffiel, dass ich dieselbe Formulierung verwendet hatte wie Ian, unterbrach ich mich. Es ließ Darren so … so kompliziert klingen. *Kompliziert?* Hatte ich dieses Wort nicht auch schon benutzt? Oh Mann, ich redete mich um Kopf und Kragen.

»Ich glaube, du wirst ihm guttun.«

Ruckartig sah ich auf und unsere Blicke trafen sich. »D-danke.«

»Das sage ich nicht nur aus Nettigkeit.« Ian sah mich eindringlich an. »Du bist nicht im Palast aufgewachsen oder hast deine Zeit in einem Kloster verplempert. Du wirst in der Lage sein, für andere einzutreten und die Geschicke des Landes mit zu beeinflussen.«

Ich lachte nervös. »Du hast anscheinend nicht viel Zeit mit der königlichen Familie verbracht.« Lucius hielt es nicht mal mit mir im selben Zimmer aus, und ich war nicht sicher, ob sein älterer Sohn mich nicht lieber tot gesehen hätte, auch wenn Darren etwas anderes behauptete.

»Ryiah.« Ian schloss die Augen. »Du hast es geschafft, dass Darren dich heiratet. Du hast durchaus Einfluss, ob du das nun wahrhaben willst oder nicht.«

»Er ist nicht der Thronfolger. Er kann nicht –«

»Willst du es nicht wenigstens versuchen?« Die Stimme meines Freundes klang gepresst. »Oder interessieren dich die Probleme der einfachen Leute nicht mehr, nun, da du keine mehr von uns bist?«

Das saß. Ian wusste genau, dass wir *beide* seit unserer Ausbildung nicht mehr dem unteren Stand angehörten. »N-natürlich tun sie das!«

Auf einmal wirkte Ian schuldbewusst. »Tut mir leid, Ry«, lenkte er ein. »So hab ich's nicht gemeint – ich weiß, dass du nicht so bist. Ich will einfach nicht, dass dein neues Leben dich verändert.«

»Wird es nicht.« Ich zwang mich zu einem Lächeln, während ich die Hand ausstreckte und ihm auf den Arm legte. »Glaub mir, dazu bräuchte es viel mehr als ein paar hübsche Kleider –« Ein abstoßender Gestank stieg mir die Nase und ich sah angewidert auf meine Stiefel hinab. Pferdeäpfel. Ich hatte es geschafft, mitten in einen Haufen hineinzusteigen, der vom Gras verdeckt war. »Toll. Na ganz …« Ich erstarrte.

Pferdeäpfel – frisch, nur ein paar Tage alt, und gerade mal zehn Minuten von der Stelle entfernt, an der die Räuber vermeintlich kehrtgemacht hatten.

Ruckartig sah ich auf und hielt nach irgendwelchen zusammengetretenen Pflanzen und anderen Spuren Ausschau, die nicht von Paige, Ian oder mir stammten.

Da. Ich kniff die Augen zusammen. *Dort.* Mein Blick blieb an einer abgerissenen Efeuranke hängen. *Und dort.* Die Räuber hatten eben doch diese Richtung eingeschlagen!

Ich schnappte nach Luft. »Lord Waldyns Boten haben gesagt, ihr Regiment hätte die Diebe zwei volle Tage gesucht und trotzdem nicht finden können. Aber hatten sie in ihrem Bericht nicht erwähnt, sie wären Richtung Norden gegangen wie die Gruppe um Sir Gavin? Alle dachten, die Spuren, die nach Süden führten, wären zu offensichtlich. Was, wenn genau das der Plan der Verbrecherbande war?« Ich wies auf den Haufen zu meinen Füßen.

Ian stieß einen Pfiff aus. »Du meinst, die Räuber wollten, dass wir denken, sie wären durchs Flussbett geritten.«

Ich spürte, wie mich Aufregung erfasste. »Deshalb hat der Pfad Richtung Süden auch so niedergetrampelt ausgesehen. Weil er es *war.* Sie haben nicht einfach ein paar Männer ausgeschickt, um eine falsche Fährte zu legen und dann bei unserem Lager umzudrehen – sie sind wirklich weitergeritten. Und zwar hier.«

Ich musste mich sehr am Riemen reißen, um nicht auf und ab zu hüpfen. *Endlich! Endlich etwas, womit ich den anderen zeigen kann, dass ich mehr bin als das Mädchen, das dem Prinzen gefällt.* »Wenn die Diebe umgedreht wären, hätten sie keinen Grund gehabt, so weit südlich falsche Fährten zu legen. Ich vermute eher, sie haben diese Spuren hier übersehen, oder ihnen ist die Magie ausgegangen, und sie dachten, sie wären zu weit südlich, als dass wir hier noch nach ihnen suchen würden.«

Paige stöhnte. »Ihr Magier macht alles immer so kompliziert.«

Ian warf ihr ein breites Lächeln zu und schwang sich beide Säcke über die Schulter. »Sonst wäre es auch zu einfach, meine Liebe.«

Meine Beschützerin sah ihn mürrisch an und schnappte ihm ihren Sack wieder weg. »Ich bin nicht deine *Liebe.* Und auch von sonst keinem.«

Ich machte den beiden ein Zeichen. »Kommt mit, sehen wir mal, wo die Spuren hinführen –«

»Oh nein, das könnt ihr vergessen.« Paige packte Ian und mich am Ellbogen und zerrte uns mit einem kräftigen Ruck zurück. »Wir werden schön den anderen im Lager Bericht erstatten, und *die* entscheiden dann, ob die Suche jetzt fortgesetzt wird oder morgen früh. Ihr wisst, dass Sir Gavin mich einen Kopf kürzer macht, wenn ich euch allein auf Verbrecherjagd gehen lasse.«

Ich zog eine Grimasse. Wir lagen sowieso schon drei Tage hinter den Dieben zurück. »Lief meinte, wir könnten zu zweit losziehen. Und außerdem würden wir doch nur kurz auskundschaften, ob –«

»Aber *Sir Gavin* hat gesagt, dass die Magier nichts machen sollen, was die Soldaten selbst auf die Reihe kriegen.«

»Sie haben uns auch zum Feuerholzsammeln geschickt«, warf Ian ein. »Weil wir unterbesetzt sind. Wir würden den anderen einen Gefallen tun.«

»Ich bin sicher, dass euer Anführer das anders sieht, wenn es darum geht, Banditen zu verfolgen.«

Mit lautem Seufzen folgten wir Paige zurück zum Lager. Natürlich hatte sie recht, aber es juckte mir in den Fingern, mich dem Rest unserer Truppe zu beweisen. Ich riskierte einen Blick zu Ian und sah, dass er genauso enttäuscht wirkte wie ich.

»Fühlt sich an wie in alten Zeiten, oder, Ry?«

Ich lächelte. *Noch nicht ganz, aber hoffentlich bald.*

Am Ende entschied unsere Gruppe per Abstimmung, den Wald erst am nächsten Morgen abzusuchen. Die Räuber hatten ohnehin drei Tage Vorsprung, und es wäre unvernünftig gewesen, bei Nacht nach ihrem Aufenthaltsort zu suchen, wenn wir kaum zwei Meter weit sehen konnten. Mit Fackeln würden wir uns nur verraten, und die Zauberkraft der Magier durfte nicht fürs Spurenlesen verschleudert werden, sondern wurde für unser unvermeidliches Aufeinandertreffen später gebraucht.

Die ganze Nacht wälzte ich mich hin und her.

Im Morgengrauen war das komplette Lager fertig zum Aufbruch. Ian, Paige und ich stellten da keine Ausnahme dar. Alle waren angespannt und kampfbereit zugleich. Nach sechzehn Tagen in der Wildnis und ohne die ständigen Trainingseinheiten wie an der Akademie sehnte ich mich danach, meine Magie zum Einsatz zu bringen.

Fünf Jahre tägliche Trainingsroutine am Stück waren schwierig zu durchbrechen. Hier im Regiment wurde erwartet, dass wir uns unsere Zauberkraft aufsparten, während wir im Einsatz waren – man konnte schließlich nie wissen, wann wir gezwungen wären einzugreifen –, und nun, da noch der Druck meiner Truppe dazukam, brannte ich regelrecht darauf, meine Fähigkeiten unter Beweis zu stellen.

Zum Glück konnten wir nach der Entdeckung der Pferdeäpfel am Vorabend die Fährte der Diebe leicht aufnehmen. Offenbar hatten die Verbrecher nicht damit gerechnet, dass wir so weit südlich Nachforschungen anstellen würden, und sich deshalb ab hier nicht mehr die Mühe gemacht, ihre Spuren weiterhin zu verbergen. Noch immer war alles ein wenig feucht vom Morgentau, doch um die Mittagszeit hatte wir das kühle Blätterdach des Waldes hinter uns gelassen und befanden uns in bergigem Gelände, wo die Vegetation deutlich spärlicher ausfiel.

Die Sonne brannte so gnadenlos vom Himmel auf uns nieder, als wollten uns die Götter mit Fäusten traktieren, und im Handumdrehen war ich völlig durchgeschwitzt und verdreckt. Ich war froh, dass Darren nicht hier war und mitbekam, wie grauenhaft seine Verlobte stank, ganz zu schweigen davon, wie widerwärtig braun und nass mir das Hemd unter meinem Kettenpanzer am Leib klebte.

Die Stunden schleppten sich dahin, der Boden wurde immer steiniger, die Landschaft rauer und karger. Zerklüfteter Granit säumte den schmalen Pfad, der in stetem Auf und Ab ins Herz des nördlichen Gebirges führte. Immer öfter mussten wir eine Rast einlegen, weil sogar die Pferde langsam müde wurden.

Es war später Nachmittag, als zwei Späher endlich mit der Kunde zurückkehrten, auf die wir alle voller Anspannung gewartet hatten: Das Basislager der Pferdediebe lag nur drei Meilen weiter südwestlich. Allem Anschein nach hatten sie ein kleines Lager am Fuße dreier nahegelegener Berge mitten in den Iron Mountains aufgeschlagen. Es war eine einsame Gegend, der das Regiment bei seinen Patrouillen zuvor keine Beachtung geschenkt hatte, weil man sich lieber auf die direkte Grenzregion und die nördlichsten Dörfer konzentriert hatte.

Vermutlich war das auch der Grund, weshalb die Verbrecher sich für diesen Ort hier entschieden hatten. Nach dem zu urteilen, was die Kundschafter berichtet hatten, musste es den Unterschlupf mindestens seit einem Jahr geben. Die Pferde waren zwar erst kürzlich hinzugekommen, doch die Räuberbande hielt auch Nutztiere. In einem Verschlag am Rande einer grob zusammengezimmerten Befestigungsanlage suhlten sich ein paar Schweine und auf einer eingezäunten Weide befanden sich zwei Kühe und mehrere Hühner. Es gab sogar einen schmalen Acker mit einigen Reihen frostharter Feldfrüchte wie rotblättrigem Salat und Karotten.

Der Rückzugsort der Räuber war viel mehr als ein einfaches Lager.

Paige blickte düster drein. »Sie müssen schon eine ganze Weile dort hausen.«

»Was den Anstieg an Diebstählen in letzter Zeit erklärt«, fügte eine Soldatin hinzu. »Und wir haben die ganze Zeit gedacht, Caltoth würde dahinterstecken. Nie und nimmer wäre ich darauf gekommen, dass die Bedrohung von unserer Seite der Grenze ausgeht.«

»Wo sind sie jetzt?«

»Wie viele?«

»Dreißig«, antwortete einer der Späher.

»Nur *dreißig?* Wozu brauchen sie dann vierzig Pferde?«

»Meine Güte, Karl«, stöhnte jemand. »Das sind Vollblüter. Die Diebe hatten vermutlich nicht vor, sie selbst zu reiten, sondern sie an die Caltothen zu verkaufen.«

Unser Anführer Killian räusperte sich und brachte die Soldaten damit zum Verstummen. »Die Kundschafter haben zwar nur dreißig Mann gezählt, das heißt jedoch noch lange nicht, dass nicht noch mehr in der Nähe sind. Ich bezweifle, dass sie mit uns rechnen, aber wir können nicht vorsichtig genug sein. Deshalb teilen wir uns auf. Die eine Hälfte geht mit mir und nimmt den direkten Weg, der Rest pirscht sich mit Avery außen herum an, für den Fall, dass unsere Späher doch einige Banditen übersehen haben.« Er zählte auf, wer in welche Gruppe sollte.

»Was ist mit den Kampfmagiern?«

»Ian, du bist bei mir. Ryiah – Avery.«

Ich machte ein langes Gesicht, was nichts mit Avery an sich zu tun hatte. Beim morgendlichen Training hatte ich gesehen, dass sie eine fähige, erfahrene Ritterin zu sein schien. Es ging mir nur gewaltig gegen den Strich, dass ich schon wieder der Gruppe zugeteilt wurde, die mit der leichteren und langweiligeren Aufgabe betraut wurde.

Ian, der mir anscheinend an der Nasenspitze ansah, was in mir vorging, fing meinen Blick auf und schüttelte kaum merklich den Kopf. Ich biss mir auf die Unterlippe und atmete tief durch. Er kannte mich einfach zu gut. Vielleicht hatte ich falschgelegen, vielleicht hatte Sir Gavin Ian auch gerade *wegen* seines höheren Dienstalters mit *mir* mitgeschickt.

Na toll, jetzt habe ich sie am Hals. Falls wir wirklich in Schwierigkeiten geraten, drück dir mal selbst die Daumen, Ryiah, dass wir keinen Magier brauchen, der wirklich kämpfen kann.

Ich schmeckte den metallischen Geschmack von Blut und merkte, dass ich zu fest zugebissen hatte, um die alte Unsicherheit nicht wieder hochkommen zu lassen.

Neben mir tauchte Paige auf. »Gehen wir, Mylady«, sagte sie leise.

Ich folgte ihr zum Rest unserer Gruppe, die sich bereits um Avery versammelt hatte. Paige mochte vielleicht nicht meine größte Bewunderin sein, aber sie war nicht verkehrt.

Im Stillen dankte ich ihr dafür, dass sie mich weggelotst hatte, ehe ich etwas hatte sagen können, das ich hinterher bereut hätte.

Ich spielte an meinen Zügeln herum und hörte Avery zu, wie sie ausführlich unsere Strategie darlegte: Wir würden über einen kleinen Umweg ins Tal reiten, während Ians und Killians Gruppe den direkten Weg nahm. Je ein Alchemist in jeder Truppe hielt zwei Zaubertränke bereit, die ein grelles Leuchten aussandten: rot, sobald die Mission abgeschlossen war, blau, falls wir in Schwierigkeiten steckten und Hilfe benötigten. Es war nicht so effektiv wie ein Blitz, aber es würde seinen Zweck erfüllen.

Vorausgesetzt, alles lief nach Plan.

Dieses Mal würde ich nicht leichtsinnig sein – weder in Worten noch in Taten. Das hatte ich mir an meinem ersten Arbeitstag geschworen, und ich hatte auch ganz fest vor, mich daran zu halten. Im Stillen sagte ich es mir wieder und wieder vor, während ich langsam und unter Averys Führung mit den anderen vierundzwanzig Leuten einen steinigen, von Krüppelkiefern gesäumten Pfad zwischen zwei steil aufragenden Felswänden dahintrabte, von denen das Klappern der Pferdehufe widerhallte. Irgendwann wurde der Weg so schmal, dass wir nur noch hintereinander reiten konnten und fast eine ganze Stunde brauchten, um nur das schwierigste Teilstück zu überwinden.

Ich begann mich zu fragen, wie es den anderen wohl ging, als plötzlich ein lautes Poltern ertönte, gefolgt von einem ohrenbetäubenden Schlag, der die Erde erbeben ließ. Mein Pferd wieherte und stieg, und ich konnte mich mit knapper Not im Sattel halten, während hinter mir panische Schreie ertönten.

Zum Glück gelang es mir, meine Stute gerade lang genug zu beruhigen, um abzusitzen. Paige machte es genauso, denn bei einem Angriff auf so beengtem Raum sollte man nicht im Sattel bleiben.

Bereit, meine Magie zum Einsatz zu bringen, wirbelte ich mit erhobener Hand herum und zog, wie auch die anderen Ritter und Soldaten, gleichzeitig mein Schwert aus der Scheide. Doch was ich dann sah, ließ mich erstarren.

Ein gewaltiger Gesteinsbrocken, locker fünf Meter hoch und so breit wie der Felsspalt, war keine zwei Meter hinter uns heruntergekommen und hatte uns vom Rest unseres Trupps abgeschnitten. Von der anderen Seite ertönten Schreie und das laute Klirren von Metall auf Metall. Sehen konnte ich es nicht, dazu war das Hindernis zu hoch, aber ich hatte schließlich Ohren. Es gehörte nicht viel dazu, um zu kapieren, dass sich die Späher verzählt haben mussten.

Unsere restliche Gruppe befand sich mit den Banditen auf der anderen Seite, und es klang, als wären unsere Leute unterlegen. Sie hatten zwar das alchemistische Elixier, kamen jedoch allem Anschein nach gar nicht dazu, es zum Einsatz zu bringen. Und selbst wenn – wir waren von extrem hohen Felswänden umgeben, und ich bezweifelte, dass die anderen unser Signal sehen, geschweige denn rechtzeitig hier sein könnten.

Zu fünfzehnt hörten wir mit zunehmender Panik den Kampfgeräuschen auf der anderen Seite zu. Paige stieß eine Reihe von Flüchen aus, und mehrere Soldaten versuchten vergeblich, den Gesteinsbrocken irgendwie zu bewegen.

Ich sah dagegen hinauf zu dem hohen Felsvorsprung, von dem aus die Räuber den Brocken auf uns herabgewälzt hatten. Es war so weit oben, dass keiner von uns auf den Gedanken gekommen war, die Felskante im Auge zu behalten.

Wie dumm wir doch waren! Wahrscheinlich hatte die Diebesbande an diesem Zugang zum Tal stets eine Wache postiert, die dort nur auf günstige Gelegenheiten lauerte. Räuber, die einen solchen dauerhaften Unterschlupf bauten, würden ihn mit allen Mitteln verteidigen, angefangen bei dem gigantischen Steinbrocken, der uns aussperrte, während sie den Rest unserer Leute niedermetzelten.

»Ryiah, tut doch was!« Avery sah mich verzweifelt mit ihren blauen Augen an. Sie war außer sich, wie wir alle. »Ihr müsst sie aufhalten«, flüsterte sie.

»Ich …« Mein Puls raste. Dies war die Gelegenheit, mich zu beweisen, und mein Gehirn war wie leer gefegt. Der Felsbrocken war zu schwer, um ihn anzuheben, zu massiv, als dass ich ihn mit meiner Magie hätte durchdringen können, zu glatt, um irgendwo Halt zu finden und darüberzuklettern. Ich konnte mich in die Luft erheben, doch das würde nicht viel bringen. Die anderen brauchten Verstärkung, nicht ein einzelnes Mädchen, das durch die Gegend schwebte und versuchte, gleichzeitig ihre Magie unter Kontrolle zu halten. »Soll ich einen Blitz heraufbeschwören, um die anderen zu warnen? Vielleicht kann Killian –«

»Sie würden zu spät kommen.«

»Solltet Ihr nicht eigentlich über große Zauberkräfte verfügen?«, fuhr mich ein Mann an. »Ihr seid eine Magierin zweiter Rangstufe, oder? Also rettet sie!«

»Ich weiß nicht, was ich tun –«

»Sie sterben, Prinzessin!«, knurrte ein anderer.

»Ich bin keine –«

»Setzt Eure Magie ein!«

»Ich weiß nicht, was ich machen soll.« Meine Stimme zitterte, während ich in vierzehn wütende Augenpaare blickte. Und zu allem Übel konnte ich die Schreie von der anderen Seite hören, die durch die enge Schlucht hallten. Markerschütternde Schreie. *Sie sterben, weil du keinen Plan hast.*

»Ihr seid nutzlos!« Derselbe Mann, der mich »Prinzessin« genannt hatte, spuckte vor mir aus.

»Das reicht.« Paige stellte sich vor mich und funkelte ihn an. »Sie ist nicht nutzlos, und dein Gebrüll hilft ihr nicht im Mindesten weiter, also halt gefälligst dein großes dummes Maul, sonst stopfe ich es dir nämlich.«

Ich schluckte. Sie hatte unrecht. Ich *war* nutzlos. Hier ging es nicht um meine Ehre. Ich pfiff darauf, was dieser Soldat oder sonst wer von mir hielt. Es war dumm von mir gewesen, eine wie auch immer geartete kriegerische Auseinandersetzung herbeizusehnen. Das, was hier geschah, war die Strafe der Götter. *Meine* Strafe. Ein törichtes Mädchen wünscht sich ein Gefecht, um die anderen zu beeindrucken, und das hat sie jetzt davon – ihr fällt nichts ein! Nutzlos, wie sie ist, muss sie zuhören, wie nur ein paar Schritte weiter Unschuldige abgeschlachtet werden.

All die langen Jahre meiner Ausbildung hatten mich nicht auf das hier vorbereitet.

Ich war hilflos.

Ich wusste nicht, was ich tun sollte. Ich wusste nicht, wie.

Ich wusste überhaupt nichts.

Stattdessen zitterte ich am ganzen Körper und fühlte mich wie gelähmt. *Denk nach, Ryiah.* Reglos stand ich da, kämpfte gegen die aufsteigende Panik an und betete zu den Göttern, dass meine Knie nicht einfach nachgaben. *Ich muss etwas tun.*

Die Gesichter der anderen tanzten vor meinen Augen. Mal nahm ich sie nur verschwommen wahr, dann wieder schärfer. Ich schüttelte den Kopf, um den Schwindel irgendwie loszuwerden. Das konnte ich mir jetzt nicht erlauben. Ich musste stark sein. Ich musste mir was einfallen lassen. Nicht, um die anderen zu beeindrucken, sondern um sie vor dem sicheren Tod zu bewahren.

»Mylady«, sagte Paige sanft, »Ihr könnt nicht jeden retten.«

Sie hatte recht, aber das hieß nicht, dass ich es nicht mit allen Mitteln versuchen musste. Ich atmete zehnmal durch die Nase ein und aus, dann straffte ich die Schultern. »Alle weg von dem Felsbrocken. *Macht schon!*«

Die drei Soldaten, die versuchten hatten, doch irgendwie hinüberzuklettern, ließen von ihrem Vorhaben ab, die anderen traten ein Stück zurück. Ich machte einen Schritt nach vorn und legte die Hände direkt auf den Stein. Normalerweise musste ich die Dinge nicht berühren, um einen Zauber zu wirken, doch in diesem Fall benötigte ich extrem viel Magie und musste jeden noch so kleinen Vorteil nutzen, den ich bekommen konnte.

Hoffen wir, dass ich mein Potenzial noch nicht voll ausgeschöpft habe.

Mit zugekniffenen Augen beschwor ich langsam meine Magie herauf, Schritt für Schritt, als würde ich eine Flamme entfachen. Ich rief mir das Bild vor Augen und konzentrierte mich darauf, bis es genauso real war wie der Gegenstand, gegen den ich meine Hände presste. Dann visualisierte ich, was ich mit meiner Magie vollbringen wollte, und achtete sorgsam darauf, dass auch wirklich alle fünf Sinne gleichermaßen an der Projektion in meinem Kopf beteiligt waren. Schließlich trat ich einen Schritt zurück und richtete all meine Energie auf den Gesteinsbrocken.

Der Fels begann zu … was? Beben? Der Hauch eines Zitterns lief hindurch und ich konnte Gemurmel hinter mir vernehmen. Breitbeinig stellte ich mich hin und bemühte mich, alles andere auszublenden: das Durcheinander aus Geräuschen und Gerüchen, die Schweißperlen, die sich auf meiner Stirn bildeten. Stattdessen konzentrierte ich mich ausschließlich auf meine Magie und wappnete mich gegen das Kopfweh, das sich hinter meiner Stirn aufbaute …

Meine Beine begannen zu zittern, in den Schläfen pochte mir das Blut, und mir wurde abwechselnd heiß und kalt … doch ich blieb ganz bei mir und biss die Zähne zusammen, auch wenn ich kurz vor dem Umkippen war.

Jemand packte mich unter den Achseln und hielt mich fest, während ich mich wie unter Krämpfen wand. »Es funktioniert«, flüsterte Paige.

Ich spähte unter meinen Wimpern hervor und bemühte mich, ruhig zu bleiben. An etwas derartig Schweres hatte ich mich in meiner gesamten Lehrzeit *nie* herangewagt. Darren schon, aber auch er war an seine Grenzen gestoßen. Der Brocken wog knapp vier Tonnen, und das Schwerste, was ich je hochgehoben hatte, waren zwei. Jedoch … der Fels schwebte – wenn auch sehr unstet – ein paar Zentimeter über dem Boden.

Bei den Göttern!

Hinter mir konnte ich gedämpft hören, wie Avery den anderen befahl, ihre Kettenhemden und Brustharnische abzulegen. Ich schluckte. Sie benötigten mindestens dreißig, wenn nicht fünfzig Zentimeter, um sich durch den Spalt zwängen zu können.

»Paige«, krächzte ich. »Dein Messer.«

Ohne Zeit zu verlieren, legte sie mir die Waffe in meine zitternde Hand, und ich drückte die scharfe Schneide in meine Handfläche. Leicht. Nur hauchzart zuerst, auf der Hut, nicht zu viel Druck auszuüben, damit ich nicht die Kontrolle über den Zauber verlor, für den ich all meine Kraft aufgewendet hatte.

Kurz ging ein Beben durch den Felsen. Er ruckte nach oben und sackte etwas ab, ehe er sich zehn, zwanzig Zentimeter über dem Boden einpendelte.

Ich ignorierte das Aufkeuchen hinter mir und ließ mich vollends in Paiges Arme sacken, während ich die Klinge tiefer und tiefer in mein Fleisch stieß, bis mir ein blutiges Rinnsal übers Handgelenk lief und die Schmerzen fast unerträglich wurden.

Wieder öffnete ich die Augen und sah, dass der Gesteinsbrocken nun einen guten halben Meter über dem Boden schwebte. Schon robbten die Ritter und Soldaten los, um so schnell wie möglich auf die andere Seite zu gelangen.

Vor meinen Augen zuckten grellweiße Lichtblitze und ich nahm alles nur noch wie durch einen Schleier wahr. Die Erfahrung hatte mich gelehrt, dass mir nur noch Sekunden blieben, bis meine Magie aufgebraucht wäre.

Mit all meiner Willenskraft und zusammengebissenen Zähnen hielt ich den Zauber aufrecht, solange es irgendwie ging, und betete, dass die anderen schnell machten. Das leichte Zittern in meinen Armen und Beinen wuchs sich zu einem unregelmäßigen Zucken aus, und Paige gab ihr Bestes, um mich festzuhalten, während ich immer mehr die Kontrolle über meine Gliedmaßen verlor. Lange konnte ich die Reaktion meines Körpers auf die Magie nicht mehr zurückdrängen …

Nein. Ein wenig musste ich noch aushalten. *Du schaffst das, Ryiah.* Ich kämpfte gegen die Dunkelheit an, kämpfte … kämpfte –

»Ihr habt es geschafft, Mylady«, durchbrach Paiges ehrfürchtige Stimme die Stille. »Ihr könnt jetzt loslassen.«

Und das tat ich.

VIER

Kurz nach meiner Einlage mit dem Felsen gelang es uns, die Räuber zu überwältigen, die uns in dem engen Gebirgspass aufgelauert hatten. Um wieder zum Rest unserer Gruppe zu stoßen, mussten Paige und ich uns zwar einen Weg weit außen herum suchen, was uns eine zusätzliche Stunde kostete, doch niemand beschwerte sich.

Ians Truppe war ähnlich erfolgreich gewesen und hatte die Festung der Banditen relativ schnell eingenommen. Insgesamt konnte es sich nicht um mehr als fünfzig Männer und Frauen handeln, von denen nur drei so viel Zauberkraft in sich trugen, dass es erforderlich war, ihre Fesseln noch zusätzlich durch Magie zu verstärken.

Unsere Kundschafter überbrachten dem Rest unseres Regiments eine Botschaft, und wir trafen uns an dem Fluss, an dem sich unsere Wege zuvor getrennt hatten. Die Soldaten führten die wertvollen Hengste, während unsere Ritter die Gefangenen zu Fuß eskortierten. Es war ein langsamer, monotoner Marsch nach Pamir. Unterwegs berichteten Ian und ich Lief und Ray ausführlich, wie sich alles zugetragen hatte.

Wir hatten unser Ziel schon fast erreicht, als Lord Waldyns Männer auftauchten, den schnellen Erfolg unserer Truppe lobten und die Pferde übernahmen. Gleichzeitig traf ein anderes Regiment aus Ferren's Keep ein, um die Gefangenen in seine Obhut zu nehmen.

Neugierig wandte ich mich an Ian. »Wo bringen sie sie hin?«

Er sah der Truppe nach, wie sie im Dickicht der Bäume verschwand. »Das Gefängnis in Gilys. Es liegt zwei Tage südwestlich von Ferren und fällt damit in den Zuständigkeitsbereich von Sir Quinns Einheit.«

»Wird man sie hinrichten?«

Er runzelte die Stirn. »Fändest du das richtig?«

Ich warf ihm einen ungläubigen Blick zu. »Sie haben drei von uns getötet.«

»Um sich zu verteidigen.«

Neben mir stieß Paige ein lautes Schnauben aus. »Außerdem wollten sie die Pferde nach Caltoth verkaufen und somit unseren Feind mit Kriegsgut beliefern. Kein Gericht der Welt würde sie da nicht zum Tode verurteilen.«

Ian ließ ein tiefes Seufzen hören. »Wahrscheinlich habt ihr beide recht … Trotzdem.« Er verstummte und sein Blick ruhte auf mir. »Ihr habt Sir Gavin doch gehört: Diese Leute stammten aus einer der Ortschaften, die bei dem Brand alles verloren haben. Ich will damit nicht sagen, dass das ihre Taten rechtfertigt, aber … vielleicht macht es das etwas schwerer, sie zu verurteilen?«

Mir zog sich der Magen zusammen und ich schluckte. Das Feuer hatte *ich* heraufbeschworen. »Hat der König denn kein Geld bereitgestellt?«, fragte ich. Dann straffte ich die Schultern, weil mir bewusst wurde, dass ich die Antwort darauf bereits kannte. »*Hat* er. Darren hat mir erzählt, dass –«

Lief, der unserem Gespräch bislang stumm zugehört hatte, unterbrach mich. »König Lucius bereitet sich auf einen Krieg vor. Auch wenn er Hilfe schickt, so kann man nicht davon ausgehen, dass das ausreicht – vor allem vor dem Hintergrund, was für immense Kosten der Unterhalt seiner riesigen Armee verursacht.«

Nun sah auch Ian mir in die Augen. »Ferren selbst und die Holzfällerstädte haben genug für den Wiederaufbau erhalten. Sie sind zu wichtig, als dass man sie ihrem Schicksal überlassen könnte, die kleineren Orte an der Grenze dagegen … na ja, die haben nicht immer so viel Glück, wenn solche Sachen passieren, Ry. Aus diesem Grund haben sich meine Eltern für die Metallverarbeitung entschieden. Damit ich in der Nähe der Festung aufwachsen konnte.«

Ich wusste nicht, was ich darauf erwidern sollte. Das Hochgefühl, das mich bei der Festnahme der Räuber überkommen hatte, war auf einmal wie weggeblasen, stattdessen machte sich Verwirrung in mir breit. War letztlich *ich* der Auslöser für das, was geschehen war? *Bin ich schuld daran, dass diese Leute zu Verbrechern geworden sind?*

»Ihr seid nicht dafür verantwortlich. Für nichts von alldem.« Paiges scharfe Worte machten mir bewusst, dass ich meine letzte Frage laut ausgesprochen hatte. »Das ist alles das Werk der Caltothen.«

»Paige hat recht.« Lief nickte meiner Leibwächterin zu und legte mir beruhigend die Hand auf die Schulter. »Du und der Prinz, ihr habt vielen Menschen das Leben gerettet. Das Feuer war ein notwendiges Übel. Niemand macht dir das zum Vorwurf, Ryiah.«

Ich versuchte, mir ein Lächeln abzuringen, scheiterte jedoch kläglich.

Lief wandte sich an meine Beschützerin. »Warum kommst du nicht ein bisschen zu Ray und mir nach vorne, Paige? Ich bin sicher, Ian und Ryiah werden ganz gut allein mit allen Gefahren und Hindernissen fertig, die ihnen in die Quere kommen.« Er zwinkerte uns zu. »Nach dieser kleinen Demonstration deiner Schutzbefohlenen in den Bergen würde ich schätzen, dass sich in nächster Zeit niemand mehr ernsthaft um ihre Sicherheit sorgt.«

Paige zögerte und warf mir einen unschlüssigen Blick zu. Man sah ihr an, dass sie hin- und hergerissen war. Und dass ihr Liefs Vorschlag gefiel.

»Geh nur.« Ich gab ihrem Pferd einen Klaps aufs Hinterteil. »Ich komme schon zurecht.«

Sie legte die Stirn in Falten und hob das Kinn. »Ich werde die ganze Zeit ein Auge auf Euch haben, Mylady.«

»Etwas anderes hätte ich auch nicht erwartet.«

Meine Beschützerin schnaubte empört. Dann trieb sie mit einem letzten zögernden Blick auf mich ihre Stute an und folgte dem Anführer der Magier.

Sobald sie in der Menge verschwunden war, kam Ian näher zu mir. »Das königliche Regiment hat eine gute Wahl getroffen, was?«

»Stimmt.« Ich dachte wieder daran, wie sie mich beim Zaubern unterstützt hatte. »Sie ist geradeheraus, man könnte auch sagen ungehobelt, aber inzwischen empfinde ich das fast schon als Segen. Jedenfalls muss ich mich nie fragen, was sie denkt, weil sie es mir immer mitten ins Gesicht sagt.«

Ian räusperte sich. »Was Paige über die Caltothen gesagt hat … dass *die* schuld sind, da hat sie nicht ganz unrecht, aber …«

Ich schluckte und fragte mich, was jetzt wohl käme. *Du bist genauso daran schuld, Ry. Ich wollte das nur nicht vor den anderen sagen.*

»Die Krone ist auch nicht ganz unbeteiligt an dem Problem.«

Ich blinzelte. Was auch immer ich erwartete hatte, *das* jedenfalls nicht.

Ian rückte noch näher und senkte die Stimme. »Was ich dir erzählt habe, entspricht leider der Wahrheit. Der Norden kriegt wirklich nicht die Unterstützung, die er bräuchte.«

»Du findest, ich sollte mit Darren reden.« Es war keine Frage.

»Du nicht?«

»Ian.« Ich seufzte. »Das wird nichts bringen.« Aufgrund der Geschehnisse bei der Magierweihe war der König noch immer schlecht auf seinen jüngeren Sohn zu sprechen. Außerdem steckte er mehr oder minder Tag und Nacht in Verhandlungen mit Pythus. Und wegen mir verachtete er Menschen niederer Herkunft nun noch mehr.

Ian betrachtete eingehend den Boden. »Dann willst du es nicht mal versuchen?«

»Doch, aber …« Ich wartete, bis er mich ansah. »Ich will nur nicht, dass du allzu viel Hoffnung darauf setzt.«

»Mir ist bewusst, dass ich viel von dir verlange.« Seine Augen waren ernst. »Danke, Ryiah.«

Dass Ian mich mit vollem Namen ansprach, brachte mich irgendwie aus dem Konzept. Es war, als würde er seiner Bitte dadurch einen förmlicheren Anstrich verleihen. Als wäre er der Untertan und ich die Herrscherin. Dieses kleine Stück Distanz tat mir weh, besonders nach unserem Gespräch im Wald, aber ich verstand ihn.

Der Norden war seine Heimat, und egal, ob ich mich der königlichen Familie nun zugehörig fühlte oder nicht, repräsentierte ich doch in gewisser Weise die Krone.

»Eine Woche«, hauchte ich.

»Eine *ganze* Woche«, echote Ray.

»Frei.«

»Frei«, wiederholte er.

»Eine Woche.«

»Eine ganze Woche.«

»Mach den Mund zu, es zieht«, meinte Lief schmunzelnd zu Ray – bei mir war er doch etwas zurückhaltender mit solchen lockeren Sprüchen.

»Das ist Standard beim Militär. In allen Städten«, fügte Ian hinzu.

»Also im königlichen Regiment nicht«, meinte Paige sarkastisch.

Ich schüttelte den Kopf und konnte noch immer nicht so richtig fassen, dass wir eine volle Woche für uns hatten. Die drei Wochen im Einsatz waren wie im Flug vergangen – na ja, nicht ganz. Zwischendrin war es mir wie eine Ewigkeit erschienen, aber jetzt …

»Was macht man so mit so viel …« Ray zögerte. »… Freizeit?«

»Was hast du denn früher gern gemacht, bevor du an die Akademie gegangen bist?«

Ray zuckte mit den Schultern. »Ich kann mich nicht erinnern.«

Lief wandte sich an mich. »Und du, Ryiah?«

Was hat mir früher Spaß gemacht? Das war so lange her … Ich ertappte mich dabei, dass ich die gleiche Antwort gab. »Ich weiß es nicht mehr.«

»Na, ihr werdet euch schon daran gewöhnen.« Mit einem Seufzen stellte Lief sein Bündel auf seiner Pritsche ab. »Im zweiten Monat werden wir euch mit dem Rest unserer Leute in den Tavernen finden. Ferren mag vielleicht für seine Schmiedekunst bekannt sein, aber das wahre Geheimnis ist Tijans Bier. Das stärkste Zeug weit und breit. Na ja, nicht zu vergessen unsere Frauen.« Sein Blick fiel auf Paige.

Meine Leibwächterin verzog das Gesicht, als hätte sie Zahnschmerzen. »*Hmpf.* Ihr müsst keine sonderlich tolle Auswahl haben.«

Ich biss mir auf die Unterlippe. Tijan klang verlockend – nicht wegen des Biers, sondern wegen meines jüngeren Bruders. Nun, da ich sieben Tage zur freien Verfügung hatte, standen mir alle Möglichkeiten offen. Und die beste: Derrick. Ich hatte ihn seit Monaten nicht gesehen und jetzt trennten uns nur ein paar Stunden.

Andererseits war da die Kandidatur.

Ray warf schon ein paar frische Kleidungsstücke in seine Schultertasche. »Wann können wir los?«

»Sobald du fertig bist.« Ian sah mich grinsend an. »Kommst du auch mit?«

»Eher nicht.« Meine anfängliche Begeisterung war schon wieder ziemlich verflogen. Ich konnte Derrick nicht besuchen, nicht jetzt, da mein Traum fast zum Greifen nah war. »Ich glaube, ich bleibe hier.«

»Du hast den Norden echt verdient.« Lief schüttelte den Kopf. »Vergiss nicht zu leben, Ryiah. Unser Sold ist nicht mal annähernd hoch genug dafür, dass wir hier ständig unser Leben riskieren, ohne ab und an ein bisschen Spaß zu haben.«

»Ich weiß.« Ich zog ein finsteres Gesicht. »Darum geht es nicht … ich muss nur … ich muss trainieren.«

»Trainieren? *Wofür?* Die Ausbildung ist vorbei. Du trainierst doch schon jeden Tag, wenn du im Dienst bist.« Sein Ton war ungläubig.

»Für die Kandidatur«, murmelte ich.

Ian und Lief warfen sich einen wissenden Blick zu und Ray meinte: »Ry, das sind doch noch Monate hin. Da kannst du dir ruhig mal einen freien Tag gönnen.«

Ich sah auf meine Hände. »Nicht, wenn ich gewinnen will.«

»Du glaubst wirklich, dass du ihn schlagen kannst, oder?«

Ich fragte nicht, wer *er* war. Es war offensichtlich.

»Darren ist kein Gott.« Ich verschränkte trotzig die Arme. »Sein Potenzial ist auch nicht unbegrenzt.«

»Master Byron hat ihm die erste Rangstufe zuerkannt.«

»Fürs Erste.«

Ray hob die Hände, als wolle er sich ergeben. »Erinnere mich daran, dich nie zu einem Duell herauszufordern. Du bist eine blutrünstige Barbarin.«

Ich grinste nur.

Lief legte Ray und Ian einen Arm um die Schultern. »Bereit zum Aufbruch, ihr beiden?«

Sie nickten einmütig.

Im Vorbeigehen warf Lief mir seinen Ersatztrinkschlauch zu. »Mach dich lieber ans Training, Ryiah. Wir wollen ja nicht, dass unsere Barbarin verweichlicht.«

Ein harsches Knirschen, dann bebt kurz der Boden. Ein gewaltiger Gesteinsbrocken, doppelt so groß wie der im Gebirge, bricht ab und erhebt sich wankend in die Luft. Höher und höher schwebt der massive Granit, als ich meine Hand immer weiter anhebe, und demonstriert damit eindrucksvoll, wie mächtig meine Magie ist.

Kleine Steinchen rieseln wie ein Regenschauer hinab.

Vor Anstrengung zittere ich am ganzen Körper, Schweiß rinnt mir in die Augen, und die herabbrennende Sonne blendet mich, doch ich halte mich aufrecht, die Stiefel fest in den Boden gestemmt.

Der Felsbrocken steigt noch ein wenig höher.

Dann kommt er zum Stillstand.

Meine Finger beginnen zu beben, und es fühlt sich an, als würde das grelle Sonnenlicht direkt aus meiner Brust strömen – ein Zeichen, dass die Magie in mir nur noch spärlich flackert, eine ersterbende Flamme. Ich bin an meine Grenze gestoßen.

Ich beiße mir auf die Lippe. Es jetzt mit Schmerzmagie zu versuchen, wäre zu riskant. Nicht auf eigene Faust.

Gepresst stoße ich die Luft aus, setze den Steinbrocken

auf dem Boden ab und atme keuchend die frische Gebirgsluft ein, um wieder einen klaren Kopf zu bekommen.

»Das war Wahnsinn, Liebes.« Zwei Hände umfassen von hinten meine Taille, und ich lasse mich in Darrens Arme sinken und genieße den Siegestaumel, der mich überkommt.

»Ich habe geübt.«

Ohne es sehen zu können, weiß ich, dass der Prinz lächelt, während er seine Lippen auf die Haut direkt unter meinem Ohr drückt. Mir läuft ein Schauer über den Rücken.

»Ja, hast du.«

»Bin ich besser als du?«, rutscht es mir heraus.

Schmunzelnd lässt er mich los und deutet auf einen großen Schatten vor uns. Als mein Blick auf den Berg fällt, den er meint, schnappe ich nach Luft. Nein. *Er macht einen Schritt nach vorn und hebt den Arm, woraufhin sich am Fuße des Bergs mit einem Ächzen ein gigantischer Riss auftut. Dann folgt ein ohrenbetäubendes Knirschen, und Steine stieben in alle Himmelsrichtungen davon, als der zerklüftete Gipfel in die Höhe steigt und sich vor die Sonne schiebt, sodass alles in Schatten getaucht ist.*

Um uns wird es rabenschwarz.

Der Prinz dreht sich zu mir um. »Versuch's weiter, Ryiah.«

Ich schreckte aus dem Schlaf hoch.

Mir tat alles weh. Jeder Knochen fühlte sich an, als wäre er aus dem Gelenk gerissen und falsch herum wieder eingesetzt worden.

Angewidert schüttelte ich meine Laken ab, die schweißnass waren. Normalerweise war es innerhalb der dicken Festungsmauern immer halbwegs kühl, doch die Sommerhitze der letzten Tage war inzwischen durch jede Ritze gekrochen. Allerdings hegte ich den Verdacht, dass mein Traum auch seinen Anteil daran hatte.

Während ich die freie Zeit genutzt hatte, um mein Trainingsprogramm wieder aufzunehmen und das Pensum noch zu erhöhen, ließen sich die anderen aus meiner Einheit nicht blicken. Natürlich gab es ein paar Versprengte und die Truppe, die auf der Festung selbst ihren Dienst versah, aber die meisten waren in Tijan oder einem der nahegelegenen Orte.

»Könnt Ihr nicht schlafen?« Paige setzte sich auf ihrer Pritsche auf und rieb sich die Augen.

»Ich hatte wieder diesen Traum«, stöhnte ich. »Vermutlich wollen mir die Götter damit sagen, dass ich das Schlafen komplett einstellen soll. Nur so kann ich mit *ihm* gleichziehen.«

Sie gähnte. »Die Götter vergeuden nicht ihre Zeit damit, sich in die Angelegenheiten der Sterblichen einzumischen. Dieser Traum bedeutet, dass Ihr Euch zu viele Gedanken macht. Er ist Ausdruck Eurer Angst.«

Halbherzig warf ich ihr einen strengen Blick zu. »Ich habe keine Angst. Ich bin müde. Ich bin hungrig. Ich habe abartig Muskelkater. Aber ganz bestimmt keine Angst.«

»Wie Ihr meint, Mylady.« Sie machte Anstalten, sich wieder auf die Seite zu drehen, doch ich warf mein Kissen nach ihr.

»Zeit für die erste Trainingseinheit.«

»Jetzt?« Sie öffnete nicht einmal die Augen. »Es ist zu früh. Die Sonne geht erst in zwei Stunden auf – und Ihr, Mylady, quält Euch immer als Letzte aus den Federn.«

Ohne darauf einzugehen, fing ich an, mich anzuziehen, obwohl mir jede Bewegung wehtat. »Der Traum war ein Zeichen, dass ich mehr trainieren muss.« Ich biss die Zähne zusammen und zerrte noch einmal kräftig, bis der Waffenrock über meinen Kopf geglitten war. Au! »Sonst werde ich niemals eine Chance gegen ihn haben.« Ich unterdrückte ein Seufzen. »Oder gegen irgendeinen anderen Magier erster Rangstufe.« Und das wollte ich. All die Jahre der Plackerei und der Mühsal. Ich hatte es satt, die Zweite zu sein.

Ich wollte *die* Schwarze Robe.

Mit einem genervten Schnauben stand Paige auf.

»Das nenne ich Kampfgeist.«

Ich grinste sie an. »Keine Sorge, ich werde dich auf jeden Fall bei meiner Antrittsrede dankend erwähnen.«

Sie folgte mir zur Tür hinaus und murmelte dabei irgendwas vor sich hin. Zuerst war ich zu sehr damit beschäftigt, Trainingseifer vorzutäuschen, als dass ich richtig mitbekommen hätte, was sie sagte, doch als wir später vor dem Hauptgebäude gegeneinander kämpften, ging es mir auf: »*Und mir haben sie gesagt, ich müsste eine ›Dame‹ beschützen.*«

Ich konnte mir ein Grinsen nicht verkneifen. *Eine Dame.*

Dann machte ich einen Satz nach vorne und hebelte ihre Deckung aus.

Ich war *Kampfmagierin.*

Den Rest der Woche verbrachte ich auf den Übungsplätzen und trainierte ohne Unterlass, bis ich abends völlig erschöpft zum Hauptgebäude zurückwankte. Falls meine Leibwächterin sich fragte, warum ich mich gar so hart rannahm, war sie klug genug, sich mit Kommentaren zurückzuhalten.

Jede Schweißperle zeugte davon, wie sehr ich diese Robe wollte. Ich zauberte, bis ich auf dem Boden kauernd das Wenige wieder erbrach, das ich mir nur ein paar Stunden zuvor unter Zwang einverleibt hatte. Und wenn alles draußen war, kam noch Schmerzmagie an die Reihe.

Paige achtete darauf, dass für alle Fälle immer ein Heiler greifbar war. Zum Glück machten sich die vier Jahre unter Master Byrons gestrengem Blick bezahlt, und ich wusste genau, wie weit ich gehen konnte.

Am Ende der Woche war ich bereit für den nächsten Einsatz. Irgendjemand musste den anderen erzählt haben, wie viel ich trainiert hatte, denn als wir aufbrachen, klopften mir neun Leute anerkennend auf die Schulter. Niemand ließ eine explizite Bemerkung fallen, doch alle hatten nur *ein* Thema: die Kandidatur.

Wie auch bei der vorigen Patrouille vergingen die drei Wochen wie im Flug – diesmal allerdings ohne irgendwelche Zwischenfälle. Die Caltothen hielten zumindest fürs Erste die Füße still, und Verbrecher liefen uns auch keine über den Weg, wodurch mir viel Zeit zum Trainieren blieb. Und das tat ich auch ausführlich, nicht zuletzt, um den Kopf freizukriegen, denn ich hatte nicht vor, mich von der Angst übermannen zu lassen. Nicht nach allem, was ich schon erreicht hatte.

»Ich kann nicht –«

»Ry«, sagte Ray in anklagendem Ton. »Du hast die letzten drei Monate nichts, ich wiederhole: *nichts* gemacht außer trainieren. Du kannst dir wirklich mal einen freien Abend erlauben und einen mit uns trinken gehen. Ich weiß, dass du dich auf die Kandidatur konzentrieren willst, aber die anderen reden schon. Sie glauben, du kommst nie mit, weil du dich für was Besseres hältst.«

Ich sah ihn mit zusammengekniffenen Augen an. »Du weißt genau, dass das nicht wahr ist.«

»Pass auf«, schaltete sich Ian ein. »Wir gehen in eine Taverne hier in der Stadt, in Ordnung? Nicht nach Tijan, nur eine kleine Runde mit der Truppe, und dann kannst du dich wieder weiterquälen bis zum Umfallen.«

»Nur eine?«

»Nur eine«, versprach Ray.

Ich verlagerte das Gewicht von einem Bein aufs andere. Eigentlich hatten sie recht. Natürlich hatte ich mitbekommen, was die Soldaten sagten – ich hatte es nur verdrängt. Außerdem war ich unheimlich erschöpft, mental wie körperlich … sogar beim Zaubern lief es nicht mehr rund. Ein freier Abend war genau das, was ich brauchte. Auch während der Ausbildung hatten wir ab und an eine Atempause eingelegt, ich konnte mir ein paar Stunden mit meinen Freunden also durchaus gönnen.

»In Ordnung. Ihr habt gewonnen.«

Die Jungen grinsten sich triumphierend an, und ich versprach nachzukommen, sobald ich meine Sachen aufgeräumt hatte. Aber eigentlich wollte ich dem Badehaus einen Besuch abstatten – die Duftwolke, die ich hinter mir herzog, war alles andere als angenehm, und ich bezweifelte, dass die anderen viel Freude an meiner Gesellschaft haben würden, wenn ich mich davor nicht ordentlich abschrubbte.

Als ich eine Stunde später aus dem Bad stieg, war auch Paige ausgehfertig. Ich war so voller Vorfreude, dass ich fast übersehen hätte, wer da neben dem Ausgang des Speisesaals stand.

»Derrick?«

Als ich seine blonden Locken erspähte, sauste ich wie von der Tarantel gestochen los. Paige stürmte hinter mir her und brummte irgendetwas über nervige Schutzbefohlene. Ich rempelte zwei Soldaten an und kippte dabei ein ganzes Tablett voller eingemachtem Grünzeug um, doch für mehr als eine Entschuldigung im Vorüberrennen reichte meine Zeit nicht, denn ich hatte nur Augen für meinen kleinen Bruder, der inzwischen so breit grinste, dass auf seinen Wangen links und rechts Grübchen sichtbar wurden.

»Ry! Da bist du ja. Ich habe dich überall gesucht!«

Mit einem kleinen Jubelschrei warf ich mich in seine Arme. Derrick war drei Jahre jünger als Alex und ich, aber doppelt so breit und ein richtiges Muskelpaket. »Bei allen Göttern, hörst du irgendwann mal auf zu wachsen?«

Derrick zerzauste mir die Haare und setzte mich mit einem entschuldigenden Grinsen ab. »Erst wenn du in meine Hand reinpasst.«

Ich schnaubte, und sogar Paige, die mich nach meinem Blitzstart endlich eingeholt hatte, musste sich ein Lächeln verbeißen.

»Und wer ist das? Deine bezaubernde Hofdame?«

Schlagartig verfinsterte sich ihre Miene wieder. »Siehst du das Schwert, das ich trage?«

Sein Lächeln erlosch angesichts ihres mürrischen Gesichtsausdrucks. »Ja?«

»Solltest du noch mal so einen Unsinn von dir geben, schlitze ich dich von Kopf bis Fuß damit auf.«

Unauffällig wich Derrick ein Stück zurück. Auch wenn Paige im Vergleich zu ihm eine halbe Portion war, so war der Ausdruck in ihren Augen trotzdem äußerst Respekt einflößend.

»Er macht doch nur Spaß, Paige«, sagte ich. »Derrick hängt sehr am Leben.«

»Nicht witzig«, murmelte die Ritterin.

»Sie ist harmlos«, versicherte ich meinem Bruder, der die Hände hob, um zu zeigen, dass er in friedlicher Absicht gekommen war.

Neben ihm hüstelte lautstark ein junger Mann mit kohlrabenschwarzen Haaren. Mein Bruder legte ihm den Arm um die Schultern. »Das ist mein Waffenbruder, Jacob. Der, von dem ich dir in der Ausbildung manchmal geschrieben habe, weißt du noch? Er ist hier in Ferren aufgewachsen.«

Wir musterten uns gegenseitig, und ich wollte ihn schon anlächeln, als mir auffiel, dass er eine mürrische Miene zog. *Nicht noch so einer!* Ich riss den Blick von ihm los und wandte mich stattdessen wieder meinem Bruder zu. »Was machst du hier, Derrick? Nicht, dass ich mich nicht freuen würde, dich zu sehen, aber ich habe nicht damit gerechnet –«

»Ich habe ihm einen Posten auf der Festung angeboten.«

Ich fuhr herum und entdeckte die Kommandantin keine zwei Meter hinter mir. Sie nickte den beiden Jungen leicht zu und sah dann wieder mich an. »Ich hatte keine Ahnung, dass Derrick Euer Bruder ist, Ryiah. Sir Borgan in Tijan lobt ihn in den höchsten Tönen, und was Jacob anbelangt, na ja, wie könnte ich Aldus' Sohn ablehnen? Schließlich ist er einer unserer besten Männer.«

Aldus mochte vielleicht einer der Besten sein, jedoch gehörte er zugleich dem Grüppchen älterer Soldaten an, die mich immer noch nicht akzeptierten und ihre Ablehnung auch deutlich spüren ließen – selbst nach meiner Leistung in den Bergen. Ich unterdrückte ein Seufzen.

Derrick stieß mir mit dem Ellbogen in die Rippen. »Rate mal, in wessen Truppe wir sind?«

»Meiner?« Das war zu schön, um wahr zu sein.

»Richtig.« Nyx verschränkte die Arme. »Sir Gavin hat im Zuge einer Beförderung gerade zwei Soldaten an Sir Maxons Einheit abgegeben. Als er mich über die freien Stellen informiert hat, habe ich mich sofort an Borgan gewandt und ihn um eine Empfehlung gebeten. Die beiden haben sich schon häuslich eingerichtet und können gleich morgen anfangen.«

Sie machte eine Pause. »Ich wollte sowieso mit Euch sprechen, Ryiah ... Darüber, was sich in den Bergen zugetragen hat. Ich weiß, dass meine Leute nicht immer besonders freundlich sind, aber Ihr habt großartige Arbeit geleistet. Ich bin schwer beeindruckt.«

»Danke, Kommandantin.«

»Ich werde es sehr bedauern, wenn Eure Zeit hier um ist.« Damit nickte sie mir zu und verabschiedete sich.

»Sie möchte nicht, dass Ihr in die Hauptstadt zurückkehrt«, bemerkte Paige. »Die meisten wollen, dass Ihr wieder geht, aber sie nicht.«

»Zumindest *einer,* der mich hierhaben will.« Ich seufzte.

Derrick gab ein beleidigtes Schnauben von sich. »Hast du da nicht jemanden vergessen?«

»Gut. Dann seid ihr schon zu zweit.«

»Und was ist mit Paige?«

Die Ritterin verdrehte die Augen. »Wer würde sich schon für eine moderige alte Festung entscheiden, wenn er in einem Palast residieren könnte?«

FÜNF

Ryiah,
Blaynes Verhandlungen mit König Joren sind besser gelaufen als erwartet. Während der Wintersonnenwende wird deshalb ein hoher Gesandter aus Pythus eine Woche in Devon verbringen, und Vater wünscht, dass Du auch herkommst. Es erging bereits ein schriftlicher Erlass an Deine Kommandantin, in dem Du für sechs Wochen vom Dienst beurlaubt wirst.
Ich würde gern mehr schreiben, aber ich habe keine freie Sekunde. Die Hälfte der Zeit verbringe ich auf Patrouille, den Rest in Besprechungen der Krone. Dagegen war unsere Lehrzeit an der Akademie der Himmel auf Erden, aber inzwischen würde ich so ziemlich alles gegen das hier eintauschen.
Wenn Du da bist, musst du mir unbedingt mehr über Ferren erzählen, zum Beispiel, ob Du jemanden kennengelernt hast, der nur halb so unausstehlich ist wie ich. Ob Du dort glücklich bist oder nicht. Ob Du mich vermisst …
Ich kann es kaum mehr erwarten, Dich wiederzusehen.

Prinz Darren von Jerar, zweitgeborener Sohn von König Lucius III

Bestimmt zum zehnten Mal an diesem Abend las ich den Brief, ehe ich ihn zu einem fein säuberlichen kleinen Viereck zusammenfaltete und zurück in meine Hosentasche steckte. Dann holte ich ihn wieder heraus. Vor allem der letzte Satz hatte es mir angetan: *Ich kann es kaum mehr erwarten, Dich wiederzusehen.* Ich konnte mir das Lächeln nicht verkneifen.

Darren vermisste mich.

»Es ist ein Ruf zum Hofe, oder?«

Ich nickte.

»Den Göttern sei Dank!« Paige stand auf und holte sich einen Krug Bier. Es war das erste Mal überhaupt, dass ich sie etwas trinken sah.

»Musst du da wirklich hin?« Derrick setzte sich neben mich. In seinem Gesicht spiegelten sich widerstreitende Gefühle. »Ich bin doch gerade erst angekommen.«

»Tut mir leid.«

»Alex durfte in der Ausbildung die ganze Zeit mit dir zusammenhängen«, maulte er.

»Es ist ein Befehl der Krone, keine Bitte, Dummerchen. Wenn ich dem nicht Folge leiste …« Verschwörerisch senkte ich die Stimme. »… verpasst Paige mir einen Schlag auf den Kopf und schleift mich bewusstlos zum Palast.«

»Würdest du nicht, oder, Paige?« Derrick drehte sich zu meiner Leibwächterin um und sie wischte sich mit einem gemeinen Lachen den Schaum vom Mund. Er schauderte und sah weg.

Ich legte ihm meine Hand auf den Arm. »Keine Sorge, in den sechs Wochen bis zu meiner Abreise werden wir noch jede Menge Abenteuer bestehen.«

»Du verlässt uns?«

Ich blickte auf und sah Ian in die Augen, der sich mit einem Armvoll Kleinholz auf den Baumstumpf neben uns fallen ließ.

»Es ist noch eine ganze Weile hin, aber ich habe nicht vergessen, worum du mich gebeten hast. Ich werde mit ihm sprechen.«

Ian lächelte, doch es kam nicht ganz bei seinen Augen an.

Derrick lehnte sich vor. »Wovon redet ihr?«

Ich versetzte ihm einen Stoß in die Rippen. »Nichts, worüber du dir den Kopf zerbrechen müsstest, Brüderchen. Nur etwas, das ich einem Freund versprochen habe.«

»Ah ja, und erzählst du Darren auch, wer genau der Freund ist, dem du dieses Versprechen gegeben hast?«, meinte er mit einem frechen Grinsen.

Wütend funkelte ich ihn an, während Ian aufstand und den Rückzug antrat. »Die Situation ist sowieso nicht einfach, gieß da bitte nicht noch Öl ins Feuer.«

»Das ist Ian, oder? Der, für den Alex war.«

»Ja.« Ich biss die Zähne zusammen. »Können wir bitte nicht mehr darüber reden?«

»Nur wenn du mir verrätst, was du ihm versprochen hast.«

Ich stöhnte. »Du bist voll die Landplage geworden. Ich glaube, Alex ist mein neuer Lieblingsbruder.«

»Diese Witzfigur? Nie und nimmer.« Derrick stupste mich mit seiner Gabel an. »Raus damit, Ry.«

Na ja, es war ja nicht wirklich ein Geheimnis. »Ian möchte, dass ich Darren bitte, beim König ein gutes Wort für den Norden einzulegen. Du weißt schon, mehr Mittel zur Verfügung zu stellen, um die grenznahen Orte zu unterstützen, wenn Caltoth wieder zugeschlagen hat – diejenigen, die nicht so bedeutend sind und bisher immer zu kurz gekommen sind.«

»Das ist alles?«

»Was hast du erwartet?«

»Eine geheime Liebschaft!« Lachend wich Derrick meiner Faust aus. »Na ja, er sieht *echt* gut aus.« Er duckte sich wieder, doch diesmal hatte er nicht so viel Glück.

»Etwas mit Ian anzufangen, war ein Fehler«, sagte ich leise. »Ich habe fast einen meiner besten Freunde verloren, weil ich so ein Feigling war.«

»Aber wenn es nicht um *ihn* geht, warum dann diese Geheimniskrämerei? Weshalb solltest du dich dafür schämen, wenn die anderen mitbekommen, dass du dich für den Norden einsetzen willst?« Mein Bruder senkte die Stimme. »Das könnte doch ganz positiv sein, Ry. Ich habe versucht, mit ein paar anderen Soldaten zu sprechen, aber viele haben Vorurteile gegen dich. Sie halten dich für eine privilegierte Adlige, jetzt, da du mit einem Prinzen verlobt bist – auch wenn du in Demsh'aa aufgewachsen bist und dein Bruder einer von ihnen ist.«

Ich schüttelte den Kopf. »Wie du dir vielleicht vorstellen kannst, ist der König nicht gut auf Darren zu sprechen. Ich habe Ian zwar versprochen, es zu versuchen, glaube aber nicht, dass es irgendwas bringt.« Ich zupfte an einem Holzsplitter, den ich mir in den Finger gespießt hatte. »Ich wünschte wirklich, sie würden mir nicht so ablehnend gegenüberstehen. Ich dachte, es würde besser werden, wenn ich ihnen erst einmal bewiesen habe, was ich draufhabe, aber …«

»Aber du bist mit einem Prinzen verlobt.« Derrick wurde ernst. »Kennst du nicht den Spruch?«

»Was meinst du?«

»Der ist in aller Munde: ›Im Norden die armen Leute, im Süden die fette Meute.‹«

»Fette Meute?«

»Die ganzen Adligen am Hof, die sich den Wanst vollschlagen.«

»Oh … reizend.« Ich biss mir auf die Lippe. Ein Vorurteil, das zweifellos von dem Elend herrührte, das die Caltothen über uns gebracht hatten. In dem Bestreben, für den Krieg zu sparen, kam die Krone ihren Verpflichtungen den Leuten im Norden gegenüber nicht immer nach. Viele Grenzdörfer, in denen Freunde oder vielleicht sogar Familienangehörige der Soldaten lebten, waren Opfer von Überfällen geworden, und man hatte sie sich selbst überlassen. Kein Wunder, dass solche Sprüche die Runde machten.

Kommandantin Nyx und ihr Regiment versuchten, den Leuten mit ausgedehnten Patrouillen zu helfen, aber viel konnten sie nicht ausrichten.

Ich musste dafür sorgen, dass die Leute hier mehr Geld bekamen.

Derrick legte mir einen kräftigen Arm um die Schultern, weil er mein Schweigen missverstand. »Na komm, nicht alle müssen einen mögen, Schwesterherz.«

»*Denk* nicht mal darüber *nach,* dich denen anzuschließen!«

Derrick grinste und zog ein einfaches Lederbändel unter seinem Hemd hervor, um mir den Kupferring zu zeigen, der daran baumelte.

Dass er diesen Ring, den ich ihm vor Jahren geschenkt hatte, immer noch trug, sogar unter seinem Waffenrock, entlockte mir ein Lächeln.

»Niemals. Außerdem finde ich es im Gegensatz zu unserem reizenden Brüderchen gut, dass du den Prinzen heiratest. Ich habe ihn letztes Jahr auf der Krankenstation kennengelernt, weißt du noch? Er ist ein netter Kerl, Ry. Auf meine Unterstützung kannst du dich verlassen.«

Ich spürte, wie die Anspannung von mir abfiel. »Danke.«

Er machte den Moment zunichte, indem er mich packte und über die Schulter warf.

»Derrick!« Ich versetzte ihm einen Schlag auf den Hinterkopf. »Lass mich runter.«

»Hm.« Er tat so, als würde er mein Kreischen nicht hören. »Das ging zu leicht. Du musst an deiner Deckung arbeiten, Ry.«

Ich streckte die Arme aus und boxte ihm seitlich in die Rippen, woraufhin er mich lachend absetzte.

»Vor dir muss ich mich nicht in Acht nehmen. Du bist nicht mein Feind, Derrick.«

Mein Bruder grinste. »Das ist das Gemeine an Feinden. Man weiß nie, wer sich am Ende als einer entpuppt.«

Eine Woche vor meiner Abreise nach Devon war das halbe Regiment mit Aufgaben im Lager beschäftigt und der Rest hockte herum und erzählte sich Witze oder hielt Wache. Ich wusste, dass ich mich nützlich machen sollte, aber ich wollte nicht weg, bis Lief mit seiner Geschichte von der letzten Kandidatur fertig war. Er war ein großartiger Geschichtenerzähler, und die meisten von uns waren zu jung, um sich an die letzte Kandidatur zu erinnern – ich war noch nicht einmal auf der Welt gewesen. Gespannt hingen wir Magier an seinen Lippen, während er vom entscheidenden Duell zwischen Marius und seiner letzten verbliebenen Gegnerin Mara berichtete. Die Veranstaltungen der Heiler und Alchemisten waren schon brutal gewesen, doch nichts im Vergleich zu den Kämpfen der Kriegsmagier. Ich hätte schwören können, dass die meisten von uns ganz das Atmen vergaßen. *Wie in aller Welt hatte Mara das überlebt?*

Lief zog eine Augenbraue hoch, als hätte er unsere unausgesprochene Frage gehört. »Es brauchte zehn Heiler, um ihr das Leben zu retten.«

Einen Moment lang herrschte Stille, dann brach Ian das Schweigen. »Und trotzdem sind wir alle verrückt genug, um selbst unseren Hut in den Ring zu werfen.« Auf seine zynische Feststellung folgte erneutes Schweigen.

Viele Heiler waren kalkweiß im Gesicht, meine Nägel waren bis aufs Fleisch heruntergeknabbert. Eigentlich hatte Lief nichts gesagt, was wir nicht schon wussten. In unserer Kindheit hatten wir ähnliche Geschichten darüber gehört, doch nun, da wir in weniger als einem Jahr selbst an der Reihe wären, war das etwas völlig anderes.

»*Ein* Magier ist bei der letzten Kandidatur sogar ums Leben gekommen«, meinte Ruth an Lief gewandt. »War es nicht so?«

Unser Anführer stocherte mit einem Stock im Feuer herum. »Der Junge war siebzehn, einer der Jüngsten seines Zweigs, und wenn ihr mich fragt, einfach insgesamt nicht reif genug, um überhaupt teilzunehmen. Ihr wisst schon, einer dieser Magier aus dem Adel, der schon im zarten Alter von zwölf Jahren an die Akademie gekommen war.« Ein verächtlicher Ausdruck erschien auf seinem Gesicht. »Die Regeln besagen ganz klar, dass man seinen Angriff einstellen muss, sobald sich der Gegner ergibt. Doch der Junge weigerte sich zu kapitulieren, und so kam es, dass der letzte Angriff seines Kontrahenten für ihn tödlich endete. Der Narr überschätzte sich völlig. Aber eigentlich hätte er sich wie gesagt gar nicht erst auf das Turnier einlassen sollen.«

»Ich muss verrückt sein, dass ich mir Chancen auf den Sieg ausrechne«, murmelte ich vor mich hin, als wir mit unserem abendlichen Training begannen. Ian und Ray schmunzelten nur, während sie bereits riesige Blitze über den Himmel zucken ließen. Da wir einen Tagesritt von der Festung entfernt waren, gab es keine Notwendigkeit, bei der Wettermagie zurückhaltend zu sein.

»Kann schon sein«, meinte Lief, der uns schweigend beobachtet hatte. »Andererseits darfst du eines nicht vergessen, Ryiah, nämlich wie wenige wir überhaupt sind. Jedes Jahr schließen nur fünf Kriegsmagier ihre Ausbildung ab, und wenn man auf die sechzig zugeht, ist die Magie erloschen.« Er hielt kurz inne. »Die allerjüngsten Magier sind bei ihrer Weihe siebzehn, *falls* sie mit zwölf angefangen haben. Das macht also etwas über vierzig Jahre und fünf pro Jahrgang … ergibt zweihundert, wobei die eigentliche Zahl deutlich geringer ausfallen dürfte, wenn man das Potenzial berücksichtigt. Kein Magier jenseits der dreißig wird ernsthaft mit dem Gedanken spielen anzutreten, weil seine Ausdauer schon auf dem absteigenden Ast ist.«

Er machte eine Pause. »Für mich ist es bereits zu spät.« Sein Blick war ein wenig wehmütig. »Zu jung für die letzte Kandidatur und zu alt für die jetzige ... Aber was dich, Ian und Ray angeht ... ich bezweifle, dass es bei den Kriegsmagiern mehr als sechzig Anmeldungen gibt. Ihr drei habt viel größere Chancen, als ihr glaubt.«

Für den Rest des Abends war ich sehr schweigsam. Ja, natürlich wollte ich Darren schlagen und gewinnen, aber ich hatte nie darüber nachgedacht, gegen wie viele Leute ich antreten würde. Sechzig klang gar nicht so übel. Ich war Magierin zweiter Rangstufe, was bedeutete, dass ich zur stärkeren Hälfte der Kandidaten unseres Zweigs gehörte ... Natürlich gab es Leute, deren Zauberkräfte nach der Magierweihe noch zugenommen hatten, aber die meisten hatten zum Zeitpunkt ihrer Einstufung ihr Potenzial bereits voll ausgeschöpft.

Und da wurde mir klar: Vielleicht hatte ich wirklich eine Chance!

Selbst schuld. Das war der Gedanke, der mir wieder und wieder durch den Kopf ging, als ich mit angezogenen Knien fröstelnd und schlotternd unter den schweren Decken meiner Pritsche lag.

Paige stellte einen Bottich auf den Boden. Bei dem lauten Scheppern krümmte ich mich noch kleiner zusammen. »Nicht so laut«, flehte ich.

»Ihr müsst ein bisschen was von dem Tee trinken, den die Heiler Euch verordnet haben, Mylady.«

Mein Magen protestierte gluckernd und ich drückte stöhnend die Hand darauf. »Das Zeug … widerlich«, war alles, was ich herausbekam.

»Aber Ihr werdet nicht zu Kräften kommen, wenn Ihr es verweigert, und wir brechen morgen zum Palast auf, und wenn ich Euch am Sattel festbinden muss.«

»Würdest … nicht wagen.«

Sie schnaubte. »Oh doch, das wisst Ihr ganz genau.«

Ich sagte nichts mehr, sondern umklammerte stattdessen schaudernd den Becher. Dann kippte ich den Inhalt hinunter und sah zu, den bitteren, kreideartigen Bodensatz nicht länger als irgend nötig auf der Zunge zu behalten. Als ich alles heruntergewürgt hatte, ließ ich mich wie ein nasser Sack zurück aufs Kissen plumpsen. Meine Habseligkeiten waren bereits gepackt. Jetzt musste ich nur noch das Fieber abschütteln. Die letzten drei Tage hatte ich damit zugebracht, mich schlaflos hin und her zu wälzen, mir war abwechselnd heiß und kalt gewesen, und ich war unfähig, irgendetwas anderes zu tun, als mich in meinem Elend zu suhlen.

Die Heiler auf der Krankenstation hatten eine »Magier-Erkältung« diagnostiziert. Wie man ahnen konnte, war das das Ergebnis, wenn man zu viel Magie in zu kurzer Zeit verbrauchte. Das hatte ich noch nie zuvor erlebt, weil Master Byron immer sehr darauf geachtet hatte, dass wir lernten, besonnen mit unseren Ressourcen umzugehen. Die paar Mal, die ich meine Magie unbedacht verschleudert hatte, war ich ohnmächtig auf der Krankenstation gelandet, doch nun hatte ich es über Wochen hinweg völlig übertrieben, und deshalb ging es mit der Genesung auch nicht von heute auf morgen.

»Warum?«, jammerte ich. »Warum habe ich nicht auf die anderen gehört …?«

Paige tupfte mir mit einem Tuch die feucht-klebrige Stirn ab. »Weil Ihr stur seid wie ein Esel, Mylady. Und jetzt ruht Euch aus.«

Bitte, flehte ich die Götter an, *macht, dass das nicht noch vierzehn Tage so weitergeht.*

Doch meine Gebete wurden nicht erhört.

SECHS

Dem Himmel sei Dank!« Ich saß ab, fuhr mir mit einer Hand durch meine von Raureif überzogenen Haare und fiel auf die Knie. Es war mir egal, was für eine merkwürdige Figur ich vor den Wachen abgeben musste, die vor den Palasttoren standen.

Nie, *niemals* würde ich mir das wieder antun. Die erste Woche der Reise hatte ich damit verbracht, den widerwärtigen Tee der Heiler zu trinken und mich von meiner Erkältung zu erholen, nur um dann auf dem letzten Wegstück in einen Schneesturm zu geraten, wie ihn Jerar noch nie zuvor gesehen hatte. Endlich am Ziel meiner Reise angekommen, schwor ich mir, nie wieder so hart gegen mich selbst zu sein.

»Mylady.« Paige versuchte vergeblich, sich ein Lächeln zu verbeißen. »Man erwartet uns.«

Mit letzter Kraft rappelte ich mich hoch, klopfte eine Schicht Pulverschnee ab und gab mir Mühe, einen halbwegs präsentablen Eindruck zu machen – nicht dass irgendjemand in der Lage gewesen wäre, mich unter mehreren Schichten Pelz zu erkennen. Ich sah aus wie eine zottige Schneebestie von der Sorte, wie sie in Geschichten mit lehrhaftem, abschreckendem Charakter vorkommen, mit denen Eltern ihre Kinder in Angst und Schrecken versetzen. Ella wäre stolz auf mich gewesen, hasste sie den Winter doch aus tiefstem Herzen.

Paige ging zu den zwei Soldaten hinüber, die in Habachtstellung dastanden. »Ich eskortiere Lady Ryiah von Demsh'aa, Prinz Darrens zukünftige –«

Sie kam nicht einmal dazu auszureden, schon schwangen die Tore des Palasts auf.

»Wurde auch Zeit«, meinte einer der Männer und grinste. »Euer beider Ankunft wurde bereits heute Morgen erwartet. Seine Hoheit tigert wie ein eingesperrtes Tier hin und her. Er wird Euch vermutlich entdecken, noch ehe Ihr den Palast erreicht habt.«

Sofort waren die Erkältung, meine Erschöpfung und alles andere vergessen, und Paige musste rennen, um mit mir Schritt zu halten, während ich meine Zügel schon dem wartenden Stallknecht zuwarf. In mir tobte eine wilde Mischung aus Vorfreude und Nervosität, und ich war mir nicht sicher, was überwog. Nur eines wusste ich genau, nämlich dass mein Puls lauter war als das, was Paige mir zurief.

Als ich eine Hand auf meinem Arm spürte, drehte ich mich zu ihr um.

Paige deutete nach links und ich folgte ihrem Zeigefinger mit meinem Blick.

Sah die Gärten und die Marmorstatue in der Mitte des Springbrunnens. Sah die flanierenden Adligen in ihren warmen Wintermänteln. Dann entdeckte ich einen struppigen grauen Hund, in dessen Fell Schnee hing, und neben ihm einen Jungen, der ihm mit einer Hand gedankenverloren den Kopf kraulte und die andere hob, um ein Stöckchen zu werfen.

Mir blieb das Herz stehen. *Atmen, Ryiah.* Darren sah … mir fehlten die Worte. *Ist es wirklich nur fünf Monate her?* Wie er so in seinem dunklen Brokatumhang und den schwarzen Lederstiefeln dastand, holte mich sofort die Erinnerung an jenen Tag ein, als wir uns zum ersten Mal begegnet waren. An die Goldkette um seinen Hals und die Strahlen der untergehenden Sonne, die den Edelstein daran aufleuchten ließen, einen ovalen Hämatit – das Erkennungszeichen der Krone. Sein Gesicht war von tintenschwarzen, kinnlangen Locken umrahmt und ein paar widerspenstige Strähnen fielen ihm in die Augen.

Ich atmete langsam aus.

Was auch immer man über Blayne sagte, er konnte seinem Bruder nicht das Wasser reichen. In diesem Moment blickte Darren auf und ertappte mich, wie ich ihn anstarrte. Nur dass ich mich diesmal nicht schuldig fühlen oder schämen musste, denn ich hatte jedes Recht, ihn anzusehen.

Seine Blicke waren nicht weniger intensiv.

Eine Sekunde lang sahen wir uns in die Augen und keiner rührte sich vom Fleck.

Dann rannten wir gleichzeitig los und fielen uns in die Arme. Er umfing mich um die Taille und presste das Gesicht in meine Haare.

»Fünf Monate ist viel zu lang«, flüsterte er mit heiserer Stimme.

Mir stiegen Tränen in die Augen, und ich beschloss,

ihn nie wieder loszulassen. »Du riechst so wunderbar vertraut.«

Ich spürte, wie er lächelte. »Würdest du mir glauben, wenn ich dir sage, dass es mir umgekehrt genauso geht?«

Ich nickte und hielt ganz still, umgeben vom zarten Duft nach Kiefern und Gewürznelken, und für einen kurzen Augenblick war alles gut. Wir beide mitten auf dem Schlosshof, um uns herum rieselte sanft der Schnee vom Himmel, und der Rest der Welt war weit, weit weg. So hätte es für immer bleiben können.

»Ah, wie ich sehe, ist unser Wunderkind von niederer Geburt wieder da.«

Ich wollte schon von Darren abrücken, doch er hielt mich fest und ließ nur ein Knurren in Richtung seines Bruders verlauten, der wie aus dem Nichts aufgetaucht war.

»Nicht jetzt, Blayne.«

»Nicht nötig, gleich so einen ruppigen Ton an den Tag zu legen, Darren. Ich habe lediglich eine Feststellung gemacht.« Der Kronprinz sah mich an und rümpfte die Nase. »Dürfte ich vielleicht vorschlagen, dass Ihr ein schönes Bad nehmt, ehe Ihr irgendjemandem vom Hofe Eure Aufwartung macht?«

Meine Wangen brannten, während der Thronfolger beschwingt davonschlenderte.

»Hör nicht auf ihn.« Darren klang resigniert. »Blayne ist einfach nur nervös wegen der Ankunft der Pythier. Vater ist in letzter Zeit … schwierig.«

Kopfschüttelnd löste ich mich aus seiner Umarmung. »Du musst mir nichts erklären.« Blayne und ich konnten uns nicht ausstehen, ganz unabhängig von der Laune des Königs.

Ich seufzte. »Außerdem saßen Paige und ich den ganzen Tag im Sattel. Ich sollte wahrscheinlich *wirklich* ein Bad nehmen, ehe mich jemand zu Gesicht bekommt.«

»Dann bringe ich dich in deine Gemächer.« Der Prinz nahm mich am Handgelenk und zog mich mit sich.

»Was ist mit Paige?« Ich sah zu der Ritterin, die mit verdrießlicher Miene graue Hundehaare von ihrer Reithose zupfte. Wolf, dem das anscheinend egal war, forderte sie mit fröhlichem Gebell zum Spielen auf.

Ich verkniff mir ein Lächeln.

»Hier auf dem Gelände des Palasts brauchst du keine Leibwächterin.« Darren dirigierte mich zu den Schlosstoren. »Sie wird mit dem Rest des königlichen Regiments ihren regulären Dienst versehen.«

»Äh.« Ich folgte ihm nach drinnen und erstarrte, als ich einen Fuß auf den Marmorboden setzte – so lange hatte es gedauert, bis mir die Bedeutung seiner Worte bewusst wurde. »Meine … *Gemächer?*«

Er schenkte mir ein schiefes Grinsen. »Du hast die Kammer neben meiner. Die Diener haben die ganze letzte Woche damit zugebracht, sie herzurichten. Wenn wir erst einmal verheiratet sind, wird sie uns als Wohngemach dienen, aber bis dahin wirst *du* dort wohnen, wenn du hier bist. Deine Kammerzofen waren …«

Darren erläuterte mir in allen Einzelheiten, was es sonst noch Neues gab, doch mir schwirrte noch immer der Kopf.

Mein eigenes Zimmer. Mitsamt Kammerfrauen – *meinen* Kammerfrauen. Ich schluckte, plötzlich kribbelig.

Durch meine Stelle in Ferren war ich mir der Änderungen, die mein neuer Status mit sich brachte, gar nicht so bewusst gewesen. Hier in der Hauptstadt war das anders. Mir war klar, dass der König es nicht dulden würde, dass ich – außer auf den Trainingsplätzen – in Reithose und Weste herumrannte.

Was, wenn von mir erwartet wurde, dass ich mich plötzlich meiner neuen Stellung entsprechend verhielt? Wohlgesittet und gewandt in der sonderbaren, blumigen Sprache des Adels? Ich hatte nicht die geringste Ahnung, wie sich eine echte Dame benahm. Ella schon, doch sie war nicht hier, um es mir beizubringen.

Nicht zum ersten Mal vermisste ich meine beste Freundin – nicht nur, weil sie mir hätte sagen können, was zu tun war, sondern auch, um mir die Hand zu halten.

Zusammen waren wir durch dick und dünn gegangen. Fünf lange Jahre hatte sie mir, was das Training an der Akademie sowie Darren und die Hofetikette anging, stets zur Seite gestanden. Diesmal war ich auf mich selbst gestellt.

Als Darren mir meine Gemächer zeigte, kam ich aus dem Staunen gar nicht mehr heraus. Es war unglaublich: mein eigenes Zimmer. Im Königspalast. Als die künftige Gemahlin des Prinzen.

Nichts wäre mehr wie zuvor.

Zwei Kammerzofen hatten bereits eine Dienerin angewiesen, mir in einem Holzzuber in einem kleinen angrenzenden Kämmerchen ein Bad einzulassen. Mit einem wohligen Seufzen stieg ich in das heiße, nach Lavendel duftende Wasser, weichte mich gründlich ein und schrubbte mich ab, bis meine Haut ganz rosa und das Wasser schon fast kalt war.

Als ich schließlich doch aus dem Zuber stieg, erwarteten mich frisch geplättete Leinentücher. *Welche Wonne.*

Celine, ein junges Mädchen mit langem, braunem Haar, das sie zu Zöpfen geflochten trug, half mir, eines der vielen Kleider anzulegen, die der König für meinen Aufenthalt hier eigens hatte anfertigen lassen. Während das andere Mädchen mir eine kunstvolle Frisur machte, erklärte mir Celine, dass es meine erste Pflicht sei, am nächsten Morgen dem Palastschneider einen Besuch abzustatten, da ich komplett neu ausstaffiert werden musste. Die schönen Kleider, die ich schon besaß, würden nicht einmal ansatzweise ausreichen. Nicht für eine angehende Prinzessin – auch nicht, wenn sie die meiste Zeit als Kriegsmagierin unterwegs war.

Eine Weile ließ ich noch alles auf mich wirken: das zauberhafte Blumenmuster an den Wänden, die feine Spitze der Kissen und Decken auf dem Bett aus Kirschbaumholz, den zierlichen Nachttisch mit der goldenen Vase und den hübschen Trockenblumen, die mitten im weißen Winter einen fröhlichen Farbtupfer darstellten.

Wie auch bei Darren war der kalte Marmorboden meiner Kammer mit Vorlegern aus dicken, flauschigen Fellen bedeckt, und ich musste mich zusammenreißen, um nicht in laute Freudenrufe auszubrechen, als ich einen Fuß darauf setzte. Nach zwei Wochen in durchnässten Stiefeln oder abends auf den rauen Dielen heruntergekommener Schenken fühlte es sich wundervoll an.

Es war ein Traum.

Doch wie das bei allen traumhaften Dingen so ist, kam

irgendwann das Erwachen. Für mich war das der Moment, in dem ich meine Zofen sich selbst überließ, vor die Tür trat und sah, wer davorstand.

»Viel besser. Wer hätte gedacht, dass Ihr auch *so* könnt.«

Ich machte mich auf alles gefasst. Die Art, wie Blayne direkt vor meiner Kammer an der Wand lehnte, ließ keinen Zweifel aufkommen, dass das kein Zufall war.

»Was wollt Ihr, Blayne?«

»Euch.«

Mein Herz setzte vor Panik einen Schlag lang aus, woraufhin sich die Augen des Prinzen amüsiert verengten und er ein hartes, trockenes Lachen ausstieß. Dann schüttelte er den Kopf.

»Ich wollte mit Euch *sprechen,* Ryiah. Wir hatten nie ein ›gutes Verhältnis‹, wie man so schön sagt. Deshalb würde ich gern einen Neuanfang machen.«

Sofort war ich auf der Hut. »Wieso?« Er hatte nicht nur keine Mühen gescheut, um mir in der Ausbildung das Leben schwer zu machen, er hatte außerdem versucht, meiner besten Freundin Gewalt anzutun. Prinz Blayne von Jerar, Erster in der Thronfolge, war der Letzte, dem ich vertrauen würde. Ich wusste genau, was für eine Sorte Mensch er war, und ich hatte nicht die Absicht, »einen Neuanfang« zu machen.

Genau das wollte ich ihm gerade ins Gesicht sagen, doch dann wurde mir schlagartig klar, dass es leichtsinnig wäre, sich offen mit dem Thronfolger anzulegen, ganz egal, wie wenig ich von ihm hielt. Und Leichtsinn war nie ein guter Ratgeber – vor allem nicht, wenn es um Blayne ging.

Allerdings bezweifelte ich, dass der Prinz es mir abnehmen würde, wenn ich zu schnell einwilligte. Schließlich wusste er, dass unsere Abneigung auf Gegenseitigkeit beruhte. »Nennt mir einen Grund dafür, dass ich Euch auch nur *ein* Wort davon glauben sollte.«

Er dachte einen Moment lang nach.

»Weil ich eines Tages Euer König sein werde, Ryiah, und damit zugleich der letzte Mensch, den Ihr zum Feind haben wollt.«

Er machte sich nicht mal die Mühe, die Drohung zu verbrämen. Na gut, dieses Spiel kannte ich auch. Zwar traute ich seinem Friedensangebot keine Sekunde, doch ich konnte es schlecht ablehnen.

»Was meint Ihr? Freunde?« Der Prinz streckte mir erwartungsvoll die Hand hin. Sie war bleich. So blass wie nur jemand war, der sich immer nur im Palast aufhielt, jemand, der die Dunkelheit dem Licht vorzog.

Ich rang mir ein Lächeln ab und betete, dass er nicht merkte, dass meine Augen meine Worte Lügen straften. »Einverstanden.«

Ich wusste nicht, was er damit bezweckte, aber eines war mir klar: Was auch immer er im Schilde führte, es war nichts Gutes.

Blayne geleitete mich zum Speisezimmer des Königs, dem Raum, in dem mein Leben bei der Magierweihe vor gerade einmal sechs Monaten so eine unglaubliche Wendung genommen hatte. Ohne das Durcheinander fünfzehn aufgeregter junger Magier und des Rats war der Raum entschieden stiller. Und außerdem viel einschüchternder.

Jetzt war nur das äußerste Ende der langen Tafel gedeckt – für drei Personen. Zwei Stühle waren bereits belegt.

Am Kopfende saß König Lucius und trank aus einem schweren goldenen Pokal. Sein schlohweißes Haar klebte ihm platt am Schädel, und sein Bart war zu einem schmalen Strich gestutzt, der sein markantes Kinn betonte.

In der langen Geschichte unseres Landes gab es gütige Herrscher und solche, die eroberten. Er gehörte zu Letzteren.

Zur Rechten seiner Vaters saß Darren. Er hatte sich umgezogen und trug nun ein kobaltblaues Jackett und eine dunkle Reithose, die im Kontrast zu den schweren, mit Edelsteinen geschmückten Samt- und Brokatgewändern seines Vaters stand. Gedankenverloren schob er ein Stück Hasenbraten auf seinem Teller hin und her und bemerkte uns gar nicht.

Blayne verschwendete keine Zeit und ließ sich auf dem anderen Stuhl nieder, während ich dastand wie übrig geblieben und meine Arme umklammerte, damit sie aufhörten zu zittern. Was sollte ich tun? Schrieb die Etikette es vor, den König mit meinem Gruß beim Essen zu unterbrechen oder einfach stumm auszuharren, bis er mich zur Kenntnis nahm? Wie sehr ich mir auch das Hirn zermarterte, ich konnte mich nicht erinnern. Ich hatte nur wenig Zeit am Hof verbracht, und die paar Tage vor meiner Abreise nach Ferren, in denen ich in höfischen Benimmregeln unterwiesen worden war, waren wie ausradiert.

Ich wünschte, Darren würde aufblicken und meine Anwesenheit bemerken.

Schließlich ließ Lucius seinen Blick auf mir ruhen. Die

Sekunden verstrichen, und er musterte mich nur stumm, bis Blayne sich räusperte.

»Vater, ich habe Lady Ryiah eingeladen, mit uns zu speisen.«

Darren blickte ruckartig hoch. Die Augen des Königs verengten sich zu Schlitzen.

Was mache ich denn jetzt?

Darren sah mir in die Augen und hustete lautstark, wobei er eine Geste machte.

Hitze schoss mir in die Wangen, als ich mich plötzlich wieder erinnerte, und ich machte einen tiefen Hofknicks und murmelte leise: »Euer Hoheit.«

Der König wandte den Blick von mir ab. Der Bann war gebrochen.

Darren eilte zu mir, nahm mich am Arm und gab einem Diener mit einer Geste zu verstehen, noch einen zusätzlichen Stuhl zu bringen. »Entschuldige«, flüsterte er mir zu, »ich wusste nicht, dass du mit uns speisen würdest. Nach dem langen Ritt dachte ich, du würdest lieber früh zu Bett gehen.«

»Ich wusste das genauso wenig«, wisperte ich zurück und deutete mit dem Kinn unauffällig in Blaynes Richtung. »Dein Bruder hat mich damit überrumpelt.«

Nachdem der Diener mit einem Stuhl und einem weiteren Gedeck zurückgekehrt war, nahm ich rechts von Darren Platz, am weitesten entfernt von König Lucius, der sich wieder seinem Wein widmete. Im Zimmer herrschte angespannte Stille, und ich fragte mich, ob das etwas mit meiner Anwesenheit zu tun hatte oder ob die Mahlzeiten der königlichen Familie immer so verliefen.

»Also … Lady Ryiah, wie hat Euch Euer Aufenthalt bislang gefallen?«

Ich lächelte Blayne über den Tisch hinweg gezwungen an. »Vorzüglich. Danke der Nachfrage.«

»Und Eure neuen Gemächer? Sind sie nach Eurem Geschmack?«

»O ja, ganz gewiss.«

Blayne stellte mir eine banale Frage nach der anderen und ich gab ihm gestelzte Antworten. Unter dem Tisch drückte Darren meine Hand und lächelte seinen Bruder dankbar dafür an, dass er Konversation machte, doch ich nahm dem Thronerben diese Posse keinen Moment lang ab.

Zum Glück stand ich nur ein paar Minuten im Mittelpunkt des Interesses, dann leerte der König seinen Wein und verlangte in schroffem Ton nach einer neuen Flasche, blickte mit finsterer Miene seine Söhne an und tat so, als wäre ich gar nicht da.

»Blayne, meine Berater haben mir berichtet, dass der Gesandte Ende dieser Woche eintreffen soll. Hast du dich um die Vorbereitungen gekümmert?«

»Ja, Vater. Erst gestern hatte ich eine Zusammenkunft mit den Gelehrten, um die Außenpolitik zu besprechen.«

»Und die Gepflogenheiten?«

Blayne gähnte gelangweilt. »Die Gepflogenheiten. Die Speisen. Angemessene Kleidung. Und worauf diese Barbaren sonst noch Wert legen, weil es zu ihrer unbedeutenden Kultur gehör–«

Der König schnitt ihm das Wort ab. »Sie mag unbedeutend sein, aber du wirst sie zelebrieren, solange Herzog Cassius hier weilt.«

»Nichts lieber als das, Vater.«

»Nicht in diesem Ton, Junge. Hättest du der boreanischen Prinzessin mit dem nötigen Ernst den Hof gemacht, wären wir jetzt gar nicht erst gezwungen, König Jorens Bruder Honig ums Maul zu schmieren. Du weißt, dass ich Pythus nicht über den Weg traue.«

Blayne warf mir einen Blick zu – denn für ihn war *ich* der wahre Grund dafür, warum er es nicht geschafft hatte, Shinako für sich zu gewinnen. Hätte Darren sich nicht in ein Mädchen niederer Herkunft verliebt, wäre er Blayne niemals bei Shinako in die Quere gekommen.

Ich zog ein wenig den Kopf ein und wartete, ob der Kronprinz etwas in der Richtung verlauten lassen würde. Deshalb war er vorhin also so freundlich zu mir gewesen. Ich hätte es wissen müssen. Das dumme Mädchen aus dem einfachen Volk mit einer List hierherlocken, um es dann als Opferlamm seinem Vater zum Fraß vorzuwerfen. Zugegebenermaßen hätte ich nicht damit gerechnet, dass der Dolchstoß schon so bald käme, aber das machte das Ganze keinen Deut besser.

Blaynes Mundwinkel zuckten minimal nach oben, als hätten wir beide ein Geheimnis.

Ich werde definitiv zur Schlachtbank geführt. Panisch warf ich Darren einen Blick zu, doch er schüttelte nur den Kopf. *Was tust du da?*, hätte ich am liebsten geschrien. *Halt ihn irgendwie auf! Lass das nicht zu!*

»Ja«, sagte Blayne bedächtig. »Diese Pythier sind ein übles Pack. Mach dir keine Sorgen, Vater, ich weiß meine Rolle gut zu spielen.« Er hustete. »Und wenn der Gesandte ungeduldig wird, kann ich ihm immer noch ein oder zwei Damen schicken, die ihm ein wenig Gesellschaft leisten.«

»Er ist verheiratet«, zischte der König. »Wenn du ihn nicht beleidigen und unseren Hof zum Gespött machen willst, dann wirst du nichts dergleichen tun.«

»Ach Vater, jeder weiß doch, dass sich die Adligen auf ihren Reisen trotzdem gern ein oder zwei Geliebte nehmen. Wie heißt es so schön: *in jedem Hafen eine Geliebte.*«

Ich atmete erleichtert auf. Blayne hatte das Thema gewechselt.

Der König gab ein ungläubiges Schnauben von sich und wandte sich dann mit strengem Blick an seinen Jüngsten. »Und *du* wirst deinem Bruder dabei helfen, die Gunst der Pythier zu gewinnen.«

Darren zuckte mit keiner Wimper. »Ja, Vater.«

»Dir ist doch klar, wie wichtig diese Verbindung für uns ist?« Die Worte ließen nichts Gutes erahnen.

Darren nickte.

»Gut.« Der König lehnte sich in seinem Stuhl zurück und ein Diener schenkte ihm Wein nach. Sein Blick ruhte noch immer auf seinem jüngeren Sohn. »Denn wenn nicht, wird unser Königreich an Caltoth fallen. Und sollte das geschehen, ist das erste Blut, das vergossen werden wird, das deiner Frau.«

Ich zuckte zusammen, und der Wein, an dem ich gerade nippte, schwappte scharlachrot auf meinen Schoß. *Ich sollte nicht hier sein.* Ich wollte mich schon erheben, doch Darren hielt meine Hand fest wie im Schraubstock und zog mich auf meinen Platz zurück.

»Blayne wird nicht scheitern«, sagte Darren. Ruhig.

Vernünftig. »Ich werde ihn dabei unterstützen, Vater. Und Ryiah ebenso. Beim Angriff der Caltothen war sie bei mir. Sie hat ihre Brutalität am eigenen Leibe zu spüren bekommen.«

»Das ist nichts im Vergleich damit, wozu *ich* fähig bin.« Der König stellte gerade seinen Kelch ab, als ein Diener mit einer Schriftrolle eintrat. Ich sah zu, wie Lucius den Inhalt überflog, seinen Stuhl zurückschob und sich räusperte. »Ich werde im Kriegsrat gebraucht. Wie es aussieht, haben die Rebellen wieder in Port Cyri zugeschlagen. Ihr beiden kommt mit.«

Die Prinzen erhoben sich. »Ja, Vater.«

»Und Darren, sorge dafür, dass dieses Mädchen unseren Hof nicht zum Gespött macht, wenn die Pythier kommen.«

Ich hatte mir meinen Aufenthalt im Königspalast ja in schillernden Farben ausgemalt, doch ich hatte meine Rechnung ohne die zwei Anstandslehrer gemacht, die mir schickliches Benehmen und Hofetikette eintrichterten, bis ich kurz vor dem Durchdrehen war. Wenn es nicht um die korrekte Anrede hochgestellter Persönlichkeiten oder den formvollendeten Hofknicks ging, quälten sie mich mit den Erwartungen an eine Prinzessin, und das war noch viel schlimmer. Ich glaube, die Formulierung »einen Sohn gebären« wurde so oft wiederholt, dass meine Wangen gar nicht mehr abkühlen konnten.

Darren ließ sich weit und breit nicht blicken. Er war zwar im Palast, hätte aber genauso gut weit weg sein können. Er und Blayne hatten die ganze Woche alle Hände voll damit zu tun, sich um Angelegenheiten der Krone zu kümmern. Ich hatte nicht einmal das Vergnügen, an seiner Seite zu speisen, da der König die Diener angewiesen hatte, all ihre Mahlzeiten in der Kriegskammer zu servieren.

Die Vorstellung, allein im Speisezimmer zu sitzen, ertrug ich nicht, also suchte ich meist in der Küche Zuflucht. Zum Glück gab es noch Benny, den Koch, der anscheinend mit Freuden bereit war, einem merkwürdigen Mädchen Gesellschaft zu leisten.

Wenn er mir nicht gerade Pasteten vorsetzte und sich über die Ansprüche seiner Frau beklagte, erzählte er mir Geschichten von Darren, als er noch klein war.

Schnell fiel mir auf, dass fast alle aus der Zeit nach dem sechsten Lebensjahr des Prinzen stammten.

»Und wie war Darren davor so?«

Der Koch schnitt eine Grimasse. »Schrecklich.«

Ich wollte schon lachen – bis ich merkte, dass es sein voller Ernst war. »*Schrecklich?* Ihr meint doch sicherlich Blayne, oder?«

Der Mann schüttelte den Kopf. »Darren hat sich mit jedem angelegt, der nicht bei zwei auf den Bäumen war. Ganz im Gegensatz zu seinem Bruder.«

Ich lehnte mich über die Arbeitsplatte. »Blayne war der ›Nette‹?« Wie musste es im Palast zugegangen sein, wenn das der Wahrheit entsprach?

»Ihr betrachtet die beiden aus heutiger Sicht. So wie sie jetzt sind, als junge Männer.« Benny zog ein weiteres Backblech mit Teegebäck aus dem Ofen und begann, die Kekse zum Abkühlen auf ein Gitter zu schichten. »Damals waren sie ganz anders.«

»Aber wieso? Was ist passiert?«

»Na ja …« Der Koch legte die Stirn in Falten. »Einer der Heiler schwört hoch und heilig, dass die Jungen eines Nachts auf die Krankenstation gebracht wurden – Blayne war übel zugerichtet und Darren hielt noch immer ein Messer in der Faust.«

Ich stellte meinen Saft ab. Mir war der Appetit vergangen. »Glaubt Ihr, dass Darren …?«

»Mit Sicherheit weiß ich nur, dass der König direkt am darauffolgenden Tag Kommandant Audric angewiesen hat, mit Darren das Training für die Schule der Ritter aufzunehmen.«

»Und Blayne?«

»War anders als vorher. Härter, kälter … ich wage zu behaupten, so, wie man ihn jetzt kennt.«

Was war geschehen? Betroffen starrte ich auf mein Glas hinab. *Was konnte Darren dazu veranlasst haben, seinen großen Bruder mit einem Messer zu attackieren?* Blayne war die Pest, davon konnte ich ein Lied singen, aber wenn es stimmte, was Benny sagte, dann war er nicht immer so gewesen.

Ein eiskalter Schauer lief mir über den Rücken. »Hat Blayne denn jemals versucht, Darren etwas anzutun?«

Der Mann schüttelte den Kopf. »Wenn Ihr ihn damals schon gekannt hättet, würdet Ihr diese Frage gar nicht erst stellen.«

»Glaubt Ihr …?« Ich schluckte und musste wieder daran denken, wie eiskalt Darren bei unserer Magierweihe die Pläne seines Bruders durchkreuzt und was er ihm Gerüchten zufolge vor vielen Jahren angetan hatte. »Glaubt

Ihr, dass Blayne ihn deswegen hasst?« Ihr Umgang miteinander war frostig. Eigentlich hatte ich immer gedacht, das hätte sich einfach im Laufe der Jahre zwischen ihnen so ergeben, aber jetzt fragte ich mich, ob es möglicherweise ein dunkles Geheimnis gab, das mit ihrer Kindheit zusammenhing.

»Meine Güte!« Benny sah mir in die Augen. »Blayne hasst seinen Bruder nicht. Er liebt ihn. Darren ist der einzige Mensch, der ihm wichtig ist – also mal abgesehen von ihm selbst natürlich.«

»Aber … *warum?*«

»Warum nicht?« Benny zuckte die Achseln. »Manches lässt sich einfach nicht erklären. Sie streiten sich und brüllen sich an, aber letztendlich sind sie Brüder. Blut ist eben dicker als Wasser.«

»Aber –«

»Darren geht es mit Blayne umgekehrt genauso.«

»Nein.«

Benny verengte die Augen. »Habt Ihr ihn gefragt?«

»N-nein, aber ich weiß …« Ich verstummte. *Wie steht Darren zu seinem Bruder?* Es war mir nie in den Sinn gekommen, ihn darauf anzusprechen. Ich ging davon aus, dass er sich damit abgefunden hatte, dass Blayne der Thronerbe war, aber … *Geschwisterliebe? Liebte* er *den* Menschen, der versucht hatte, Ella Gewalt anzutun? *Den* Menschen, der mich schikaniert hatte? Hatte er vielleicht Schuldgefühle wegen dem, was damals zwischen ihnen vorgefallen war?

»Sie sind Geschwister«, wiederholte Benny sanft. »Dieses Band lässt sich nicht kappen.«

»So sieht man sich wieder.«

Als ich aufsah, erblickte ich Paige, die auf dem Gang wartete, einen Arm hinter dem Kopf, die andere Hand in ihre Gürtelschlaufe eingehakt.

Ich grinste. »Hast du heute Abend Wachdienst? Ich dachte schon, meine Lieblingsritterin wäre nur ein Produkt meiner Fantasie gewesen, ein Hirngespinst.«

Sie fiel in Gleichschritt mit mir und wir gingen gemeinsam den Flur entlang. War da gerade ein Lächeln über ihr Gesicht gehuscht? »Kein Hirngespinst, Mylady, sie haben –«

Ein Arm schoss aus einem schwarzen Umhang hervor, packte mich am Handgelenk und zerrte mich in eine dunkle Nische. Mit einem Aufschrei griff ich zwischen den vielen Lagen Stoff meines Rocks nach meinem Dolch und beschwor Licht herauf, um etwas erkennen zu können, während Paige mit gezücktem Breitschwert einen Satz nach vorne machte und nach Verstärkung rief.

Bevor meine Magie oder Paiges Klinge ihm etwas anhaben konnten, ließ mein Angreifer im letzten Moment von mir ab und grinste, als die Kapuze von seinem Kopf rutschte und sein Gesicht enthüllte.

Es war Darren.

Er lachte. »Gut zu wissen, dass du nicht verweichlicht bist.«

Meine Leibwächterin funkelte ihn zornig an. »Verzeiht, Eure Hoheit, aber das war nicht sonderlich angebracht.«

Darren schüttelte nur den Kopf und versuchte, das kleine Lächeln zu unterdrücken, das sich auf seine Lippen stahl. »Wie sonst sollte ich mir Gewissheit verschaffen, dass sie ihr Training nicht vernachlässigt hat? Du warst *exzellent*, Paige, aber Ryiah war ein wenig langsam.«

»Langsam?« Ich machte einen Schritt auf ihn zu und stieß ihn vor die Brust. »Warte nur, bis ich *dich* in einem finsteren Korridor überfalle.«

Er grinste. »Jederzeit gern. Versuch's nur.«

Ich wollte schon etwas erwidern, doch Darren zog mich an sich und sah Paige demonstrativ an. »Wenn mein Vater Männer schickt, um nach mir zu suchen, sag ihnen, ich bin nicht da.«

»Ganz bestimmt nicht.«

»Paige«, bettelte ich. Seit meiner Ankunft hatte ich Darren kaum zu Gesicht bekommen – und in den fünf Monaten zuvor überhaupt nicht. »Bitte.«

Sie machte ein mürrisches Gesicht. »Ich werde nicht lügen, wenn ich sage, dass ich nicht gesehen habe, wohin Ihr gegangen seid.«

»Paige –«

Sie schnaubte laut. »Meine Augen sind zu.«

»Da lang.« Darren zog mich in die große Bibliothek hinter uns. Ich kicherte so sehr, dass er mich unvorbereitet erwischte, als er sich abrupt umdrehte und mich gegen die Tür drückte, sodass er sie auf einen Schlag schloss und mich festsetzte.

»Darren«, stammelte ich. »Es … es könnte jemand da sein …«

Er legte mir den Zeigefinger auf die Lippen. »Die habe ich alle weggeschickt, bevor du hier entlanggekommen bist.«

»Woher hast du gewusst, dass ich –«

»Was meinst du denn, wer die Gelehrten angewiesen hat, ein Treffen anzuberaumen?«

»Das warst *du?*«

»Ryiah.« Er lächelte. »Willst du jetzt wirklich reden?«

Nein. *Nein, will ich nicht.* Ich schüttelte den Kopf.

»Gut.« Er hob mein Kinn an. »Weil ich schon den ganzen Tag auf das hier gewartet habe.«

»Nur heute?« Ich sog scharf die Luft ein, als er seine Hände um meine Taille legte und mich an sich zog.

»Jeden Tag.«

Seine Lippen fanden meine und das Licht der Wandleuchter erlosch.

Und als hätte jemand Zunder an mich gehalten, ging ich in Flammen auf.

Wir vergaßen alles andere um uns herum. Allein schon seine Berührung reichte aus, damit ich dahinschmolz.

Dann küsste er mich fester und meine Knie wurden weich.

»Darren«, war alles, was ich herausbrachte.

Seine Lippen wanderten hinab zu der Mulde an meinem Halsansatz.

Ich grub meine Nägel in seine Schultern, um einen Aufschrei zu unterdrücken, als er sich enger an mich presste.

»Erinnerst du dich an unser erstes Jahr an der Akademie, Ryiah?«

»Ja«, hauchte ich.

»Weißt du noch, wie ich dich auf dem Gang geküsst habe?« Die Worte klangen abgehackt.

Ich nickte, weil ich mir nicht sicher war, ob meine Stimme mir gehorchen würde.

»Das war nicht das erste Mal, dass ich dich küssen wollte.« Er strich mit seinen Lippen über meine Haut. »Sondern nur das erste Mal, dass ich dachte, du würdest mich nicht für den Versuch in Brand stecken.«

»Wirklich?« Ich rang nach Atem. »Du konntest mich doch gar nicht ausstehen …«

»Das stimmt so nicht, Ryiah.« Darren lachte leise. »Ich musste ständig an dich denken. Aber du hast mir immer wieder ins Gesicht gesagt, wie wenig du von mir hältst.« Um seine Augen bildeten sich winzige Lachfältchen. »Du hast so stolz ausgesehen, als du in der allerersten Nacht diese Leiter heruntergestiegen bist und mich mit meinen eigenen Worten geschlagen hast. Von dem Moment an wusste ich, dass ich dich falsch eingeschätzt hatte. Dass du eben *nicht* warst wie alle anderen.« Er senkte die Stimme zu einem Flüstern. »Ich habe mich nur geweigert, mir das einzugestehen.«

»Und ich hätte dich die ganze Zeit am liebsten erwürgt, das muss man sich mal vorstellen.«

Mit einem wissenden Lächeln schüttelte er den Kopf. »Du lügst.«

Als mir wieder einfiel, wie oft Darren mich aus der Fassung gebracht hatte, wurde ich rot.

»Vielleicht nicht die *ganze* Zeit«, gab ich zu. »Aber verdient gehabt hättest du es definitiv.«

Er beugte sich vor und stützte sich mit den Händen zu beiden Seiten meines Kopfs gegen die Tür. »Und jetzt? Was verdiene ich jetzt?«

Als ich die Augen verdrehte, grinste er und nahm eine Hand weg, um mein Kinn anzuheben und mich zu küssen.

So zärtlich und langsam, dass es mir durch und durch ging. Und als wolle er mir zeigen, dass er genau wusste, dass ich ihm ausgeliefert war. Schutzlos.

Aber das ging nicht nur mir so.

Ich zog ihn an mich, *noch enger,* als würden wir beide verschmelzen. Als würde uns außer unseren dünnen Gewändern nichts trennen.

Um mich herum verschwamm alles.

Ich ließ meine Hände seine Arme hinaufgleiten, schlang sie um seinen Hals und bot all meine Willenskraft auf, um nicht in Ohnmacht zu fallen, als er mich fest um die Taille packte.

Auch *sein* Atem ging schneller und seine Finger gruben sich in meine Haut. Fest.

Es fühlte sich so unglaublich richtig an.

Innerhalb von Sekunden waren seine Lippen wieder auf meinen und ich rang nach Atem. Seine Zunge war in meinem Mund und seine Hände machten sich an der Schnürung meines Kleids zu schaffen, während ich sein Hemd hochzog und ihm über den Kopf streifte.

Und dann …

… dann schwang die Tür auf, gegen die ich gelehnt war, und ich stolperte rückwärts auf den Gang und verhedderte mich in meinem Kleid, als ich gegen denjenigen taumelte, der sie aufgemacht hatte. Darren konnte sich gerade noch am Türknauf festhalten, während ich mit einem unterdrückten Aufschrei dem Fremden in die Arme fiel.

»Und ich habe schon angefangen, mich im Palast zu langweilen.«

Beim Klang der vertrauten näselnden Stimme schrak

ich zusammen und befreite mich hastig aus den Armen des Mannes.

Mit glühenden Wangen strich ich mein Kleid glatt, während der Kronprinz aus der Dunkelheit hinter Darren und mir trat.

»Blayne.« Als sich Darren zwischen mich und seinen Bruder schob, klang seine Stimme wie ein Knurren.

»Ernsthaft, Bruderherz?« Blayne verschränkte die Arme. »Die Bibliothek?«

Darren schluckte den Köder nicht, sondern zog sich ungerührt das Hemd wieder über. »Was willst du?«

»Vater hat nach dir schicken lassen, aber ich habe geahnt, dass du den Dienern durchs Netz gehen würdest.« Sein Blick huschte kurz zu mir, dann sah er wieder Darren an. »Du kannst von Glück reden, dass ich sie nur danach gefragt habe, wo *sie* abgeblieben ist, und tadaa, hier bin ich.«

»Richte ihm aus, dass ich gleich komme –«

»Jetzt«, fiel Blayne ihm mit scharfer Stimme ins Wort. »Glaubst du, *ich* habe Lust darauf, den Endlosdiskussionen dieser Tattergreise zuzuhören? Der Rat ist nicht mal anwesend – sie haben noch immer alle Hände voll mit den Rebellen im Süden zu tun. Ich ziehe das hier nicht allein durch. Du wirst noch massig Zeit haben, dich deiner Braut in aller Ausführlichkeit zu widmen, aber gefälligst *nach* der Ankunft der Pythier.«

Beim Gedanken daran, wie zornig der König nur wenige Abende zuvor gewesen war, stupste ich Darren leicht mit dem Ellbogen an. Noch immer traute ich Blayne nicht über den Weg, und ich hegte keinerlei Zweifel daran, dass er Lucius brühwarm erzählen würde, wer für Darrens Abwesenheit verantwortlich war, wenn er es noch weiter hinauszögerte.

Darren stieß ein frustriertes Stöhnen aus. »Gib mir eine Minute, Blayne.«

»Immer lächeln, Kleiner.« Der Kronprinz verpasste seinem Bruder einem kräftigen Klaps auf den Rücken und rief ihm im Gehen über die Schulter zu: »Je schneller wir meine pythische Prinzessin klarmachen, desto früher heißt es für dich und dein reizendes kleines Bauernmädchen: ›Und sie lebten glücklich miteinander bis ans Ende ihrer Tage.‹«

Sobald Blayne aus der Tür war, ließ sich Darren gegen die Wand sinken und warf mir ein müdes Lächeln zu. Zum ersten Mal merkte ich, wie unglaublich erschöpft er wirkte – die Schatten unter seinen Augen waren in der düsteren Bibliothek nicht so deutlich sichtbar gewesen, und außerdem war ich zu abgelenkt gewesen, um etwas zu bemerken.

»Ich schätze, ich werde nicht viel Schlaf bekommen.« Darren seufzte. »Der pythische Gesandte ist ein harter Brocken. Vaters Berater werden die ganze Nacht über unser weiteres Vorgehen debattieren und wieder mal kein Ende finden.«

»Kann ich irgendwas für dich tun?«

Er schüttelte den Kopf und verschränkte die Finger mit meinen.

Ich lächelte ihn an und wollte ihm gerade sagen, dass er jetzt wirklich gehen musste, als mir etwas in den Sinn kam, das mir seit meiner Ankunft auf der Seele lag. »Darren?«

»Ja?«

Jetzt war der richtige Zeitpunkt, um zu fragen. *Mach*

es, Ryiah. Später ergibt sich vielleicht keine Gelegenheit mehr. »Da oben im Norden …« Ich schluckte. »Meinst du, du könntest mit deinem Vater reden, ob man die Mittel für die Grenzdörfer erhöhen kann?«

»Ryiah.« Darrens Griff um meine Hand verstärkte sich. »Wir bereiten uns auf einen Krieg vor und versuchen, mit den Pythiern zu verhandeln. Die finanziellen Möglichkeiten der Krone sind begrenzt. Mehr als das Übliche gibt die Schatzkammer nicht her. Es verschlingt Unsummen, eine so große Armee wie die unsrige zu unterhalten.«

»Aber –« *Was ist mit den Leuten, denen bei dem Brand die Lebensgrundlage genommen wurde? Was sollen sie machen?* Ich nahm noch einen Anlauf. »Wie sollen sich die Leute im Norden denn allein durchschlagen?« Wieder musste ich an meinen ersten Monat im Dienst denken. »Auf Patrouille haben wir einmal ein großes Räubernest ausgehoben, Darren. Diese Leute sahen keinen anderen Ausweg, als kriminell zu werden, weil ihr ihnen die Unterstützung versagt habt. Wäre es nicht besser, dem Norden irgendwie zu helfen, bevor er sich noch von der Krone abwendet?«

»Deswegen ja die Patrouillen. Wir können uns aber nicht um jedes Einzelschicksal kümmern, Liebes.« Einen Moment lang war sein Blick weit weg, und ich wusste, dass er daran dachte, was letztes Jahr geschehen war. »Auch wenn ich wünschte, das läge in unserer Hand.«

»Willst du es nicht wenigstens versuchen?«

»Ein Bittgesuch von mir wird Vater niemals in Betracht ziehen.« Er drückte meine Hand. »Man hat mir beigebracht zu kommandieren, nicht zu taktieren, aber …«

Ich wartete, dass er seinen Satz beendete.

»Vielleicht würde er zuhören, wenn Blayne die Bitte vorbringt.«

Ich zog ein langes Gesicht.

Darren war nicht dumm, er sah mir die Enttäuschung an, auch wenn ich versuchte, mir nichts anmerken zu lassen.

»Mein Bruder ist schwierig, ich weiß.«

Das kannst du laut sagen.

»Aber das Wohl Jerars liegt ihm am Herzen. Wenn du von heute Abend irgendetwas mitnehmen solltest, dann das.«

Ich biss mir auf die Lippe. Mir blieb nichts anderes übrig. Ich musste es versuchen. Ian zuliebe und für all jene Leute im Norden, die bei den Überfällen der Caltothen ihr Hab und Gut verloren hatten. Ich hätte mir nur gewünscht, dass unser Plan nicht von Blayne abhängig wäre, denn mein Instinkt sagte mir, dass das nicht gut war.

Im Gegensatz zu Darren traute ich dem Kronprinzen nicht über den Weg, aber so sehr ich mich auch bemühte, ich fand keinen Grund, Darrens Vorschlag abzulehnen.

Blieb nur zu hoffen, dass das kein Fehler war.

SIEBEN

»Das wird ein rauschendes Fest heute Abend!«

Celine plapperte aufgeregt, während sie mir in meinen cremefarbenen Rock half, ohne meine Anspannung, die mir ins Gesicht geschrieben stand, zu bemerken. »Wartet nur, bis Euch der Prinz in diesem Gewand sieht. Er wird den Blick nicht von Euch losreißen können!«

Ich wiegte unbehaglich den Kopf hin und her. »Ich glaube, Ihr überschätzt den Ball. Das Ganze dient ausschließlich dazu, die Pythier zu beeindrucken, und Blayne und Darren haben den Auftrag, sich den ganzen Abend um den Herzog zu kümmern.« Ich schnitt eine Grimasse. »Und meiner besteht darin, die Königsfamilie so wenig wie möglich zu blamieren.«

»Also in diesem Gewand werdet Ihr niemanden blamieren, Mylady.« Sie schnürte das Mieder enger. »Und selbst wenn Euch ein Fehler unterlaufen sollte, seid Ihr viel zu bezaubernd, als dass es irgendjemandem auffallen würde.«

»Warum habe ich Euch erst jetzt kennengelernt?« Ich knickste mit einer überschwänglichen Geste vor Celine.

»Ihr vollbringt wahre Wunder, was mein Selbstvertrauen angeht.«

Gemma, meine andere Kammerfrau, ermahnte mich, endlich stillzuhalten, und die beiden fuhren fort, meine Locken zu einer kunstvollen Hochsteckfrisur aufzutürmen, aus der sie ein paar Strähnen herauszupften, damit es nicht so streng wirkte. Zuletzt legten sie mir am Haaransatz eine feine Goldkette mit einem kleinen Saphir an.

Als sie fertig waren, fühlte ich mich zugegebenermaßen wirklich ein wenig, wie Celine es mir eingeredet hatte. Nicht einmal Priscilla hatte jemals etwas nur annähernd so Edles getragen. Mir war klar, dass der ganze Aufwand nur auf Anordnung des Königs für die Pythier betrieben wurde, aber es schadete ja nichts, wenn ich auch davon profitierte.

Als ich ins Foyer des großen Ballsaals kam, verbuchte ich einen weiteren kleinen Sieg, denn Darren starrte mich unablässig an und bekam den Mund gar nicht mehr zu.

Vielleicht hatte Celine recht und ich sollte wirklich öfter Kleider tragen.

Darren flüsterte mir etwas zu von wegen, dass er jetzt gern mit mir allein wäre, und ich errötete heftig und sah schnell weg. Doch aus dem Augenwinkel konnte ich erkennen, dass sein Blick noch immer auf mir ruhte, während wir darauf warteten, dass der Herold uns den geladenen Gästen ankündigte.

Als wir schließlich aufgerufen wurden, geleitete Darren mich quer durch den Saal zu König Lucius und dem Kronprinzen an der gegenüberliegenden Wand.

Stumm saßen wir da und sahen eine Stunde lang zu, wie sich die Höflinge amüsierten. Als ich mich schon sehr am

Riemen reißen musste, um nicht an Ort und Stelle einzuschlummern, kreuzte der Herold wieder auf, um die Ankunft unserer Ehrengäste zu verkünden.

»Herzog Cassius, Bruder und Gesandter von König Joren von Pythus, nebst seinem Gefolge.«

Ein baumlanger Mann trat ein und durchquerte mit forschen Schritten den Saal, sodass seine dicken, weizenblonden Zöpfe hin- und herpendelten. Er trug einen pelzbesetzten Umhang und schwere Stiefel, die den Teppich niederzuwalzen schienen. Jeder seiner Schritte wirkte zielstrebig und mit Bedacht gesetzt, was durch das hektische Trippeln seiner Leibwächter nur noch unterstrichen wurde.

Als er schließlich vor dem Thron stand, machte der Herzog eine Verbeugung, die so knapp ausfiel, dass es nur um Haaresbreite an einer Beleidigung vorbeischrammte. Dann richtete er sich wieder zu voller Größe auf und um seine Mundwinkel zuckte der Anflug eines spöttischen Grinsens.

»Meine Güte, König Lucius, es ist Jahre her, dass wir uns gesehen haben. Ihr habt Euch einen Bart wachsen lassen.«

»Herzog Cassius, so charmant wie eh und je.«

»Findet Ihr?« Der Mann lächelte geziert. »Ich kann mich nicht erinnern, Euch ein Kompliment gemacht zu haben.«

Unbehaglich stand ich da und verfolgte den Wortwechsel der beiden, die noch eine Weile lang geheuchelte Höflichkeiten austauschten. Ein paarmal hörte ich Darren ein wenig zu laut über etwas lachen, das der Abgesandte gesagt hatte, doch sobald der Herzog ihm den Rücken zuwandte, sah ich, wie er sich seine schweißnasse Hand am Ärmel abwischte.

Blayne räusperte sich und fragte in forschem Ton: »Wie wäre es mit einem Rundgang durch unseren Palast, Euer Hoheit? Ich kann Euch versichern, das ist weitaus vergnüglicher, als sich über Altherrenbärte zu unterhalten.« Er bot all seinen höfischen Charme auf, auf den ich vielleicht vor Jahren hereingefallen wäre, ehe ich ihn durchschaut hatte. Er konnte amüsant und geistreich sein. Einnehmend. Jetzt verstand ich, was Ella an ihm fasziniert hatte, ehe sie durch seinen Übergriff gezwungen war, den Hof zu verlassen.

»Ich bin gerade erst angekommen. Jeder gute Gastgeber hätte mir längst etwas zu trinken angeboten.«

Ich starrte den Herzog an. Sogar mir war sofort aufgefallen, dass er Blayne nicht mit seinem Titel angesprochen hatte – genauso wenig, wie sein Befehlston zu überhören war.

Jetzt verstand ich, weshalb sich die Krone so intensiv auf die Ankunft des Botschafters vorbereitet hatte. In den gerade einmal zwei Minuten, die seit seiner Ankündigung vergangen waren, war eines bereits mehr als deutlich geworden: Der Herzog würde seine Nichte dem Kronprinzen von Jerar nur ungern zur Frau geben. Und mit Sicherheit würde König Joren der Einschätzung seines Bruders große Bedeutung beimessen. Sehr große.

Wie sollten wir die Pythier jemals dazu bringen, Blaynes Antrag anzunehmen?

Blayne reagierte mit einem freundlichen Nicken, und ich fragte mich, ob er die unterschwellige Verachtung des Herzogs bemerkt hatte. »Gewiss, Euer Hoheit.« Sein Gesicht verriet noch immer keine Gemütsregung.

Der Herzog zog seinen Gürtel zurecht und betrachtete den Thronfolger mit schmalen Augen.

»Rupert!«, rief Blayne. *Also hat er es sehr wohl verstanden.*

Ein Leibwächter, der ganz in der Nähe stand, trat vor. »Ja, Euer –«

»Bring den Pythiern etwas zu trinken. Sie haben Durst.«

»Euer Hoheit, ich darf meinen Posten nicht verlassen«, stotterte der Mann.

»Dann sieh zu, dass es jemand für dich erledigt.« Blayne warf dem Herzog ein entschuldigendes Lächeln zu. »Verzeiht, dass wir uns nicht gleich darum gekümmert haben, Euer Durchlaucht.«

»Hm.« Er musterte den Prinzen mit gerunzelter Stirn. »Kann es sein, dass Ihr Euch um so manches nicht genug kümmert? Warum sonst sollte die boreanische Prinzessin kurz vor einer arrangierten Hochzeit die Flucht ergreifen?«

Ella würde den Kerl mögen. Ich biss mir auf die Unterlippe, um mir ein Kichern zu verkneifen. Es wäre vollkommen unpassend gewesen, in einer so feindseligen Atmosphäre auch nur andeutungsweise zu grinsen, vor allem, wenn so viel auf dem Spiel stand.

»Da hat man Euch falsch informiert.« Blaynes Lächeln war wie erstarrt, doch er hielt sich wacker. »Prinzessin Shinako hat nicht die Flucht ergriffen. Im Gegenteil, sie steht meinem geliebten Bruder und mir so nahe, dass wir, als wir von seiner Liebe zu einem Mädchen aus dem einfachen Volk erfuhren, gemeinsam beschlossen haben, unsere Verbindung zu lösen, damit sie ihre Mitgift an Lady Ryiah abtreten kann.« Er wies auf mich.

Erstmals nahm Herzog Cassius von mir Notiz. Jetzt hätte *ich* am liebsten die Flucht ergriffen. Stattdessen musste ich mich von ihm mustern lassen – von meinem brennenden Gesicht bis zu meinen Händen, die ich nervös knetete –, und sicher blieb seinem prüfenden Blick nicht verborgen, wie unwohl ich mich fühlte. »Ihr seid von niederer Geburt?«

Ich machte den Mund auf und befeuchtete meine Lippen, um ihm eine Antwort zu geben.

»Die Gerüchte sind bis zu unserem Hofe durchgedrungen, aber ich hätte mir nicht träumen lassen, dass dieses Detail der Wahrheit entspricht.«

Wie soll ich das erklären? Blaynes jetzige Version war die offizielle Sprachregelung dessen, was sich bei der Magierweihe zugetragen hatte, und ich fürchtete, etwas Falsches zu sagen. Aus dem Augenwinkel sah ich, dass König Lucius mich beobachtete.

Darren legte mir die Hand auf den Rücken. »Lady Ryiah gehört seit ihrer Ausbildung nicht mehr dem unteren Stand an. Sie hat sich aus eigener Kraft einen Platz am Hofe erworben, und zwar als *Magierin.*«

»Eine Magierin, die in die königliche Familie einheiratet?« Der Herzog klang ungläubig. »Verbietet das Euer Magischer Rat nicht?«

Ich warf Darren einen kurzen Blick zu, doch er schüttelte nur den Kopf, den Blick auf seinen Vater gerichtet. Blayne und das Gefolge des Herzogs waren verstummt.

König Lucius korrigierte den Herzog barsch. »Anscheinend habt Ihr vergessen, Cassius, dass die Krone bereits einen Magier in ihren Reihen hat.«

»Prinz Darren?« Der Mann klang spöttisch. »Mir sind die wilden Geschichten zu Ohren gekommen, die Eure Händler in Pythus zum Besten geben. Vergebt mir, wenn ich ein wenig skeptisch bin, ob der Prinz wirklich so begnadet ist, wie behauptet wird.«

Die Entgegnung des Königs ließ nicht lange auf sich warten. »Darren wird an der Kandidatur teilnehmen. Ich gehe davon aus, dass Euer Bruder auch wieder eine Delegation schickt wie beim letzten Mal?«

»Gewiss. Und ich werde auch dabei sein, unabhängig davon, wie *das hier* ausgeht.«

König Lucius' Hand umklammerte den Thron fester. Es war ihm anzusehen, dass er darum rang, die Contenance zu bewahren.

Blayne sprang ein und versuchte es stattdessen mit Schmeicheleien. »Ich entsinne mich, dass Ihr in Eurer Jugend ein hübsches Sümmchen eingefahren habt, weil Ihr eine Wette auf Marius abgeschlossen habt.«

»Allerdings.« Cassius gab sich keine Mühe, seine Geringschätzung zu verbergen. »Was soll ich sagen? Wir Pythier verlieren nie.« Er ließ den König noch immer nicht aus den Augen. »Wir nehmen Wetten sehr ernst.«

»Genauso wie ich.« Lucius' Worte waren frostig. »Wenn Ihr auf jemanden setzen wollt, so kann ich Euch nur meinen Sohn anempfehlen.«

Man musste kein Hellseher sein, um zu verstehen, dass es nicht mehr um Darren oder die Kandidatur ging. Die Anspannung war mit Händen greifbar und sowohl der König als auch der Herzog weigerten sich bei ihrem Blickduell als Erster aufzugeben. Ich fragte mich, wer wohl gewinnen würde: der Bruder eines der größten Bedenkenträger der Geschichte oder Lucius?

Die Getränke kamen genau im rechten Moment. Diverse Diener huschten um uns herum und drückten allen Gläser in die Hand, ehe die beiden ihre Schwerter ziehen konnten, um sich an Ort und Stelle zu duellieren. Blayne riss das Gespräch an sich und lenkte es in ruhigere Bahnen.

Darren witterte eine Gelegenheit, sich aus dem Staub zu machen, und nahm meine Hand, doch in diesem Moment rief sein Vater nach ihm.

Er stöhnte. »Tut mir leid, Ryiah.«

Lass mich nicht allein!

Ich biss die Zähne zusammen. »Mach dir keine Gedanken wegen mir. Alles in Ordnung.« *Solange die Höflinge mich nicht wieder in langatmige Vorträge über ihre Ländereien und Anwesen verwickeln.* Ich rang mir ein aufmunterndes Lächeln ab und ließ seine Hand los.

Die paar Mal, die ich gezwungen gewesen war, am höfischen Leben teilzunehmen, hatten manche ohne Punkt und Komma auf mich eingeredet. Was nicht daran lag, dass ich sonderlich charmant oder liebenswürdig war oder mit scharfsinnigen Bemerkungen punkten konnte.

Nein, es lag daran, dass sie mich für ein gutgläubiges Ding hielten, eine Schachfigur in ihrem Ränkespiel und ihrem Streben nach Macht. Doch damit wollte ich nichts zu tun haben. Hinter jedem Lächeln und jedem freundlichen Wort verbarg sich ein Geheimnis, und ich war nicht so naiv, mir vorzumachen, ich könnte die wahren Motive dahinter durchschauen. Darren hatte mich gewarnt, dass viele Höflinge ihre Freunde nur danach aussuchten, ob sie ihnen helfen konnten, in der Gunst der königlichen Familie zu steigen, und ich musste erst noch herausfinden, wem ich trauen konnte.

Ich hatte nie irgendjemandem zugesagt, mich an oberflächlichen Vergnügungen zu beteiligen – wenn der Gesandte beschäftigt war, betrachtete ich meine Pflicht als erfüllt. Und nach all den Maßregelungen, die Krone nur ja nicht bloßzustellen, sagte ich mir, dass die beste Strategie immer noch darin bestand, dem Ganzen aus dem Weg zu gehen. Wer nicht da war, konnte sich auch nicht zum Gespött machen.

Zehn Minuten später saß ich in meinem eleganten Kleid auf einem Schemel in der Schlossküche und plauderte und lachte mit Benny, der währenddessen dem Dessert den letzten Schliff verlieh und zugleich über diejenigen Mitglieder des Hofstaats schimpfte, die er am wenigsten leiden konnte.

In der Luft lag der Duft von kandiertem Ingwer und Muskatblüten, und die Öfen bullerten so heiß, dass ich mir mit geschlossenen Augen fast vorgaukeln konnte, es wäre Sommer und ich befände mich irgendwo draußen auf einem Trainingsplatz mit Ella, statt in einem kalten Marmorpalast.

Benny überzog das letzte Törtchen seiner neuesten Kreation mit Zuckerguss und blickte auf. »Wie läuft's mit den Pythiern?«

»Keine Ahnung.« Ich schnappte mir ein Törtchen, das noch nicht abgekühlt war, und ließ es mit einem leisen Schrei wieder auf das Gitter fallen. *Zu früh.* »Sie scheinen keine großen Stücke auf uns zu halten.«

»Die Diener, die sie mitgebracht haben, behaupten, ihre Prinzessin hätte bereits ein Heiratsangebot von Prinz Harold.«

Die Caltothen? »Dem einzigen Sohn von König Horrace?«

»Genau.« Der Koch machte mir mit dem Zeigefinger ein Zeichen, näher zu kommen. »Zwei ganz unterschiedliche Thronerben, die bei den klugen Pythiern um die Hand ihrer Prinzessin anhalten. Macht keinen Fehler. Es wird kriegsentscheidend sein, auf welchen der beiden Prinzen die Wahl des Gesandten fällt.«

Schlagartig war mir wieder bewusst, was von diesen Verhandlungen abhing, und mir wurde flau. Ich sprang auf und nickte Benny zum Abschied zu. *Was tue ich da?* Ich konnte nicht einfach so von einem Fest verschwinden – nicht wenn so viel auf dem Spiel stand.

Kaum hatte ich den Ballsaal betreten, packte Blayne mich am Handgelenk und zerrte mich auf den Balkon hinaus. Darren war wie vom Erdboden verschluckt.

Die Winterluft war eiskalt und in der Dunkelheit konnte man kaum die Hand vor Augen erkennen.

»Wo wart Ihr?«, zischte er. »Mein Vater hat schon nach Euch gefragt.«

Die Lüge ging mir ganz leicht über die Lippen. »Ich habe mich verlaufen. Der Palast ist so riesig und es gibt so viele Gänge …«

»Ihr habt Euch vor Eurer Pflicht gedrückt.« Seine Nägel gruben sich schmerzhaft in meine Haut. »In dem Moment, als Ihr und mein Bruderherz beschlossen habt, mich zum Narren zu halten, habt Ihr Verantwortung übernommen.«

»Es tut mir leid.« Tat es nicht, aber ich wollte Blayne so schnell wie möglich wieder loswerden. Mein Puls hämmerte mir in den Ohren, und ich musste sehr an mich halten, um ihm nicht meinen Arm wegzureißen ... oder etwas noch Schlimmeres zu tun. Blaynes Gesichtsausdruck erinnerte mich nur allzu sehr an unsere Begegnung auf dem Gang im ersten Jahr meiner Ausbildung – das letzte Mal, dass ich seine Drohungen stumm hingenommen hatte.

Was mache ich, wenn er mich schlägt? Soll ich mich verteidigen und riskieren, den Zorn des Königs auf mich zu ziehen? Oder es geschehen lassen? Nie hatte ich mich hilfloser gefühlt, ich, eine Kampfmagierin! Und dennoch war ich in Gegenwart der Krone nichts als ein wehrloses kleines Mädchen.

Ich ballte die Hand zur Faust, was Blayne nicht entging.

Er trat einen Schritt zurück und ließ meinen Arm mit einem spöttischen Grinsen los. »Ich habe nicht vor, Euch wehzutun, Ryiah.« Er verfiel in einen scherzhaften Ton. »Wir sind doch Freunde oder habt Ihr das schon wieder vergessen?«

Ich erwiderte nichts darauf. Damit war ich auf der sicheren Seite.

»Ihr habt fünf Minuten, um Euch zusammenzunehmen, dann erwarte ich, dass Ihr mit den anderen Konversation macht.« Im Gehen erhob er noch einmal die Stimme: »Gebt den Pythiern *keinen* Grund, die Gastfreundschaft Jerars infrage zu stellen. Eine Prinzessin, die durch Abwesenheit glänzt, ist uns keine große Hilfe.«

Ich wartete, bis er zwischen all den Leuten in ihren edelsteinbesetzten Roben verschwunden war, dann trat ich ans

Balkongeländer, atmete zittrig aus und klammerte mich an das eisige Metall, damit mein Herz endlich aufhörte, wie verrückt zu rasen.

»Der ist wirklich genauso reizend, wie ich es mir auf Anhieb gedacht habe.«

Mir blieb die Luft weg und ich wirbelte erschrocken herum. In einer Ecke stand der pythische Gesandte. »Herzog Cassius!«

»Ich hätte mich ja früher bemerkbar gemacht«, meinte er, »aber ich hatte einfach keine Gelegenheit.«

Er hatte die komplette Unterredung zwischen Blayne und mir mit angehört. Panisch versuchte ich mich zu erinnern, was genau der Kronprinz gesagt hatte. Zum Glück nichts, woraus man Jerar einen Strick hätte drehen können, aber von Vorteil war das Ganze sicher nicht für uns.

»Wenn Ihr nichts dagegen habt, würde ich gern noch ein wenig bleiben.« Der Herzog machte sich nicht die Mühe, meine Antwort abzuwarten. »Der ganze Hof ist eine einzige Ansammlung von Narren … und ich möchte mich gern mit der Person unterhalten, die allem Anschein nach am liebsten einen großen Bogen um das alles machen würde.«

Schon zuvor hatte ich einen Funken Interesse aufglimmen sehen, als er gehört hatte, dass ich nicht dem Adel entstammte. Nun musterte er mich mit demselben Funkeln in den Augen, was meine Nerven nicht gerade beruhigte.

Ich wusste, dass ich bleiben musste – auch wenn ich nicht wollte. Auf eine Situation wie diese hatten die Gelehrten des Königs mich vorbereitet. Deshalb hatte der König mich ja überhaupt zur Ankunft der Pythier an den Hof gerufen. Eine freundliche Unterhaltung würde uns in ihrer Gunst steigen lassen.

»Es wäre mir eine Ehre und ganz besondere Freude«, piepste ich. War das wirklich meine Stimme? Ich schluckte den Kloß im Hals hinunter und redete in einer Tonlage weiter, die, wie ich hoffte, deutlich entspannter klang. »Sehr gern können wir uns ein wenig unterhalten. Wie laufen die pythi–«

Er ließ mich nicht ausreden. »Ihr habt Angst vor dem Prinzen, der um die Hand meiner Nichte anhalten will.«

Ich hätte das Weite suchen sollen.

»Ihr fühlt euch unwohl zwischen all dem Prunk hier«, fuhr der Herzog fort. »Natürlich kann das zum Teil auch daran liegen, dass Ihr in einfachen Verhältnissen aufgewachsen seid, aber da steckt mehr dahinter. Euch gefällt das Leben am Hofe nicht. Weshalb also seid Ihr hier?«

Ich zuckte nicht mit der Wimper. »Wegen Darren.«

»Ja, er ist ein hübscher Kerl.« Seine rostbraunen Augen hielten meinen Blick fest. »Klingt wie im Märchen, doch wir leben in einer Zeit, in der nur Wenigen ein gutes Ende beschieden ist.«

»Eu-eure Nicht könnte mit Blayne auch sehr glücklich werden«, stammelte ich.

»Das kann nicht Euer Ernst sein. Nicht nachdem Ihr Euch gerade noch in seiner Anwesenheit dermaßen verkrampft habt.« Der Mann stieß ein kehliges Lachen aus. »Euer Blayne sieht gut aus, doch er ist eiskalt. Der caltoth'sche Prinz dagegen ist ein kleine Junge und popelt noch in der Nase.« Angewidert verzog er den Mund. »Ich habe Eure Gesellschaft gesucht, weil Ihr nicht bei Hofe aufgewachsen seid, meine Liebe. Ihr habt nicht gelernt zu lügen. Ich kann Euch jede Gefühlsregung vom Gesicht ablesen. Ich konnte sehen, wie sehr Euch der Prinz vorhin aus der Fassung gebracht hat, und ich sehe, wie nervös Ihr jetzt seid. Und deshalb ist Eure Einschätzung für mich von unschätzbarem Wert.«

Er kam einen Schritt näher, wobei die Absätze seiner Stiefel hallten. »Dann sagt mir mal, warum ich König Lucius' Sohn für meine Nichte ernsthaft in Betracht ziehen sollte?«

»Ich … ich …«

Ich hätte mich nie allein absetzen sollen. Der König hatte mir mehr als deutlich zu verstehen gegeben, dass ich der Krone keine Schande machen solle. Seine Drohungen hatten klargemacht, wie wichtig es war, das Wohlwollen der Pythier zu gewinnen. Und jetzt stand der Herzog vor mir und nahm mich in die Mangel, weil ich von niederer Herkunft war und er in mir anscheinend lesen konnte wie in einem offenen Buch.

Ich zermarterte mir das Hirn nach einer Antwort, die ehrlich wirkte, ohne Blayne in ein schlechtes Licht zu rücken.

»Es ist nur so … ich kenne ihn gar nicht richtig.«

Sein Mund verzog sich angesichts der Lüge.

»Also *gut genug*«, stieß ich hervor. »Ich kenne ihn nicht *gut genug*. D-Darren mochte ich anfangs auch nicht, als wir uns zum ersten Mal begegnet sind. Ehrlich gesagt konnte ich ihn überhaupt nicht ausstehen.« *Wunderbar, Ryiah, drehe es so hin, dass er am Schluss die ganze Königsfamilie blöd findet.* »A-aber das war, bevor ich ihn richtig kennengelernt habe.« Sinnlos zu lügen, weil er mir die Wahrheit sowieso an der Nasenspitze ansah. »Und mit Blayne … bin ich immer noch in der Kennenlernphase.«

Luft holen!

»I-ich kann natürlich nicht versprechen, dass sie g-glücklich wird … Aber wenn Ihr Euch für Jerar entscheidet, würdet Ihr Hunderte … Tausende von Menschen vor dem sicheren Tod bewahren.« Ich schluckte. »Wenn Ihr Euch für Jerar entscheidet, könnt Ihr den Krieg abwenden. Caltoth würde es nicht wagen, uns anzugreifen, wenn wir die Unterstützung Eures Bruders hätten –«

»Ihr enttäuscht mich, Ryiah. Mit Angst und Verzweiflung gewinnt man keine Verbündeten.« Der Herzog lächelte mich mitleidig an. »Danke, dass Ihr Euch für mich Zeit genommen habt.«

Damit zog er seinen Umhang zurecht und ließ mich festgeklammert am Geländer stehen.

Wir würden den Krieg verlieren, wurde mir klar. Die Pythier hatten ihre Wahl bereits getroffen.

Und sie war nicht auf uns gefallen.

ACHT

Die Verhandlungen blieben erfolglos. Am dritten Tag des Besuchs der Delegation war klar, dass sich die Pythier nicht umstimmen lassen würden. Die Berater des Königs konnten anbieten, was sie wollten, mit den Konditionen der Caltothen konnten sie anscheinend nicht mithalten. Und so wie die Verhandlungen bislang gelaufen waren, hatte König Horrace wohl *eine Menge* versprochen.

Bei besagten Besprechungen war ich natürlich nicht dabei, doch die Sorgenfalten beim Abendessen auf Darrens Stirn sprachen Bände. Mir blieb nicht verborgen, wie abgespannt er aussah, wenn er aus der Ratskammer kam – und es wurde jeden Tag schlimmer. Beim Abendessen machte er gezwungen Konversation, während ich in meinem Essen herumstocherte und so tat, als wäre die Situation nicht so verfahren, wie es schien. Sogar Blayne hatte es inzwischen aufgegeben, die aufgesetzte Selbstsicherheit zur Schau zu tragen.

Cassius war der Einzige, der offenbar guter Dinge war. Bei jeder sich bietenden Gelegenheit trank er auf das Wohl seines Bruders und dessen Sippe, und sein dröhnendes Gelächter und selbstgefälliges Grinsen ließen unschwer erkennen, dass er sich über uns lustig machte. Wie ich würde auch er noch vier Tage am Hofe weilen, doch bei ihm handelte es sich um eine reine Formalität, um den Anstand zu wahren.

»Ein Jammer …«, setzte der Herzog an und hielt dann inne. Er musste seinen Satz nicht beenden, es war auch so klar, was er meinte. *Ein Jammer, dass Euer Königreich untergehen wird. Ein Jammer, dass König Horrace uns ein Angebot gemacht hat, das sich nicht übertrumpfen lässt. Ein Jammer, dass Ihr nicht mithalten könnt.*

König Lucius schlug sich am schlechtesten von allen. Während Darren und Blayne weiterhin ein unechtes Lächeln aufsetzten und Artigkeiten von sich gaben, war ihr Vater allzu schweigsam. Ganze Abende lang starrte er den Herzog an, als wollte er ihn mit Blicken erdolchen, und so, wie er auf sein Fleisch einstach und sich den blutigen Bratensaft übers Kinn laufen ließ, hegte vermutlich nicht nur ich den Verdacht, dass er sich dabei vorstellte, es wäre stattdessen das Fleisch des Herzogs.

Bei dem Anblick verging mir der Appetit.

Ansonsten verbrachte ich meine Zeit auf den Trainingsplätzen – der Unterricht in höfischer Etikette war wegen des Besuchs aus Pyhtus verschoben worden. Es gab keine Lektionen mehr in schicklichem Betragen, weil die Gelehrten alle Hände voll damit zu tun hatten, in der Schatzkammer Akten zu studieren und darüber zu brüten, wie man den Forderungen der Pythier doch noch nachkommen konnte.

Ich hatte mich gerade nach einer besonders anstrengenden Trainingseinheit mit ein paar Rittern des königlichen Regiments frisch gemacht, als ich hörte, wie nebenan Darren seine Gemächer betrat. So wie er die Holztür hinter sich zuschlug, stagnierten die Verhandlungen anscheinend weiterhin.

Dann wurde die Tür ein zweites Mal zugeknallt und auf der anderen Seite der Wand wurden zornige Stimmen laut.

Ich legte den Finger auf die Lippen, damit Celine und Gemma uns nicht verrieten. Auf Zehenspitzen schlich ich zur Wand, formte meine Hände zu einem Trichter und legte das Ohr dagegen.

Natürlich wusste ich, dass es falsch war zu lauschen, doch Darren weigerte sich, mir zu erzählen, wie die Verhandlungen liefen, und tat, als wäre alles halb so wild. Tja, wenn er nicht freiwillig mit der Wahrheit herausrückte, würde ich es eben anders herausfinden.

»… hättest nie auf diese Schule gehen sollen!«

»Blayne –«

»Du hättest hier sein sollen, Darren. Bei mir. Nicht bei ihr. Mir.«

»Jetzt bin ich ja da.« Einen Moment lang war es still, dann ging es in etwas ruhigerem Ton weiter. *»War er wirklich so schlimm, nachdem ich weg war?«*

»Was glaubst du denn?«

»Blayne, es –«

»Für eine Entschuldigung ist es ein bisschen spät.«

Ein knappes Seufzen. *»Uns bleiben noch drei volle Tage. Ich lasse mir was einfallen, versprochen. Es muss doch irgendetwas geben, worauf wir noch nicht gekommen sind –«*

»Wir haben ihnen alles geboten. Alles! Hast du die Berater nicht gehört? Das Einzige, was noch fehlt, ist Jerar selbst. Der Thron.« Ein hartes Lachen. *»Würdest du unser Land lieber unter pythischer Herrschaft sehen, Bruderherz? Mit dem Reichtum der Caltothen können wir es einfach nicht aufnehmen.«*

Irgendetwas krachte an die Wand und zerbrach. *»Sie müssen sich doch eigentlich an den Großen Kompromiss halten. Warum halten sie sich nicht daran?«*

Dann hörte ich Darrens Stimme. *»Caltoth greift schon seit Jahren unsere Grenzdörfer an. Den Vorfall in Ferren's Keep können sie allerdings nicht als unbedeutende Territorialstreitigkeit abtun –«*

»König Joren wird darauf pfeifen, wer im Recht ist, wenn er einen Vorteil für sein Land daraus ziehen kann.« Blaynes Stimme troff vor Verachtung. *»Warum sollte man sich an eine hundert Jahre alte Zusage halten, wenn man im anderen Fall Profit aus der Situation schlagen kann?«*

»Es ist einfach nicht in Ordnung. Wir stehen den Pythiern seit Jahren zur Seite –«

»Loyalität fußt nie auf Ehre, Bruder, sondern auf Blut. Blut ist dicker als Wasser.«

Entsetzt wich ich von der Wand zurück und bat Gemma, dem König auszurichten, dass ich unpässlich war. Ich konnte heute nicht mit ihnen zusammen zu Abend essen. Es war ein Fehler gewesen, Darren und seinen Bruder zu belauschen. Die beiden hatten zwar nichts gesagt, was ich mir nicht schon gedacht hatte, doch die Worte laut und deutlich zu hören, machte es irgendwie noch schlimmer.

Ich konnte mich nicht an einen Tisch mit diesem hartherzigen Herzog setzen und mir ein Lächeln abringen. Nicht an diesem Abend.

Kurz entschlossen ließ ich mir von Celine wieder aus meinem Kleid helfen, schlüpfte in eine frische Reithose und zerrte mir meinen langärmeligen wollenen Waffenrock über den Kopf.

»Mylady? Geht Ihr noch mal trainieren?« Meine Kammerfrau sah mich verwirrt an. »Seid Ihr nicht erschöpft?«

»Doch.« Ich schnappte mir meine Schwertscheide und riss die Tür auf. »Wenn Darren fragt, sagt ihm, ich bin draußen, bei den Baracken. Aber richtet ihm aus, dass ich allein sein möchte.«

Eine Stunde später tauchte Paige beim Kampfplatz der Soldaten an der Ostseite der Palastmauern auf, wo ich mit meinem Schwert auf die Kälte einhieb, mit der Klinge eine Schneise in den herabrieselnden Schnee schlug und mir vorstellte, es wären die Pythier. Mein Atem ging stoßweise, doch ich ließ nicht nach, bis Paige mich irgendwann mehr oder minder wegschleifte.

Sie musste das Heft richtiggehend meinen Händen entwinden, schleuderte es auf den gefrorenen Boden und reichte mir ihre Feldflasche. Ich nahm einen großen Schluck, während sie wartete. Und dann noch einen. Das brühheiße Wasser verbrannte mir die Zunge und die Kehle, doch ich leerte den Schlauch, ohne abzusetzen. Langsam strömte wieder etwas Wärme durch meine Adern und meine Finger begannen zu kribbeln.

Paige betrachtete meine Hände. »Ihr hättet Handschuhe anziehen sollen, Mylady.«

»Hat Darren dich geschickt?«

»Ja.«

»Kennst du das Gefühl, machtlos zu sein?«

Sie machte sich nicht die Mühe zu antworten.

»Ich bin machtlos. Sie haben mich herbestellt, um die Gunst der Pythier zu gewinnen. Mich. Ein einfaches Mädchen.« Ich unterdrückte ein Husten. »Einfache Leute können nicht lügen, hast du das gewusst?«

»Ich bin auch von niederer Geburt«, schnaubte die Ritterin, »und ich kann es sehr wohl.«

»Ich jedenfalls nicht. Ich meine … lügen kann ich schon, aber eben nicht gut genug. Cassius hat zu mir gesagt, er könne in mir lesen wie in einem Buch. Ich bin eine Verkünderin der Wahrheit.« Ich geriet ins Wanken und ließ mich bereitwillig von Paige zu den Baracken hinüberführen, wo ich mich an den Zaun lehnte. »Zum Beispiel habe ich es nicht geschafft, ihm zu sagen, dass er Blayne den Vorzug geben soll. Er meinte, ich solle ihm *einen* Grund nennen, und das konnte ich nicht. E-er hat Ella Gewalt angetan. Und … und ich habe es einfach nicht über mich gebracht.«

»Ihr traut dem Kronprinzen nicht. Warum solltet Ihr also versuchen, ihn zu verteidigen?« Paige sah mich eindringlich an. »Natürlich merkt der pythische Herzog da, dass Ihr nicht die Wahrheit sagt. Ihr müsstet es irgendwie anders angehen.«

»Ein gutes Wort für unser Land einlegen oder so? Mich für unser Volk stark machen?« Ich unterdrückte ein Lachen. »Das ist ihm egal. Die treiben ihre Spielchen mit uns, Paige.«

Sie kaute auf ihrer Unterlippe. Ich ahnte, dass sie und

die anderen Palastangestellten die Gerüchte bereits gehört hatten.

»Und dafür gehen sie über Leichen«, fügte ich hinzu.

»Vielleicht müsst Ihr ihnen zeigen, was für sie auf dem Spiel steht.«

»Die stehen so oder so auf der Gewinnerseite.«

Sie zuckte mit den Schultern.

»Caltoth gibt ihnen mehr, als Jerar es jemals könnte.«

Widerstandslos ließ ich mich von ihr zurück zum Palast führen und die Kälte gewann die Oberhand über meine Wut. Ich zitterte und zugleich war mir heiß. Ich brauchte dringend ein wärmendes Bad und dann die Kühle meiner Laken, ich brauchte alles und nichts. Verzweiflung überkam mich und zog mir bis in den Magen.

»Danke, Paige«, murmelte ich.

Sie klopfte mir auf die Schulter, als sie mich bei Celine und Gemma ablieferte.

Mehr gab es nicht zu sagen.

Der letzte Abend mit den Pythiern verlief in düsterem Schweigen.

Alle Verhandlungsversuche waren gescheitert. Während sich der Abend zäh dahinschleppte, gaben sogar Darren und Blayne es auf, weiterhin höfliche Floskeln auszutauschen. Der König ignorierte den vollen Teller, der vor ihm stand – dafür hatte sein weißer Bart um den Mund herum kupferrote Flecken, und mit jedem Glas Wein, das man ihm einschenkte, wurden seine Augen eisiger und grauer, als würde ein Sturm heraufziehen. Ich wartete nur darauf, dass die königliche Familie das Ganze abbrechen würde, doch Lucius und seine Söhne waren Meister in der hohen Kunst der Selbstbeherrschung.

Im Gegensatz zu mir.

Eine Weile hielten die Berater des Königs das Gespräch noch in Gang, doch auch sie wurden nach und nach merklich stiller. Unfähig, auch nur einen weiteren Bissen zu mir zu nehmen, schob ich ein Stück Hammelfleisch auf meinem Teller hin und her. Wie sollte ich essen, wenn ich zusehen musste, wie dieser Mann sich von unserer Arbeit Früchte feudal bewirten ließ, unseren Wein trank und unsere Gastfreundschaft genoss, wo er doch genau wusste, dass er die Menschen um sich herum – und ihre Familien – zum Tode verurteilte. Und das alles für Reichtum. Für caltoth'sche Rubine. Für ein paar funkelnde rote Edelsteine war er bereit, uns brennen zu sehen.

Die Pythier waren Monster.

»Ach, das war köstlich!« Der Herzog räusperte sich lautstark und hob seinen Kelch, um mit einer überschwänglichen Geste ein Hoch auf den König auszubringen. »Fürwahr eine Schande, dass wir uns nicht –«

Eine arglose, junge Dienerin huschte an ihm vorbei und blieb mit ihrem Ärmel so unglücklich an seiner Hand hängen, dass Bratensoße auf ihn spritzte.

»Meine Güte, Lucius, Eure Bediensteten sind wirklich unglaubliche Trampel!«

Als das Mädchen sich hastig entschuldigen wollte, ließ der Herzog eine Schimpftirade über den Preis seiner boreanischen Seide und die Inkompetenz der Dienerschaft vom Stapel. Daraufhin brach hektische Betriebsamkeit aus, und von allen Seiten hasteten Diener herbei, um die Flecken wegzutupfen, während das junge Mädchen fluchtartig den Raum verließ.

Mir wurde ganz eng im Hals bei dem, was sich da vor meinen Augen abspielte. Am liebsten hätte ich etwas gesagt, *irgendetwas*, doch das stand mir nicht zu. Der König hatte mich nicht einmal bei den Beratungen die Woche über dabeihaben wollen. »*Ihr seid schmückendes Beiwerk, mehr nicht.*« Diesen Satz hatten mir meine Lehrmeister wieder und wieder eingebläut. »Eure Rolle besteht darin, Euren Verlobten anzustrahlen, um den Pythiern glaubhaft zu machen, dass ihre Prinzessin hier ihr Glück finden kann.«

Ich war ein Niemand, und es kostete mich große Überwindung, die andere Ryiah – die ruhelose, waghalsige – unter dem Deckel zu halten.

Ich zwang mich, tief durchzuatmen. Neben mir umklammerte Darren seinen Weinkelch so fest, dass ich dachte, das Glas würde jeden Moment zerspringen. Wie gern hätte ich seine Hand genommen, doch seine Miene ließ ahnen, dass er kurz vor der Explosion war. Blayne, der ihm direkt gegenübersaß, versuchte angestrengt, sich den Anschein von Gleichgültigkeit zu geben, während er sich lächelnd für das Mädchen entschuldigte. Hätte ich ihn am Abend zuvor nicht belauscht, hätte ich ihm seine Einlage locker abgekauft. Es lag allerhöchstens ein winziger Anflug von Gereiztheit in seiner Stimme und in Anbetracht der Situation hätte sich das genauso gut auf die Dienerin beziehen können.

In diesem Moment hatte der König mehr Ähnlichkeit mit seinem jüngeren Sohn. Seine Augen waren kalt wie Eis, und er gab sich keine Mühe, Bedauern über das Missgeschick zu heucheln. Er verabscheute den Herzog, doch wie alle anderen musste auch er sich am Riemen reißen. Also sagte er gar nichts.

Ich runzelte die Stirn. Nicht zu fassen, dass wir so darauf bedacht waren, Cassius zu beschwichtigen, uns aufs Bitten und Betteln verlegt hatten und den Pythiern bereitwillig darboten, was immer sie verlangten. Es war paradox: Wir besaßen die größte Armee weit und breit und dennoch würden wir den Krieg verlieren.

Die Pythier waren nicht käuflich. Wir konnten ihnen ohnehin nicht genug bieten.

»Mit Angst und Verzweiflung gewinnt man keine Verbündeten«, hatte der Herzog gesagt.

Nachdenklich betrachtete ich die feuchten Flecken auf der Seide und sah zu, wie der Mann auf seinem Stuhl hin und her rutschte, für den er einfach zu breit war.

»Vielleicht müsst Ihr ihnen zeigen, was für sie auf dem Spiel steht.«

Möglicherweise hatte Paige recht. Es war gewagt, aber die Sicherheitsvariante hatten wir ja bereits erfolglos versucht. Falls wir den Krieg tatsächlich verlieren sollten, dann wäre es ohnehin egal, dann konnte ich eigentlich tun und lassen, was ich wollte, weil es bald sowieso niemanden mehr interessierte. Wir standen nicht gerade hoch in der Gunst der Pythier, also hatten wir nichts zu verlieren.

Als ich aufsprang, schrappte mein Stuhl laut über den Boden. Ich tat so, als hätte ich es nicht bemerkt, und wischte mir die feuchten Hände am Rock ab, während mein Herz wie wild raste.

Ich sah weder meinen Verlobten noch seinen Bruder an,

und ganz gewiss nicht ihren Vater. Alle Augen im Zimmer ruhten auf mir, doch meine waren ausschließlich auf den Herzog gerichtet.

Im schlimmsten Fall konnten sie das, was ich gleich sagen würde, darauf schieben, dass ich ein törichtes Mädchen aus einfachen Verhältnissen war. Im besten Fall … Das wagte ich eigentlich kaum zu hoffen.

»Euer Durchlaucht, die letzten sechs Abende habt Ihr uns mit Geschichten darüber erfreut, wie großartig die Pythier sind. Ihr sagt, es gäbe keine größere Flotte als Eure und keinen stolzeren Herrscher als König Joren.« *Nicht aufhören, bloß nicht aufhören.* »Ihr sagt, ein Pythier würde niemals verlieren, doch Ihr irrt Euch.« Ich holte Luft und stieß die Worte hastig hervor. »Wenn Ihr Euch für Caltoth entscheidet, werden die Reichtümer, die König Horrace Euch verspricht, dem Krieg zum Opfer fallen.«

Stille.

Lucius starrte mich mit zu Schlitzen verengten Augen an, während der Herzog scharf die Luft einsog.

Meine Beine begannen zu zittern und ich ballte im Wechsel die Hände zu Fäusten und ließ dann wieder locker. »W-weil …« Jetzt kam der schwierigste Teil. Der, den ich vielleicht bereuen würde. »Weil …«

Darrens Hände strichen mir seitlich übers Handgelenk. Er verschränkte seine Finger mit meinen und schob abrupt seinen Stuhl zurück, um sich neben mich zu stellen.

»Denn wir werden *alles* zerstören.« Darrens Stimme schallte durchs Zimmer. »Jedes Dorf, die gesamte Ernte, jedes noch so kleine Gehöft. Ganz Caltoth wird in Flammen aufgehen.« Er umklammerte meine Hand fester, und ich merkte, wie er all den Frust und die Wut, die sich im Laufe der Woche bei ihm aufgestaut hatten, in seine Worte packte. Darren war ganz anders als sein Bruder. Seine Stärke war seine Leidenschaft, sein Feuer, nicht das Taktieren. »Wir werden die Rubinminen in Schutt und Asche legen. Wir werden plündern und brandschatzen, bis nichts mehr übrig ist.«

Inzwischen war es so still im Zimmer, dass man eine Stecknadel hätte fallen hören können. Alle Blicke – die des Königs, seines älteren Sohnes, der Berater der Krone, der Pythier – waren auf uns gerichtet. Sogar die Diener hatten aufgehört zu servieren.

Jetzt ist der richtige Moment.

Ich schluckte und holte zum finalen Schlag aus, denn nicht einmal Darren konnte vorausahnen, was nun käme. »Kurzum, Euer Durchlaucht, ohne Pythus an unserer Seite werden wir den Krieg zwar verlieren, aber wir werden nicht die einzigen Verlierer sein.« *Jetzt.* Die ultimative Drohung. »Denn wir werden nichts als verbrannte Erde hinterlassen. Auch in Jerar. Jeden noch so abgelegenen Winkel unseres eigenen Landes werden wir verwüsten, damit es nichts mehr zu holen gibt, wenn Caltoth mit Euch zusammen den Sieg erringt.«

Ich wurde kühner. »Kennt Ihr den Unterschied zwischen einem Volk von Händlern und einem Volk von Kriegern?« Ohne die Antwort abzuwarten, fuhr ich fort. »Nur die einen sind bereit, durch ihr eigenes Schwert zu fallen. König Horrace verspricht Euch vielleicht das Blaue vom Himmel, doch am Ende werdet Ihr mit leeren Händen dastehen.«

Vollkommene Stille. Kein Luftholen, kein Hüsteln, kein Flüstern. Nichts.

Ganz langsam atmete ich aus.

Plötzlich begann der Herzog zu klatschen.

Dann lachte er.

»Sieh an«, sagte er schließlich, »und ich dachte, die Verhandlungen wären abgeschlossen.«

Ich erstarrte und Darren drückte meine Hand noch kräftiger und zog mich sanft wieder auf meinen Stuhl. Alle warteten darauf, dass Cassius weitersprach, um zu entscheiden, ob sie mich für mein Vorpreschen verdammen sollten oder nicht.

Mir war eng um die Brust.

Der ungeschlachte Mann lehnte sich vor, wobei er mit dem Ellbogen gegen den Tisch stieß und ein Weinglas umkippte. Sein Blick ruhte auf Darrens Vater.

»Und jetzt erklärt mir mal«, meinte er schleppend, »wie es sein kann, dass das beste Argument, das ich die ganze Woche gehört habe, von einem kleinen Mädchen kommt?«

Der König machte den Mund auf und wieder zu, um ihn zu einem schmalen Strich zusammenzupresssen.

»Ich glaube, in Eurem Gremium mit dem biederen, überkorrekten Beraterstab habe ich nur meine Zeit verschwendet, Lucius.«

»Verzeiht. Wie es scheint, habe ich meine Männer falsch eingeschätzt.« Die Stimme des Königs war hart wie Stahl und versprach eine schnelle Umsetzung meiner Drohung, was auf der anderen Seite des Tisches eine nur schlecht überspielte Panik auslöste. Auch ich bekam auf einmal Angst vor meinem Sieg.

Risikobereitschaft hatte ihren Preis. *Immer.*

»Wie es aussieht, muss ich meinen Bruder benachrichtigen.« Der Herzog stand unvermittelt auf und drückte seinen Kelch einem dürren Mann in die Hand, der versucht hatte, sich unbemerkt an ihm vorbeizuquetschen.

»Ihr reist doch nicht morgen früh ab, Euer Durchlaucht?« Blaynes Frage klang lässig. »Gewiss können die Neuigkeiten auch bis dahin warten … außer Ihr verlängert vielleicht Euren Aufenthalt?«

Mit einer herrischen Handbewegung brachte Cassius ihn zum Schweigen. »Mimt nicht den Narren, junger Prinz, die Rolle steht Euch nicht.«

Der König räusperte sich. »Das sind ja wunderbare Neuigkeiten, Cassius –«

Der Herzog fuhr herum. »Wunderbar, das kann schon sein, aber es gibt noch immer einiges zu besprechen. Eine Entscheidung dieser Tragweite bedarf einer eingehenden Prüfung. Ich gehe davon aus, dass es nicht weniger als einen Monat in Anspruch nehmen wird, die Bedingungen so zu gestalten, dass sie meinen Bruder zufriedenstellen werden.«

»Ich habe Zeit«, erklärte König Lucius, ohne mit der Wimper zu zucken.

»Wir sollten hierbleiben.« Paige ließ sich auf mein Bett plumpsen, während ich meine letzten Habseligkeiten zusammenraffte. Sie pochte mit den Fingerknöcheln gegen mein Bettgestell, jedes Mal ein bisschen lauter. »Jetzt, da die Pythier …«

»Paige.« Mit einem genervten Stöhnen sah ich vom Packen auf. »Du weißt, dass das nicht nötig ist.« König Lucius hatte mich lediglich als schmückendes Beiwerk zum

Hofe beordert – sogar nach meiner Heldentat am Vorabend war ich noch immer von den Verhandlungen ausgeschlossen. Freilich hatten die Pythier ihren Aufenthalt zwischenzeitlich verlängert, doch an den Besprechungen durften nur die Krone und ihr Beraterstab teilnehmen. Da ich keiner der beiden Fraktionen angehörte, gab es keinen Grund, meine Abreise zu verschieben.

Na ja … bis auf Darren. Frustriert biss ich mir auf die Unterlippe. Ich würde ihn vermissen. Genau genommen vermisste ich ihn jetzt schon – obwohl wir noch immer in derselben Stadt weilten, sogar unter demselben Dach.

In den zwei kurzen Wochen seit meiner Ankunft hatte ich ihn vielleicht gerade mal drei Stunden zu Gesicht bekommen und dabei waren wir stets von anderen Leuten umgeben gewesen. Ja, wir hatten in der Bibliothek ein paar Minuten für uns gehabt, doch Blayne hatte es geschafft, uns sogar dort in die Quere zu kommen.

Wenn man bedachte, wie wenig Zeit wir miteinander verbracht hatten, hätten wir genauso gut Hunderte Meilen voneinander getrennt sein können.

Wenn der Bund erst einmal besiegelt ist, ist es sowieso nur noch eine Frage der Zeit, bis du in den Palast zurückkehrst, und zwar als seine Frau. Meine Wut verrauchte. Dann hätten wir endlich mehr Zeit füreinander. Ohne den Druck der Verhandlungen mit Pythus wäre Darren von den weniger relevanten Verpflichtungen der Krone entbunden und wir könnten zusammen im königlichen Regiment dienen.

Ich fragte mich, ob der König Darren und mir erlauben würde, dass wir auch auf Patrouille gingen. Wenn Blayne und seine Gemahlin erst einmal einen Erben hervorgebracht hatten, würde man Darren und mir bestimmt mehr Freiheiten zugestehen. Alles war möglich.

In der Zwischenzeit würde ich nach Ferren's Keep zurückkehren. Hier im Palast hatte die große Politik oberste Priorität. Darren hatte sogar sein Training vernachlässigt, obwohl es nur noch sechs kurze Monate bis zur Kandidatur waren.

Ich musste jeden noch so kleinen Vorteil nutzen.

»Ryiah …«

Meine Leibwächterin verließ das Zimmer, als Darren im Türrahmen erschien. Er wirkte außergewöhnlich schlecht aufgelegt. Seine Haare standen ihm in alle Richtungen ab, als wäre er sich einmal zu oft mit der Hand hindurchgefahren und hätte es dann ganz aufgegeben. Einen Moment lang starrte er die Tür an, ehe er ein tiefes Seufzen ausstieß und sie hinter sich schloss.

»Wenn die Berater deines Vaters davon Wind bekommen, dass wir allein in meiner Kammer sind, ziehen sie uns bei lebendigem Leibe die Haut ab.« Es war als Scherz gemeint, aber die Bemerkung wirkte eher verkrampft.

Wenn mir die Gelehrten des Palasts eines eingetrichtert hatten, dann, wie wichtig es war, dass eine Braut über bestimmte *Qualitäten* verfügte. Qualitäten, die ich immer schwerer bewahren konnte, wenn wir beide allein waren.

Ein trauriges Lächeln huschte über Darrens Gesicht, und als sich unsere Blicke trafen, spürte ich, dass etwas nicht stimmte. »Bist du glücklich hier, Ryiah?«

Mir zog sich der Magen zusammen. Irgendetwas stimmte ganz und gar nicht. Warum sah er mich so an? »N-natürlich.« *Lügnerin.*

»Was du gestern Abend getan hast …« Darren räusperte sich. »Das war Wahnsinn, Ryiah. Mein Vater war schwer beeindruckt …«

Was er danach sagte, hörte ich nicht mehr – ich konnte nur dastehen und einen stummen Dank zu den Göttern hinaufschicken. Einen Moment lang … einen kurzen Moment lang hatte ich schon gedacht, Darren könnte hier sein, um mir zu mitzuteilen, dass der König unsere Verlobung lösen wollte.

»Er würde es niemals über sich bringen, jemanden niederer Herkunft zu loben, aber er hat eingewilligt, dass du ab jetzt bei den Verhandlungen mit den Pythiern dabei sein darfst. Ich habe ihn davon überzeugt, dass die Lektionen in höfischer Etikette für deinen Aufenthalt nicht so wichtig sind. Stattdessen wirst du ins königliche Regiment versetzt.«

Ich zögerte. Das nannte man eine unerwartete Wendung. »Darren, dein Vater hat mir die Erlaubnis gegeben, bis zu Blaynes Hochzeit in Ferren meinen Dienst zu versehen. Oder gilt das nicht mehr?«

Der Prinz starrte mich an und auf seiner Stirn erschien eine steile Falte. »Nein, aber … ich dachte, du würdest bleiben wollen.« Irgendetwas schien ihm auf der Seele zu liegen, doch er sprach es nicht aus. »Sogar nachdem wir uns sechs Monate lang nicht gesehen haben, gibst du immer noch Ferren den Vorzug? Selbst wenn du an den Verhandlungen teilnehmen und ins Palastregiment eintreten könntest?«

Ich schluckte und fühlte mich plötzlich beklommen. »Ich weiß doch, dass du eigentlich am liebsten auch woanders wärst.« Er hatte es mehr als einmal gesagt.

Darrens Kaumuskeln arbeiteten. »Hast du mich denn überhaupt vermisst, Ryiah?«

»Das weißt du ganz genau.« Ich runzelte die Stirn. Vor zwei Tagen hatte es noch den Anschein gehabt, als würde es ihm nichts ausmachen, als wir über meine Rückkehr in den Norden gesprochen hatten. »Was ist los?« *Was ist auf einmal das Problem?*

»Wir zwei könnten genauso gut Fremde sein, wenn man bedenkt, wie wenig Zeit wir seit unserer Verlobung miteinander verbracht haben.« Darren durchbohrte mich mit Blicken. »Und was ist, wenn König Horrace erst mal mitkriegt, dass die Pythier ihren Aufenthalt verlängert haben? Es ist viel zu gefährlich, dort oben im Norden auf Patrouille zu gehen. Den Caltothen ist zuzutrauen, dass sie Vergeltung üben. Ich will nicht, dass dir etwas zustößt.«

»Wenn du mich fragst, ist es viel wahrscheinlicher, dass die Caltothen sich nun, da ihre Allianz auf der Kippe steht, eher zurückhalten.« Ich musterte Darren, wie er mit verschränkten Armen dastand. Seine Körperhaltung sprach Bände. Keine Sekunde nahm ich ihm ab, dass er Ferren's Keep wirklich für gefährlich hielt. Es war etwas anderes, das ihm zu schaffen machte, und ich war fest entschlossen, es herauszufinden.

»Darren …«

Er machte einen Schritt in Richtung Tür und blieb dann stehen, den Blick noch immer nach vorn auf die Wand gerichtet. »Wann hattest du vor, mir zu sagen, dass *er* auch dort stationiert ist?«

Der plötzliche Themenwechsel erwischte mich kalt. »W-was?«

»Ian.« Der Prinz wirbelte herum und sah mir ins Gesicht. Seine Augen glühten.

»Ian?« Das war alles? Er war eifersüchtig? Fast hätte ich laut losgelacht, doch Darrens Miene war so angespannt, dass ich mich eines Besseren besann.

»Heute Morgen ist Kommandantin Nyx' monatlicher Rapport an die Krone eingetroffen.« Er gab sich keine Mühe, seine Verachtung zu verbergen. »*Sein* Name wurde im Zusammenhang mit deiner Einheit erwähnt. Ich habe die Unterlagen überprüft, und er hat den Posten direkt am Tag nach deiner Magierweihe angenommen. Wenn du mich fragst, ist das kein Zufall.«

»Das ist drei Jahre her. Ian hat keine Gefühle mehr für mich –«

Darren warf mir einen mitleidigen Blick zu. »Glaub mir, Ryiah, Männer können noch weitaus länger nicht von einer Frau loskommen.«

Ich verschränkte die Arme. »Darren, Ian ist in Ferren aufgewachsen. Seine Eltern haben dort eine Schmiede.« Er hatte kein einziges Mal irgendeine Andeutung in der Richtung gemacht und war bei unserem ersten Zusammentreffen genauso überrascht gewesen wie ich.

»Und trotzdem scheinst du irgendwie ein schlechtes Gewissen zu haben. Warum sonst hättest du mir verheimlichen sollen, dass er auch dort ist.« Darrens Miene war argwöhnisch.

Das konnte ich nicht auf mir sitzen lassen. »Ich habe überhaupt nichts verheimlicht! Mein jüngerer Bruder Derrick ist ebenfalls dort. Glaubst du bei ihm auch, dass ich was verschweige?«

»Ich bin nicht dumm, Ryiah.« Er sah mich finster an. »Dir vertraue ich, aber dass dieser Kerl genau dann zusagt, wenn feststeht, dass du dort deinen Dienst leisten wirst … das stinkt doch zum Himmel.«

Ich funkelte Darren an. »Ian hat mich noch nie angelogen. Er war vom ersten Tag an ehrlich zu mir. Vielleicht schließt du auch von dir auf andere.« Anklagend zeigte ich auf ihn. »*Du* bist weiter an mir drangeblieben, auch *nachdem* Ian und ich ein Paar waren, nicht umgekehrt. So gesehen hat sich nur einer von euch korrekt verhalten, und das warst nicht du.«

Darren zuckte zusammen, als hätte ich ihm einen Schlag versetzt. »Ich entschuldige mich dafür, dass ich nicht so ein Ehrenmann bin wie er«, fuhr er mich an. »Nicht jeder ist in seinen Entscheidungen so frei wie ein Bauernbursche.«

»So habe ich das nicht gemeint, Darren.« Hastig machte ich ein paar Schritte auf ihn zu und hielt ihn am Handgelenk fest, ehe er davonstürmen konnte. »Bitte.« Ich holte tief Luft. »Bitte glaub mir: Es gibt nichts, weshalb du dir Sorgen machen müsstest. *Gar* nichts.«

Darren entspannte sich ein wenig. »Ich könnte veranlassen, dass dein Bruder auch ins königliche Regiment verlegt wird, wenn es das ist, was du willst.«

»Ich will zurück nach Ferren.«

»Bleib.« Darren verschränkte seine Finger mit meinen. »Ich werde dafür sorgen, dass es dir an nichts fehlt.«

Ich atmete tief durch, um mich zu beruhigen. »Das ist nicht dasselbe. Hier hat die Krone absoluten Vorrang. Du kannst nicht woanders deinen Dienst verrichten. Ich habe doch gesehen, wie wenig Zeit dir für dich selbst bleibt, sogar mit dem Training bist du in Rückstand geraten.«

Darren ließ mich los. »Ich bin überhaupt nicht in Rückstand geraten.«

»Vielleicht liege ich da auch falsch«, ruderte ich schnell zurück. »Ich will nur einfach nicht meine Chance verspielen, die Kandidatur zu gewinnen.«

»Gewinnen?« Er zog eine Augenbraue hoch. »Ich glaube kaum, dass du dir ernsthaft darüber Gedanken machen musst, Liebes.«

Jetzt wurde ich langsam richtig sauer. »Wieso?«, gab ich zurück. »Weil du der Einzige bist, der was draufhat, oder wie?«

»Ich halte dich für eine große Magierin, Ryiah.«

»Aber dir werde ich nie das Wasser reichen können, ist es so?«

Er bekam rote Flecken am Hals. »Das habe ich nicht gesagt.«

Ich stemmte die Hände in die Hüften. »Aber gedacht.«

Jetzt war es Darren, der die Arme verschränkte und mich fixierte. »Das ist nicht irgendein Spiel, Ryiah.«

»Ein Spiel?« Das Blut rauschte mir in den Ohren und in meiner Wut platzte ich heraus: *»Wie kannst du so was nur sagen?«*

»Gib's zu.« Seine Miene war finster. »Diejenigen, die sich für diese Karriere entscheiden, tun das doch nicht aus irgendwelchen hehren Motiven, sondern weil sie Macht wollen, Ansehen, Prestige. Die Chance, sich einen Namen zu machen.«

Mit zusammengekniffenen Augen funkelte ich ihn an. »Und bei dir ist das natürlich ganz was anderes.«

»Ist es wirklich. Man erwartet es von mir. Ich wurde mein Leben lang auf diese Rolle vorbereitet.«

Darrens Stolz war so groß, dass er nicht einmal bereit war, die *Möglichkeit* in Betracht zu ziehen, dass ich ihn ausstechen könnte.

Mit Schwung wuchtete ich mein Bündel über die Schulter. Nach allem, was wir zusammen durchgemacht hatten, schaffte er es noch immer, genau meinen wunden Punkt zu treffen, und das fühlte sich an, als würde er mir ein Messer ins Herz rammen. Schon lagen mir Worte auf der Zunge, von denen ich wusste, dass ich sie nicht aussprechen sollte, doch in diesem Moment wollte ich ihn nur noch verletzen. So wie er mich verletzt hatte. Es ihm heimzahlen. »Kennst du den Unterschied zwischen einem Wunderknaben und einem Prinzen, Darren?«

Sein Mund wurde zu einem schmalen Strich.

»Du hast immer alles gekriegt, die beste Ausbildung, die besten Lehrmeister, Privatstunden bei Master Byron; all das, wovon wir anderen nur träumen konnten – inklusive der Adligen.« Meine Stimme brach, doch mit blitzenden Augen zwang ich mich weiterzusprechen. »Aber das garantiert dir noch lange nicht den Sieg. Es macht dich noch lange nicht zum Wunderkind. Es bedeutet einfach nur, dass du *privilegiert* bist. Mit dem goldenen Löffel im Mund geboren wurdest.«

Seinen Augen sprühten vor Zorn. »Du hast keine Ahnung, wie es ist –«

Ich schnitt ihm das Wort ab, weil die Wut erneut in mir

hochbrodelte. »Weißt du was? Du hast recht. Vermutlich gelingt es mir nicht, mir *die* Schwarze Robe zu holen. Aber ich werde mir meine Platzierung in diesem Turnier zumindest redlich verdient haben. Du dagegen … du wirst nie erfahren, wo du eigentlich stehst, denn dir lag immer die Welt zu Füßen. Du bist der Junge, der sich nie etwas hart erarbeiten musste.«

»Immer noch besser, als das leichtsinnige Mädchen zu sein, das es ohne meine Hilfe zu nichts gebracht hätte.« Darrens höhnische Stimme war das Letzte, was ich hörte, ehe er mir die Tür vor der Nase zuknallte.

Er kam nicht zurück, um sich zu entschuldigen. Das wusste ich, weil ich wartete. Nach fünfzehn Minuten, in denen ich mich für mein loses Mundwerk verfluchte, kam Paige durch die Tür gestürmt.

Sie ignorierte meine rot geränderten Augen und zerrte mich am Arm mit sich. »*Dafür* habt Ihr auch unterwegs noch massenhaft Zeit.« Ausnahmsweise troff ihre Stimme mal nicht vor Ironie, doch ihr Mitleid machte es nur noch schlimmer.

Ich wischte mir mit dem Ärmel über die Augen, um meine Tränen zu trocknen, und nahm mir fest vor, nicht mehr zu weinen, bis wir auf der Straße waren und ich es auf die gleißend helle Wintersonne schieben konnte. Das Letzte, was ich wollte, war, dass einer der Diener Darren davon erzählte, also musste ich einen gefassten Eindruck machen. Der Hof sollte mich als das Mädchen im Gedächtnis behalten, das den Pythiern die Stirn geboten hatte, nicht als das verheulte Ding, das sich vom Prinzen unterbuttern ließ.

»Sehen wir zu, dass wir hier wegkommen.« Ich würde Darren beweisen, dass er sich irrte. Vielleicht hatte er mir am Anfang ein wenig unter die Arme gegriffen, doch im Grunde hatte ich mich von der alleruntersten Leitersprosse hochgearbeitet, und ich war noch lange nicht fertig. Ich hatte mir meine Rangstufe hart erkämpft und meine Ausdauer nahm mit jedem Tag noch zu. Insofern hatte ich durchaus eine reelle Chance auf den Sieg.

Er ist nur eifersüchtig.

Darren war ins Hintertreffen geraten, und ich hatte keine Lust, die holde Maid zu spielen, die blind vor Liebe war. Es kam für mich nicht infrage, nur um des lieben Friedens willen im Palast zu bleiben. Sollte das mit Ian ruhig an ihm nagen. Ich würde im Norden wie verrückt trainieren. Und während Darren von Regierungsgeschäften in Beschlag genommen war, würde ich sein vermaledeites Potenzial übertreffen und ganz Jerar schockieren, wenn ich, Ryiah, das Mädchen aus einfachen Verhältnissen, an seiner Stelle zur Schwarzen Magierin ernannt wurde. Und erst wenn ihm sein überhebliches Grinsen vergangen war, würde ich seine späte, aber umso ausführlichere Entschuldigung akzeptieren.

Denn irgendwo unter all der Arroganz, die es locker mit der Größe Jerars aufnehmen konnte, war *mein* Darren. Irgendwo. Tief, *tief* unten. Und diesen Teil von ihm liebte ich von ganzem Herzen.

Den Rest hasste ich allerdings wie die Pest.

Paige und ich steuerten schon auf die Palasttore zu, als mein Blick auf Blayne fiel, der dort anscheinend auf mich wartete.

Werde ich die Krone denn niemals los?

Zögernd ging ich auf ihn zu. »Blayne.«

»Immer so misstrauisch.« Der Thronerbe stieß ein lockendes Putt-putt-putt aus, als wäre ich ein Huhn, und grinste mich an. »Und das, obwohl ich ein Geschenk für Euch habe.«

Ich musste sehr an mich halten, um nicht höhnisch zu schnauben. Ohne Gegenleistung würde er niemals etwas geben. Ohne etwas zu sagen, wartete ich darauf, dass er mir sein »Geschenk« offenbarte.

Aus der Schultertasche, die er in der Hand hielt, kramte er einen kleinen Lederbeutel mit einem Kordelzug hervor und warf ihn mir zu. Ich fing ihn auf und ließ ihn fast fallen, weil er unerwartet schwer war.

Als ich einen Blick hineinwarf, stellte ich fest, dass er bis oben hin mit Münzen voll war. Aber nicht mit irgendwelchen, sondern mit Gold. Genug, um ein Dorf ein Leben lang durchzufüttern – genau genommen sogar mehrere Dörfer. Ich ließ unter dem Gewicht die Arme sinken und starrte Blayne an.

»Was … wie …?«

»Mehr ließ sich mein Vater nicht aus den Rippen leiern.« Er klang hochzufrieden. »Natürlich ist es nicht viel, aber Ihr habt meinen Bruder um Unterstützung für den Norden gebeten.«

»Der Norden«, wiederholte ich und konnte es noch immer nicht fassen, was für einen Schatz ich in Händen hielt. Bis zu diesem Moment war mir völlig entfallen, dass ich Darren um seine Hilfe gebeten hatte.

»Betrachtet es als Abschiedsgeschenk. Nach Eurer Ansprache vor dem Herzog war es das Mindeste, was ich für Euch tun konnte.«

»D-danke, wirklich –«

Nachlässig winkte Blayne ab. »Wir haben gemeinsame Interessen, Ryiah. Vielleicht fällt es Euch dadurch ja etwas leichter, mir meine früheren Verfehlungen zu verzeihen.«

Ich nickte stumm und sah zu, wie er sich von der Wand abstieß und in einem der vielen Gänge verschwand.

Dann steckte ich das Säckchen in mein jetzt übervolles Bündel und folgte Paige zu den Stallungen.

Sie wartete, bis wir den Palast und die Hauptstadt hinter uns gelassen hatten und uns auf der King's Road befanden, ehe sie ihre Meinung kundtat.

»Ich dachte, Ihr könntet ihn nicht ausstehen.« Sie machte sich nicht die Mühe zu sagen, von wem die Rede war.

»Ich …« Ich zögerte. Vor lauter Wut auf Darren konnte ich kaum einen klaren Gedanken fassen und Blayne hatte mich mit seinem Auftritt noch mehr durcheinandergebracht. *Was führt er im Schilde?* Er überraschte mich immer wieder. Mehr als einmal hatte er Gelegenheit gehabt, mir bei meinem Aufenthalt im Palast das Leben schwer zu machen, und doch hatte er nichts dergleichen getan. Im Gegenteil. Ich traute ihm nicht, aber es hatte tatsächlich den Anschein, als wäre er ernsthaft um Versöhnung bemüht.

Mein Blick ruhte auf dem schneeweißen Waldrand vor uns. »Wie ich zu ihm stehe, tut nichts zur Sache.« Blayne würde so oder so König werden. »Wenn er einen Waffenstillstand mit mir anstrebt, wer bin ich denn, dass ich ihm das abschlagen könnte?«

NEUN

Als Paige und ich in Ferren's Keep eintrafen, wurden wir begeistert empfangen. Unserer Ankunft war ein Brief aus der Hauptstadt vorausgegangen, doch die Kommandantin und ihr Regiment wollten die Neuigkeiten unbedingt aus erster Hand erfahren.

»Natürlich ist das alles noch nicht spruchreif«, beendete ich meinen Bericht etwas nervös unter dem prüfenden Blick der Kommandantin. Ich wusste nie so recht, was in ihr vorging. »Aber die Pythier haben ihren Aufenthalt verlängert, und sogar ihr oberster Gesandter geht davon aus, dass es nur eine Frage der Zeit ist.«

»Das nennt man wohl eine unerwartete Entwicklung.« Die Kommandantin umklammerte eine Tasse heißen Apfelwein und ihre Fingerknöchel traten weiß hervor. »Ich denke mal, dass ich für die Mehrheit spreche, wenn ich sage, dass keiner von uns ernsthaft daran geglaubt hätte.« Sie unterbrach sich und nahm einen großen Schluck aus ihrem Becher. »Gehofft haben wir es natürlich schon, aber mit Hoffnung allein gewinnt man keinen Krieg.«

»Und das ist noch nicht alles.«

Als ich Prinz Blaynes Beutel hervorzog und auf dem Tisch zwischen uns ausleerte, bekam sie große Augen.

»W-was ist das?«, flüsterte sie.

»Ich habe Dar– … die Krone um Unterstützung für den Norden gebeten. Der König konnte nicht ganz so viel bereitstellen, wie die Dörfer meiner Meinung nach benötigen, aber ich hoffe, das hier hilft ein bisschen weiter?«

»Unterstützung?« Die Kommandantin starrte mich an, als suche sie in meinem Gesicht nach irgendetwas. Keine Ahnung, wonach. »Es ist viele – sehr viele – Jahre her, dass die Krone dem Norden Beachtung geschenkt hat, geschweige denn Geld.« Sie sog scharf die Luft ein. »Damit können wir einiges erreichen, vor allem für den Wiederaufbau der Grenzregion. Ich unterschätze immer noch, wie wertvoll Ihr für uns seid.« Sie hielt nachdenklich inne. »Und für die Krone.«

»D-das war ich nicht allein.« Ich kratzte mich am Arm. Ohne Ians Anstupser wäre ich nicht einmal darauf gekommen, mich für den Norden einzusetzen, und genau genommen waren es Darren und Blayne, die alles geregelt hatten. Genau das wollte ich ihr erklären, doch sie ließ mich nicht ausreden.

»Die Welt gehört den Königen, ob uns das nun passt oder nicht, und nicht jedermanns Bitte würde auf offene Ohren treffen.« Ihre Miene war undurchdringlich. »Meine Leute stellen seit Jahren genau die gleiche Petition, und dies ist das erste Mal, dass König Lucius darauf eingeht.«

War das wirklich so? Ich zuckte ein wenig zusammen, und mir wurde bewusst, dass ihre Komplimente nicht ganz so harmlos waren, wie ich sie zuerst aufgefasst hatte.

»Ihr müsst Euch nicht dafür schämen, dass Ihr einflussreich seid.« Die Kommandantin verzog den Mund, was vermutlich ein vergnügtes Lächeln darstellen sollte. »Ich werde gleich morgen früh mit den Auszahlungen beginnen. Wahrscheinlich werdet Ihr bei vielen Leuten einen besseren Stand haben, wenn sie die Neuigkeit hören.«

»Ihr wisst davon?«

»Manchen kann man es eben nur schwer recht machen.« Sie klopfte mir aufmunternd auf die Schulter, als sie mich zur Tür brachte. »Ich rate Euch, sie nicht weiter zu beachten.«

Ich hüstelte unbehaglich. »Danke, Kommandantin Nyx.«

»Nein, *ich* danke *Euch*, Magierin Ryiah.«

Die Dankbarkeit war überwältigend, und als Paige und ich uns auf den Weg zu den Baracken machten, wurde mir mit Bestürzung bewusst, *wie* begründet Ians Drängen gewesen war. Ich war nicht im Norden aufgewachsen und versah hier noch nicht lange genug meinen Dienst, um über all die Missstände Bescheid zu wissen, die aus den Überfällen der Caltothen resultierten.

Ich schämte mich für meine Ignoranz, und irgendwie verstörte es mich auch, dass Ian recht behalten hatte mit seiner Annahme, dass ich etwas bewirken könnte, wo die Appelle der Kommandantin nichts gefruchtet hatten. Diese Machtposition machte mir Angst, und Nyx' Worte erinnerten mich wieder an etwas, das Darren vor vielen Jahren gesagt hatte: *»Jeder macht mal Fehler – manche von uns sind nur einfach in einer Position, in der das schwerwiegende Konsequenzen hat.«*

Konsequenzen. Einfluss. Macht. Irgendwie war ich auf meinem Weg in jene Kreise geraten, deren Entscheidungen große Auswirkungen hatten, und es jagte mir Angst ein, wie leicht man die falschen treffen konnte.

»Paige, kann ich mich darauf verlassen, dass du es mir sagst, wenn ich deiner Meinung nach drauf und dran bin, einen Fehler zu machen?«

»In welcher Angelegenheit, Mylady?« Die Ritterin hatte sich bereits auf ihre Liege fallen lassen und es sich nach vierzehn langen, kalten Tagen unterwegs gemütlich gemacht.

Ich setzte mich auf mein Feldbett und zog mir die Decken bis zur Brust hoch. Die anderen schliefen schon alle tief und fest. »Bei allem Möglichen.«

»Es wird mir ein Vergnügen sein.« Sie deutete auf meinen Trinkschlauch. »Gerade eben begeht Ihr einen schrecklichen Fehler. Ihr solltet immer zuerst Eure Leibwächterin fragen, ob sie vielleicht den letzten Schluck möchte.«

»Paige!«

Sie verdrehte die Augen und rollte sich ein. Nur einen Augenblick später hörte ich sie tief und regelmäßig atmen.

Das war ja eine tolle Hilfe. Ich hielt den Trinkschlauch halbherzig in ihre Richtung, aber sie rührte sich nicht. Als ich eine gute Liegeposition gefunden hatte und kurz vor dem Einschlafen war, sagte sie schließlich doch noch etwas.

»Bislang habt Ihr noch keine Fehlentscheidung getroffen, Mylady.«

Ich hoffte inständig, dass sie recht hatte.

Die nächsten zwei Wochen auf der Burg vergingen wie im Flug. Da meine Einheit in den ersten Tagen noch auf

Patrouille war, nutzte ich die Zeit, um zusammen mit den Kriegsmagiern zu trainieren, die gerade frei hatten. Die meisten von ihnen waren altersmäßig näher an meinen Eltern als an mir und konzentrierten sich vor allem darauf, sich körperlich fit zu halten, da ihre Magie schon ein wenig rückläufig war. Deshalb mussten sie sehr aufpassen, um sie nicht wahllos zu verschleudern, und ich fand es interessant, wofür sie sich entschieden.

Tag für Tag trainierten wir und in den Pausen gaben sie mir manchmal Tipps. Während ich mich bei der Schmerzmagie auf höchstem Niveau befand, setzte ich bei der herkömmlichen Zauberei oft zu viel Kraft ein und hatte noch Luft nach oben.

In meiner Zeit an der Akademie hatten sich die meisten meiner Lehrer so darauf konzentriert, mein volles Potenzial zu Tage zu fördern, dass sie sich nie darum gekümmert hatten, an den einfacheren Dingen zu feilen. Master Byron hatte mich in der Ausbildung mehr oder mindert ignoriert, wenn er mich nicht gerade vor versammelter Mannschaft wegen meiner Technik niedergemacht hatte, und deshalb war die Meinung der älteren Magier für mich jetzt von unschätzbarem Wert.

Ein und denselben simplen Zauber ein ums andere Mal mit unterschiedlichem Konzentrationsgrad auszuprobieren, war zwar ermüdend, doch nach dem, was Darren mir vor meiner Abreise aus Devon an den Kopf geworfen hatte, war ich fest entschlossen, nichts unversucht zu lassen, denn jetzt wollte ich mehr denn je gewinnen.

Ich hatte Darren immer als Konkurrenten betrachtet, mir jedoch nie Gedanken über meine eigene Rolle gemacht.

In unserem Probejahr war ich heilfroh gewesen, dass ich überhaupt einen Platz bei den Kampfmagiern ergattert hatte, und während der Ausbildung war uns das Konkurrenzdenken irgendwie abhandengekommen und von unseren Gefühlen füreinander und Master Byrons Ungerechtigkeiten überlagert worden. Doch nun, da wir getrennt trainierten und die Kandidatur mit Riesenschritten näherrückte, nun, da ich nur eine Rangstufe hinter ihm stand und er gesagt hatte, dass ich es niemals mit ihm würde aufnehmen können, hatte die Rivalität ihr hässliches Haupt erhoben. Tief in mir drin hatte ich immer geahnt, dass es einmal so kommen musste, und ein wenig hatten Darren und ich uns das auch selbst zuzuschreiben. Ohne ein gerütteltes Maß Ehrgeiz bekam niemand einen Platz im Zweig der Kampfmagier, und diejenigen, denen es gelungen war, hatten über die Jahre eine gewisse Machtgier kultiviert.

Der gesunde Menschenverstand sagte mir, dass ich meine unvermeidliche Niederlage akzeptieren müsse.

Aber ich hatte es satt, die ewige Zweite zu sein.

»Dann ist Ray also befördert worden, während ich weg war?« Ich starrte auf den leeren Platz in unserer Formation, den er sonst immer eingenommen hatte. Als meine Einheit von ihrem Außeneinsatz zurückgekehrt war, war mir zwar aufgefallen, dass er fehlte, aber ich hatte gedacht, er hätte nur einen Sonderurlaub bekommen. Dass man so schnell die nächste Stufe erklimmen konnte, war mir gar nicht in den Sinn gekommen – und selbst wenn, hätte ich nicht damit gerechnet, dass die Wahl ausgerechnet auf Ray fallen würde. Ian vielleicht, mit seinem zusätzlichen Jahr

Erfahrung – oder ich. Aber Ray … er war nicht beim Angriff der Räuber in den Bergen dabei gewesen und …

Du kannst es ruhig zugeben. Ich runzelte die Stirn, als der bittere Gedanke von mir Besitz ergriff: Ich war ranghöher eingestuft als er.

Aber vielleicht sah ich das auch falsch. Vielleicht gab es einen anderen Grund.

»Das …« Ich räusperte mich und nahm einen erneuten Anlauf. »Das sind ja großartige Neuigkeiten.«

Lief schien nicht zu bemerken, wie stockend und schwer mir die Worte über die Lippen kamen. »Seine Leistung war herausragend. In Sir Maxons Einheit wird er sich mit Sicherheit wacker schlagen.« Er lächelte mich freundlich an. »Keine Sorge, Ryiah, ich wette, dass du die Nächste bist.«

Aber warum nicht die Erste?

Ich wartete, bis Lief sich angeregt mit Paige unterhielt, dann schloss ich zu Ian auf und parierte meine Stute zum Trab durch. Vielleicht würde er mir mehr darüber sagen, was da los war, wenn unser Anführer nicht zuhörte.

Ein paar Minuten ritten wir schweigend dahin.

»Da kann man Ray nur gratulieren«, platzte ich irgendwann heraus.

Ian spielte an seinen Zügeln herum. »Wohl wahr.«

»Macht es dir überhaupt nichts aus?«

Verwundert sah er mich an. »Warum sollte es?«

»Lief hat gerade angedeutet, dass du als Letzter eine Beförderung kriegst.« Und er hatte gesagt, dass Ray hervorragende Arbeit geleistet hatte – dabei hatte doch *ich* unsere Einheit vor den Dieben gerettet. Aber wenn ich das gesagt hätte, hätte es sich angehört, als wäre ich neidisch. Was ich vermutlich auch war. Ray war ein netter Kerl und ein guter Kriegsmagier, aber er hatte selbst zugegeben, dass er nicht so mächtig war wie ich. Warum also waren Ian und ich nicht vor ihm befördert worden? Ich hatte die höchste Rangstufe und Ian mehr Erfahrung.

Ich konnte mir keinen Reim darauf machen.

»Ach, das?« Ian zuckte die Achseln. »Über so was mache ich mir keinen Kopf. Da verlasse mich voll und ganz auf Liefs Urteil. Er sieht Dinge, die anderen verborgen bleiben.«

Auch Byron? *Na ja, der hatte in unserer Ausbildung eigentlich nur einem seine volle Aufmerksamkeit gewidmet: Darren.* Plötzlich war ich verunsichert. Was, wenn ich gar nicht auf die zweite Rangstufe gehörte? Wenn sie eigentlich Ray zugestanden hätte und Master Byron sich einfach nicht getraut hatte, sich Marius zu widersetzen? Der Schwarze Magier hatte mir besondere Beachtung geschenkt, um meinen Lehrer zu ärgern – vielleicht hatte er deshalb übersehen, dass jemand anders eigentlich besser war.

War es das, was Darren am Tag meiner Abreise angedeutet hatte?

Nein. Ich grub meine Fingernägel in die Handflächen, um die Zweifel nicht übermächtig werden zu lassen. *Fang jetzt nicht an, alles zu hinterfragen. Lief hat einfach nur eine Fehlentscheidung getroffen, so was kann schon mal vorkommen.*

Aber was, wenn es Byron war, dem der Fehler unterlaufen war? Mir schwirrte der Kopf. Ich vergrub das Gesicht in den Händen und stöhnte. *Hör auf, dich verrückt zu machen, Ryiah. Sonst kommt nur all die Unsicherheit wieder hoch, mit der du dich an der Akademie herumgeschlagen hast.*

Ich musste das Thema wechseln. Und zwar dringend.

Ich wollte gerade den Mund aufmachen, doch Ian war schneller. »Mir sind da interessante Neuigkeiten zu Ohren gekommen.«

»A-ach echt?«

»Es geht das Gerücht, dass Kommandantin Nyx von der Krone eine großzügige Zuwendung erhalten hat.« Um seine Augen bildeten sich Lachfältchen. »Damit hast du bestimmt nichts zu tun, oder, Ry?«

»Es war deine Idee«, murmelte ich. »Wenn du mir nicht auf die Sprünge geholfen hättest, wäre ich nie darauf gekommen.« Nachdem ich Ian in unserer Lehrzeit so viel Kummer bereitet hatte, konnte ich endlich mal was Gutes für ihn tun.

Er legte den Kopf schief. »Bist du direkt zum König gestiefelt oder …«

»Darren. Und er hat sich wiederum an seinen Bruder gewandt.« Ich verstummte verlegen. Es gab nur drei Personen, die genauso wenig vom Kronprinzen hielten wie ich. Einer davon war Ian und die beiden anderen waren meine beste Freundin und mein Zwillingsbruder. Insofern war jetzt vielleicht nicht der rechte Zeitpunkt, um zu erwähnen, dass Blaynes Hilfe eine Form von »Wiedergutmachung« war. »Blayne steht bei seinem Vater höher im Kurs.«

Ian betrachtete seine Hände. »Und wie war es so, wieder im Palast zu sein? Ich könnte mir vorstellen, dass sich dein Aufenthalt durch deine neue Rolle deutlich angenehmer gestaltet hat?«

Ich schnaubte. »Wohl kaum. Eine Woche haben sie mich mit Benimmregeln genervt, und die übrige Zeit habe ich damit verbracht, mich von den Höflingen ignorieren zu lassen – wenn sie nicht gerade versucht haben, sich bei mir einzuschmeicheln.«

Er zog übertrieben die Augenbrauen hoch. »Aber es gibt doch bestimmt auch ein paar … nette Dinge.«

Vom pythischen Gesandten auseinandergenommen und vom König bedroht zu werden?

Ich schüttelte den Kopf und zwirbelte meine Haare zu einem Knoten hoch. »Wenn ja, dann sind die gut versteckt.« Ich unterbrach mich, weil ich merkte, wie zickig und undankbar ich mich anhörte. »Also bis auf meine eigene Kammer. Das war echt toll.«

»Na, ich bin sicher, Darren hat sich gefreut, dich zu sehen.«

»Ja, schon …« *Bis er das mit dir rausgefunden hat.* Ich schluckte.

»Lass mich raten, das Prinzlein hat irgendwie spitzgekriegt, dass ich auch hier bin, und sofort gedacht, ich hätte den ruchlosen Plan, dich zurückzuerobern.« Er schmunzelte und legte den Kopf in den Nacken. »Tja, ich kann nicht gerade behaupten, ich hätte ihn vermisst. Wenn du deinen Verlobten das nächste Mal siehst, dann richte ihm aus, dass nicht *allen* von uns jedes Mittel recht ist, um ein Mädchen zu kriegen.«

Ich wand mich innerlich. Dieses Gespräch war irgendwie aus dem Ruder gelaufen. Ich war auch nicht mit allem einverstanden, was Darren machte, aber … aber das hier machte die Situation nicht besser. In diesem Leben würden die beiden keine Freunde mehr werden, dafür war zu viel passiert, und es lag nicht in meiner Macht, das zu ändern.

»In Ordnung, ihr wisst, was zu tun ist. Kümmert euch um die Pferde und bringt sie ins Lager.« Sir Gavins laute Stimme riss Ian und mich aus unseren Gedanken.

Den Blick stur nach vorne gerichtet, saß Ian ab und überquerte mit mir die Lichtung, wo die anderen bereits dabei waren, ihre Rösser anzubinden. »Jedenfalls bin ich froh, dass er wenigstens so anständig war, dich bei deiner Bitte zu unterstützen.«

Ich spürte, wie die Anspannung ein wenig von mir abfiel, und atmete leise auf. »Danke, Ian.«

Er sah auf, doch das Lächeln erreichte seine Augen nicht. »Ich weiß, dass du hier am Anfang wegen deiner neuen gesellschaftlichen Stellung Probleme hattest, akzeptiert zu werden, aber ich glaube, das wird dich sogar bei den ganz Starrsinnigen ein gutes Stück weiterbringen.«

Obwohl ich da so meine Zweifel hatte, nickte ich in der Hoffnung, dass er und die Kommandantin recht behalten würden. Bislang hatte ich noch keinen Unterschied gemerkt.

Alle verhielten sich mir gegenüber genauso distanziert wie vorher. Allerdings musste ich zugeben, dass ich von mir aus auch noch nicht wirklich auf jemanden zugegangen war.

Genau genommen hatte ich mich seit meiner Rückkehr noch mehr abgekapselt. Es machte mir noch immer zu schaffen, wie Darren und ich auseinandergegangen waren, und mein Trainingseifer hatte sich zu einer richtiggehenden Besessenheit gesteigert – zum einen, um mich abzulenken, zum anderen, um Darren zu beweisen, dass er sich täuschte. Nicht einmal meine Mahlzeiten nahm ich noch zusammen mit meiner Einheit ein. Natürlich war mir klar, dass das meinem Verhältnis zu den anderen nicht gerade zuträglich war, doch so sprang eine zusätzliche Stunde Trainingszeit zwischen den drei Mahlzeiten für mich heraus.

Eine ganze, wertvolle Stunde, die ich früher vielleicht mit bedeutungslosem Geplauder und Geplänkel verschwendet hätte.

Inzwischen war ich mir gar nicht mehr so sicher, ob es mir überhaupt noch wichtig war, was die Soldaten über mich dachten. Ich hatte mich bewiesen: bei meinen Routineaufgaben, beim Angriff der Räuber und zuletzt auch noch mit meiner Bitte um mehr Geld. Offen gestanden hatte ich mehr für das Regiment getan als die meisten von ihnen zusammengenommen. Wenn sie weiterhin nur das privilegierte Mädchen in mir sehen wollten, dann waren mir wohl die Hände gebunden. Und ich hatte auch keine Lust mehr zu versuchen, sie vom Gegenteil zu überzeugen.

Ich striegelte mein Pferd fertig und stellte den Putzkasten ab. »Ich gehe mich vor dem Abendessen noch eben frisch machen. Sehen wir uns danach beim Training?«

Ian ließ seinen Blick auf mir ruhen. »Weißt du, Ryiah ...«

Ich wartete, dass er weitersprach.

Er räusperte sich. »Es wäre kein Schaden, wenn du ein bisschen mehr Zeit mit den anderen verbringst. Mir ist schon klar, dass du üben willst, aber es ist nur die Kandidatur. Gut mit den anderen auszukommen, ist doch eigentlich viel wichtiger als irgendein Wettkampf.«

Mir kam wieder eine ähnliche Bemerkung von ihm über Darren in den Sinn, der damals an der Akademie seine gesamte freie Zeit in Privatstunden mit Master Byron investiert hatte. In meinem Fall lagen die Dinge allerdings anders. Schließlich hatte ich mich sehr wohl bemüht und ganz ehrlich: Darren hatte mit seiner Methode Erfolg gehabt. Wer von uns beiden stand denn auf der ersten Rangstufe? Ich hätte auch alle anderen ignorieren sollen.

Und jetzt ließ Darren zum ersten Mal die Zügel schleifen, was mir die Möglichkeit eröffnete, ihn zu überflügeln. Ich verstand Ians Bedenken, aber es war an der Zeit, dass ich mich auf mich selbst konzentrierte.

»Für mich zählen meine Freunde. Du, Ray, Lief, Ruth und alle, die sich wirklich für *mich* interessieren. Nicht die, die nur die Krone in mir sehen. Und außerdem macht es keinen Unterschied. Ich bin sowieso bald wieder weg.«

Ian murmelte irgendetwas Unverständliches.

»Wie bitte?«

Er sah mir in die Augen. »Du klingst schon genau wie *er*.«

In seiner Stimme lag ein scharfer Unterton, und obwohl ich immer noch stinksauer auf Darren war, schoss mir vor Wut das Blut in die Wangen.

»Möglich. Darren ist der mächtigste Magier von uns allen, warum sollte ich mir da nicht ein Beispiel an ihm nehmen?«

Ian schüttelte nur den Kopf. »Vergiss es. Es war ein Fehler, dass ich überhaupt etwas gesagt habe.«

Wortlos schnappte ich mir meine Sachen und ging.

Später kam Derrick, als ich gerade unter Paiges Aufsicht auf einer Lichtung Schmerzmagie praktizierte. Die Wachen am Rande des Lagers standen schweigend ein Stück entfernt, die meisten anderen hatten sich bereits schlafen gelegt.

Beim abendlichen Training hatte eine seltsame Stimmung geherrscht. Ich wusste, dass Ian Lief beim Abendessen von unserem Gespräch erzählt haben musste, denn als ich auftauchte, kamen mir alle irgendwie merkwürdig angespannt vor. So schweigsam war es zuvor im Training noch nie zugegangen.

Derrick wartete, bis ich den Baumstamm am Boden abgesetzt hatte. Meine Magie war noch immer auf dem aufsteigenden Ast.

»Tut das nicht weh?« Er zeigte auf meinen Arm, während ich die schmale geriffelte Klinge sinken ließ. Bei Master Byron hatten wir die unterschiedlichsten Waffen für Schmerzmagie eingesetzt, doch das Messer war noch immer mein Favorit.

Ich drückte ein Tuch auf die Wunde und gab acht, dass es nicht verrutschte, während Paige eine Leinenbinde darumschlang und bis zum Oberarm hinaufwickelte. Sir Gavin wollte, dass wir uns für den Fall eines Angriffs gesundheitlich jederzeit in einem hervorragenden Zustand befanden, aber ich zögerte es stets bis zur allerletzten Sekunde hinaus, einen Heiler aufzusuchen, da ich entschlossen war, mich so gut wie möglich an Schmerzen zu gewöhnen.

Ich kreiste mit den Schultern. »Mir tut *alles* weh.« *Aber eine hohe Schmerztoleranz kann mir im Kampf einen Vorteil verschaffen.* Erst jetzt fiel mir seine ernste Miene auf. »Warum bist du wirklich hier, Derrick?«

»Ich habe mitbekommen, was Ian beim Abendessen über dich gesagt hat, als du noch weg warst.« Er holte tief Luft. »Ryiah, es ist nicht gut, wenn du dich von den anderen abschottest.«

Nicht auch noch er! Ich sah meinen Bruder genervt an. Derrick hatte *immer* hinter mir gestanden, egal, worum es ging. Dass er mir jetzt in den Rücken fiel, war schwer für mich zu verkraften, und ich wollte es nicht einfach so hinnehmen.

»Derrick.« Tränen brannten in meinen Augen. »Ich hab's doch versucht. Du hast selbst mitbekommen, wie viel Mühe ich mir vor meiner Abreise gegeben habe. Ich habe sogar jede Menge Geld von der Krone mitgebracht. Und jetzt verlangen sie auch noch, dass ich meine wertvolle Zeit für sie opfere, um mich mit ihnen anzufreunden? Dieselben Leute, die nichts mit mir zu tun haben wollten?«

»Tut mir leid, Ry.« Derrick bohrte mit seiner Stiefelspitze im Dreck herum. »Ich möchte einfach nicht, dass sie denken, du würdest dich für was Besseres halten, jetzt, da du mehr oder weniger der Krone angehörst. Du hast so viel mehr zu bieten als diesen Titel, und ich würde mir wünschen, dass du ihnen eine Chance gibst, das zu erkennen.«

»Von wem geht dieses ›Gerede‹ denn überhaupt aus?«

»Die Namen tun nichts zur Sache –«

»Es war Jacob, oder?« Sobald ich es ausgesprochen hatte, verriet mir sein Gesichtsausdruck, dass ich ins Schwarze getroffen hatte. »Weißt du, dein Freund wirft mir schon vom ersten Tag an böse Blicke zu. Ich würde ihn nicht gerade als Experten bezeichnen, was zwischenmenschliche Beziehungen angeht.«

Derrick ballte die Hände zu Fäusten. »Jacob hat bei einem Überfall der Caltothen seine Mutter verloren, Ry. Und falls es dich interessiert: Nicht nur er sieht das so. *Alle* sind der Meinung, dass du es mit dem Training übertreibst und deinen Ehrgeiz über das Wohl des Regiments stellst.«

Ich musste mich extrem am Riemen reißen, um nicht laut zu werden. »Wie kommen die darauf, dass mein Training *schlecht* ist?«, zischte ich. »Ich bin hier die beste Magierin. Meine Zauberkraft kommt ihnen doch zugute!«

»Wir sollen eine Einheit bilden, eine Gemeinschaft, aber du kümmerst dich nur um dich selbst!«, gab er zurück. »Die meiste Zeit verbringen wir eben nicht in irgendwelchen Gefechten. Eines der ersten Dinge, die ein Soldat bei der Kavallerie lernt, ist, sich mit seinen Kameraden gutzustellen. Um Vertrauen aufzubauen. Aber du hast dir seit deiner Rückkehr in dieser Richtung kein bisschen Mühe gegeben. Du erledigst deine Pflicht, und damit hat es sich.« Er senkte die Stimme. »Die Einzigen, mit denen du dich überhaupt mal unterhältst, sind deine Freunde bei den Kampfmagiern und Paige – und tut mir leid, dir das sagen zu müssen, aber *die* ist genauso eine Einzelgängerin wie du.«

Paige funkelte meinen Bruder wütend an, während ich fauchte: »Diese Leute sind anscheinend nicht ausgelastet, wenn sie nur dumm rumhocken und sich darüber beschweren, dass ich nicht freundlich genug wäre.«

»Das ist übrigens auch der Grund dafür, dass Ray seine Beförderung vor dir erhalten hat.« Derrick sah mir in die Augen. »Die Order kam direkt von Sir Gavin.«

Nicht zu fassen! Nach allem, was ich für die Leute hier

getan hatte. Der Angriff letztes Jahr, der Überfall der Banditen, das Geld von der Krone *und* dass ich die beste Magierin meiner Einheit war – das alles reichte offenbar noch nicht. Nyx hatte mir immer wieder gesagt, wie beeindruckt sie von mir war, und doch hatte sie zugelassen, dass der Anführer meines Trupps jemand anderem den Vorzug gab. Und alles nur, weil ich keine Lust hatte, mich bei den Leuten anzubiedern, die hinter meinem Rücken über mich lästerten.

Diesmal erwiderte ich nichts. Meine Kehle war wie zugeschnürt, und all der Frust, der sich im Laufe der Monate angestaut hatte, war kurz davor, aus mir herauszubrechen. Ich versuchte ruhig zu atmen, doch alles, was ich zustande brachte, war ein abgehacktes Japsen. Ich fühlte mich verraten und konnte nichts anderes denken, als dass mich alle hassten, und auf einmal war ich wieder die unsichere Erstklässlerin, die sich verzweifelt allem und jedem beweisen wollte.

Wann wäre es endlich gut genug, was ich machte? Wann wäre *ich* endlich gut genug?

»Ryiah –«

»Geh, Derrick.« Zittrig stieß ich die Luft aus. »Geh einfach.«

Mir krampfte sich der Magen zusammen, als ich meinem Bruder nachsah, wie er mit hängenden Schultern abzog. War es richtig, ihn wegzuschicken? Derrick machte sich Sorgen und wollte nur das Beste für mich.

Das Problem war nur, dass ich das komplett anders sah als er. Ihm war es wichtig, was die Truppe von mir hielt – mir nicht. Mit ihren leidenschaftlichen Appellen erreichten Ian und er lediglich, dass ich noch wütender wurde und noch weniger Lust auf die anderen hatte. Wenn Sir Gavin meinte, Ray vor mir befördern zu müssen, dann hatte seine neue Einheit eben Pech gehabt, falls sie mehr Magie benötigten, als er aufbringen konnte.

»Ich werde mich nicht dafür entschuldigen, was mir von Geburt an zusteht.« Mehr denn je verstand ich, was Darren vor all den Jahren gemeint hatte. Wer mich nicht so nehmen wollte, wie ich war, der sollte es lassen. Ich würde jedenfalls niemandem hinterherrennen.

Ich könnte behaupten, dass die nächsten zwei Monate wie im Flug vergingen und im Laufe der Zeit alles anders wurde, doch das wäre gelogen. Nichts änderte sich. Weder zum Besseren noch zum Schlechteren.

Ich trainierte eifrig weiter, und meine Ausdauer nahm noch immer zu, aber mit den anderen aus meiner Einheit hatte ich genauso wenig zu tun wie zuvor. Ian und ich wussten nach unserem Zwist nicht so recht, wie wir miteinander umgehen sollten, und Derrick klammerte das Thema komplett aus, obwohl ich wusste, dass er sich natürlich nach wie vor wünschte, ich würde mich mehr bemühen. Lief schien nicht zu merken, dass etwas im Busch war, oder er ignorierte einfach die Spannungen zwischen den beiden Kampfmagiern, deren Anführer er war.

Mit schöner Regelmäßigkeit gingen Berichte über den Fortgang der Verhandlungen der Krone mit Pythus ein, und als der König mich ein paar Wochen später in die Hauptstadt zitierte, war ich ungeheuer erleichtert. Man hatte sich endlich geeinigt und einen Hochzeitstermin festgelegt. In drei Wochen würden Blayne und Prinzessin Wrendolyn von Pythus sich in Devon das Jawort geben. Viel früher als erwartet musste ich meine Sachen packen.

Ich würde nicht zurückkommen, daran ließ der Brief der Krone keinen Zweifel:

»Nach der Vermählung werdet Ihr mit dem Hofstaat zu den Aufnahmeprüfungen der Erstklässler an die Akademie reisen und von dort aus geht es direkt nach Montfort zur Kandidatur weiter. Kommandatin Nyx wurde bereits über Euren Abschied aus dem Regiment in Kenntnis gesetzt.«

Ich konnte nicht behaupten, der Ruf in die Hauptstadt wäre mir nicht willkommen gewesen.

»Das war's dann also?« Ian blickte kaum auf, als ich Lief und unserer neuen Mitstreiterin Morgan, einer älteren Kampfmagierin, die kurz nach meiner Ankunft aus einem der Wüstenregimenter zu uns gestoßen war, Lebewohl sagte.

Ich warf mir mein Bündel über die andere Schulter. »Ja. Ich werde euch drei vermissen.«

»Jammerschade, dass ihr zwei nicht länger bleiben konntet.« Liefs Blick ruhte auf meiner Leibwächterin, dann gab er mir einen Klaps auf die Schulter und machte Platz, als Derrick mit ein paar befreundeten Soldaten im Schlepptau aufkreuzte.

»Hast wohl gedacht, du könntest dich aus dem Staub machen, ohne dich von deinem kleinen Bruder zu verabschieden, was?« Derrick nahm mich in den Arm und drückte mich. Sein Ton war scherzhaft, doch seine Augen straften seine Worte Lügen. Auch ich war traurig. Ich würde ihn vermissen – meine Familie war über ganz Jerar verstreut und ich würde in der Hauptstadt festsitzen.

Vielleicht konnte ich meine Brüder dazu überreden, sich in der Nähe von Devon stationieren zu lassen, und meinen Eltern Gemächer im Palast zur Verfügung stellen? Nach der Vermählung würde ich mit dem königlichen Regiment sprechen. Möglicherweise ließ sich da etwas arrangieren.

»Wage es ja nicht, mich zu vergessen«, meinte ich und drohte ihm mit dem Zeigefinger, woraufhin einer der Soldaten einen regelrechten Hustenanfall bekam.

Laut genug, dass ich es hören konnte, murmelte Jacob: »Na ja, sie schwirrt in den Palast ab. Sieht aus, als wäre eher *sie* diejenige, die *uns* vergisst, oder?«

Ich biss mir auf die Zunge, um nichts zu sagen.

Derrick warf seinem Kameraden einen bösen Blick zu, ehe er mich noch ein letztes Mal umarmte und mich dann mit einem schiefen Grinsen losließ. »Ich spare meinen ganzen Sold für die Kandidatur, Ry. Du wirst mich zu einem reichen Mann machen, hörst du?«

Ich lachte verlegen. Vor all den anderen war mir das unangenehm. »Ich werd's versuchen, aber … aber vielleicht solltest du das noch mal überdenken …«

»Sir Gavin hat mir bereits freigegeben.« Er hob die Hand. »Bis in zwei Monaten.«

Ich lächelte. »Bis dahin.«

Mein Leben würde abermals eine neue Wendung nehmen. Hätte ich doch nur geahnt, wie sehr …

ZEHN

Mein Pferd hatte sein Hufeisen verloren. Irgendwo auf dem Gebirgspfad musste das verflixte Ding im Matsch oder im hohen Gras stecken geblieben sein. Es kostete Paige und mich einen halben Tag, um im nächsten Ort, durch den wir kamen, einen Hufschmied aufzutreiben.

Als wir uns endlich wieder auf den Weg machen wollten, zog ein heftiges Gewitter auf, das uns mit Blitz und Donner zwang, über Nacht in einem Gasthaus Unterschlupf zu suchen, und als wir am nächsten Morgen erwachten, war der Spuk noch immer nicht vorüber. Schlachtrösser waren zwar besser ausgebildet als normale Pferde, doch sowohl Paige als auch ich hatten Sorge, dass die Tiere angesichts der riesigen Hagelkörner und grellen Blitze durchgehen könnten. Als wir schließlich die vorletzte Etappe unserer Reise hinter uns gebracht hatten, lagen wir zwei Tage hinter dem Zeitplan. Sobald das Unwetter vorüber war, hatten wir einen Boten mit der Nachricht losgeschickt, dass wir uns verspäten würden, und auf der letzten Etappe ritten wir sehr zu Paiges Missfallen die ganze Nacht hindurch, nur um noch rechtzeitig im Palast einzutreffen. Im

Brief des Königs hieß es, dass die Trauung am darauffolgenden Morgen stattfinden sollte, und als wir schließlich an den Palasttoren ankamen, blieb uns nur noch eine knappe Stunde bis zur Zeremonie.

»Hier kommt Magierin Lady Ryiah –« Weiter kam Paige nicht.

Noch ehe sie mich richtig angekündigt hatte, drängte sich eine voluminöse, wichtigtuerische Frau vor, die ich noch nie zuvor zu Gesicht bekommen hatte, und packte mich am Arm. Im Befehlston brüllte sie meiner Ritterin zu, dass sie sich um mein Pferd kümmern solle, und zerrte mich zu einem Seiteneingang des Palastes.

»Meine Güte, seid Ihr schmutzig!«, zeterte sie. »Und noch dazu viel zu spät. Der König hat mir aufgetragen, den ganzen Morgen am Tor auf Euch zu warten. Habt Ihr überhaupt eine Ahnung, was heute los ist? Der Palast platzt aus allen Nähten, die vornehmsten Adelshäuser des Landes sind zugegen, und da kommt Ihr, ein Mädchen von niederer Geburt, das nur so vor Dreck starrt und den Bruder des Kronprinzen heiraten soll … Habt Ihr *irgendeine* Vorstellung davon, was die Pythier denken würden, wenn sie Euch so sehen würden? Am Ende würden sie sich das mit der Vermählung noch einmal überlegen!«

»Sie haben mich bereits –«

»Bloß nicht frech werden! Uns bleibt weniger als eine Stunde bis zur Zeremonie, um Euch halbwegs vorzeigbar zu machen. In dem Zustand, in dem Ihr Euch befindet, müssen wir wohl auf die Ankündigung durch den Herold verzichten, damit Ihr so schnell wie möglich Euren Platz an der Seite des Prinzen einnehmen könnt.« Sie schob mich in meine Gemächer und begann, Kommandos zu geben.

So wie die Mädchen kuschten und loseilten, vermutete ich, dass die Frau keine Geringere als Madame Pollina sein musste, die eine hohe Stellung innerhalb der Dienerschaft innehatte und nebenbei bemerkt mit dem Koch verheiratet war.

Ich konnte Celine und Gemma kaum einen Gruß zurufen, da hatte sie mich bereits ausgezogen und mit den Worten: »Vor zwei Tagen war das Wasser noch heiß«, in einen eiskalten Badezuber verfrachtet.

Ohne dass ich etwas darauf erwidern konnte, wurde ich in dem nach Orangenöl duftenden Wasser untergetaucht und dann fast zu Tode geschrubbt. Danach steckten sie mich in ein Kleid, das aus mehreren Lagen schimmernder grüner Seide, einem glitzernden goldenen Korsett und hautengen Ärmeln bestand, die am Saum ebenfalls mit Gold verziert waren.

Doch ich kam gar nicht dazu, es gebührend zu bewundern. Das Mieder war so fest geschnürt, dass mir fast die Luft wegblieb, und ich war mich nicht ganz sicher, ob das nicht Absicht war.

Es folgten farblich passende Schuhe, die eine Größe zu klein waren, und eine enge goldgrüne Kette, die um meinen Hals spannte. Ich wurde gepudert und angemalt und meine Haare wurden am Hinterkopf zu großen Ringellocken arrangiert.

Dann schleifte mich Madame Pollina aus der Kammer und durch die verschlungenen Gänge des Palastes in den Zermoniensaal.

Ich keuchte auf.

In dem Raum drängten sich ungefähr so viele Leute wie im Speisesaal von Ferren's Keep. Ein wahres Farbenmeer wogte hin und her, als die Adligen versuchten, einen Platz weiter vorne zu ergattern. Laute Stimmen hallten von den Wänden wider und die Sonne flutete durch die hohen Buntglasfester herein und tauchte alles in ein unwirkliches Licht.

Ganz vorne standen König Lucius und Darren in prächtigen rot-goldenen Gewändern und Herzog Cassius in strahlendem Blau, den Wappenfarben der beiden Länder. Direkt dahinter entdeckte ich den Magischen Rat, dann folgten der Beraterstab der Krone und die engsten Vertrauten des Königs mit ihren Familien.

Auf dem Podium selbst stand ein Priester mit Prinz Blayne und einem jungen blond gelockten Mädchen – ihrem Aussehen nach zu urteilen, war sie nicht älter als fünfzehn. Prinzessin Wrendolyn.

Bei den Göttern, war sie noch jung!

Mit mir im Schlepptau bahnte sich Madame Pollina drängelnd und rempelnd ihren Weg durch die Menge. Dann schubste sie mich beherzt in Richtung Altar. Ich drückte mich um Marius herum und versuchte, möglichst unauffällig auf meinen Platz neben Darren zu gelangen.

Niemand schien mich zu bemerken. Alle Augen waren auf den Priester gerichtet, einen kleinen Mann, dessen Haut sich sonderbar straff übers Gesicht spannte und der sich in schier endlosen Segenssprüchen erging, ein Loblied auf die Krone und dieses Paar sang, das den Göttern mit seiner Vermählung eine Ehre machte und dem Land eine

Zeit des Friedens bescheren würde. Blayne und Wrendolyn tauschten Ringe, dann tauchte der Priester seine Hand in ein Schälchen Rotwein und sprach ein Gebet, während er den beiden seinen abschließenden Segen erteilte und dabei einen rosaroten Fleck auf die Stirn drückte.

Lauter Jubel brach los, und Massen von Blumen flogen durch die Luft, als der Kronprinz und seine Braut durch den Mittelgang schritten und ein Herold den Beginn der Feierlichkeiten ankündigte, die sich über eine ganze Woche hinziehen würden.

Nach und nach zerstreute sich die Menge und die meisten machten sich zum großen Ballsaal auf. Ich wartete noch immer nervös darauf, dass Darren endlich von mir Notiz nahm. Prinz Blayne und seine Frau hatten das Trauzimmer längst verlassen, und König Lucius, dessen Begrüßung aus einem überaus finsteren Blick in meine Richtung bestanden hatte, war den beiden gefolgt.

Nachdem wir vier Monate zuvor im Streit auseinandergegangen waren, wusste ich nicht so recht, was ich sagen sollte. In unserer Wut hatten wir uns beide Dinge an den Kopf geworfen, die besser unausgesprochen geblieben wären. Doch so sehr mich seine Worte auch immer noch trafen, war es an der Zeit, sich endlich zu versöhnen.

»Na …« Der Prinz wandte sich vom Altar ab und drehte sich zu mir. Sein Tonfall machte klar, dass er sehr wohl gewusst hatte, dass ich schon die ganze Zeit neben ihm stand. »Hast du dich also endlich durchgerungen, Devon mit deiner Anwesenheit zu erfreuen.«

Ich presste die Lippen aufeinander. »Wir hatten schlechtes Wetter. Paige hat extra einen Boten geschickt.«

»So?« Darren sah mich unverwandt an. »Wie praktisch.«

Ich verschränkt die Arme. »Das ist die Wahrheit, Darren.«

Er winkte gelangweilt ab. »Wie dem auch sei. Ich habe zu tun.«

»Jetzt?« So hatte ich mir unser Wiedersehen nicht vorgestellt. Panik stieg in mir hoch. »Darren –«

»Du kennst dich ja aus.« Sein Ton war herablassend, für den Fall, dass seine Worte nicht deutlich genug gewesen waren. »Dem Jungen mit dem goldenen Löffel im Mund steht der Sinne nach *privilegierter* Gesellschaft.«

Ehe ich etwas erwidern konnte, ging er mit großen Schritten davon und ließ mich stehen. Allein.

Dieser … Ich verspürte den heftigen Drang, ihm irgendetwas an den Kopf zu werfen. Keine Worte, sondern irgendetwas Schweres, Hartes. *Wie kann er so kaltschnäuzig sein?* Ich hatte mir eine Entschuldigung zurechtgelegt, aber so? Jetzt hatte ich keine Lust mehr, mich zu entschuldigen. Mit seinem typischen schiefen Grinsen, das ich irrtümlich einmal attraktiv gefunden hatte, gesellte er sich zu ein paar jungen, adligen Damen, die ihn anstrahlten, mit ihren langen Wimpern zu ihm hochklimperten und ihn übertrieben kichernd am Arm berührten.

Sonderlich eilig schien mein Verlobter es jedenfalls nicht zu haben.

Ich schnaubte wütend und bahnte mir dann einen Weg durch die Menge. Keine Ahnung, warum ich gedacht hatte, im Palast wäre es anders als in Ferren's Keep. Sowohl hier als auch dort war ich allein auf weiter Flur, eine Außenseiterin. Und der eine Mensch, der mir zur Seite stehen sollte, war zu sehr damit beschäftigt, seine Wunden zu lecken und seinen angeknacksten Stolz mit einer Horde dummer, einfältig lächelnder Schäfchen zu hätscheln.

Ich vermisste Ella. Sie würde mich verstehen. Sie hatte meinen Zwillingsbruder überlebt und kannte die Spielchen am Hofe. Wenn irgendjemand wusste, was zu tun war, dann sie. Stattdessen war sie weit weg und diente zusammen mit Alex in einem wundervollen Regiment in Montfort, wo ihre Arbeit unheimlich geschätzt wurde.

Das wusste ich, weil wir uns mit Briefen auf dem Laufenden gehalten hatten. Die beiden waren so glücklich, wie man nur sein konnte. In der Krankenstation, auf der er arbeitete, war Alex zweimal befördert worden, und Ellas Trupp lieferte sich oft Übungsduelle in genau der Arena, in der auch die Kandidatur stattfinden würde. Ich war neidisch.

Keinem der beiden hatte ich von meinem Streit mit Darren oder von meinen Problemen in Ferren berichtet. Ich wollte kein Mitleid, von niemandem. Nachdem ich gehört hatte, wie gut es bei ihnen lief, konnte ich ihnen einfach nicht meine Geschichte erzählen, denn die war das genaue Gegenteil.

Dich in Selbstmitleid zu suhlen, bringt dich auch nicht weiter. Ich würde mich von Darrens Abfuhr nicht davon abhalten lassen, mich zu amüsieren. Für das Volk fand ein Umzug statt, bei dem der Prinz und die Prinzessin in einer Kutsche durch die Stadt fuhren, während in einem der Ballsäle bereits gefeiert wurde, um den übrigen Adligen die Wartezeit bis zur Rückkehr des Brautpaars zu verkürzen. Ich straffte die Schultern und stolzierte in die Mitte des Saals, um ein paar von Bennys Leckereien zu stibitzen, ehe nichts mehr davon übrig war. Ich war nämlich nicht die einzige Bewunderin seiner Kochkünste. Vielleicht würde ich mich auch später kurz davonstehlen und ihm einen Besuch abstatten. Obwohl, nun da seine reizende Frau zurück war, wäre es vielleicht ratsam, einen großen Bogen um die Schlossküche zu machen.

Oder zu Wolf, beschloss ich. Was den Hundezwinger – und Hunde im Allgemeinen – anging, war ich noch immer auf der Hut, aber bei meinem letzten Aufenthalt hatte ich es mir angewöhnt, einmal am Tag mit ein paar Essensresten aus der Küche vorbeizuschauen.

Ich schob meinen Frust beiseite, suchte mir einen Platz am langen Büffett und stopfte mich voll, bis ich wegen des verfluchten Korsetts gezwungen war aufzuhören. Zwar hatte ich noch immer Hunger, doch ich bekam nichts mehr rein, außer ich hätte mir das verfluchte Ding vom Leib gerissen. Doch irgendetwas sagte mir, dass die Krone das nicht gutheißen würde.

Um mich herum flatterten die Adligen von einem Grüppchen zum nächsten und schienen sich prächtig zu unterhalten, während ich dumm herumstand und mich fragte, ob ich viel Ärger bekommen würde, wenn ich mich schon aus dem Staub machte, ehe das Fest richtig begonnen hatte. Darren zog noch immer sein Theater ab, und der König war am anderen Ende des Raums damit beschäftigt, einen der Diener zu tadeln. Vielleicht würde es niemandem auffallen.

»Na, wie geht es meiner neuen Lieblingsmagierin?«

Ich schreckte aus meinen Gedanken hoch und entdeckte Marius neben mir, der ein großes Silbertablett mit verschiedenen Fleischsorten studierte. Mit blitzenden weißen Zähnen grinste mich der Schwarze Magier an. »Oder hat es Euch in meiner Gegenwart mal wieder die Sprache verschlagen, Ryiah?«

Fieberhaft suchte ich nach einer Antwort. Wann immer sich unsere Wege kreuzten, war ich vor lauter Ehrfurcht wie erstarrt. Der groß gewachsene Mann trug die Robe und den Titel, die ich mir erträumte. Der goldene Besatz stand in auffallendem Kontrast zu seiner dunklen Haut und die Seide fiel so flüssig wie Wasser.

»I-ich bin gerade erst angekommen.« Na toll, ich klinge wie ein Einfaltspinsel, der keine fünf Wörter am Stück herausbekommt. »Wart Ihr und der Rat wirklich die ganze Zeit weg?« Ich hätte gedacht, sie würden wenigstens ein paarmal an den Verhandlungen mit den Pythiern teilnehmen.

»Ja. Was Fluch und Segen zugleich war.« Der Magier zwinkerte mir verschwörerisch zu und wies mit einem Kopfnicken auf die beiden anderen Ratsmitglieder. »Die zwei können jede Kleinigkeit ewig begackern. Allerdings machen die anderen auch nichts anderes, wenn wir hier sind.«

Ich folgte seinem Blick. Eine große Frau, etwas älter als Marius, kniff in einer Tour ihre blutroten Lippen zornig zusammen, während ein älterer Mann mit graubraun melierten Haaren und sanften, trüben Augen unentwegt auf sie einredete. Die beiden trugen ihre Ratsroben in der jeweiligen Erkennungsfarbe ihres Zweigs mit den prestigeträchtigen Goldverzierungen, die sie von allen anderen unterschieden. Obwohl sie ihre Kapuzen zurückgeschlagen hatten, konnte ich die kostbaren funkelnden Edelsteine erkennen, mit denen sie am Rand besetzt waren.

Es war eine sonderbare Vorstellung, dass diese drei großen Magier ihr Amt in nur wenigen Wochen abtreten und damit eine neuerliche zwanzigjährige Regierungsperiode einläuten würden.

Das Grinsen verschwand von Marius' Gesicht. »Monatelang haben wir in Cyri versucht, die Rebellen im Süden aufzuspüren, und trotz aller Anstrengungen keinen Hinweis gefunden ... Na ja, vielleicht hat mein Nachfolger ja mehr Glück.«

»Ich hätte mich lieber in Ishir bewerben sollen«, murmelte ich.

»Auf mein Geheiß hin hat die halbe königliche Armee die Wüste durchkämmt, jedoch ohne Erfolg.« Er seufzte. »Sosehr ich mich auch über Eure Gesellschaft gefreut hätte, liebe Ryiah, es hätte uns auch nicht weitergebracht. Die Rebellen schlagen aus dem Hinterhalt zu und haben sich auf Sabotageakte verlegt, statt direkte Angriffe zu unternehmen. Was Ihr in den Salzfeldern von Mahj erlebt habt, war ein absoluter Ausnahmefall.«

»Oben im Norden ist es relativ ruhig.« Ich unterdrückte ein wehmütiges Seufzen. »Nach der Attacke auf Ferren letztes Jahr hatte ich gedacht, es wäre mehr los, aber wir waren nur einmal in so etwas wie eine Kampfhandlung verwickelt, als wir im Gebirge ein kleines Räubernest ausgehoben haben.«

Marius warf mir ein schiefes Grinsen zu. »Wir stehen kurz vor einem Krieg, und Ihr brennt darauf, Euer magisches Potenzial zur Schau zu stellen?« Er lachte heiser. »Keine Sorge, meine Liebe, die Kandidatur wird Euch Gelegenheit dazu bieten – und jede Menge Nervenkitzel.«

Ich wollte gerade etwas darauf erwidern, als sich ein Edelmann zwischen uns drängte. »Glaubt Ihr, der neue Vertrag wird den Caltothen Einhalt gebieten, Magier Marius?«

So leise, dass nur ich ihn verstehen konnte, murmelte der Schwarze Magier vor sich hin: »Jetzt geht das wieder los …« Laut sagte er: »Lord Flavius, mein Bester, wie schön, Euch zu sehen.« Er hielt inne, damit der Mann seine Frage wiederholen konnte. »Nein, diesen Unsinn glaube ich keine Sekunde lang … Ja. Genau … Die Caltothen verüben seit drei Jahrzehnten Überfälle auf unsere Grenzregion, da werden sie doch jetzt nicht so einfach aufgeben … noch nicht, würde ich sagen … Nein, ich –«

Als sich immer mehr Leute um ihn scharten und ihn mit Fragen löcherten, zog ich mich behutsam ein wenig zurück. Marius warf mir einen etwas hilflosen Blick zu und hob die Hand zum Abschied. Für den Rest des Abends war er wohl beschäftigt.

Als ich gerade all meinen Mut zusammennehmen und mich davonstehlen wollte, blies der Herold in sein Horn, um für Aufmerksamkeit zu sorgen. Ich nahm eine etwas aufrechtere Haltung ein, als die Ankunft von Prinz Blayne und Prinzessin Wrendolyn verkündet wurde. Kurz nach ihnen erschien Darren und warf mir einen auffordernden Blick zu, der mir klarmachte, dass ich mitkommen sollte.

Ich kann eben keine Gedanken lesen. Wenn du was

willst, musst du schon mit mir sprechen. Wäre er nicht so damit beschäftigt gewesen, mit allen Damen am Hofe zu flirten, hätte er mich warnen können, dass die Frischvermählten gleich eintreten würden.

Hastig lief ich zu ihm, nahm meinen Platz an der Tafel ein und ignorierte das Gekicher. Hoffentlich war mein Gesicht nicht so rot, wie es sich anfühlte.

»Mir gefällt Euer Kleid.«

Erstaunt blickte ich auf und sah, dass das Kompliment von Blaynes Braut kam.

»Vielen Dank, Prinzessin«, murmelte ich.

Sie lächelte mich strahlend an. »Ihr könnt mich ›Wren‹ nennen, Lady Ryiah. Ist es in Ordnung, wenn ich Euch einfach nur mit Ryiah anrede? Falls nicht –«

In diesem Moment erhob sich König Lucius mit dem Kelch in der Hand, und der Rest ihrer Worte ging unter, als der er mit entschlossener Stimme das Wort ergriff. Es war das erste Mal, dass ich ihn vor großem Publikum reden hörte, und ich musste zugeben, ich war beeindruckt. Sein Haar mochte schlohweiß sein, doch sein Auftreten kündete von Durchsetzungskraft und Stärke und alle im Raum lauschten ihm gebannt.

»Der heutige Tag markiert einen Wendepunkt. Zum ersten Mal in der Geschichte unseres großartigen Landes sitzen Jerar und Pyhtus vereint an einem Tisch. Ich bringe einen Toast aus auf meinen erstgeborenen Sohn und seine bezaubernde Braut. Auf dass den beiden ein langes und glückliches Leben beschieden sei und die Götter ihnen viele Kinder schenken.«

Ich hatte einen Kloß im Hals. Was mochte Blaynes Vermählung für Darren und mich bedeuten? Der König hatte versprochen, dass wir nach den Verhandlungen mit den Pythiern heiraten durften, doch bis jetzt hatte ich das in dem ganzen Durcheinander völlig aus den Augen verloren.

Darren ertappte mich dabei, wie ich ihn forschend ansah. Ein Muskel an seinem Kiefer zuckte, dann starrte er wieder finster den Gobelin an der gegenüberliegenden Wand an.

Ich biss die Zähne zusammen. *Das wird ein langer Abend.*

Mit einer strengen Aufforderung zur Ruhe fuhr Lucius fort. »Dieser neue Vertrag sollte die Caltothen fürs Erste davon abhalten, uns weiterhin anzugreifen, doch einen dauerhaften Frieden kann er uns nicht garantieren. Ich habe Kaiser Liang und König Joren mein Wort gegeben, dass die Aggression nicht von uns ausgehen wird, aber seid Euch gewiss: Wenn König Horrace das nächste Mal zuschlägt, wird eine starke Allianz hinter uns stehen.«

Weiter hinten im Saal wurde Widerspruch laut – erst war es nur ein Murmeln, doch bald schon war die Menge in Aufruhr und forderte das Blut der Caltothen. Die neue Prinzessin war eine der wenigen, die nicht mit einfielen, und wenn man bedachte, dass sie um ein Haar in deren Königshaus eingeheiratet hätte, konnte ich ihr Unbehagen gut verstehen. Auch ich blieb stumm, denn ich konnte diesem Blutdurst nichts abgewinnen, und die Aussicht auf einen Krieg war auch mit dem neuen Vertrag im Rücken nichts, was mich begeisterte.

Als sich die Meute endlich wieder beruhigt hatte, schloss der König seine Rede mit den Worten: »Wie unvorhersehbar die Zukunft auch sein mag, eines hat Bestand, und das ist die Krone.« Sein Blick fiel auf Darren. Ich schluckte und mein Mund war auf einmal ganz trocken. »Die heutige Verbindung bringt die Planung einer weiteren mit sich. Nach der Rückkehr des Hofstaats von Montfort findet die Vermählung meines jüngeren Sohnes und seiner Verlobten statt. Ihre Hochzeit wird unser Bündnis mit den Boreanischen Inseln festigen und unsere Allianz noch einmal besiegeln.«

»So sei es!« Cassius schlug mit der Faust auf den Tisch. Seine Wangen waren gerötet, und so aufgekratzt, wie er war, hätte ich schwören können, dass er heute Abend schon mehr als eine Flasche geleert hatte. »Auf die Neue Allianz. Möge uns allen das Glück hold sein!«

König Lucius erhob sein Glas und ließ seinen scharfen Blick durch den Saal schweifen. »Auf die Neue Allianz!«

Die Adligen erhoben ebenfalls ihre Gläser und wiederholten seine Worte.

Einen Moment lang herrschte Stille, dann erschien der Herold am Eingang und räusperte sich. »Lasset die Feierlichkeiten beginnen!«

Aus dem Vorraum strömten Spielleute und Gaukler herein und schon erklang Musik. Eine Gruppe von Männern mit Fiedeln und Lauten schob sich durch die Gänge zwischen den Tischen, dann folgten Hofnarren, zwei Gaukler mit Göttermasken und ein Feuerschlucker.

Alsbald wurde auch zum Tanz aufgespielt. Die Musiker nahmen in einer Ecke Aufstellung an und marschierten in einem kleinen Spielmannszug durch den Saal, während die Höflinge auf die Tanzfläche strömten.

Prinz Blayne war einer der Ersten, der seine Braut zum Tanz führte.

Ich wartete, bis der König und Herzog Cassius ins Gespräch vertieft waren, dann holte ich Luft und wandte mich an Darren zu meiner Rechten.

Er sah mich an, machte jedoch keinerlei Anstalten zu lächeln.

»Forderst du mich auf?«

Seine Lippen verzogen sich. »Dein Ernst?«

»Ich versuche, mir Mühe zu geben. Das ist das Fest deines Bruders, wäre es da nicht unangebracht, wenn wir nicht tanzen?«

»Es ist mir egal, was irgendjemand denkt.« Er schob so abrupt seinen Stuhl zurück, dass die Holzbeine laut über den Marmorboden kratzten. »Und am allerwenigsten du.«

Ich lief rot an. »War's das? Ich komme nach vier langen Monaten zurück, und du kannst es kaum erwarten, mich wieder loszuwerden? Du versuchst nicht mal, mit mir zu reden?«

»Ich wette, du hast dich bei deinem Bauernburschen ausgeheult und er hat dich liebend gern getröstet.«

Mir blieb der Mund offen stehen. »Traust du mir das wirklich zu?«

Seine granatroten Augen loderten. »Keine Ahnung. Man kann in andere nicht reinschauen.«

»Ich wollte mich eigentlich entschuldigen, Darren.«

»Warum, wenn das doch deine Meinung ist?« Er wandte sich zum Gehen, hielt jedoch noch einmal inne. »Die Wahrheit kommt im Streit ans Licht, nicht hinterher, wenn man seine Worte bereut.«

Ich sprang ebenfalls auf und folgte ihm aus dem Saal. Erst als wir unter uns waren, rief ich ihm nach: »Du hast mich auch verletzt. Ich bin nicht die Einzige, die sich entschuldigen muss!«

Der Prinz wirbelte herum. »Du willst eine Entschuldigung, Ryiah? Es tut mir leid. Es tut mir leid, dass ich dir nicht die Worte sagen kann, die du hören willst. *Du wirst nicht gewinnen.* Ich glaube, dass du gut bist, aber nicht so gut wie ich. Und es tut mir leid, dass du nicht mit dem goldenen Löffel im Mund geboren wurdest.«

Damit ließ er mich in dem hell erleuchteten Vorraum stehen und ging, ohne sich nochmals umzusehen, mit großen Schritten davon. Fassungslos sah ich ihm nach, während hinter mir Musik und schallendes Gelächter erklangen.

Ich hatte das Gefühl, als hätte mir jemand in die Magengrube getreten. Plötzlich bekam ich keine Luft mehr und mir wurde schwarz vor Augen. Ich konnte nicht fassen, was da gerade geschehen war. An dem Abend, an dem ich mich so schön wie nie zuvor gefunden hatte, hatte Darren es geschafft, dass ich mich so schrecklich wie nie zuvor fühlte.

Mein Herz pochte so heftig, dass es wehtat. Zittrig rang ich mehrmals nach Atem, bis die Welt um mich herum wieder zurückkam.

»Ärger im Paradies?«

Ich wollte nicht, dass jemand mich so sah. Vor allem nicht *er*. Ich verfluchte mein Schicksal, drehte mich mit einem aufgesetzten Lächeln auf dem Gesicht zu Blayne um und betete zu den Göttern, dass meine Augen nicht so geschwollen waren, wie sie sich anfühlten.

»Verlasst Ihr Eure junge Braut und das Fest schon so früh?«

»Verstehe.« Er ignorierte meine spitze Bemerkung. »Na ja, Ihr habt meinen Bruder auch in einem grauenhaften Zustand zurückgelassen.«

Ich hatte keine Lust, mit Blayne über Darren zu reden. Und erst recht nicht darüber, wie es mir ging. Ich wollte nur noch allein sein.

»Eines solltet Ihr wissen«, meinte der Kronprinz gedehnt. »Er wird sich nie ändern.«

»Ich will gar nicht, dass er sich ändert, ich will nur, dass er mit mir redet!« Die Worte brachen einfach so aus mir heraus und ich bereute sie augenblicklich. Blayne ins Vertrauen zu ziehen, war das Letzte, was ich wollte, aber ich hatte sonst niemanden.

Ich war ganz auf mich allein gestellt. Ella war weg. Meine Brüder waren weg. Meine Freunde und meine Familie waren über das halbe Land verstreut, während ich hier am Hof des Königs festsaß. Paige hielt irgendwo im Palast Wache, doch es würde die halbe Nacht dauern, sie ausfindig zu machen. Und selbst wenn – sie sprach nicht gern über Gefühle und solche Dinge. Ich war im Palast gefangen und wusste nicht, was ich tun sollte.

Blayne war der letzte Mensch, dem ich vertraute, aber wenn es stimmte, was Benny sagte, dann war er möglicherweise auch der Einzige, der Darren verstand. Und das ließ mich zögern, anstatt ihn wegzuschicken oder selbst die Flucht zu ergreifen.

Er warf einen Blick über die Schulter auf die Tanzenden und hielt in dem Getümmel nach jemandem Ausschau –

vermutlich nach seiner Braut –, dann wies er mit dem Kopf auf einen Gang zu unserer Linken. »Kommt mit.«

»Wohin gehen wir?«

»Soll ich Euch jetzt helfen oder nicht, Ryiah?«

Blayne bedachte mich mit einem herausfordernden Grinsen, und mir war klar, dass dies ein Test unseres angeblichen Friedensschlusses war – und *die* Gelegenheit, mehr über seinen Bruder zu erfahren. Ich wusste, wenn ich diese Chance verstreichen ließ, würde er das Angebot nicht wiederholen.

Der gesunde Menschenverstand sagte mir, dass ich es ablehnen sollte, doch ich war nicht in der Stimmung, auf die Stimme der Vernunft zu hören. Ich wollte Darren verstehen, selbst wenn das bedeutete, sich ein Stück weit mit dem Feind einzulassen.

Blieb nur zu hoffen, dass Blayne die Situation nicht ausnutzte und plötzlich wieder ganz der Alte war.

Ich nickte. »Geht vor.«

In meiner überbordenden Fantasie hatte ich mir ja allerhand ausgemalt, aber dass wir das Gemach der alten Königin aufsuchen würden, war mir ganz bestimmt nicht in den Sinn gekommen. Als Blayne mich in den königlichen Wohnflügel führte, dachte ich zurerst, es wäre ein Versehen, doch er lief zielstrebig an den Gemächern des Königs vorbei zur hintersten Tür des Flurs – einem Zimmer, das seit Königin Lillians Tod vor vielen Jahren nicht mehr bewohnt war.

Mit mulmigem Gefühl sah ich zu, wie er einen großen Schlüsselring aus seiner Hosentasche zauberte und die Tür aufschloss. Mit der Hand an der Klinke hielt er inne.

»Ihr und ich, wir haben unsere Differenzen, aber seid versichert, Ryiah: Ich liebe meinen Bruder. Und das verbindet uns auch auf gewisse Weise, denke ich. Über das, was ich Euch jetzt gleich zeige, dürft Ihr mit keinem sprechen. Niemals. Habe ich Euer Wort?«

Ich nickte.

Er drückte die Tür auf, und ich folgte ihm nach drinnen, doch schon im nächsten Moment wich ich erschrocken einen Schritt zurück und stieß mit dem Rücken gegen den Türrahmen.

Im Gegensatz zu den anderen königlichen Gemächern war dieses Zimmer komplett leer geräumt: kein Bett, auch sonst kein Mobiliar, kein Teppich, kein Wandbehang. Nichts, was irgendwie darauf hingedeutet hätte, dass je die Königin in dieser Kammer gewohnt hatte. Aber das war nicht der Grund für mein Entsetzen.

An der gegenüberliegenden Wand hingen an einer Kette befestigt zwei Paar Handschellen, die ungefähr auf Höhe eines Kindes schulterbreit voneinander entfernt angebracht waren. Zwei weitere Paar befanden sich in einen Metallrahmen eingelassen auf dem Boden.

Darunter war der Marmor merkwürdig verfärbt. Wie überall im Palast war der Boden in einem aufwändigen rotgold-violetten Muster gefliest, durch die Flecken wirkte er hier jedoch eher rostig.

Mir schnürte sich die Kehle zusammen. »W-was ist das hier?« Mit rasendem Herzen starrte ich wie gebannt auf die Stelle und mir schossen hundert grauenhafte Szenarien durch den Kopf – hundert grauenhafte Gründe, aus denen Blayne es für nötig erachtete, mir diese Kammer zu zeigen. Zum ersten Mal wünschte ich, es wäre eine Falle, eine Intrige, dass er etwas Böses im Schilde führte – alles, nur nicht das, was sich bei dem Anblick in meiner Vorstellung abspielte.

»Das war das Zimmer meiner Mutter.« Blayne ging zu einer dunklen Holztruhe, die ich ganz übersehen hatte, und nahm einen etwa dreißig Zentimeter langen Stock mit einer Reihe kleiner, scharfer Klingen an einer Kette heraus. Er wog die Kette in seiner Hand.

»Sie war deutlich jünger als mein Vater, unheimlich hübsch und konnte wunderschön singen. Darren war knapp zwei Jahre, als sie starb – zu klein, um sich richtig an sie zu erinnern. Aber ich erinnere mich noch gut.« Er legte die Peitsche weg und seufzte. »Mein Vater war noch nie ein netter Mensch. Doch die Art, wie er meine Mutter verloren hat … na ja, ich bin sicher, Ihr kennt die Geschichte.«

Ich schluckte. Als Kind hatten mir meine Eltern davon erzählt. Noch vor meiner Geburt war Königin Lillian bei einem Fest vergiftet worden, wobei ihr Wein mit Sicherheit eigentlich für den König gedacht war. Es folgte ein Blutbad. Lucius ordnete an, dass alle anwesenden Gäste verhört wurden, und weil der Täter nicht ermittelt werden konnte, ließ er in der darauffolgenden Nacht alle hinrichten. Darunter sein damaliger Beraterstab, eine Handvoll Adliger, Diener und diverse Wachleute. Zweiundsechzig Männer und Frauen. Es war ein regelrechtes Massaker.

»Die Gelehrten vermuten hinter dem Giftmord den ersten der catoth'schen Anschläge.« Blayne schwieg.

»Und diese Kammer …?« Mein Herz hämmerte wie wild gegen meine Rippen.

»Er hat es nach ihrem Tod neu *herrichten* lassen. Keiner der Bediensteten hatte hier Zutritt. Nur der oberste Heiler wusste Bescheid.«

Seine Stimme war hart. »Natürlich hätte es auch noch den Kerker gegeben.« Er lachte leise. »Aber es wäre viel zu aufwändig gewesen, zwei bewusstlose Jungen ständig treppauf, treppab zu schleppen, wo das Zimmer hier doch leer stand – und noch dazu so schön nah bei unseren Schlafgemächern war.«

Blayne sah mir in die Augen. »Also brachte er uns hierher.«

Meine Knie drohten nachzugeben und ich klammerte mich am Türrahmen fest. Trotz des lauten Dröhnens in meinen Ohren verstand ich jedes Wort, das er sagte. Mir war speiübel, und die Törtchen von vorhin wollten mir wieder hochkommen, während ich verzweifelt nach Luft schnappte.

»Jedes Mal, wenn wir nicht gehorsam waren, wenn er zu viel getrunken hatte, wenn er fand, wir wären zu *verweichlicht,* um seine Linie fortzuführen.« Blaynes Mund wurde zu einem dünnen Strich. »Danach ließ er uns von seinem Heiler wieder zusammenflicken. Niemand ahnte etwas davon, und falls doch … na ja, er ist schließlich der König, also konnte man nichts dagegen unternehmen, außer man ging das Risiko ein, selbst mehr Beachtung von ihm zu bekommen, als einem lieb war – so wie wir.«

»Nein …«, stieß ich atemlos hervor.

»Mit neun habe ich mich mit einem meiner Lehrer angelegt. Darren hat meine Schreie über den Flur gehört.« Die Miene des Prinzen verfinsterte sich, und mir wurde klar, dass Benny recht hatte. Blayne empfand alles andere als Hass für Darren. »Statt in seinem Zimmer zu bleiben, schlich sich der kleine Dummkopf herein und versuchte, mich vor ihm zu beschützen … Er hat sich nie vor unserem Vater gefürchtet, nicht mal, wenn der ihn bis zur Besinnungslosigkeit geprügelt hat.«

Mir hob sich der Magen und ich glitt zu Boden und zog die Knie an die Brust. Mit zitternden Händen nahm ich die Flasche, die Blayne mir hinhielt. Mir ging das Bild des sechsjährigen Darren in seinem eigenen Blut nicht mehr aus dem Kopf. Fäuste und Fußtritte und eine mit Klingen besetzte Peitsche, die *der* Mann schwang, den er »Vater« nannte. Ein kleiner Kerl, der versuchte, seinen Bruder vor eben jenem Mann zu bewahren.

Und ich hatte Darren an den Kopf geworfen, privilegiert zu sein. Mit dem goldenen Löffel im Mund geboren zu sein …

»Irgendwie hat er es geschafft, während unser Vater ihn gewürgt hat, ein Messer zu ziehen, das er aus der Küche hatte mitgehen lassen –«

Mir entfuhr ein Wimmern und ich schlug mir meine bebenden Hände vor den Mund.

»Natürlich hat Vater ihn im Handumdrehen übermannt und ihn fast zu Tode geprügelt, aber …« Blayne stockte. »… Darren hat nicht aufgehört, sich zu wehren. Später, als der Heiler mit meinem Bruder und mir fertig war, kam unser Vater auf der Krankenstation vorbei und meinte zu Darren, er hätte endlich das Richtige getan.« Er gab sich keine Mühe, seine Verachtung zu verbergen. »Als Zweitgeborener ist es seine Pflicht, mich zu schützen. Er hatte sich endlich seiner Rolle würdig erwiesen. Am nächsten Morgen schickte Vater ihn zum Training bei unserem obersten Ritter, damit er sich auf die Schule der Ritter vorbereiten und später Kommandant der königlichen Armee werden konnte, wenn ich den Thron bestieg. Darren hatte ihn *beeindruckt.*«

Mir rauschte das Blut in den Ohren, und ich zwang mich, zwei Schlucke von dem bitteren Zeug zu nehmen, das wie Feuer in der Kehle brannte.

»Und nach diesem Tag …« Ich wischte mir die schweißnassen Hände an meinem Kleid ab. »Hat Euer Vater …?« Ich konnte es nicht aussprechen.

»Nicht Darren.«

Ich machte den Mund auf, doch der Kronprinz lächelte mich sarkastisch an. »Als sein Nachfolger ist es weitaus schwieriger, ihn zu beeindrucken. Darren war nicht immer da. Irgendwann hörte es dann auf.«

Ich wusste nicht, was ich sagen sollte. Aber ich brachte sowieso keinen Ton heraus. *Was soll man seinem Feind sagen, wenn man plötzlich wegen seiner grauenhaften Kindheit Mitleid mit ihm hat?* Ich kam nicht umhin, mich zu fragen, ob Darren auch so geworden wäre, wenn stattdessen *er* der Thronfolger gewesen wäre.

»Darren wird Euch niemals etwas davon erzählen.« Blayne ließ die Truhe mit einem dumpfen Knall zufallen. »Ich habe Euch hergebracht, damit Ihr Euch selbst ein Bild von der unschönen Wahrheit machen könnt. Mein Bruder vergrault viele mit seinem Stolz und stößt sie zum Teil auch absichtlich weg, und man muss kein Hellseher sein, um zu verstehen, dass er dasselbe jetzt mit Euch macht.

Was immer auch genau zwischen euch beiden vorgefallen ist, Ryiah, Ihr müsst ihm vergeben.«

»Warum …?« Meine Stimme ließ mich im Stich und ich setzte noch einmal an. »Warum helft Ihr mir? I-ich weiß, dass Ihr es wiedergutmachen wollt, aber –«

»Weil er mein kleiner Bruder ist. Und egal, was er auch tut, ich will das Beste für ihn.« Seine Stimme war bitter. »Selbst wenn *Ihr* das seid.«

Darren war gerade dabei, die Außentrainingsanlagen zu verlassen, als ich kam. Davor hatte ich in seinen Gemächern, beim Innenplatz, in der Küche und zuletzt beim Hundezwinger nach ihm gesucht. *Hätte ich mir denken können, dass er sich beim Training abreagiert … und das mitten in der Hochzeitsfeier seines Bruders.* Wir waren uns so unglaublich ähnlich.

In der Luft lag der schwere Geruch des Sommers, eine Mischung aus Blumen, Zedern und einem Hauch Schweiß und Dreck von den Baracken.

Nervös stand ich da und der warme Wind bauschte mein Kleid auf.

»Darren.«

Er sah auf. Dunkle Strähnen fielen ihm in die Augen. Nur eine Sekunde lang huschte so etwas wie Reue oder Bedauern über sein Gesicht, dann biss er die Zähne zusammen und wandte sich ab.

»Was willst du, Ryiah?«

Ich holte tief Luft. »Ich bin ein Hitzkopf.«

Er fuhr herum und starrte mich an. Damit hatte er nicht gerechnet.

Hastig sprach ich weiter. »Ich fälle zu schnell ein Urteil. Manchmal rede ich, ohne richtig nachzudenken. Ich höre es nicht gern, dass ich vielleicht nicht gewinne. Ich schlage um mich, wenn ich wütend bin. Ich bin alles andere als perfekt und das wird sich auch nie ändern. Und natürlich mache ich Fehler.«

Mit jedem Satz ging ich einen Schritt auf ihn zu, bis ich direkt vor ihm stand. Dann legte ich ihm die Hände auf die Brust und schob ihn sanft noch einen Meter zurück, bis er mit dem Rücken an die Wand der Baracke stieß.

»Aber das mit dir, Darren, das ist kein Fehler.«

Er schluckte.

»Ich liebe dich.« *Und zwar für immer und ewig.* »Ich liebe dich seit jenem Tag in der Wüste. Mit einem geliebten Menschen zu streiten, ist schrecklich, und ich möchte mich endlich versöhnen.« Als ich ihm ganz nahe kam, sog er scharf die Luft ein. »Es tut mir leid.« Ich hob den Kopf und blickte ihm in die Augen, damit er sehen konnte, wie ernst es mir damit war. »Es tut mir leid, dass ich gesagt habe, du wärst privilegiert und mit dem goldenen Löffel im Mund geboren. Es tut mir leid, dass ich es auch nur gedacht habe.« Ich zögerte. »Blayne hat mir erzählt … Wenn ich gewusst hätte …«

Erkenntnis blitzte in seinen Augen auf und dann Scham. Doch ehe er sich von mir losreißen konnte, schlang ich ihm die Arme um den Hals, zog ihn zu mir und küsste ihn. Ich presste meinen Mund fest auf seinen, schmeckte die Reue und die Wut auf seinen Lippen, das Blut und das Salz, die sich mit der Süße des Weins vermischten.

»Ryiah –« Er versuchte, unseren Kuss zu unterbrechen, aber ich klammerte mich nur noch fester an ihn.

Ich brauchte ihn wie die Luft zum Atmen und ich lechzte nach mehr. »Nein.« *Nein.* Ich würde nicht zulassen, dass er jetzt ging. Sein Vater durfte nicht gewinnen.

Ich küsste ihn wieder. Sanfter. Flehend. Meine Lippen strichen zärtlich über seine, bis sie weicher wurden und plötzlich anfingen zu zittern. »Ich liebe dich«, flüsterte ich noch einmal und dann wieder und wieder. »Bitte, stoß mich nicht weg.«

Das war der Moment, in dem ich spürte, wie Darrens Widerstand bröckelte. Seine Schultern entspannten sich, und sein Puls ging schneller, als er in meinen Rock griff und mich an sich zog. Er öffnete meine Lippen mit seinen und küsste mich tief und innig, bis wir beide wie von Sinnen waren. Mit geschlossenen Augen küsste er all die grauenhaften Erinnerungen weg und sperrte sie in die hinterste Kammer seines Herzens.

Seine Hände glitten zu meiner Taille, und er wirbelte mich herum, sodass plötzlich *ich* mit dem Rücken an der Wand stand und die groben Steine sich in meine Haut gruben, während er mich so fest gepackt hielt, dass mir die Rippen wehtaten. Sein Atem war heiß und wütend, als sein Mund meinen in Besitz nahm, und ich legte den Kopf zurück und ließ ihn gewähren.

Schmerz und *Leidenschaft* passten so viel besser zusammen. Ich wollte nicht darüber nachdenken, was der König seinen beiden Söhnen angetan hatte. Ich wollte kein Mitleid mit Blayne haben, der versucht hatte, meiner besten Freundin Gewalt anzutun. Ich wollte nicht wissen, wie oft die grausamen, kranken Spiele seines Vaters Darren beinahe das Leben gekostet hätten.

Am liebsten hätte ich es als Lüge abgetan.

All die Jahre hatte ich Darren um seine Privilegien beneidet, nur um jetzt herauszufinden, dass ich mir ein komplett falsches Bild von der Situation gemacht hatte. Wollte er überhaupt der Schwarze Magier werden? Oder war das auch wieder nur eine Rolle, die man ihm aufzwang?

Seiner Rolle gerecht werden. Darum hatte sich immer alles gedreht.

Mit geschlossenen Augen gab ich mich ganz seiner Wut und seinem Schmerz hin, während ich betete und hoffte, dass ich ihn davon erlösen und die Last der Erinnerung mit meiner Liebe auslöschen konnte.

Doch das war ein Ding der Unmöglichkeit. Und es war naiv, es zu versuchen.

Darren ließ seine Stirn gegen meine sinken. »Es …« Seine Brust hob und senkte sich heftig. »Es tut mir leid, dass ich gesagt habe –«

»Du musst mir nichts erklären«, unterbrach ich ihn.

Seine Augen glühten. »Will ich aber, Ryiah. Im Laufe der Jahre …« Er schluckte. »… bin ich genau so geworden, wie er mich haben wollte. Er … er hat mich nach seinen Vorstellungen geformt –«

»Darren –«

»Ich weiß überhaupt nicht, wer ich eigentlich bin.« Seine Stimme war rau. »Und das *kotzt* mich an.«

»Und was, wenn du verlierst?« Ich studierte sein Gesicht und suchte darin nach einem Hinweis. »Wenn du es nur so aussehen lässt, als würdest du dich voll reinhängen …?«

»Das würde er merken.« Sein Lachen war bitter. »Und er

würde mich damit bestrafen, dass er mir das Einzige wegnimmt, was ich je wirklich wollte – meine Schwachstelle.«

Unsere Blicke trafen sich, und ausnahmsweise versuchte er nicht, sich abzuschotten, sondern zeigte sich ganz offen und verletzlich.

»Es wäre nicht das erste Mal, dass er dich gegen mich ausspielt.«

Mein Herz setzte einen Schlag lang aus, als ich verstand, was genau er damit meinte.

Das erste Mal, als er versucht hatte, die Verlobung mit Priscilla zu lösen.

Als ich ihn die Marionette seines Vaters genannt hatte.

»Außerdem …« Darren lehnte sich neben mir an die Wand und sah zum Nachthimmel auf. »Nachdem ich jede Sekunde meines Lebens in diese verfluchte Rolle investiert habe, will ich dieses Amt jetzt irgendwie auch … Ich bin so krank im Kopf, dass ich mir eine Zukunft ohne die Robe gar nicht mehr vorstellen kann.«

Ich wusste nicht, was ich darauf sagen sollte.

Darren nahm meine Hand und verschränkte seine Finger mit meinen. »Wenn mich jemand besiegen sollte, dann will ich, dass du das bist, Ryiah.«

Ich zuckte die Schultern. »Vielleicht schlagen uns die Götter auch ein Schnippchen und es wird keiner von uns beiden.«

»Eine echte Tragödie«, stimmte er zu.

»Von epischem Ausmaß.«

In der Dunkelheit war sein Lächeln nur schwach zu erkennen. »Die zwei ewigen Rivalen.«

»Und nur *eine* Robe.«

»Wer wird den Sieg davontragen?« Darrens Ton war ironisch. »Der gut aussehende Prinz?«

Ich grinste. »Oder seine kühne Verlobte?«

»Ich kann es kaum mehr erwarten, dich endlich zu heiraten, Ryiah.«

Als ich zu ihm aufsah, betrachtete Darren mich mit einem eigenartigen Glitzern in den Augen, einer ganz neuen Zärtlichkeit. Mir wurde eng ums Herz.

Dann schoss mir ein schrecklicher Gedanke durch den Kopf. »Auch wenn ich gewinne?«

Seine Gesichtszüge entgleisten ihm kurz, dann meldete sich mit einem Grinsen der Junge aus der Akademie zu Wort. »Sogar, wenn du verlierst.«

ELF

Anfangs war ich nicht ganz sicher, was mich erwarten würde, als wir mit dem Tross der Krone die Stadttore passierten. Die stolzen, hoch aufragenden Kiefern der Iron Mountains waren von steinigen, braunen Äckern und ausgetrockneten Flussbetten abgelöst worden, je weiter wir nach Osten kamen. Montfort lag sieben Tagesritte nördlich der Hauptstadt und eineinhalb Wochen von Sjeka entfernt, wo wir den Abschlussprüfungen der Erstklässler beigewohnt hatten, und konnte es bei Weitem nicht mit der landschaftlichen Schönheit der beiden anderen Städte aufnehmen. Es war hier zwar keineswegs so trocken wie in der Roten Wüste, doch der Boden war unfruchtbar und ausgedörrt, und das, obwohl es im Moment sogar recht kühl war.

Doch was ihm in puncto Natur abging, machte Montfort an Größe mehr als wieder wett. Zudem war die Stadt berühmt für ihre Architektur, und als ich die Silhouette am Horizont erspähte, wusste ich, dass ich aus dem Staunen nicht mehr herauskommen würde.

Schon aus der Entfernung konnte ich die gewaltigen Quader der Kampfarena erkennen, die wie ein riesiger steinerner Schlund über allem aufragte, als wollte sie sich in den Himmel hineinfressen. Die hohen Ränge und Zuschauertürme waren von ihrem Grundsockel aus bestimmt so hoch wie fünfzehn Häuser.

Ansonsten wurde die Stadt von großen Gebäuden mit quadratischem Grundriss und einfachen Flachdachbauten mit rechteckigen Fenstern und Ziegelwänden dominiert, von denen vielerorts der Lehmputz abbröckelte. Aus der Masse stach ein hohes Bauwerk mit einem steilen Kuppeldach heraus, das von reich verzierten Säulen getragen wurde, doch sogar dieses verblasste neben der Arena.

Unsere Pferde wirbelten Staub auf, während sie durch die Gassen trabten. Ich war überwältigt angesichts der Menschenmassen. Wohin man auch sah, herrschte ein unglaubliches Gedränge. Sowohl Leute von niederer Herkunft als auch Adlige schoben sich über Märkte und klopften an Türen. Aber das war noch nicht alles: Vor den Toren Montforts war eine ganze Zeltstadt aus Segeltuch entstanden, so weit das Auge reichte.

Als unser Tross sein Tempo drosselte, hielten sich Paige und Darrens Leibwächter Henry dicht an unserer Seite. Der Herold, der sich angeregt mit zwei Frauen aus unserem Zug unterhalten hatte, setzte sich an die Spitze und blies in sein Horn, um der Menge unsere Ankunft zu verkünden, was allerdings nicht viel brachte, weil die Leute einfach nicht wussten, wohin sie ausweichen sollten.

»Wie eine Horde Schweine. Und genauso hirnlos«, murmelte Paige leise vor sich hin.

Wren kicherte, als ich die Augen verdrehte. In den letzten drei Wochen waren die junge Prinzessin und ich Freundinnen geworden.

In mancherlei Hinsicht war sie die kleine Schwester, die ich nie gehabt hatte. Sie hob immer beim Abendessen die letzten kandierten Feigen für mich auf, und im Gegensatz zu mir lachte sie gern und viel, vor allem über meine Leibwache, die sie »einfach reizend« fand.

Wren war so ganz anders als meine lauten, wilden Brüder mit ihren ständigen dummen Sprüchen und ihren unersättlichen Bäuchen. Meine Herkunft schien ihr egal zu sein und sie zog meine Gesellschaft der aller anderen am Hofe vor. In Blaynes Gegenwart war sie ein wenig schüchtern, was vielleicht auch ihrem Altersunterschied geschuldet war. Da ich wusste, was Ella widerfahren war, war es mir ein Anliegen gewesen, Wren unter vier Augen nach ihrer Hochzeitsnacht zu fragen, woraufhin sie heftig errötet war.

Da sie nicht blass geworden war oder sonst irgendwie verängstigt gewirkt hatte, nahm ich das als Zeichen, dass sich Blayne seit dem Zwischenfall mit Ella wirklich geändert hatte. Vorsorglich hatte ich ihre Hofdamen gebeten, mir Bescheid zu geben, falls ihnen blaue Flecken oder Ähnliches an Wren auffallen sollten. Seit jenem Abend in den Gemächern der Königin hatte ich zwar ein klein wenig mehr Vertrauen zu ihm gefasst, doch ich war fest entschlossen, alles in meiner Macht Stehende zu tun, um zu verhindern, dass ein anderes Mädchen dasselbe durchmachen musste wie Ella.

»Heute Morgen erst gelegt! Das sind die besten Eier der Welt!«

»Rettiche und Radieschen! Frische Radieschen!«

Unser Zug bahnte sich seinen Weg an den Händlern vorbei zu dem filigranen Kuppelbau, den ich zuvor schon bewundert hatte.

Als Stallknechte erschienen und die Ersten ihre Pferde durchparierten, wurde mir klar, dass dies der Familiensitz von Baron Cuthbert sein musste, wo die Krone mitsamt ihrem Gefolge während des Aufenthalts hier residieren würde.

Gleich darauf bestätigten die Gelehrten des Königs meine Vermutung, indem sie vor dem Eingang absaßen.

»Bei der letzten Kandidatur kam schätzungsweise ein Fünftel Jerars zum Zuschauen, und da sich der Prinz unter den Teilnehmern befindet, gehen wir diesmal von knapp einem Drittel aus.« Der Mann räusperte sich. »Nicht mit eingerechnet die Delegationen von Caltoth und den Boreanischen Inseln. Und natürlich der Hof von Pythus.«

»So viele?«, krächzte ich.

Darren beugte sich zu mir und flüsterte mir ins Ohr: »Nervös, Liebes?«

Ich verdrehte nur die Augen, doch in Wahrheit hatte er den Nagel auf den Kopf getroffen. Zehntausende von Zuschauern, jeder Zentimeter in der Arena belegt.

Und du hast gerade noch gedacht, das Ding wäre völlig überdimensioniert.

Moment mal.

Caltoth'sche Delegation? Ich packte Darren am Arm. »Caltothen?«

»Das wusstest du nicht?« Darren nahm mich an der Hand und drängte sich durch die Menge. Auf einmal kniff er die Augen zusammen und runzelte die Stirn, als hätte er etwas entdeckt, das ihn beunruhigte. »Zum Beispiel da.« Er hielt den Blick auf einen Fremden gerichtet, der sich weiter hinten auf dem Platz mit einem Mann unterhielt, der niemand anders sein konnte als Prinzessin Shinakos Vater, Kaiser Liang.

Der Caltothe war groß und breitschultrig und hatte lockiges braunes Haar, das ihm bis auf die Schultern fiel. Bei seinem Anblick befiel mich eine böse Vorahnung. Seinen kalten blauen Augen schien nichts zu entgehen, und er wirkte extrem selbstsicher und nicht im Mindesten beunruhigt, obwohl er von einer Horde potenzieller Feinde umringt war. Ich fragte mich, woher er den Mut, ja die Dreistigkeit für dieses Auftreten nahm, angesichts dessen, was seine Leute alles auf dem Kerbholz hatten.

»Lord Tyrus von Gyr«, erklärte Darren mit gesenkter Stimme. »Es ist so Sitte, dass jedem Königshaus eine Einladung zugeht, doch im Falle Caltoths war es eigentlich eher reine Formsache. In Anbetracht der angespannten Beziehungen zwischen unseren Ländern hat niemand ernsthaft damit gerechnet, dass König Horrace einen seiner Männer schickt. Aber vielleicht hat ihn die Neue Allianz ja dazu bewogen, ein Friedensangebot zu unterbreiten.«

Ich schnaubte nur.

»Keine Sorge«, flüsterte er. »Die Botschaft meines Vaters war deutlich. *Ein* Fehltritt, und wir haben jedes Recht, Tyrus wegen Verrats festzusetzen. Blayne und Vater haben veranlasst, dass er und seine Leibwächter keine Sekunde aus den Augen gelassen werden.«

Ich wollte gerade nicken, da drang von der Straße her

ein vertrautes Lachen an meine Ohren. Schnell wirbelte ich herum und suchte aufgeregt die Menge hinter uns ab.

Tatsächlich: Ella, die lachend und mit strahlenden bernsteinfarbenen Augen zu Alex aufblickte. Die Abendsonne verlieh ihrer bronzefarbenen Haut einen goldenen Schimmer und ließ sie schöner denn je aussehen.

Nur ein paar Meter weiter entdeckte ich Derrick und meine Eltern, die mit Ellas Eltern und ihrem großen Bruder Jeffrey zusammenstanden.

»Ella!« Auf halbem Weg über die Straße schrie ich ihren Namen und sie kreischte meinen und stürmte wie eine Irre auf mich zu. Im nächsten Moment fielen wir uns in die Arme, sodass mir kurz die Luft wegblieb und es mich fast von den Füßen riss. Zum Glück fing Darren mich gerade noch rechtzeitig auf, ehe auch Paige angerannt kam und Gift und Galle spuckte, weil ich einfach allein losgerannt war.

»Wie soll ich jemanden beschützen, der andauernd meine Vorsichtsmaßnahmen sabotiert?«

Als meine Leibwächterin mit ihrer Standpauke fertig war, hatten sich auch die anderen zu uns durchgequetscht.

Ellas Eltern betrachteten Darren höflich, aber reserviert, während meine, allen voran meine Mutter, ihn mit unverhohlener Neugier beäugten.

»Mama, Papa, das ist Darren.« Es war nicht zu übersehen, wie steif und einsilbig alle auf einmal waren.

Mein Vater brach als Erster das Schweigen, allerdings auf eine Art, dass ich am liebsten vor Scham im Boden versunken wäre. »Sieh an, dunkel, groß und gut aussehend. Ich kann verstehen, was meiner Tochter an Euch gefällt.«

Alex lachte schallend und sogar Derrick musste sich ein

Grinsen verkneifen. Nicht einmal Darren fiel darauf etwas ein. Es war das einzige Mal, dass ich ihn je hatte rot werden sehen.

»Papa!« Ich schlug mir die Hände vors Gesicht.

»George!« Meine Mutter versetzte meinem Vater mit dem Ellbogen einen Stoß, weil er seine Tochter vor dem Prinzen in Verlegenheit brachte. »Lass die zwei in Ruhe.« Sie lächelte Darren an, und ihren hellwachen grauen Augen entging nicht, wie wir Händchen hielten. »Es ist mir eine Ehre, Euch kennenzulernen, Euer Hoheit. Ich bin Rys Mutter, Liona.«

»Ihr müsst mich nicht mit Titel anreden, Liona.« Darrens Gesicht brannte genauso wie meins.

Es folgte eine skurrile Szene, als Ella den Prinzen ihrer Familie noch einmal vorstellte, obwohl sie sich, auch wenn das Jahre her war, alle noch vom Hofe kannten.

»So schön es auch ist, hier draußen in der drückenden Hitze herumzustehen«, warf Ellas Vater unvermittelt ein, »frage ich mich gerade, ob ihr vielleicht Lust hättet, mit uns zusammen in unserem Gasthaus zu Abend zu essen. Sable und ich würden uns freuen, Alex' Familie besser kennenzulernen. Bei den Aufnahmeprüfungen an der Akademie damals hatten wir ja kaum Gelegenheit.«

Meine Familie nahm die Einladung dankend an, und ich versprach, mit Darren auch auf eine kleine Runde mitzukommen. Ich hatte das endlose Defilee der Gesandten nicht vergessen, die auf Baron Cuthberts Familiensitz auf uns warteten, aber eine halbe Stunde blieb uns noch, und die wollte ich nutzen. Außerdem waren mir die merkwürdigen Blicke zwischen meinen Brüdern nicht entgangen.

So oder so – ich würde es irgendwie hinkriegen, dass sie Frieden schlossen. Wenn Alex und Derrick Darren besser kennenlernen würden – ohne das Regiment von Ferren's Keep im Nacken oder die alten Vorurteile meines Zwillingsbruders –, dann könnten sie bestimmt gut miteinander auskommen.

Hoffte ich zumindest.

»Also, ihr zwei.« Jeffrey stellte lautstark seinen Krug ab. »Raus damit.«

Ella kicherte und warf Alex ein verstohlenes Grinsen zu. »Wovon redest du?«

»Netter Versuch.« Ihr Bruder deutete mit dem Finger zwischen den beiden hin und her. »Da ist doch was im Busch.«

»Alex schwitzt schon die ganze Zeit wie ein Schwein«, meinte Derrick. »Könnte das vielleicht noch einen anderen Grund haben, als dass er in seinem hohen Alter die Hitze nicht mehr so gut verträgt?«

Mein Zwillingsbruder, der sonst immer eine schlagfertige Antwort parat hatte, schluckte und starrte auf die Wand hinter uns.

Mir blieb der Mund offen stehen. Noch ehe ich einen klaren Gedanken fassen konnte, zog Ella meinen Bruder von seinem Hocker hoch und gab ihm einen Stups.

Er schluckte erneut.

Meine und Ellas Eltern, die sich am anderen Tischende angeregt unterhalten hatten, verstummten und blickten auf.

»Ella und ich h-haben Neuigkeiten für euch.« Alex

wischte sich über die Stirn. »Wir wollten warten, bis alle –«

»*Wir haben geheiratet!*« Ella schlug sich eine Hand vor den Mund, als alle am Tisch nach Luft schnappten.

»*Was?*«

»*Wann?*«

»*Wo?*«

»*Ihr habt es wohl gar nicht mehr erwarten können?*« Das kam von meiner Mutter.

Alex wand sich, also musste Ella Rede und Antwort stehen: »Vor zwei Wochen. Eigentlich wollten wir damit bis zur Kandidatur warten, wenn ihr alle da seid, aber –«

»Aber ich habe es nicht mehr ausgehalten.« Alex zog den Kopf ein.

Ella errötete. »Er hat mir gesagt, wenn er mich nicht auf der Stelle heiraten kann, dann stirbt er tausend Tode.«

»Alex?« Mein Vater grinste. »*Das* hat Alex gesagt?«

Ich zählte stumm bis drei, bis ich zu Derrick hinübersah.

Fünf Minuten später krümmten wir uns noch immer vor Lachen und Tränen liefen uns über die Gesichter.

»Wasser!«, japste Derrick. »Ich brauche Wasser!«

»Ja!«, kicherte ich. »Ich sterbe tausend Tode, wenn ich nicht sofort was zu trinken kriege.«

Das musste der schlimmste – und lustigste – Heiratsantrag der Weltgeschichte sein, den Alex da abgeliefert hatte.

»Damit werden sie mich bis an mein Lebensende aufziehen«, beschwerte er sich bei Ella.

Wieder bekam ich einen Lachanfall, aber süß fand ich es trotzdem.

Als ich hinaus auf das Kopfsteinpflaster trat, war ich noch immer so mit Alex' und Ellas Bekanntmachung beschäftigt, dass ich beinahe den Mann übersehen hätte, der mir im letzten Moment in die Quere kam. Geistesgegenwärtig konnte ich gerade noch einen Satz zurück machen, bevor mir sein Umhang ins Gesicht schlug.

Fast hätte ich laut aufgestöhnt, als mich die Erkenntnis traf wie ein Schlag. Erschlaffte und doch scharfkantige Gesichtszüge, ein schmaler, griesgrämiger Mund und arrogante Augen, die während der gesamten Ausbildung immer nur mit Missfallen auf mich herabgeblickt hatten. Master Byron.

»Euer Hoheit«, rief er aus, während er mich wie Luft behandelte. »Welche Freude, Euch wiederzusehen.«

Darren verbiss sich ein Lächeln, als er mir einen kurzen Blick zuwarf.

Hinter dem Mann ertönte eine leise, verhuschte Stimme: »Master Byron, wohin gehen –«

»Ruhe!« Er funkelte eine Horde Mädchen und Jungen hinter ihm an, von denen ich ein paar aus meinem letzten Jahr an der Akademie kannte. »Geht zurück zu den Baracken. Und quatscht mir nicht dazwischen, wenn ich mit dem Prinzen rede. Er hat mehr Potenzial als ihr alle zusammen, und außerdem weiß er, dass man Älteren nicht ins Wort fällt.«

Es war, als wäre ich nie weg gewesen. Mit hochgezogenen Augenbrauen sah ich Darren an, der hüstelte. »Master Byron, erinnert Ihr Euch gar nicht mehr an Magierin Ryiah?«

Die Augen des Mannes verengten sich zu Schlitzen, als

er sich gezwungen sah, meine Anwesenheit zu würdigen.

»Wie könnte ich das je vergessen? Es ist ja nur ein Jahr her.« Aus seinen Worten sprach die Herzlichkeit und Wärme eines Eiszapfens.

Vier Jahre. Vier Jahre hatte ich mich abgerackert wie eine Verrückte, während Byron meine Bemühungen völlig ignoriert hatte. Und die paar Mal, wenn er Notiz von mir genommen hatte, hatte er lediglich dazu genutzt, um »das schwache Geschlecht« niederzumachen und so zu tun, als wäre ich die Schlimmste und Unbegabteste von allen. Ich würde ihm nie vergeben, dass er mir in der Ausbildung das Leben so zur Hölle gemacht hatte.

»Ich könnte Euch auch niemals vergessen!«, gab ich zurück und betonte jedes Wort, damit ihm die Ironie auf keinen Fall verborgen bleiben konnte. »Und dass wir beide dieselbe Rangstufe haben. Was für eine Ehre!«

»Eine Ehre, gewiss«, wiederholte Byron mit einem wütenden Blick, der eher das Gegenteil besagte.

»Eine Schande, dass Ihr damals bei Eurer eigenen Kandidatur geschlagen wurdet.« Ich verschränkte die Arme und ließ den gestelzten Ton. Jedermann wusste, dass er sein Abschlussduell gegen eine Magierin dritter Rangstufe namens Kara verloren hatte. An meinem nächsten Satz feilte ich schon seit fünf Jahren. »Vielleicht kann ja *ich* als *Frau* nachholen, was Ihr nicht geschafft habt.«

Das Gesicht meines alten Lehrmeisters war unbezahlbar, als ich erhobenen Hauptes davonstolzierte.

»Bei keinem anderen Turnier klingelt der Beutel so laut. Vor dem Beginn der heutigen Wettkämpfe können an jedem Stand entlang der Tribüne Wetten abgeschlossen werden. Auf die Kampfmagier wird zwar traditionell am liebsten gewettet, aber angesichts der haushohen Favoritenrolle des Prinzen ist es vielleicht geschickter, sein Geld eher auf die Heiler oder Alchemisten zu setzen, wo die Gewinnquoten etwas höher ausfallen.«

Ich ließ mich neben Darren und unseren Leibwächtern nieder, nur zwei Plätze weiter saß König Lucius, und Blayne und Wren waren gleich links neben uns. Gebannt lauschten wir einem der Herolde, wie er den Gesandten und hochrangigen Adligen auf den Sitzplätzen die Regeln der Kandidatur erläuterte.

Unsere Plätze befanden sich in einer gesonderten Loge in der Mitte der ersten Reihe oberhalb einer dicken Mauer knapp zwei Meter über dem Sandplatz. Die meisten Sitzplätze der Arena waren wenig mehr als einfache Lehmbänke, die sich Reihe um Reihe in schwindelerregende Höhen hinaufschraubten und auf der rückwärtigen Seite von einer Außenmauer gestützt wurden, auf deren Zuschauertürmen sich weitere Stehplätze für das weniger privilegierte Publikum befanden, das sich die teuren Plätze ganz vorne nicht leisten konnte.

Es war eine jener seltenen Gelegenheiten, bei denen ich froh war, dem Gefolge des Königs anzugehören. Zum einen war unsere Loge als eine der wenigen mit einem schattenspendenden Baldachin versehen, zum anderen konnte man die Kandidaten von hier aus deutlich besser erkennen als weiter hinten, wo Ella mit dem Rest meiner Familie saß. Und nicht zuletzt wurden Getränke und kleine Mahlzeiten immer zuerst in der Königsloge gereicht, und das war durchaus ein Argument, da die Schätzungen der Gelehrten davon ausgingen, dass wir jeden Tag des einwöchigen Turniers acht bis zehn Stunden auf unseren Plätzen ausharren würden.

In der Menschenmenge entdeckte ich viele bekannte Gesichter. In einem hatten die Gelehrten jedenfalls definitiv recht: Es hatte den Anschein, als wäre so ziemlich jeder da, den ich kannte. Auf der Tribüne herrschte unglaubliches Gedränge. Obwohl ich in meiner Ausbildung weit herumgekommen war, war mir nicht bewusst gewesen, dass unser Königreich so groß war.

Ein Drittel von Jerars Bevölkerung? Ha! Wohl eher die Hälfte.

Ein paar Reihen weiter fiel mir ein großer rotbärtiger Mann auf, der seine kleine Tochter über die Tribüne zerrte und sich zu den vordersten Plätzen durchdrängte. *Ein Kind?* Es fühlte sich an wie ein Schlag in die Magengrube. Die Kleine konnte nicht älter als sechs sein und wirkte verängstigt, wie sie so nervös an einem gelben Seidenband herumspielte, mit dem ihr langer schwarzer Lockenschopf in einem Zopf zusammengehalten wurde.

Wie kam man darauf, ein Kind hierher mitzunehmen?

Als ich mich gezielt umschaute, wurde mir jedoch klar, dass das Mädchen beileibe nicht die Einzige war. Auf den Rängen saßen noch mehr Kinder verstreut – manche sogar noch jünger als sie. *Was denken sich die Leute nur?* Natürlich waren heute nicht die Kriegsmagier an der Reihe, aber bei den Heilern würde mit Sicherheit auch mehr Blut fließen, als gut für Kinder war.

Als ich mich kopfschüttelnd abwandte, blieb mein Blick

an dem caltoth'schen Gesandten hängen, und ich hielt inne.

Der Mann schäumte vor Wut und konnte sich kaum beherrschen. Sein Gesicht war feuerrot angelaufen und er hatte den Blick fest auf das kleine Mädchen mit dem Zopf gerichtet. *Regt er sich auch so über den Vater auf?*

Doch dann vernahm ich ein vertrautes Lachen. Jemand unterhielt sich mit dem Vater der Kleinen. Die Stimme war unverwechselbar: Prinz Blayne.

Mein Blick huschte zurück zu Lord Tyrus. Er sah gar nicht das kleine Mädchen an, sondern den Kronprinzen. Und zwar mit unverhohlenem Hass, wie unschwer an den weißen Fingerknöcheln seiner geballten Fäuste und den bebenden Schultern zu erkennen war.

»Darren«, flüsterte ich.

Er blickte auf und ich deutete mit einem Nicken hinüber. Seine Miene verfinsterte sich, als er den Mann beobachtete, der seinen Bruder so hasserfüllt anstarrte. »Ich werde mit Vater reden, dass er zusätzliche Männer für die Bewachung des Gesandten abstellt.«

Trotz der Hitze lief mir eine Gänsehaut über den Rücken. Etwas am Gesichtsausdruck des Caltothen verstörte mich. Als ich einen weiteren Blick riskierte, hatte Lord Tyrus sich wieder im Griff, und wenn ich es nicht mit eigenen Augen gesehen hätte, hätte ich es möglicherweise gar nicht glauben können.

Der Gesandte stand dem Königshaus alles andere als neutral gegenüber. Und er war nicht in friedlicher Absicht hier. So viel war sicher.

Als Erstes traten die Heiler der fünften Rangstufe an. Schon nach wenigen Sekunden stand fest, dass ich mich gründlich geirrt hatte, was die Kandidatur anging. In meiner Naivität hatte ich geglaubt, das Turnier wäre mit den Prüfungen nach dem ersten Jahr an der Akademie vergleichbar, nur eben auf viel höherem Niveau. Ich hatte keine Ahnung gehabt, dass es einen klitzekleinen Unterschied gab, der wiederum einen *Riesen*unterschied machte:

Die Magier demonstrierten ihre Zauberkünste nicht gegenseitig an ihren Mitstreitern, sondern an Männern und Frauen aus den umliegenden Gefängnissen. Für jeden Magier wurde ein Straftäter hereingeführt, was im Prinzip in Ordnung gewesen wäre, wenn diese Leute sich freiwillig zur Verfügung gestellt und die Leiden auf sich genommen hätten, so wie die damaligen Erstklässler, was hier jedoch nicht der Fall war.

Dabei waren die Krankheiten und Verwundungen, die bei der Kandidatur geheilt werden mussten, weitaus schlimmer als die leichten Verletzungen bei unserer Aufnahmeprüfung.

Vierzehn Kandidaten stellten sich auf dem Sandplatz der Arena mit dem Gesicht zu den Zuschauern in einer Reihe auf.

Dann wurden ebenso viele Verbrecher hereingebracht, die jeweils mit einem Soldaten an ihrer Seite mit dem Rücken zu uns standen.

Kaum hatte der Herold den Beginn des Turniers verkündet, sausten die Schwerter der Soldaten mit einem grässlichen Krachen auf die Knie der Gefangenen nieder, die schreiend zu Boden gingen und sich vor Schmerzen krümmten.

Die Magier legten sofort los, um ihre Patienten so schnell wie möglich zu heilen. Der Gewinner würde als der Beste seiner Rangstufe am nächsten Tag wieder antreten und hatte die Möglichkeit, in der Hierarchie aufzusteigen.

Es galt, fünf verschiedene Verletzungen mit aufsteigendem Schwierigkeitsgrad zu behandeln, sodass den Kriminellen in jeder neuen Runde immer schwerere Verwundungen beigebracht wurden.

Wren keuchte auf, und ich musste mir die Hand vor den Mund schlagen, um einen Schrei zu unterdrücken, als einer der Soldaten dreimal mit dem Messer auf eine wild um sich schlagende Frau einstach.

Darren drehte sich zu mir. »Ryiah?«

»Das ist schrecklich!« Auf Gewaltverbrechen stand der Tod durch den Strang, und zwar an Ort und Stelle. Die Männer und Frauen vor unseren Augen dagegen hatten sich kaum mehr als Diebstahl zuschulden kommen lassen. Ihre ausgemergelten Gesichter sprachen Bände: Es handelte sich um Leute aus einfachen Verhältnissen, die in ihrer Not beschlossen hatten, lieber zu stehlen, als Hungers zu sterben.

Wie die Räuber aus dem Norden.

Darren wiederholte eindringlich meinen Namen. »Ryiah –«

»Ein geringfügiges Verbrechen rechtfertigt es nicht, sie dieser Tortur zu unterziehen!«

König Lucius' Stimme dröhnte durch die Loge. »Soll ich die Gefangenen vielleicht durch unbescholtene Bürger ersetzen lassen, Lady Ryiah?«

Hastig legte Darren mir die Hand auf den Arm, um mich davon abzuhalten, etwas zu erwidern.

»Eure Eltern sind Händler, oder?« Die Frage beinhaltete eine tödliche Drohung. »Natürlich könnte ich sie als Erste heranziehen.«

Eiskalte Panik stieg in mir hoch und mir zog sich der Magen zusammen. Meine Nägel gruben sich in Darrens Handgelenk, und ich musste all meine Willenskraft aufbringen, um meine Magie im Zaum zu halten.

»Das wird nicht nötig sein, Vater.« Darrens Griff verstärkte sich noch. »Sie hat es nicht so gemeint.«

»Ihr mögt vielleicht zu kostbar sein.« Der König ignorierte seinen Sohn und sah mich stattdessen scharf an. »Aber Eure Familie nicht. *Versteht Ihr, Lady Ryiah?*«

»J-ja.« Das Wort war kaum mehr als ein Keuchen. Wren nahm meine andere Hand und drückte sie.

»Bislang war ich sehr geduldig mit Euch, doch seid versichert, ich werde nicht zögern, Eure Familie für Euer Betragen zur Rechenschaft zu ziehen.«

Ein Diener eilte mit der ersten Runde Getränke für uns herbei.

»Würdet Ihr mich kurz entschuldigen, Euer Majestät?« Die Worte gingen mir nur schwer über die Lippen, weil es mir die Kehle zuschnürte.

»Fünf Minuten«, knurrte der König. »Dann erwarte ich, dass Ihr wieder auf Eurem Platz sitzt und dem kulturellen Großereignis Eurer Nation beiwohnt. Und zwar mit der angemessenen Begeisterung.«

So schnell meine Beine mich trugen, floh ich aus der Loge.

»Ryiah, warte!« Draußen vor der Tribüne holte Darren mich ein. Ich hatte mich an die rückwärtige Wand der Arena gelehnt und versuchte, nicht daran zu denken, was sich auf der anderen Seite der Mauer abspielte. Paige ging zu meiner Rechten auf und ab.

»Ich kann das nicht, Darren. Ich kann da nicht zuschauen.« Auf gar keinen Fall wollte ich wieder dorthin zurück und stillschweigend mit ansehen, wie Männer und Frauen einzig und allein für einen *Wettbewerb* in ihrem Blut lagen. Es war ein Ding der Unmöglichkeit, mich so sehr zu verstellen.

»Du darfst dir dein Missfallen nicht so anmerken lassen. Sonst wird er –«

»Ich hatte keine Ahnung, dass es so abläuft!«

Was, wenn die Heiler zu langsam waren? Die Wettkampfrichter würden nicht einschreiten, ehe die Stunde, die jeder Rangstufe zur Verfügung stand, vorüber war. Das hatte der Herold gleich eingangs erklärt.

Darren wartete, bis der Lärm aus der Arena abebbte und es ruhiger wurde. »*Er* hat das veranlasst, Ryiah.«

»Was?«

Der Prinz trat einen Schritt näher, sah sich um und hielt mit einem Blick auf unsere Wachen inne. Paige verdrehte die Augen und zog sich mit Darrens Leibwächter im Schlepptau ein wenig zurück, ließ uns jedoch nicht aus den Augen, damit sie beim ersten Anzeichen einer Gefahr zur Stelle wäre.

Darren senkte die Stimme. »Früher wurden bei der Kandidatur *auch* Gefangene für die Wettbewerbe der Heiler und Alchemisten herangezogen, aber da war das

Schlimmste ein gebrochenes Bein, nicht … *so was.* Mein Vater war derjenige, der die Regeln geändert hat.«

Ich wich voller Abscheu zurück.

»Das war eine seiner ersten Amtshandlungen nach dem Tod meiner Mutter. Seine eigenen Landsleute vor den Augen der Gesandten derart zu misshandeln, damit kann man ein Zeichen setzen für alle Länder, die dumm genug sind, mit Jerar zu brechen. Ich dachte, du wüsstest das. Damals, in unserem ersten Jahr an der Akademie, hast du in der Bibliothek all diese Bücher verschlungen.«

Die hatte ich anscheinend übersehen. »Ich habe alles über die Kampfmagier gelesen.«

»Da hat sich nichts geändert.« Darren schnaubte zynisch. »Das Turnier unseres Zweiges ist schon brutal genug. Aber was die Heiler und Alchemisten angeht, waren die früheren Kandidaturen für seinen Geschmack viel zu harmlos. Mein Vater will Blut sehen.«

Aufgabe!

Als sie zehn Minuten nach Beginn der Runde meines Bruders die weiße Flagge hoben, betete ich, dass mir meine Augen nur einen Streich spielten.

Aber ich hatte es kommen sehen. Sein kreidebleiches Gesicht, die zitternden Hände, den Schweißfilm auf seiner Stirn und wie Alex geschluckt hatte, als die Soldaten mit den zwölf Gefangenen kamen – alles Anzeichen, wie das hier ausgehen würde.

Mit purem Entsetzen hatte mein Bruder zugesehen, wie ein Soldat einen alten Mann zusammenschlug, und sich dann sofort neben den Alten gekniet und ihm etwas ins Ohr geflüstert, während er ihn mit den Händen abtastete und auf Knochenbrüche untersuchte. Seine Schultern wirkten dabei verkrampft, und er presste sich zwischendurch immer wieder die Hände auf die Ohren, um die Schreie rings um ihn herum wenigstens kurzzeitig auszublenden.

Als Alex fertig war, rief der Soldat eine Wettkampfrichterin herbei, um den Behandlungserfolg zu kontrollieren. Nach einer Minute nickte die Frau, und der Soldat erhob sein Schwert, um die nächste Runde einzuläuten.

Doch mein Bruder machte einen Satz nach vorne und hielt die Schwerthand des Soldaten mit einem Kommandoschrei fest. Ich verstand kein Wort von dem, was er sagte, weil der Lärm der Zuschauer und das Gebrüll der anderen Gefangenen einfach zu laut waren.

Doch ich sah, wie der Soldat seine Fahne hob.

Er hat es nicht gewusst. Wie ich hatte auch Alex gedacht, das würde hier genauso ablaufen wie bei den Abschlussprüfungen der Erstklässler. So war es immer gewesen. Bis König Lucius kam.

Plötzlich wurde es auf der Tribüne totenstill. Ohne etwas zu merken, durchquerte Alex die Arena und steuerte auf den Ausgang zu.

Mir blieb ein stummer Schrei im Halse stecken.

Zwei Stunden zuvor wäre ich noch stolz auf ihn gewesen. Es hätte mir Freudentränen in die Augen getrieben zu sehen, wie sich mein Bruder gegen diese Ungerechtigkeit auflehnte, zu wissen, dass er nicht zuließ, dass ein alter Mann so gefoltert wurde, dessen einziges Vergehen vermutlich ein kleiner Diebstahl war. Doch das war, bevor der König von Jerar meine Familie bedroht hatte.

Ich betete, dass er es nicht merken würde.

»Braxton!« Lucius' Ton war scharf.

»Euer Majestät?«

»Anstelle eines Gefangenen soll dieser junge Magier da bei den letzten beiden Rangstufen als Proband eingesetzt werden.«

Ich sprang auf, doch Darren riss mich mit aller Macht auf meinen Platz zurück. »Sag nichts«, zischte er. »Er weiß es nicht!«

Ich versuchte, mich aus seiner Umklammerung zu befreien, doch Wren hängte sich an meinen anderen Arm. Sie wusste zwar nicht, worum es ging, aber sie wusste, dass ich drauf und dran war, eine Dummheit zu begehen.

»Sollte der Junge versuchen, sich selbst zu heilen, dann exekutiert ihn.«

Ich krallte mich in Darrens Arm, weil meine Magie jede Sekunde aus mir herausbrechen wollte.

»Ryiah.« Darrens Stimme war rau. *»Bitte!«*

»Ja, Euer Majestät. Sofort, Euer –«

»Steh hier nicht nur dumm rum und rede, sondern schnapp dir den Kerl!«

Heiße Tränen brannten mir in den Augen, und mein Herz hämmerte so heftig und laut, dass ich kaum noch Luft bekam.

Alex. Alex. Alex. Zittrig versuchte ich durchzuatmen, doch als zwei Ritter über den Platz rannten und meinen verwirrten Bruder an den Achseln vor unsere Loge schleiften, riss ich mich los.

Darren erwischte mich kurz vor dem Geländer, wirbelte mich herum und presste gerade noch rechtzeitig seine Lippen auf meine, um meinen Aufschrei zu ersticken.

Etwas in mir zerbrach, und einzig Darrens heißer Mund auf meinem verhinderte, dass alle Welt die Wahrheit erfuhr.

Verhinderte, dass *sein Vater* es erfuhr.

Das war der Moment, in dem ich Ellas hysterische Schreie hörte. Und die meiner Eltern. Und die von Derrick.

Zwei Ritter zerrten meinen Bruder in die Mitte der Arena.

Neununddreißig Minuten lang hatte ich still dagesessen und versuchte, die aufsteigende Panik irgendwie im Zaum zu halten, während Darren mir ins Ohr flüsterte und Wren meinen Arm festhielt und so tat, als wäre alles in bester Ordnung. Der König hatte so gebannt den Rest des Wettkampfs der dritten Rangstufe verfolgt, dass er nichts gemerkt hatte, und in der kurzen Pause zwischen den Runden hatte Blayne ihn in ein langes, weitschweifiges Gespräch verwickelt.

Doch nun war Alex zurück.

Ich sah das Entsetzen in den Gesichtern einiger Kandidaten, als sie einen von ihnen unter den Probanden erkannten, doch niemand traute sich, etwas zu sagen. Es wurde ein zusätzlicher Kampfrichter hinzugezogen, der dafür sorgen sollte, dass mein Bruder nicht versuchte, sich selbst zu heilen.

Dann ging es los.

Ich musste mit ansehen, wie Alex zu Boden ging.

Ich musste mit ansehen, wie sich der Anwärter zu ihm in den Sand kniete und begann, seine erste Verletzung zu behandeln.

Ich musste mit ansehen, wie die Soldaten immer wieder zuschlugen und ihm sogar drei Stichwunden am Oberkörper beibrachten.

In den letzten Minuten der Runde war der Lärm der Meute dermaßen ohrenbetäubend, dass mein Aufschrei im allgemeinen Gebrüll unterging. Den Blick starr auf den Sandplatz gerichtet, klammerte ich mich ans Geländer und schrie mir die Seele aus dem Leib, bis ich keine Stimme mehr hatte.

Dann schleiften die Soldaten meinen Bruder weg. Sein Kandidat hatte ihn zwar geheilt, doch von seiner Kleidung tropfte noch immer Blut, er schlotterte am ganzen Körper, und seine Augen waren so weit aufgerissen, dass das Weiße darin Monden glich.

Und dann schleppten sie ihn noch einmal in die Arena. Schreien konnte ich sowieso nicht mehr. Als es endlich vorbei war, war auch ich am Ende.

Zum Abschluss des ersten Wettkampftages ließ der König Alex zu unserer Loge bringen. Als die Männer ihn zu Lucius' Füßen in den Staub warfen, musste ich so tun, als würde es mir nicht das Herz zerreißen. Als würde ich nicht in Stücke gehen.

Sein Blick streifte mich nur flüchtig, und der Verrat tat mir so in der Seele weh, dass ich am liebsten sterben wollte. In seinen Augen stand so viel Schmerz und Verwirrung und Zorn, doch dann schluckte er seine Wut hinunter und blickte zum König auf.

»Wie heißt du?«, fuhr Lucius ihn an.

»Rex.« Wenigstens war er so schlau, nicht die Wahrheit

zu sagen. Die letzten beiden Worte stieß er hervor, als hätte er eine Handvoll Steine verschluckt: »Euer Majestät.«

»Rex. Solltest du es wagen, deinem Land jemals wieder eine solche Schande zu machen, lasse ich dich enthaupten. Heute war ich gnädig gestimmt, du kannst dich glücklich schätzen, dass ich dich nicht an Ort und Stelle habe hinrichten lassen.«

Die Ritter ließen meinen Bruder los, und er rappelte sich hoch, wobei er Acht gab, sein eines Bein nicht zu belasten. Sein rechtes Auge war noch immer von einem violetten Bluterguss verunstaltet und ein paar hellbraune Haarsträhnen waren blutverklebt.

Er mied meinen Blick.

Darren musste mich fast von der Tribüne wegzerren. Ich wollte zu Alex, Derrick, meinen Eltern und Ella, doch er flehte mich an, noch zu warten, und versprach mir, dass ich mit Paiges Hilfe am Abend wegschleichen könnte, wenn alle schliefen.

Es war nicht abzusehen, was passieren würde, wenn der König herausfand, dass »Rex« mein Bruder war.

Als ich schließlich bei meiner Familie ankam, war es bereits finstere Nacht. Ella weinte und meine Eltern konnten mir nicht einmal in die Augen sehen. Alex starrte nur an die Wand und klammerte sich mit den Händen an einem dampfenden Becher fest.

»Es tut mir so leid«, flüsterte ich. Ich nahm seine Hand in meine und flehte ihn inständig an, mich anzusehen.

»Du hättest was tun müssen, um das verhindern.« Scharf wie eine Klinge bohrten sich Derricks geflüsterte

Worte in mein Herz. »Du hättest was tun sollen. *Irgendetwas!*«

»Das hätte alles nur noch schlimmer gemacht«, schaltete sich Paige ein. »Der König –«

»Mit dir spreche ich nicht, du verdammte Verräterin! Kann sein, dass du auch aus einfachen Verhältnissen stammst, aber du bist keinen Deut besser als sie. Ihr macht mich krank. Alle beide.«

»Derrick –« Meine Stimme brach. »Ich –«

»Ich hasse dich!« Er spie mir die Worte ins Gesicht.

»Derrick.« Mein Vater räusperte sich und sah mich schmerzerfüllt an. »Wenn Ryiah sagt, dass ihr die Hände gebunden waren, dann glauben deine Mutter und ich ihr. Sie gehört nicht zur Krone. Sie hat vielleicht nicht so viel Einfluss, dass –«

»Wir sind ihr egal!« Derricks Schrei war heiser. »Sieh dir Alex doch mal an. Schau, wie sie ihn zugerichtet haben, und sie hat zugesehen und keinen Finger gerührt.«

»Ich wollte das nicht!« Jetzt weinte auch ich. Alex ignorierte mich noch immer, während mein kleiner Bruder auf meinem Herzen herumtrampelte. »Ich liebe ihn doch!«

»Aber den Prinzen eben noch mehr. Du hast uns vergessen! Erst machst du in der Festung einen auf hochnäsig und einflussreich und lässt die anderen spüren, dass du dich für was Besseres hältst –«

»Derrick, ich –«

»Und dann lässt du zu, dass dein eigener Bruder zur Belustigung der Krone fast zu Tode geprügelt wird! Du bist nicht mehr meine Schwester. Ich erkenne dich nicht wieder!« Derrick riss sich seine Kette vom Hals und schleuderte mir meinen alten Ring vor die Füße. »Für mich bist du gestorben.«

Damit stürmte er aus dem Zimmer des Gasthauses und knallte die Tür hinter sich zu.

»Ry.« Die Stimme meiner Mutter war kaum mehr als ein Flüstern. »War es wirklich so? Ganz ehrlich?«

»Ich schwöre, dass ich niemals wollte, dass das …« Meine Beine zitterten und ich blickte voller Verzweiflung auf Alex hinunter. »Als ich die Gefangenen gesehen habe, habe ich sofort etwas gesagt. Und daraufhin hat der König mir gedroht, meine Familie dafür büßen zu lassen, wenn ich mich noch einmal einmische.«

Meine Mutter wurde kreidebleich und mein Vater wich stolpernd an die Wand zurück.

»Er hat nicht mal gewusst, dass Alex mein Bruder ist.« Mit einem Aufschluchzen sank ich neben ihm auf den Boden. »Sonst wäre alles noch viel schlimmer gekommen.« Behutsam legte ich meine Hand auf sein Handgelenk. Er entzog sich meiner Berührung zwar nicht, doch er reagierte auch nicht darauf.

Irgendwann zogen sich meine Eltern in ihr Zimmer auf der anderen Seite des Flurs zurück und Ella begleitete mich zur Tür. Sie hatte kein Wort gesagt. Ich machte mich darauf gefasst, dass auch sie mir zum Abschied Vorwürfe machen würde, aber sie schlang nur zitternd die Arme um mich.

»Ich verzeihe dir«, flüsterte sie. Die Stimme versagte ihr und ich konnte ihre Tränen durch mein Oberteil spüren. »Und er bestimmt auch noch.«

ZWÖLF

Wie betäubt sah ich am zweiten Tag den Heilern zu. Der Sieger der jeweiligen Rangstufe forderte den Gewinner der nächsthöheren heraus, und wer sich hier durchsetzte, trat wiederum gegen den Nächsten an. Es war die einzige Gelegenheit, bei der ein Magier in der Rangfolge höher klettern konnte, und eine Chance – obschon eine sehr geringe –, am Ende die Rote Robe zu tragen, sollte man jedes dieser Duelle für sich entscheiden.

Bei den letzten drei Kandidaturen war der größte Schritt, den ein Magier je nach vorne gemacht hatte, eine Verbesserung um zwei Ränge – und in *keinem* Zweig hatte *jemals* der Gewinner der zweiten Stufe den der ersten geschlagen.

Nach insgesamt vier Runden und alles in allem neun Stunden stand der Sieger fest, ein junger Mann namens Torrance, den ich nicht kannte. Er wurde Jerars neuer Roter Magier, obwohl der Titel offiziell erst bei der Zeremonie am siebten Tag der einwöchigen Veranstaltung zuerkannt wurde.

Die Prüfungen der Alchemisten liefen ähnlich ab wie die der Heiler. Am ersten Tag wurden die Zaubertränke präsentiert. Große Flaschen mit Feuerelixier sausten durch die Luft, um beim Aufschlag auf den Boden in einer wahren Feuersbrunst zu explodieren. Zähe Gaswolken verdunkelten die Arena mit dichtem Qualm. Unter Zwang wurden Gefangenen Tränke eingeflößt, die im Handumdrehen Halluzinationen hervorriefen oder zu Lähmungen führten, und zum Schluss folgte eine kurze Demonstration von Waffen, die mit Elixieren verstärkt worden waren, im Vergleich mit dem Standardstahl der königlichen Armee.

Am nächsten Tag trafen die Gewinner der einzelnen Rangstufen in Duellen aufeinander. Diesmal maßen sich die Alchemisten darin, wem es zuerst gelang, den Straftäter des Gegners zu vergiften, und dann musste man schleunigst das Gegengift für seinen eigenen Probanden brauen.

Zwei Gefangene starben, ehe das passende Mittel fertig war.

Ich fühlte mich ganz und gar nicht dafür gewappnet, selbst in den Ring zu steigen – nicht nach allem, was mein Zwillingsbruder hatte erdulden müssen und nachdem ich tagelang gegen meinen Willen zugesehen hatte, wie Gefangene zu Unterhaltungszwecken gequält wurden. Da tat es auch nichts zur Sache, dass die Kampfmagier keine Straftäter benötigten, weil die Kandidaten direkt gegeneinander antraten. Meine Motivation war gleich null.

Hätte ich nicht den Zorn des Königs gefürchtet, hätte ich einen Rückzieher gemacht. Doch das ging nicht. Auf der Reise des Hofstaats nach Montfort hatte Lucius Darren und mich mehrmals über unsere Teilnahme sprechen hören. Die anderen würden vielleicht nicht wissen, warum ich meine Meinung geändert hatte, doch der König sehr wohl, und er hatte mir unmissverständlich zu verstehen gegeben, welche Konsequenzen auch nur *ein* Fehltritt nach sich ziehen würde.

Endlich ist der Moment gekommen, auf den du so lange hingefiebert hast, und dann willst du nicht mehr. Wenn das keine Ironie des Schicksals war.

Unabhängig von ihrer Rangstufe drängten sich nun alle Anwärter der Kriegsmagier in den Tunneln, die zum Kampfplatz führten, und lauschten gespannt den Erklärungen des Kampfrichters zum Ablauf unseres Turniers. Wir waren insgesamt einundachtzig – viel zu viele, als dass alle auf der Höhe ihres Potenzials sein konnten. Ich konnte einige Teilnehmer ausmachen, die ihren Zenit bereits überschritten hatten, und versuchte, mir ihre Gesichter einzuprägen, um später möglicherweise einen Vorteil daraus zu ziehen.

»Ab und zu kommt es vor, dass sich Magier zusammentun, aber täuscht Euch nicht: Sobald Ihr einem Freund auf dem Kampfplatz vertraut, wird er Euch in den Rücken fallen. Das passiert jedes Mal, denn es ist nun mal ein Kampf bis zum Ende und nur einer kann gewinnen.« Die Miene des Mannes verfinsterte sich. »Wenn es zu riskant wird, seid Ihr angehalten, Euch zu ergeben. Ansonsten besteht die Gefahr, dass es zu spät ist, bevor die Heiler sich Eurer annehmen können. Bei den Kriegsmagiern gibt es traditionell die meisten Todesfälle, weil so viele sich in ihrer Unvernunft schlichtweg weigern aufzugeben. Falls Ihr nicht mehr in der Lage seid zu sprechen, dann hebt die Hände, und zwar mit den Handflächen nach vorne, damit Euer Gegner es auch erkennt.«

Einige der Teilnehmer begannen untereinander zu tuscheln. Ella drückte fest meine Hand, mehr war nicht nötig. Sie war – sofern das überhaupt möglich war – noch schlimmer beisammen als ich. Eigentlich hatte sie auch zurückziehen wollen, doch wir hatten beide befürchtet, der König würde die Anmeldelisten überprüfen lassen, und da sie sich gleich am ersten Wettkampftag eingetragen hatte, musste sie nun auch antreten.

Die Tunnel waren von langen Reihen Fackeln erleuchtet, die in Halterungen an den Wänden steckten, und von beiden Enden fiel Sonnenlicht herein. Darren, der während der Ansprache des Kampfrichters neben mir gestanden hatte, zog sich nun wortlos nach hinten zurück. Als er an Ian vorbeilief, trafen sich ihre Blicke einen Moment lang, dann sah er einfach weg. Er war mit anderen Dingen beschäftigt – wie zum Beispiel gewinnen. Auch ich hatte so lange mein ganzes Streben darauf gerichtet, doch auf einmal war das für mich weit weg.

Unruhig sah ich mich um und entdeckte noch mehr bekannte Gesichter. Meine ehemalige Mentorin Lynn hielt sich mit einem anderen Mädchen, das ich noch nie zuvor gesehen hatte, etwas abseits, und Priscilla und Tyra standen weiter vorne, wobei Erstere so tat, als wären Darren und ich Luft.

Während ich mit den Lederriemen meiner Weste beschäftigt war, die an der Innenseite meiner Arme rieben, kamen Ian und Loren, Ellas ehemaliger Mentor, zu uns herüber.

Eigentlich hatte ich erwartet, dass Ian eine Bemerkung

über das mit Alex fallen lassen würde, schließlich war mein Bruder auch *sein* Freund, doch er schwieg sich darüber aus und wies nur lächelnd mit dem Kopf in Darrens Richtung. »Dein Verlobter wirkt angespannt.«

Ich brachte lediglich ein Nicken zustande und Ella räusperte sich.

»Geht uns wohl allen so.«

»Ich habe vorhin Lynn getroffen«, meinte Loren. »Sie macht einen guten Eindruck. Echt eine Unverschämtheit, dass sie auf dem fünften Rang eingestuft wurde.«

»Byron hat sie nur deshalb dorthin verbannt, weil er ein Frauenhasser ist.«

»Na, dann habe ich ja beste Chancen, den Wettkampf der vierten Stufe zu gewinnen.« Ian erntete verwirrte Blicke. »Kommt schon, ihr drei, lacht doch mal. Byron hat mich genauso sehr gehasst wie Ryiah, was bedeutet, dass ich viel besser als die anderen Vierträngler sein muss, oder?«

Ella und ich versuchten, uns ein Lächeln abzuringen, scheiterten jedoch kläglich.

»In Ordnung, ich sehe schon: Ihr zwei seid zu nervös zum Quatschen. Lass uns da rübergehen, Loren, ein Stück weg von unserem heiß geliebten Prinzlein.« Ohne ein weiteres Wort zog er Loren mit sich davon.

»Das war irgendwie seltsam.« Als die beiden außer Hörweite waren, warf mir Ella einen Blick zu. »Ist in Ferren's Keep was passiert? Ich dachte, ihr wärt Freunde?«

Ich schüttelte den Kopf. »Waren wir, aber … es ist kompliziert. Ich bin noch gar nicht dazu gekommen, es dir zu erzählen –«

»Fünfte Rangstufe! Ihr seid an der Reihe. Raus aufs Feld, los!«

Ich sah zu, wie Priscilla, Lynn und Tyra mit zehn anderen ihrer Stufe auf den Platz hinauseilten. Das Gebrüll der Zuschauer war ohrenbetäubend. Keine Disziplin wurde mit mehr Spannung erwartet als der Wettbewerb der Kriegsmagier.

Es war uns nicht gestattet, bei den anderen Rangstufen zuzuschauen, aber hören konnten wir sie sehr wohl. Und auch, wie die Menge die Namen der Sieger skandierte. Eine junge Frau namens Gwyn gewann die Runde der fünften Rangstufe, auf der vierten war es ein mir unbekannter Magier namens Argus. Der Sieg in der dritten Stufe ging sehr zu meiner Enttäuschung nicht an Ella, sondern an Rowan, der an der Akademie drei Jahrgänge über uns gewesen war.

Dann wurde die zweite Rangstufe aufgerufen und Loren wünschte mir viel Glück. Er war einer der zwanzig Erstrangigen, die noch immer auf ihren Einsatz warteten. Ich selbst musste gegen achtzehn andere antreten.

Als ich auf dem Weg in die Arena an Darren vorüberkam, trafen sich kurz unsere Blicke.

»Wünschst du mir kein Glück?«, flüsterte ich ihm im Vorbeigehen zu.

»Hast du nicht nötig.«

Geblendet kniff ich die Augen zusammen, als ich auf den Platz hinaustrat. Die Sonne brannte mir auf den Kopf und über dem glühend heißen Sand flirrte die Luft. Es war Mittag und der Feuerball stand fast senkrecht über uns.

Zusammen mit den anderen Kandidaten marschierte ich die fünf Minuten – so groß war die Arena – bis ins Zentrum des Kampfplatzes. Wir waren alle ähnlich gekleidet: enge Lederweste und weite, locker sitzende Hose für mehr Bewegungsfreiheit. Manche trugen wie ich einen geschnürten Armschutz, zwei einen Schulterpanzer und einer hatte sogar einen kompletten Brustharnisch an, wobei ich mir ziemlich sicher war, dass er es in diesem Glutofen hier inzwischen bitter bereute.

Als ich meine Gegner in Augenschein nahm, fielen mir zwei Dinge auf: erstens, dass ich das einzige Mädchen weit und breit war. Dank Byrons Vorurteilen hatten Frauen in der letzten Zeit nie eine gute Rangstufe erhalten. Die einzige Ausnahme stellte *ich* dar, und zwar nicht, weil ich die Einzige war, die wirklich was draufhatte, sondern weil ich diejenige war, durch die der Schwarze Magier auf Byrons Ungerechtigkeit aufmerksam geworden war.

Und zweitens: Priscillas kleiner Cousin Merrick war auch dabei. Irgendwie hatte der unerträgliche Kerl es geschafft, seinen Magierstatus gerade noch rechtzeitig zu bekommen, und war auf demselben Rang wie ich eingestuft worden. In Anbetracht seines bescheidenen Talents traute ich es seinem Lehrmeister durchaus zu, dass er ihm ganz gezielt denselben Rang wie mir verliehen hatte, denn Byron hatte gewusst, dass mein ehemaliger Schützling sich mit Freuden auf mich stürzen würde.

Und so war es auch. »Eigentlich sollen wir ja keine Allianzen schmieden, aber der Kampfrichter kann uns wohl kaum dafür bestrafen, wenn wir uns das Mädchen vorknöpfen. Sie ist die Schwächste. Ist doch allgemein bekannt, dass Byron sie nur so hoch eingestuft hat, weil sie mit dem Prinzen verlobt ist.«

Am liebsten wäre ich ihm ins Gesicht gesprungen. Merrick wusste ganz genau, dass Darren mir erst *nach* der Magierweihe den Antrag gemacht hatte. Doch es würde nichts bringen, mit ihm darüber zu diskutieren.

Dennoch stellte es meine Selbstbeherrschung auf eine harte Probe, als ich einige ältere Männer über seine Sprüche schmunzeln hörte. Ich tat so, als würde ich es nicht mitbekommen, und konzentrierte mich auf den Herold, der die Namen der Kandidaten verlas. Dank der Unterstützung durch einen Magier erschallte seine Stimme weithin über die Arena.

»Na, Ryiah, wie fühlt es sich an, wenn man weiß, dass man gleich rausfliegt?« Merricks Stichelei unterbrach mich in meiner Meditation.

»Und wie fühlt es sich an zu wissen, dass Byron dich nur so hoch eingestuft hat, um mir eins auszuwischen?«, gab ich zurück.

»Ohhhhh!« Merrick hob die Hände, als wollte er sich ergeben. »Jetzt dreht sie vollkommen durch. Nehmt euch gut in acht, Leute. Die macht uns alle nieder.«

Statt einer Erwiderung ballte ich nur die Hände zu Fäusten.

»Kandidaten, bitte nehmt eure Plätze ein. Mindestens zwanzig Meter Abstand. In zwei Minuten zählen wir von zehn nach unten.«

Im Laufschritt machte ich mich zum anderen Ende der Arena auf. Natürlich würde ich es nicht bis ganz dahin schaffen, doch es gab keinen Grund, im Pulk mit den anderen zu bleiben. Vielleicht hätten sich ein paar von ihnen schon gegenseitig aus dem Rennen geworfen, bis sie zu mir vordrangen. Ich hatte keine Ahnung, wie viele vorhatten, sich Merricks Plan anzuschließen, doch ich wollte kein Risiko eingehen.

»Zehn. Neun. Acht …«

Ich lief noch immer. Eine explosive Mischung aus Ungeduld und Wut brodelte in mir. Als der Herold *»Eins!«* rief, ging mir schlagartig auf, dass Merrick mir einen Dienst erwiesen hatte.

Denn jetzt war ich fest entschlossen, als Sieger vom Platz zu gehen.

Ich schaffe das. Ich habe es so weit gebracht. Ich kann das. In einer Endlosschleife sagte ich das Mantra immer wieder im Stillen vor mich hin, während ich beobachtete, wie die anderen durch die Arena rannten und versuchten, sich schnell einen Überblick zu verschaffen, ohne in einen Kampf verwickelt zu werden.

Gleich mehrere hielten nach »dem Mädchen« Ausschau, was unschwer daran zu erkennen war, dass einer auf mich deutete, als der Kampfrichter gerade nicht hinsah.

Na gut, dieses Spiel konnte ich auch.

Ich sah mich um und entdeckte ein gutes Stück links von mir die älteren Magier, die sich in einer kleinen Dreiecksformation zusammengerottet hatten. Ihr Stolz mochte zu groß sein, um sich einzugestehen, dass ihr Stern bereits im Sinken begriffen war, aber es mangelte ihnen zusätzlich definitiv an Köpfchen, sonst hätten sie sich nicht so hübsch zusammengeschart, dass man sie alle auf einen

Schlag erledigen konnte. Den anderen musste ihr Alter doch sicherlich ebenfalls aufgefallen sein.

Und so war es auch. Ich behielt meine Seite der Arena im Auge und beobachtete, wie sich ein Fünfergrüppchen den älteren Teilnehmern von vorne näherte. Jeder Versuch, sich unbemerkt anzupirschen, war zwecklos. Die Arena war eine Sandwüste – man konnte sich nirgends verstecken.

Die älteren Kandidaten hatten keine Chance. Zwei riefen ihre Magie herbei, während der dritte die Beine in die Hand nahm. Das war das Klügste, was er tun konnte – um die Kandidatur mit grauen Haaren auf dem Kopf zu gewinnen, musste man so sparsam wie möglich mit seinen Ressourcen umgehen.

Mir blieb nicht viel Zeit zum Nachdenken, denn in diesem Augenblick entdeckte ich links von mir Merrick mit einem weiteren Magier im Gefolge, und von rechts kam auch einer. Ich hatte zwei Möglichkeiten: mich an die rückwärtige Wand drängen lassen und es mit drei Magiern auf einmal aufnehmen oder mein Glück in der Flucht suchen und in der Hoffnung, dass dort nicht schon eine ganze Horde Magier auf mich wartete, in die Mitte der Arena rennen.

Ich entschied mich für Letzteres.

»Du kannst nicht ewig vor uns davonlaufen!«, schrie Merrick mir hinterher.

Ich ignorierte ihn und gab alles, um möglichst schnell möglichst viel Abstand zwischen uns zu bringen. Meine Lunge brannte, weil ich immer wieder winzige Sandkörnchen einatmete, doch ich achtete nicht weiter darauf, sondern konzentrierte mich auf den Zauber, den ich wohl am häufigsten zum Einsatz bringen würde: meine Verteidigung.

Keine Sekunde zu früh beschwor ich einen magischen Schutzschild herauf, denn schon im nächsten Moment kündigte ein hohes Pfeifen an, dass Metall durch die Luft sauste. Dann folgten drei dumpfe Schläge von hinten gegen meinen Schutzschirm, der zwar in violetten Schockwellen aufflackerte, aber standhielt, als die Wurfspeere meiner drei Verfolger davon abprallten. Gleich darauf lösten sich die Waffen in Luft auf. Die drei hatten ihren Zauber abgebrochen.

Ich hielt den Schild aufrecht und rannte weiter, als plötzlich der Boden unter meinen Stiefeln bebte. Das war die einzige Vorwarnung. Ich warf mich nach links und rollte mich über die Seite ab, heilfroh, dass die Arena aus Sand bestand und nicht aus Marmor wie der Übungsplatz im Königspalast.

Im nächsten Moment tat sich keinen Meter neben mir ein gewaltiger Riss auf und breitete sich wie ein Lauffeuer über die ganze Arena aus.

Der Angriff hatte sich nicht nur gegen mich gerichtet. Innerhalb von Sekunden war ein weitverzweigtes Netz flacher Gräben entstanden, und ich vernahm gedämpfte Schreie nichts ahnender Kandidaten, die es kalt erwischt hatte. Die Gräben waren nicht so tief, dass man nicht mehr herausgekommen wäre, doch sie reichten aus, um anderen Magiern einen kurzzeitigen Vorteil zu verschaffen.

Mit einem Schmunzeln richtete ich mich auf. *Das* war ein Zauber nach meinem Geschmack. Damit konnte man zwar nicht unbedingt ein Duell gewinnen, doch es war ein kluger Schachzug. Die älteren Magier in Ferren hatten immer wieder betont, wie wichtig es war, sparsam mit seiner Magie umzugehen, und das war die weitaus bessere Strategie als Merricks überstürztes Schnellfeuer mit Speeren, die noch immer in meinen Schutzschild einschlugen, während ich weiterrannte. *Idiot.* Seine Magie würde ihm viel zu schnell ausgehen.

Als ich von rechts einen Schrei hörte, schlug ich einen Haken nach links und konnte gerade noch zwei Kämpfern ausweichen, die mir in den Weg stolperten und sich mit einem Schwert in jeder Hand und einem Schild in ihrem Rücken duellierten.

Plötzlich tauchte ein stämmiger Magier vor mir auf und meine erste Eingebung war Eis. Weiße Frostblumen überzogen sein Schwert und er ließ seine Waffe mit einem Wimmern fallen. Ich machte mir nicht die Mühe, dranzubleiben und mich in einen Kampf verwickeln zu lassen – das Zentrum der Arena war zu offen.

Also sprintete ich weiter. Eine Minute später drang der Triumphruf eines Mannes an mein Ohr, mit dem er forderte, dass ein anderer sich ergeben solle. Dann folgte ein überraschter Aufschrei, als er wiederum hinterrücks von einem anderen Kandidaten überrumpelt wurde.

Ich umrundete ein Grüppchen von drei Magiern, die sich heftig bekämpften. Alle hatten wie ich eine magische Schutzhülle um sich aufgespannt, doch es waren bereits die ersten Anzeichen dafür erkennbar, dass ihre Schilde nicht mehr lange halten würden. Das tiefe Purpurrot war schon zu einem fahlen, durchscheinenden Violett verblasst. Bald würden sie auf ihre magische Deckung verzichten oder auf Schmerzmagie zurückgreifen müssen, sofern diese ihnen überhaupt zur Verfügung stand.

Es gab einen gewaltigen Donnerschlag, und ich wurde nach vorne geschleudert, sodass ich stürzte und mir im Sand Handballen und Knie aufschürfte, während mein Schild aufflackerte und erlosch. Im nächsten Augenblick raste eine Hitzewelle über mich hinweg und der stechende, bittere Geruch von versengtem Haar stieg mir in die Nase.

»H-hab dir doch gesagt, dass du mir nicht entkommst!«

Fluchend rappelte ich mich wieder auf und wagte kaum, den Verlust meiner Würde länger als eine Sekunde zu betrauern. Merrick und seine Kumpanen hatten sich darauf verlegt, gewaltige Feuerbälle quer durch die Arena zu schleudern, und rannten keuchend hinter mir her.

Feuer? Auf einem Sandplatz? *Diese überheblichen Dummköpfe!* Jedes Mal, wenn sie mich verfehlten, lösten sich ihre Geschosse in derselben Sekunde auf, in der sie den Sand berührten – ganz abgesehen davon, dass die Kerle mehr als schlampig zielten. Sobald ich wieder Luft bekam und klar sehen konnte, rief ich einen neuen Schutzschirm herbei, auch wenn es gar nicht unbedingt nötig war.

Trotzdem war ich es langsam überdrüssig, mich ständig jagen zu lassen. Ich konnte den ganzen Tag so durch die Gegend rennen, doch es war offensichtlich, dass Merrick mir auf den Fersen bleiben würde. Anfangs hatte ich gedacht, er würde sich vielleicht von anderen ablenken lassen, aber der Narr wollte einfach nicht aufgeben. Auch wenn er langsamer und schwächer war als ich, war es an der Zeit, ihn aus dem Rennen zu schmeißen. Früher oder später würde jemand anders versuchen, mich in einen Kampf zu verwickeln, und dann musste ich Merrick am besten schon aus dem Weg geräumt haben. Bereits zweimal hatte er dafür gesorgt, dass ich die Konzentration verlor.

Jetzt wird der Spieß umgedreht.

Ich rannte weiter kreuz und quer über das Feld, bis ich sicher war, dass Merrick und ich weit genug vom größten Durcheinander entfernt waren. Mit Blick auf die innere Mauer atmete ich tief durch, drehte ihr dann den Rücken zu und sah meinem Widersacher entgegen, dem in Strömen der Schweiß über die Stirn lief.

»Bringen wir's hinter uns«, murmelte ich.

Die Hand schon erhoben, um einen weiteren Feuerball zu schleudern, hielt Merrick inne. Hören konnte er mich nicht, doch die wilde Entschlossenheit in meinem Gesicht musste ihn erschreckt haben, denn ich sah, wie er einen Schritt zurückwich.

Das hier ist für den Trainingskampf in Port Langli. Ich ließ meinen Schild herunter, und meine Magie schoss hervor wie ein Raubvogel, ein flinker, dunkler Schattenwirbel und das Blitzen von Metall in der Sonne.

Einen Moment lang hielt sein Schutzschirm, dann durchbrach mein Schwert die Barriere und traf Merrick seitlich am Unterbauch. Als das nächste über den Sandplatz sirrte, riss der Magier die Arme hoch und schrie, dass er sich ergab, ehe meine Klinge ihr Ziel erreichte.

Ich brach den Zauber in letzter Sekunde ab. Beide Schwerter verschwanden, und der Junge sackte zusammen und hielt wimmernd die Hand auf seine Wunde gepresst, während bereits ein rot gewandeter Heiler angerannt kam.

Ob meine Familie überhaupt mitbekommen hatte, dass ich meinen ersten Kampf gewonnen hatte? Die Gesichter der Zuschauer über mir in den Sitzreihen der Arena wirkten im diesigen Licht der Nachmittagssonne wie winzige hell- und dunkelbraune Farbkleckse.

Sirrrrrr!

Erschrocken schrie ich auf, als unvermittelt ein stechender Schmerz durch meinen Oberschenkel raste. Gerade noch rechtzeitig gelang es mir, meinen Schild heraufzubeschwören, ehe ein wahrer Pfeilhagel auf mich einprasselte. Meine magische Schutzhülle flimmerte, hielt jedoch stand, während ich fluchend mein Bein untersuchte. *Wie kann man nur so dumm sein?* Warum hatte ich mich von meiner Eitelkeit überwältigen lassen? In der Sekunde, als Merrick sich ergab, hätte ich meinen Schild heraufbeschwören sollen, statt stolz durch die Gegend zu gucken wie eine dumme Erstklässlerin, die sich mit ihrem ersten Erfolg brüstete.

Behutsam zog ich am Schaft, um zu prüfen, wie tief der Pfeil steckte. *Au, au, auuu.* Er saß ziemlich tief. Und es brannte, als hätte mir jemand einen Schürhaken ins Fleisch gerammt. Vielleicht lag ich ja damit gar nicht so falsch. Viele Magier brachten die Pfeilspitzen zum Glühen, ehe sie sie abfeuerten. Das kostete zwar mehr Magie, aber dafür fügten sie auch weit schwerere Verletzungen zu, wenn sie trafen.

Das Brennen war so unerträglich, dass ich mir innen auf die Wange biss. Natürlich hatte ich jahrelange Erfahrung mit Verwundungen und Schmerzmagie, doch das bedeutete nicht, dass es nicht höllisch wehtat. Um die Einstichstelle herum begann die Haut bereits anzuschwellen. Es war unmöglich, die Spitze herauszuziehen, ohne die Verletzung noch schlimmer zu machen oder auf dem Kampfplatz zu verbluten, wobei Letzteres noch viel übler war.

Heißt also, dass du mit einem Pfeil im Bein kämpfen musst. Dummerweise war es auch noch das rechte.

Ich blickte auf und sah drei Magier mit Bögen in den Händen auf mich zukommen – im Moment schossen sie nicht. Das war auch gar nicht nötig. Ich ahnte, was sie vorhatten. Dasselbe, was auch ich getan hätte, wäre ich der Jäger und nicht die Beute gewesen.

Sie würden mich zurückdrängen, bis ich mit dem Rücken an der Wand stand. Ein kurzer Blick nach links verriet mir, dass sich von dort noch zwei weitere Magier näherten. Fünf gegen einen. So was nannte man wohl Pech.

Ich belastete probeweise mein Bein und zuckte zusammen. Auch wenn der Fluchtweg nach rechts eigentlich nicht versperrt war, konnte ich nie und nimmer schnell genug rennen, um ihnen zu entkommen, vor allem, weil ich humpelte wie eine alte Frau.

Es gab Schlimmeres als einen Treffer am Bein, aber es wäre definitiv netter gewesen, wenn sie mich stattdessen am Arm erwischt hätten. Das hätte mich nicht beim Rennen behindert.

Nun gut, ich hatte mir meine Magie ja nicht grundlos aufgehoben. Dadurch, dass ich die erste Viertelstunde die Beine in die Hand genommen hatte, hatte ich nicht so viel Magie verbraucht wie die anderen. Blieb nur zu hoffen, dass die fünf, die mich jetzt in die Enge trieben, ihr Pulver schon fast verschossen hatten.

»Alle auf ihren Schutzschild!«, brüllte einer der Männer. »Durchbrecht ihn!«

Ich grub die Fersen in den Boden, um einen sicheren Stand zu haben, als sie einen gewaltigen Feuerstoß in meine Richtung schickten. Knisternd und prasselnd schlugen die Flammen gegen meine schützende Kuppel, die langsam immer mehr verblasste. Ewig konnte ich das nicht aushalten. Schon spürte ich die sengende Hitze.

Ich wollte mich nicht bei lebendigem Leibe braten lassen, doch zum Glück hatten die anderen im Kampf bereits einiges an Ausdauer eingebüßt. Eine Minute bevor mein Schild zerborsten wäre, erstarben die Flammen.

Hastig sah ich mich um und verschaffte mir einen Überblick über die Lage, um mich gegen den nächsten Angriff zu wappnen. Viel Magie hatten meine Gegner nicht mehr übrig, und ihr nächster Vorstoß hätte mit Sicherheit zum Ziel, unser kleines Stelldichein zu beenden. Die beiden links von mir hatten sich für ein Sichelschwert und einen Morgenstern entschieden. Da sie weiter von mir entfernt waren als die anderen, blieb mir noch etwas Zeit bis zu ihrem Angriff. Zudem war ihnen anzumerken, dass sie wegen der anderen drei zögerten, mir zu nahe zu kommen, um nicht ebenfalls Opfer auf deren Strichliste zu werden.

Die eigentliche Herausforderung waren die drei Männer vor mir. Hätten wir uns zu viert in einer Reihe aufgestellt, wäre ich dem Kleinsten von ihnen nicht einmal bis zur Schulter gegangen. Ganz zu schweigen von dem Hünen in der Mitte, der mindestens so groß war wie meine Brüder und dessen Arme es vom Umfang her locker mit meinen

Beinen aufnehmen konnten. Ich betete zu den Göttern, dass meine Magie ausreichte, denn einem normalen Kampf mit ihm wäre ich nicht gewachsen.

Obwohl – eigentlich betete ich zu den Göttern, dass ich es irgendwie schaffte, *ganz* ohne Magie aus dieser Situation herauszukommen. Ich konnte nur hoffen, dass den dreien zuerst die Puste ausging. Den verstohlenen Blicken nach zu urteilen, die sie sich zuwarfen, wollten auch sie nur ungern recht viel mehr Magie heraufbeschwören. Vermutlich weil ihnen klar war, dass sie sich ja auch noch gegenseitig bekämpfen mussten, nachdem sie mich ausgeschaltet hatten. Der Mann, der am weitesten weg war, machte einen Schritt nach vorne, und alle wechselten noch einen Blick.

Dann gingen sie zum Angriff über.

Ich sog die Luft durch die Zähne ein.

Mir fiel nichts ein, womit ich es mit fünf Magiern gleichzeitig aufnehmen konnte, doch dann kam plötzlich Wind auf und befreite mich aus meiner Zwickmühle.

Ein wenig Staub wirbelte auf und ich streckte die Hand aus und rief mit geschlossenen Augen meine Magie herbei. Sand war nicht nur ein realer, greifbarer Bestandteil des Kampfplatzes, er war auch in rauen Mengen vorhanden, was bedeutete, dass es mich weniger Magie kostete, ihn einzusetzen.

Dann drückte ich auf den Pfeilschaft in meinem Oberschenkel.

Stechende Schmerzen explodierten in meinem Bein. Schmerz und Magie zerrten an mir – zwei wilde Tiere, die sich mit Zähnen und Klauen meiner bemächtigen wollten.

Es war, als würden tausend Messer zugleich auf mich einstechen und mir den Verstand rauben.

Tief und rasselnd holte ich Luft, wies sie in ihre Schranken und versuchte, mich in dem Durcheinander zu konzentrieren. Meine Hände zitterten, und Schweiß brannte mir in den Augen, doch ich harrte aus und unterwarf den Schmerz meinem Willen. Die Dunkelheit erbebte nur einmal, dann war plötzlich alles still. Als mein Zauber Gestalt annahm, trat geradezu gespenstische Ruhe ein.

Die Ruhe vor dem Sturm.

Ein wirbelnder Trichter erhob sich vom Boden – eine Waffe aus goldenem Sand, kleinen Steinchen und Wind. Schneller und schneller, höher und höher stieg der Wirbel empor, bis er eine richtige Windhose war.

Ich ließ nicht nach. Die Fersen in den Boden gestemmt und mit wild flatternden Haaren, die sich aus meinem Knoten losgerissen hatten, sah ich zu, wie mein Wirbelsturm auf meine Gegner losstürmte.

»Sie hat immer noch Magie!«

»Sieh zu, dass du aus ihrer Reichweite kommst, Quaran!«

Die anderen erstarrten. Keiner wollte in einen Sandsturm geraten, in dem man dem Angriff seiner Verbündeten blind ausgeliefert wäre. Die beiden Magier zu meiner Linken wollten die Flucht ergreifen, während die drei anderen einen Schutzwall vor sich errichteten.

Mit einer Drehung meines Handgelenks ließ ich die wirbelnden Partikel mit Eis verschmelzen, sodass ein gewaltiger Brocken entstand, massiv wie Fels, den ich hoch in der Luft schweben ließ, ehe ich ihn mit voller Konzentration auf sie schleuderte und ihren Schutzschirm zertrümmerte. Die Wucht des Aufpralls war so gewaltig, dass es die drei rücklings zu Boden warf.

Halb rannte, halb humpelte ich auf sie zu und ließ das Zaubergebilde zerbersten, sodass eine riesige Ladung Sand auf sie einprasselte und gewaltige Staubwolken ihnen die Sicht raubten, während ich noch näher rückte. Hustend und spuckend versuchten sie vergeblich, auf die Beine zu kommen und rechtzeitig einen neuen Schutzwall zu errichten, doch ihre Magie war schwach, und außerdem mussten sie sich mit mehr als *einem* Feind herumschlagen. Als sich der Staub endlich gelegt hatte, waren drei schwebende Schwerter auf ihren Hals gerichtet.

Eine Hand vorgestreckt, sah ich meinen Opfern in die Augen. Das Metall zitterte, hielt jedoch stand.

Ihre Augen sprühten vor Zorn, als sie langsam einer nach dem anderen die Arme hoben und kapitulierten. Die Worte wollten ihnen nicht über die Lippen kommen.

Hastig warf ich einen Blick nach links, wo die zwei übrigen Magier inzwischen gegeneinander kämpften.

Jetzt war meine Chance gekommen, zu fliehen.

Ich zögerte nicht lange, sondern lief los. Einen Moment später ertönte hinter mir ein qualvoller Schrei. Als ich über die Schulter sah, lag der größere der beiden im Sand, und Blut strömte aus einer Wunde am Bauch, während er winselte, dass er sich ergab. Der andere Mann nahm sich nicht die Zeit, sich in seinem Sieg zu sonnen, sondern hinkte wie ich davon. Als er sich umdrehte, sah ich eine Brandwunde, die sich über die halbe Brust und seinen Arm hinaufzog.

Zwei von unserem Sechsergrüppchen waren noch im

Rennen. Ich fragte mich, wie es den anderen wohl ergangen war.

Genau das würde ich als Nächstes herausfinden. Nur ungern wollte ich mich jetzt, da mein Potenzial fast ausgeschöpft war, in ein Gefecht verwickeln lassen, und mein Bein wurde mit jedem Schritt schlimmer. Meine Schmerzmagie zu nutzen, war im Prinzip eine kluge Entscheidung gewesen, doch nun musste ich dafür bezahlen: Mein ganzer Körper pulsierte vor Schmerzen, und es bereitete mir unsägliche Qualen, mich überhaupt auf den Beinen zu halten. Und zu gehen oder auch nur ansatzweise zu rennen, war natürlich noch viel unerträglicher.

Ich holte tief Luft und schleppte mich dennoch ins Zentrum der Arena, um mir ein genaueres Bild davon zu machen, wie viele noch übrig waren.

Sechs. Nach fünf weiteren Minuten, in denen ich mich behutsam angepirscht hatte, zählte ich fünf verbliebene Magier – und mich. Sie alle schienen sich ihre Kräfte so gut es ging einzuteilen und den anderen aus dem Weg zu gehen. Irgendwann in der letzten Stunde war unsere Gruppe von neunzehn auf nicht einmal ein Drittel der ursprünglichen Größe zusammengeschrumpft.

Fünf. Das war alles, was zwischen mir und meinem Traum stand, die Beste der zweiten Rangstufe zu werden. *Und die Beste von allen.*

Das scharfe Pfeifen einer Wurfaxt holte mich aus meinen Gedankenspielen, und ich schalt mich dafür, dass ich mich kurz hatte ablenken lassen. Keine Sekunde zu früh riss ich die Hand hoch, entfesselte meine Magie und spannte einen Schild auf.

Konzentriere dich, Ryiah.

Einer der Magier war näher gekommen und warf eine weitere Axt. Noch während ich sie abprallen ließ, gab der Boden unter meinen Füßen nach. Verzweifelt versuchte ich, nicht die Balance zu verlieren, doch mein verwundetes Bein ließ mich im Stich und ich stürzte rücklings in den Sand.

Als ich noch dabei war, mich hochzurappeln, stürmte der Magier schon auf mich los und sandte eine weitere Druckwelle aus, sodass ich mit dem Kopf auf den Boden schlug. Mir wurde kurz schwarz vor Augen und alles in mir brüllte vor Schmerz. Mit letzter Kraft stützte ich mich auf die Ellbogen hoch.

Zu spät.

Er stand bereits vor mir und legte seine Magie wie einen eisernen Ring um meinen Hals, meine Arme und Beine.

»Ergib dich«, forderte er.

Offenbar hatte der junge Kerl sich seine Magie gut eingeteilt.

Ich tat so, als würde ich die Worte murmeln, gab jedoch irgendein unverständliches Zeug von mir, was nicht weiter schwer vorzutäuschen war, da ich doch fast erstickte.

Vorsichtig kam er mit einem magischen Dolch in der Hand näher.

Noch ein paar Schritte. Seine rostbraunen Augen fixierten mich. »Ergib dich. *Jetzt.* Oder ich stoße dir diese Klinge in die Rippen. Noch einmal frage ich nicht. Wenn du nicht sprechen kannst, dann heb die Hände.«

Er lockerte die unsichtbaren Fesseln um meine Arme gerade so weit, dass ich sie heben konnte. Ich spürte, wie die Ketten leicht vibrierten. Die Magie ging ihm aus.

Ich biss mir auf die Wange, bis ich Blut schmeckte. Mit einer Druckwelle schleuderte ich ihn von mir, sodass er zwei Meter weiter schlitternd in den Sand fiel. Sein Zauber brach zusammen und die Fesseln waren gesprengt. Ich sprang auf und machte einen Satz nach vorne. Als ich mich mit einem Messer auf ihn stürzte, waren die Schmerzen nur mehr eine vage Erinnerung.

In letzter Sekunde gelang es ihm, auf die Beine zu kommen, und er rief seine Magie herbei. Doch es kam nichts. Er war totenbleich, und Schweiß lief ihm in Strömen übers Gesicht, als ich ihm meine Klinge an den Hals drückte.

»Gib auf.«

»Ich …« Er spuckte Blut, und mir wurde bewusst, dass er bereits aus mehreren Wunden am Bauch stark blutete. Er war so schlau gewesen, sie mit abgerissenen Streifen seines Hemds zu bandagieren und unter seinem Kettenpanzer zu verstecken, doch nun war mir klar, warum er so verzweifelt versucht hatte, mich mit Magie in Schach zu halten. »Ich ergebe m-mich.«

Das Messer verschwand aus meiner Faust und ich ließ von ihm ab. Behutsam verlagerte ich das Gewicht auf mein gesundes Bein. Erst jetzt merkte ich, dass der Pfeil nicht mehr da war.

Hä? Schnell riss ich ein Stück Stoff vom Saum meiner Hose und wickelte es so straff wie möglich um die Wunde. Ich war gerade einen halben Meter weit gekommen, als ich zwei Heiler in ihren roten Gewändern herbeieilen sah, um ihren neuesten Patienten zu behandeln.

Auf der anderen Seite der Arena war eine weitere Heilerin dabei, einen Kandidaten – den mit den Verbrennungen, der nun zusätzlich stark am Kopf blutete – mehr oder minder vom Platz zu tragen. Das erklärte auch, warum der Pfeil verschwunden war: Er hatte nicht mehr die Kraft, seinen Zauber aufrechtzuerhalten. Doch es bedeutete zugleich, dass ich jeden Moment, den ich länger in der Arena stand, massenhaft Blut verlor. Ich starrte auf die improvisierte Bandage, die bereits rot durchtränkt war. *Die häufigste Todesursache im Kampf ist nicht ein besonders guter Treffer, sondern Blutverlust.* Mir wurde übel. Hastig wandte ich den Blick ab und atmete tief durch die Nase ein und aus.

Nur noch vier von uns übrig.

Von hier aus konnte ich die drei anderen sehen. Am weitesten von mir entfernt war ein großer Magier mit schwarzen Zöpfen und dunkler Haut, der ebenfalls hinkte. Ein wenig näher befand sich ein untersetzter Mann in kompletter Rüstung mitsamt Beinschienen und Helm, der inzwischen vor Hitze schier zerfließen musste. Die beiden fixierten sich, doch bislang hatte keiner einen Vorstoß gewagt.

Mir am nächsten, vielleicht knappe hundert Meter entfernt, stand ein junger Kerl, der stark blutete und über und über mit Sand verkrustet war. Er hielt sich einen hölzernen Schild vor die Brust – die einfachste Art der Verteidigung und auch die ineffektivste.

Wenn sonst niemand einen Angriff startete, dann musste wohl ich das übernehmen.

Zeit, unsere Zahl auf drei zu dezimieren.

Schnell wie der Blitz zischten die Wurfdolche durch die Luft.

Einer traf den blutenden Mann an der Schulter, der andere am Bein. Magie flackerte vor ihm auf – die Anfänge einer Feuerwalze, die jedoch auf halber Strecke zwischen uns verlosch. Der Magier sackte zusammen und ich humpelte auf ihn zu. Er nahm erneut Anlauf, aber diesmal erstarben ihm die Flammen noch auf den Fingerspitzen. Fluchend hob er die Hände, um seine Kapitulation anzuzeigen.

Die verbliebenen beiden beäugten mich wachsam, als der Herold das Ausscheiden eines weiteren Kandidaten verkündete. Während meines Angriffs waren sie etwas näher gerückt. Wir wussten alle drei, dass der Sieg zum Greifen nahe war.

Schwer atmend sah ich ihnen entgegen und machte mich bereit. Meine Lippen waren aufgeplatzt, und der Schweiß lief mir in Strömen übers Gesicht, sodass ich ihn ständig wegwischen musste, um etwas sehen zu können.

Die Wunde an meinem Oberschenkel schmerzte noch viel schlimmer, als ich es aus der Ausbildung kannte, vielleicht sogar mehr als der Dolchstoß in die Rippen damals im Abschlussjahr in Ferren. Und da hatte ich nach ein paar Minuten das Bewusstsein verloren. Das hier ging jetzt schon über eine halbe Stunde, Tendenz steigend. Da jede Bewegung an der Haut zerrte und riss, war mein kompletter Oberschenkel inzwischen feuerrot, und bei der kleinsten Berührung hätte ich durchdrehen können. Vermutlich hatte ich die Pfeilspitze zuvor, als ich Schmerzmagie eingesetzt hatte, bis auf den Knochen gedrückt.

Ich dankte den Göttern, dass sich durch mein intensives Training meine Schmerztoleranz deutlich erhöht hatte.

Als die beiden Verbliebenen nahe genug herangekommen waren, blieben sie stehen, sodass wir ein Dreieck bildeten, bei dem alle gleich weit voneinander entfernt waren.

Ich nahm als Erstes den humpelnden Magier ins Visier. Seine Miene war grimmig, und trotz seines Hinkens war klar, dass er noch lange nicht aufgegeben hatte. Der zweite Mann wirkte unversehrt, was ihn natürlich besonders gefährlich machte. Nun, da wir fast unser Pulver verschossen hatten, war er mit seiner Rüstung eindeutig im Vorteil, weil es keiner Zauberkraft bedurfte, sie aufrecht zu erhalten.

Ich schluckte. Wenn sich der Magier in voller Montur trotz deutlich eingeschränkter Wendigkeit so lange behauptet hatte, musste er sehr mächtig sein und über eine unglaubliche Ausdauer verfügen.

Ich ließ den Blick zwischen den beiden hin und her huschen, bereit, beim geringsten Hinweis auf einen Angriff sofort zu reagieren. Eine minimale Bewegung stach mir ins Auge, und ich starrte den hinkenden Magier einen Moment lang ungläubig an, als ich sein Zwinkern bemerkte. Er blinzelte mir noch einmal zu, dann wandte ich den Blick beiläufig wieder dem Magier in der Rüstung zu, der das Gewicht von einem Bein aufs andere verlagerte, ohne dass ich irgendeine äußere Verletzung ausmachen konnte.

Ich betete zu den Göttern, dass es keine List war. Schließlich ergab es Sinn. Entweder konnten wir unsere Magie sinnlos vergeuden, indem wir uns gegenseitig angriffen, sodass am Schluss keiner von uns mehr die Kraft hätte, um allein mit dem Gepanzerten fertigzuwerden. Oder wir schalteten ihn zuerst mit vereinten Kräften aus, um es dann zwischen uns auszumachen.

Bitte, bitte, macht, dass das keine Falle ist.

Im selben Moment wie bei meinem Verbündeten schoss die Magie aus meinen Handflächen. Keine Sekunde zu früh beschwor der Mann in der Rüstung einen Schutzschirm um sich herauf, doch schon im nächsten Moment war er von Rissen überzogen, und amethystblaue Ranken krochen darüber, ehe sich die schützende Kuppel ganz auflöste und unsere Magie den Mann brutal zu Boden schleuderte.

Er versuchte, auf die Beine zu kommen, was mit der steifen, schweren Rüstung ein schwieriges Unterfangen war, und beschoss uns zugleich mit je einem Eiskeil. Der schwarzhaarige Magier wehrte seinen mit einem Feuerball ab, während ich einen Schwall Sand aussandte, um den anderen unschädlich zu machen.

Eine Weile ging es hin und her. Nach einem schnellen Schlagabtausch rammte sich der Magier mit der Rüstung plötzlich ein Messer ins Fleisch, und es gab einen ohrenbetäubenden Knall, der durch die Arena hallte und den schwarzhaarigen Magier und mich von den Füßen riss. Wir konnten gerade noch rechtzeitig unsere Schutzschilde aufspannen, ehe eine Feuerwalze auf uns zuraste.

Ich unterdrückte einen Aufschrei, als die Bandage in meinen Oberschenkel schnitt, und brachte das letzte bisschen meiner normalen Magie auf, um den Schild aufrechtzuerhalten. Die Flammenwand war noch kaum an mir vorbeigerauscht, da brach mein Schirm zusammen. Hastig drückte ich die Hände auf meine Wunde, beschwor drei Streithämmer herauf und zielte auf das Kettenhemd unseres Gegners, während der schwarzhaarige Magier einen Morgenstern hinterherschickte. Mit voller Wucht durchschlugen unsere magischen Waffen die Rüstung und gruben sich in das Fleisch des Mannes.

Kettenpanzer mochten vielleicht einen guten Schutz vor scharfen Klingen bieten, doch kraftvoller, stumpfer Gewalteinwirkung hatten sie nicht viel entgegenzusetzen.

Noch einmal versuchte der Mann es mit Schmerzmagie, aber als sich der heraufbeschworene Zauber unter seinen Händen in Luft auflöste, brüllte er, dass er sich ergab. Seine Magie war versiegt, und *ohne* konnte er es mit uns beiden, die wir noch welche übrig hatten, nicht aufnehmen.

Ich nahm kaum wahr, wie der Herold seine Kapitulation verkündete. Mein Blick ruhte bereits auf dem schwarzhaarigen Magier – und seiner auf mir.

Da waren es nur noch zwei.

Wahnsinn! Ich war *so* dicht davor. Jede Faser in mir schrie vor Schmerzen, als ich mich mühsam aufrichtete. Und ihm ging es ebenso, das konnte man sehen.

Einen Augenblick lang standen wir da wie erstarrt und fixierten uns gegenseitig. Er war definitiv älter als ich, aber noch unter dreißig, wenn ich mit meiner Schätzung richtig lag, vergleichsweise schlank, und wenn er so lange durchgehalten hatte, musste er mir in Beweglichkeit und Ausdauer ebenbürtig sein. Genau wie mir stand ihm nur noch Schmerzmagie zur Verfügung – und wir waren beide stark angeschlagen. Seine Haut glänzte feucht und bleich und er hielt sich nur wackelig auf den Beinen. Blut sickerte durch seine Bandagen, genauso wie es auch mein Bein hinunterfloss.

Doch das hielt ihn nicht davon ab, alle Kräfte zu mobilisieren, und mich ebenso wenig.

WUMM!

Unsere Magie kollidierte mit voller Wucht. Sein Eis vermischte sich mit meinem Sand, und ich schnaubte frustriert, als das Gebilde wie ein Trümmerhaufen zwischen uns zu Boden krachte. Offenbar hatte jeder von uns so seine bevorzugten Angriffsoptionen.

Erstaunlich schnell hinkte er näher und ich folgte seinem Beispiel. Diesmal machten wir keinen Vorstoß, bis wir nur noch fünf Meter voneinander entfernt waren. Er kannte seine Grenzen – ich aber auch.

Es tat einen weiteren Schlag, als ich diesmal fliegende Dolche aussandte und er es mit Pfeilen probierte. Unsere Waffen begannen jedoch zu flackern, als wir zeitgleich Schilde heraufbeschworen, die keine Sekunde, nachdem sie den Angriff des anderen abgewehrt hatten, zusammenbrachen.

Mir blieb nicht verborgen, dass er einen Finger in seine Wunde gegraben hatte, so wie auch ich fest auf meine drückte. Wir waren am Limit. Ich biss mir auf die Zunge und presste noch fester, doch stattdessen stieg nur eine Welle der Übelkeit in mir hoch. Mir gegenüber krümmte sich auch der andere Magier.

Unser beider Magie war versiegt.

Also gut, dann eben anders. Obwohl sich alles in mir dagegen sträubte, holte ich tief Luft und ging zum Angriff über. Mit der Faust täuschte ich rechts an und versuchte stattdessen mit dem Bein, ihn von den Füßen zu holen. Allerdings durchschaute er mein Manöver, schnappte sich mein Bein und zog, woraufhin ich ins Straucheln geriet. Dann nahm er mit einer kurzen Rückwärtsbewegung Anlauf, warf sich mit seinem ganzen Gewicht nach vorn und ich verlor das Gleichgewicht taumelte und nach hinten. Im Sturz schoss meine Hand vor und packte einen seiner langen Zöpfe, sodass ich ihn mit mir zu Boden riss. Durch die Wucht des Aufpralls blieb mir kurz die Luft weg, dann wälzten wir uns im Sand und rangen miteinander.

Es gelang ihm, meine Beine einzuklemmen und mich an den Handgelenken zu packen. Ehe er mich komplett handlungsunfähig gemacht hatte, griff ich in meiner Verzweiflung mit den Fingern in den Sand. Ich erwischte tatsächlich eine Handvoll, kniff Augen und Mund zu und schleuderte ihm die Ladung ins Gesicht. Weit brachte ich die Körnchen zwar nicht, denn dadurch, dass er meine Handgelenke gepackt hielt, hatte ich nur wenig Spielraum und konnte nicht gut zielen, aber es reichte gerade so, dass er das Zeug beim Einatmen in den Mund bekam. Er musste husten und spucken, und ich warf mich zur Seite und katapultierte ihn mit voller Wucht herum, sodass *ich* oben war.

Keuchend hielt ich ihn fest, doch meine Arme begannen schnell zu zittern, als er sich mit aller Macht wehrte und versuchte, sich aus meinem Griff zu befreien. Gewichtsmäßig war er klar im Vorteil und meine Arme waren schon immer meine Schwachstelle gewesen.

Nein.

Er würde gewinnen. Früher oder später würde er mich überwältigen und dann läge ich wieder unten und er könnte nach dem Sieg greifen.

Nein. Das durfte nicht passieren. Meine Kraft ließ bereits nach, meine Muskeln brannten, und die grauenhaften Schmerzen in meinem Bein steigerten sich ins Unermessliche.

Auf einmal schrie alles in mir, es freiwillig zu beenden.

NEIN.

Ich klammerte mich an meine Willensstärke und kämpfte gegen meinen inneren Schweinehund. So kurz vor dem Ziel durfte ich nicht aufgeben. Der Mann wand sich wie wild hin und her, und in seinen Augen leuchtete ein Kampfgeist, der mir Angst einjagte.

Plötzlich bekam ich einen Krampf im Arm, und er nutzte den Moment, um mich auszuhebeln und sich wieder auf mich zu wälzen. Mit nur einer Hand hielt er meine schmalen Handgelenke auf den Boden gedrückt, die andere legte er mir um die Kehle.

»Ergibst du dich?«

»Nein«, wimmerte ich und er drückte zu. Fest. Und noch fester. Ich bekam keine Luft mehr und meine Lunge brannte. Glühende Hitze explodierte in meiner Brust, und meine Haut stand in Flammen, jede Faser von mir in wildem Aufruhr, während er mich noch immer würgte. Ich begann unkontrolliert zu zucken, und meine Zähne schlugen heftig aufeinander, als ich nach Luft rang.

Du bist so weit gekommen. Es hat sowieso keiner gedacht, dass du gewinnst.

»Ergib dich, je–«

Als sich ein jäher beißender Schmerz mit Zähnen und Krallen direkt durch meine Eingeweide zu fressen schien, hörten die Zuckungen plötzlich auf. Es folgte ein greller Lichtblitz, dann war der Druck auf meiner Kehle auf einmal weg.

Benommen stemmte ich mich mit beiden Fäusten vom Boden hoch.

Was ich sah, verschlug mir den Atem.

Keine zwei Meter entfernt lag der andere Magier der Länge nach im Sand und ruderte unkoordiniert mit Armen und Beinen. Seine Augenlider flatterten und das Gesicht war sonderbar ausdruckslos. Die Zuckungen, die durch seinen Körper liefen, wirkten absolut unnatürlich.

Jetzt erst fielen mir die roten Male in seiner Handfläche auf, die sich mit feinen Verästelungen den Arm hinaufschlängelten. Master Byron hatte uns diese Symptome einmal erklärt, doch in natura hatte ich es noch nie gesehen: der Blitz.

Das heftige Zucken, die innerlichen Erschütterungen, das Reißen, die Schmerzen, die überhitzten Gefühle.

Ich hatte mich getäuscht. Ich hatte noch immer Magie gehabt.

Am Ende waren wir eben doch nicht ebenbürtig gewesen.

DREIZEHN

Der Magier überlebte. Er hieß Hadrian, wie ich später herausfand. Blitzschlag führte, wie die Heiler mir nach dem Kampf wieder ins Gedächtnis riefen, selten zum Tode, wenn er richtig behandelt wurde. Außerdem hatte es ihn nur an der Hand erwischt. So gesehen hatte er also noch Glück gehabt.

Den Rest des Tages verbrachten wir mit den anderen Teilnehmern auf der direkt vor Ort eingerichteten Krankenstation. Für die Woche der Kandidatur waren zusätzliche Heiler angeheuert worden, sodass trotz der einundachtzig Verletzten jeder von uns von jeweils zwei Heilern behandelt werden konnte, ehe auch noch die Erstrangigen eintrafen.

An diesem Abend war ich so erschöpft, dass ich mich an fast nichts mehr erinnern konnte, außer, dass Darren ebenfalls gewonnen hatte – nicht, dass ich etwas anderes erwartet hatte.

Noch ehe sich die Sonne durch den Frühnebel gekämpft hatte, wurden die verbliebenen Teilnehmer zur Kandidatenloge auf der Tribüne eskortiert, die für die Besten der fünf Rangstufen und die drei Mitglieder des Magischen Rats reserviert war.

Einer der Kampfrichter ging mit uns den Ablauf des heutigen Turniertags durch und wir hörten ihm aufmerksam zu. Der Sieger jeder Rangstufe, so erklärte er uns, würde den der nächsthöheren herausfordern. Nach dem Duell würden beide Kandidaten auf die Krankenstation gebracht, wo die Heiler sie schon erwarteten, und sobald der Gewinner wiederhergestellt war, konnte der nächste Wettkampf beginnen.

Wir – und das Publikum – würden also den größten Teil des Tages mit Warten verbringen. Nun, da jede Runde aus nur einem einzigen Duell bestand, dauerte der Kampf nicht länger als maximal eine Stunde. Die Behandlung dagegen konnte durchaus drei, vier Stunden in Anspruch nehmen, auch wenn mehrere Heiler gleichzeitig am Werk waren. Jeder Kandidat musste, was Kraft und Ausdauer anging, wieder völlig auf der Höhe sein, ehe er sich in seinen nächsten Zweikampf stürzte.

»Keine Besucher!«, wies der Kampfrichter eine Horde sich kabbelnder Adliger an, die versuchten, sich an den Wachen vorbeizuschieben. Es war niemandem gestattet, mit den Kandidaten zu sprechen, bis die Duelle komplett abgeschlossen waren. Dafür liefen zu viele Wetten mit zu hohen Einsätzen. Auch wenn Darren der haushohe Favorit war, wollte man nicht das Risiko eingehen, dass irgendjemand versuchte, einen der Teilnehmer zu bestechen, obwohl das meiner Meinung nach sowieso nicht funktioniert hätte. Wir hatten alle fünf zu viel Zeit und Herzblut ins

Training investiert, um auch nur einen Gedanken an so etwas zu verschwenden.

Die Kandidaten der fünften und vierten Rangstufe machten den Anfang.

Der Wettkampfrichter ließ die Kontrahenten von Wachen auf den Platz eskortieren. Den beiden, die höchstens zwei Jahre älter sein konnten als Darren und ich, standen Angst und Freude gleichermaßen ins Gesicht geschrieben.

Auf einmal erstarb der Lärm, und es wurde mucksmäuschenstill in der Arena, so als würden alle kollektiv den Atem anhalten. Am Sommerhimmel – noch immer war es unerträglich heiß – spiegelte sich der abrupte Stimmungsumschwung, indem sich hoch aufgetürmte Wolken vor die diesige Morgensonne schoben.

Darren warf mir einen Blick zu und ich schluckte schwer.

Jetzt geht es also los. Mein Magen krampfte sich zusammen, und das bisschen Essen, das ich zum Frühstück heruntergebracht hatte, drohte mir wieder hochzukommen. Ich zog die Knie an, legte die Stirn darauf und schlang die Arme um meine Beine.

So saß ich, bis eine Hand meine ineinander verkrampften Finger löste. Ich musste nicht aufblicken, um zu wissen, wer so nah an mich herangerückt war oder wessen Daumen sich jetzt in meine Handfläche drückte. Sein Puls raste genauso wie meiner.

Er sagte nichts und ich schwieg ebenfalls. Wir sahen einfach nur auf den Kampfplatz hinunter. Und warteten.

Fünfundzwanzig Minuten. So lange dauerte es, bis ich meine Gegnerin der fünften Rangstufe geschlagen hatte.

Dabei musste ich nicht einmal Schmerzmagie zum Einsatz bringen. Gwyn waren ihre beiden Siege gegen zwei junge Männer der vierten und dritten Rangstufe offenbar zu Kopf gestiegen. Sie war gut und hatte viel mehr verdient als die fünfte Stufe, die Master Byron ihr zugeteilt hatte. Insofern war es kein Wunder, dass sie sich um zwei Ränge verbessert hatte, doch gegen mich hatte sie keine Chance.

Wenn mich mein Kampf am Vortag eines gelehrt hatte, dann, dass es sich lohnte, alles um einen herum in seine Kampfstrategie mit einzubeziehen. Gegen Ende unseres Duells hatte es zu nieseln begonnen. Zwar war es nur ein leichter Sprühregen, der die Sicht ein wenig einschränkte, aber den machte ich mir zunutze. Ich zog den Sand trichterförmig zusammen, um eine treibsandartige Stelle am Boden zu erzeugen, und Gwyn merkte es erst, als es schon zu spät war.

Während sie zappelnd versuchte, sich zu befreien, gelang es mir, ihren Schutzschirm mit einem magischen Dauerfeuer zu durchbrechen, bis ihr im Grunde keine andere Wahl blieb, als zu kapitulieren.

Wir waren beide stark angeschlagen. Ich hatte einen gebrochenen Arm davongetragen, eine Verbrennung seitlich am Bauch, so empfindlich, dass ich beim kleinsten Lufthauch dachte, jemand würde mir glühende Kohlen auf die Rippen drücken, *und* eine tiefe Wunde an der Schulter von einem Wurfdolch, den ich nicht hatte abwehren können.

Gwyns Verletzungen waren aber noch viel schlimmer.

»Ist sie wieder vollständig genesen?« Der Wettkampfrichter drängte sich durch die Horde von Heilern, die mich umringten, und sah mich scharf an. »Wie geht es Euch, Magierin Ryiah? Habt Ihr schon Eure Magie getestet? Volle Ausdauer?«

Ich nickte und versteckte meine zitternden Finger schnell im Schoß. Es brachte nichts, das Unvermeidliche hinauszuzögern. Die Heiler hatten mich innerhalb von drei Stunden komplett wiederhergestellt, sowohl körperlich als auch, was meine Magie anging.

Der korpulente Mann wandte sich an die Heiler, und sie bestätigten ihm, dass ich voll einsatzfähig war.

»Gut. Wir wollen ja nicht, dass hinterher irgendjemand behauptet, der Prinz hätte gewonnen, weil seine Gegnerin noch nicht ganz bei Kräften war.«

Ich runzelte die Stirn. Offenbar hatte er ebenfalls eine Wette am Laufen.

»Giles, sag Godwin, dass er Seine Hoheit zum hinteren Eingang bringen soll. Ich lasse Magierin Ryiah von Rhett zum vorderen eskortieren. Und gib dem Herold Bescheid, dass wir so weit sind.«

Seine lange schwarze Robe flatterte hinter ihm her, als er davoneilte.

Die Heiler versorgten mich mit frischer Kleidung für den Kampf. Als ich umgezogen war, starrte ich mich im Spiegel an: weiche Rehlederstiefel, die mir bis zu den Knien gingen, eine hautenge Reithose aus irgendeinem dehnbaren Material, das mir genauso viel Bewegungsfreiheit ließ wie mein ärmelloses Oberteil, darüber eine geschnürte Lederweste, die mehr zeigte, als sie verhüllte, und zu guter Letzt ein Armschutz, der mir bis zu den Handgelenken reichte. Am Entscheidungstag trugen alle Kandidaten die gleichen Gewänder – in unseren Duellen war keinerlei Rüstung erlaubt. Der einzige Unterschied bestand darin, dass die Männer ganz ohne Oberteil kämpften, was sich für die Frauen eher nicht so anbot.

Schnell flocht ich mir die Haare zu einem seitlichen Zopf. Der hohe Knoten, den ich mir am Vortag gemacht hatte, hatte sich viel zu schnell gelöst, ein Zopf würde da hoffentlich länger halten.

Gwyn trat von hinten an mich heran. Sie trug noch immer das lange Krankenhemd und humpelte noch ein wenig. Ich schluckte und fragte mich, ob sie mir wohl die Daumen drückte oder eher das Gegenteil, nachdem ich sie des Titels der zweiten Rangstufe beraubt hatte.

Sie lächelte mich ein wenig an. »Wenn *ich* es schon nicht werde, dann hoffe ich, dass du das Rennen machst.«

»D-danke.«

»Wir dürfen den Männern nicht kampflos das Feld überlassen. Es ist an der Zeit, dass eine Frau die Robe trägt.«

In diesem Moment kam Rhett herein. Als er sah, dass ich fertig war, nahm er mich am Arm und zog mich mit sich fort, noch ehe ich etwas erwidern konnte.

Ich musste in Laufschritt verfallen, um mit dem großen Wachmann mitzuhalten, dessen normale Gangart Rennen zu sein schien, und als wir den Haupttunnel erreichten, rauschte das Blut so durch meine Adern, dass es mich von der lähmenden Angst ablenkte, die mir wie ein Felsbrocken auf der Brust lag.

Bis jetzt hatte ich es irgendwie geschafft auszublenden, wer mich da am anderen Ende der Arena erwartete, doch nun verkündete der Herold lautstark seinen Namen.

Ich hörte das Gebrüll und die Jubelrufe des Publikums aufbranden.

»DARREN. DARREN. DARREN.«

Die dicken Lehmmauern bebten unter dem Stampfen Abertausender Füße.

Dann wurde es still.

»Viel Glück, Mylady.« Der Wachmann begleitete mich bis zum Ende des Tunnels und sah mich dann an. »Meine Schwester war im zweiten Ausbildungsjahr, als Ihr und der Prinz im letzten wart. Sie hat mehrere ihrer Freunde davon überzeugt, auf Euch zu setzen.«

Meine Zunge klebte mir am Gaumen und ich konnte nur mit Mühe schlucken. »Und Ihr?«

»Auf den Prinzen. Aber ich glaube, Ihr werdet ihm das Leben ziemlich schwermachen.«

»Danke, Rhett.«

»Alles Gute, Mylady.«

Ich trat hinaus in die Nacht.

Als ich den dunklen Gang verließ und mich plötzlich unter dem kobaltblauen Himmel wiederfand, brach lauter Jubel los. Über die Arena wälzten sich dicke schwarze Wolken, und ich blinzelte mit zusammengekniffenen Augen zur Tribüne, von der grelle magische Leuchtkugeln herabstrahlten. Dahinter wogte ein schemenhaftes Gesichtermeer.

Winzige saphirblaue Regentropfen fielen herab, die im Licht der Lampen wie Tränen glitzerten. Der nasse Sand blieb an den Sohlen meiner Stiefel hängen, als ich loslief. Donner grollte und ein Blitz durchschnitt den Himmel wie ein Messer. Das Sommergewitter, das sich schon den ganzen Tag über zusammengebraut hatte, brach endlich los.

Als ich in der Mitte der Arena ankam, war ich klitschnass und fühlte mich hellwach.

Keine fünf Meter vor mir stand Darren und sah mich mit dunklen granatroten Augen an. Aus seinen kohlrabenschwarzen Haaren liefen ihm kleine Rinnsale über die bloße Brust, während er mich mit einem schiefen Grinsen bedachte.

»War ja klar, dass wir es unter uns ausmachen würden«, sagte er.

»Noch zehn Sekunden!«, brüllte der Herold. *»Zehn. Neun. Acht …«*

Ich warf Darren ein unsicheres Lächeln zu. »Möge der Bessere gewinnen?«

»Fünf. Vier. Drei …«

Seine Augen glühten, zwei purpurne Punkte in einem Meer aus Dunkelheit. »Ja, möge der beste Magier gewinnen.«

»Eins. Uuuuuuund los geht's!«

Mit einem Knistern stieg unsere Magie gleichzeitig empor.

Ein grelles Flackern erleuchtete die Arena. Dann schoss unsere Magie in die Nacht hinein und entlud sich in einem schrillen Kreischen, als sie mit brachialer Kraft aufeinandertraf. Durch die schiere Wucht wurden Darren und ich durch die Luft geschleudert und landeten etwa fünfzig Meter voneinander entfernt rücklings im Sand.

Der Aufprall raubte mir den Atem und fuhr mir wie ein Messer durch den Rücken. Darrens Magie war stärker als alles andere. Nie zuvor hatte ich eine solche Druckwelle frontal pariert – und ich war auch nicht scharf auf eine Wiederholung.

Komisch, dass wir uns für den gleichen Zauber entschieden haben wie bei unserem letzten Kampf.

Mit einem heraufbeschworenen Speer in der Hand sprang ich so schwungvoll auf, dass Sand aufwirbelte.

Ich lockerte die Muskeln im rechten Arm, hielt die Waffe so, dass die Metallspitze leicht nach unten geneigt war, und nahm Anlauf. Leise zählte ich meine Schritte mit.

Darren stemmte sich mit dem Ellbogen hoch, sein Gesicht auf die Entfernung nichts als ein Schatten. Er war langsamer als sonst.

Mit federnden Schritten auf den Fußballen nahm ich noch mehr Tempo auf, führte den Speer in einer kraftvollen Ausholbewegung weit nach hinten und schleuderte ihn mit voller Wucht.

Während er durch die Luft zischte, konzentrierte ich mich darauf, ihn trotz des kräftigen Regens auf Kurs zu halten.

Darren duckte sich, beschwor einen einfachen Holzschild herauf, wie ihn Soldaten hatten, und fing mein Wurfgeschoss so locker ab, als wäre es ein Pfeil. Der Speer bohrte sich ins Holz und löste sich dann in Luft auf, als ich mit einer knappen Bewegung der linken Hand den Zauber abbrach.

Er konterte meinen Angriff mit einem dicken Eisstrahl, den er aus dem Regen formte und in tausend winzige Splitter bersten ließ.

Dann hob Darren die Hände zum Himmel. Die Wolken

verdrillten sich und bäumten sich bedrohlich auf. Ich unterdrückte ein entsetztes Aufkeuchen und machte mich für seinen Angriff bereit. Sturzflutartig prasselten riesige Hagelkörner wie eine Steinlawine auf mich ein und raubten mir die Sicht. Dazwischen regneten faustgroße Eisbatzen vom Himmel. Sie trommelten auf den Boden und sprangen wild umher. Als sie mit voller Wucht meinen Schutzschirm bestürmten, der unter den Massen erbebte, entfuhr mir ein Schrei. Was sich außerhalb meiner magischen Hülle abspielte, konnte ich kaum erkennen. Es hatte den Anschein, als würde ein Krieg der Sterne toben, so wie Tausende milchig weißer Pfeilspitzen und Kugeln in alle Richtungen stoben, den Sand aufspritzen ließen und auf meinen Schild krachten.

Der Lärm war unerträglich. Mit jedem Einschlag hallte meine Kuppel wider und ich konnte nur verwirrt in das Gemetzel draußen blinzeln.

Wo ist er? Die Eiskörner waren gemeine kleine Dinger, doch es war nicht die Art von Angriff, die ich erwartet hatte. *Das ist bestimmt ein Ablenkungsmanöver.*

Da! Ein Licht zuckte über den Kampfplatz. Ich konnte nicht sagen, was genau es zu bedeuten hatte, aber es war nicht schwer zu erraten, dass Darren dahintersteckte.

Nun, da ich wusste, dass er weit genug weg war, ließ ich meinen Schild herab, um nicht unnötig Magie zu vergeuden, und rannte zum anderen Ende der Arena los.

Mit dem Stiefel blieb ich an einem besonders dicken Eisklumpen hängen und geriet ins Straucheln.

Sirrrrr!

Ein stechender Schmerz durchzuckte meine rechte

Schulter. Der Dolch hatte nur ganz knapp meinen Rücken verfehlt, weil ich zufällig im rechten Moment gestolpert war.

Es war tatsächlich eine Falle.

Mir blieb keine Zeit, die Wunde zu verbinden. Während ich meinen Schutzschirm wieder aufspannte, lief mir das Blut in roten Rinnsalen über die Weste.

Darren war *hinter* mir. Das Licht war eine Finte gewesen.

Die Hagelkörner verschwanden und der Regen kehrte zurück. Gerade noch rechtzeitig wirbelte ich herum, um zu sehen, dass Darren mit einem Morgenstern und einer Eisenkette bewaffnet auf mich zukam …

… und einen Satz nach vorne machte.

Die mit Stacheln bewehrte Eisenkugel donnerte auf die Barriere ein und mein Herz donnerte gegen meine Rippen.

Dann holte er erneut aus. Wieder und wieder. Violette Adern erschienen auf der Oberfläche meiner schützenden Kuppel, und ich konnte nur dastehen und mit angehaltenem Atem zusehen, wie der Schild mit jedem Treffer blasser und durchscheinender wurde.

Darren war drauf und dran, meine Abwehr zu zerschmettern.

Ich musste mir dringend etwas einfallen lassen, was ich ihm entgegensetzen konnte, sonst wäre das Duell vorüber, ehe es richtig begonnen hatte.

In die Offensive zu gehen, war nicht möglich. Ich war viel zu nah an ihm dran, und sobald sich die Barriere hob, wäre ich ihm schutzlos ausgeliefert. Also musste ich erst etwas Abstand zwischen uns bringen.

Eigentlich hatte ich nicht vorgehabt, gleich am Anfang so viel Magie zu verfeuern, doch mir hätte klar sein müssen, dass ich bei Darren keine andere Wahl hatte. Schließlich wurde er nicht grundlos als »Wunderknabe« bezeichnet, und das hier war kein Spiel.

Auf diesen Moment hin hatte ich trainiert. All die Jahre, die ich mich immer wieder bis an den Rand des Zusammenbruchs gequält hatte, Freundschaften vernachlässigt hatte für den Hauch einer Chance, nach der Macht zu greifen – *das hier* war der Grund dafür.

Ich hielt meinen Schild aufrecht und rief ganz tief in mir die Magie herbei. Zwei machtvolle Zauber parallel laufen zu lassen, wäre für mich im ersten Jahr an der Akademie undenkbar gewesen, ja nicht einmal als Lehrling hätte das in meiner Macht gelegen.

Und tatsächlich: Direkt außerhalb meines Schildes erschütterte ein Beben die Erde und unter Darrens Füßen tat sich ein gewaltiger Riss auf.

Entgeistert starrte er mich an, als er das Gleichgewicht verlor und stürzte. Der Morgenstern und die Kette lösten sich auf, ehe sie ihn treffen konnten.

Tja, das hatte ich letztes Jahr noch nicht drauf, was?

Ich ließ meinen Schild fallen und schleuderte den Prinzen mithilfe einer Druckwelle ein Stück von mir weg. Es hatte mich in den Fingern gejuckt, einen Blitz zum Einsatz zu bringen, doch das war bei all dem Regen und Sand hier zu riskant.

Meine Aktion verschaffte mir eine kleine Atempause, in der ich hastig einen Streifen Stoff abriss und mir eine improvisierte Bandage von der Achselhöhle zum Hals anlegte, um die Stichwunde an der Schulter wenigstens provisorisch zu versorgen. Dann war Darren wieder auf den Füßen und sprintete mit einer Leichtigkeit zu mir, die von eisernem Willen und jahrelangem Training unter dem gestrengen Blick unserer Lehrmeister zeugte.

Ich beschwor ein Breitschwert herauf und sah ihm entgegen.

Als seine Klinge mit einem schallenden Klirren auf meine traf, sog ich scharf die Luft ein. Das war Gift für meine verletzte Schulter.

Hin und her ging unser Schwertkampf. Doch wohin ich meine Klinge auch lenkte, er war schon da und parierte jeden meiner Hiebe. Ich setzte rechts eine Attacke und zog mich zurück, während Darren zum Gegenangriff überging. Gerade noch rechtzeitig drehte ich mich zur Seite weg, sonst hätte er mich an den Rippen erwischt.

Auf der Suche nach einer Schwachstelle in der Deckung des anderen umkreisten wir uns im Sand. Schweiß und Regen brannten mir in den Augen, während wir uns fixierten. Seine Pupillen waren so groß, dass seine Augen fast schwarz wirkten, und seine dunklen Locken klebten ihm im Gesicht.

Wieder hieb Darren mit seinem Schwert auf mich ein und ich wich aus und konterte mit einem schnellen Vorstoß. Er tänzelte zur Seite und sein einer Mundwinkel zuckte minimal nach oben. Als Donner über die Sandfläche grollte, machte Darren einen Satz nach vorn und ließ seine Waffe erneut mit voller Wucht auf meine herabsausen.

Ich musste all meine Kraft aufwenden, um dagegenzuhalten, und zitterte vor Anstrengung, während meine

Schulter wie verrückt unter dem Druck seiner Klinge stach. Ich musste etwas tun, doch allein meine magische Waffe aufrechtzuerhalten, band all meine Magie.

Mit jeder Sekunde fiel es mir schwerer standzuhalten, und ich war mir nicht sicher, wie lange das noch gut gehen würde –

Und dann zuckte ein Blitz über den Himmel, den weder er noch ich heraufbeschworen hatten.

Perfekt.

Ich stieß Darren weg, und sein Schwert glitt ab und neigte sich so, dass die flache Seite genau in die richtige Richtung zeigte. Schon wurde es von einem grellen Lichtstrahl erfasst, der über die Klinge raste.

Geblendet taumelte Darren zurück.

Doch zuvor erwischte ich ihn noch mit meinem Schwert an der Seite.

Blitzartig schoss seine Magie aus ihm hervor wie eine Schlange und ich wurde drei Meter nach hinten geschleudert und landete im Sand. Bei dem Aufprall löste sich mein Schwert in Luft auf.

Gerade war ich wieder auf den Beinen, als eine weitere Druckwelle auf mich zuraste. Ich setzte meine eigene Magie dagegen und einen Moment lang waren unsere Kräfte ebenbürtig und erzeugten einen strahlend hellen goldenen Regenbogen in der düsteren, verregneten Arena.

Eine Hand auf die Wunde seitlich am Bauch gedrückt, machte Darren einen Schritt nach vorn, und meine Magie begann zu flimmern und zog sich dann mit jedem Schritt, den der Prinz weiter vorrückte, Stück für Stück zurück. Ich spürte, wie die Luft vor Energie vibrierte, und das Zittern meiner Arme und Beine kündigte an, dass es sich nur noch um wenige Augenblicke handeln konnte, bis meine Magie mich verließ.

Ich brach meinen Zauber ab und warf mich zu Boden. Meine linke Hand kam mit einem grässlichen Knacken auf dem Sandplatz auf. Wimmernd lamentierte ich über meine Ungeschicklichkeit und verfluchte mich dafür, dass ich im Eifer des Gefechts nicht an mein Falltraining gedacht hatte.

Trotz der höllischen Schmerzen in meiner Schulter stützte ich mich mit der rechten Hand hoch …

… und schrie auf, als sich ein Pfeil durch meinen Stiefel tief in meinen Fuß bohrte. Mein hektisch heraufbeschworener Schutzschirm spannte sich gerade noch rechtzeitig auf, als auch schon drei weitere Bolzen angesirrt kamen.

Darren hält nichts von seiner Magie zurück.

Ich riss den Schaft heraus, weil ich nicht rennen konnte, solange der Pfeil in meinem Schuh steckte. Im nächsten Augenblick verschwanden die Bolzen und die Armbrust des Prinzen und er hielt in jeder Hand eine Axt.

Seine Lieblingswaffe.

Bei allen Göttern, nein!

Mir blieb keine Zeit, um meinen Fuß zu bandagieren. Darren ging bereits wieder zum Angriff über und würde jeden Moment auf meinen Schutzschild einhacken, seine muskulösen Schultern glänzten hinter dem verblassenden violetten Schirm.

Mit einem Schwert konnte ich dagegen nichts ausrichten. Meine linke Hand war gebrochen und meine rechte Schulter schmerzte bei der geringsten Belastung.

Zeit für Schmerzmagie.

Meine Magie reichte noch aus, um einen Dolch herbeizurufen, den ich in meine linke Handfläche drückte, bis Blut in den Sand tropfte.

Meine Schutzhülle verwandelte sich in Eis, und als Darrens Äxte darauf einschlugen, barst sie in Tausende winzige rasierklingenscharfe Splitter, die auseinanderstoben, sich in seine Haut bohrten und blutige Rinnsale auf Armen, Oberkörper und Gesicht hinterließen.

Darrens Äxte schwächelten und meine hastig herbeigezauberte Hellebarde sauste ohne Zögern auf ihn nieder. Die sichelförmige Klinge erzeugte ein grässliches Quietschen, als sie vom Schutzwall des Prinzen abglitt. Wieder und wieder drosch ich darauf ein. Mal von oben, mal von der Seite, so kräftig, wie meine Schulter es zuließ. Mit jedem Hieb verlor der Schild an Farbe, bis er schließlich brach.

Doch als ich mich auf den Prinzen stürzen wollte, löste sich meine Waffe plötzlich in Luft auf. Abrupt bremste ich ab. Ich brauchte das Messer.

Doch nichts geschah.

Genau für diesen Zweck trug ein Magier bei einem echten Gefecht stets ein Messer bei sich. In diesem Turnier hingegen waren keine realen Waffen erlaubt.

Darrens Augen blitzten auf, als er verstand, was Sache war. Er hob die Hand, um seine Magie zu rufen –

Vergeblich.

Wie auch bei mir war sie aufgebraucht.

Tief in mir hatte ich immer gewusst, dass es so kommen würde.

Mir blieb nur ein Sekundenbruchteil, um zu kapieren, was er vorhatte, bevor er sich schon seine Finger in die Wunde am Bauch grub.

Im Handumdrehen zischten drei Dolche auf mich zu.

»Ergib dich, Ryiah!«

Sie waren fast da.

»Nein!« Angstschweiß brach mir aus, als ich mir mit sandigen Fingernägeln die Haut aufkratzte. Das warme Blut fühlte sich dermaßen widerlich auf meinen Handballen an, dass ich fast würgen musste.

Doch ich war nicht schnell genug.

Der Regen verwandelte sich in Eis. Donner grollte grimmig durch die Schatten der Nacht und im nächsten Moment tauchten heftige Blitze die Arena in grelles Licht.

Mit einem Dolch mitten in der Brust ging ich zu Boden. Meine gewaltige Explosion an Magie hatte nur die letzten zwei Dolche ablenken können.

»Ryiah!« Darren stolperte auf mich zu und geriet ins Straucheln, als der Sand sich hochwölbte und dann unter seinen Stiefeln nachgab. Das letzte Aufbäumen meiner Magie.

Zwei Magier. Nur einer kann gewinnen.

Ich rang nach Atem. Ich konnte nichts sehen. Alles um mich herum war schwarz.

Warmes, flüssiges Eisen benetzte meine Lippen, metallisch und bitter. Ungläubig umklammerte ich die Klinge und auf einmal überkam mich eine namenlose Angst. Ein merkwürdiger Schmerz ballte sich tief unten in meiner Kehle, meiner Lunge, meinem Magen zusammen, als stünde mein Innerstes in Flammen. Ich schrie und spuckte Blut.

In dem Versuch, mich von dem Schmerz zu befreien, zerrte ich am Schaft des Dolchs.

Salzige Tränen liefen mir über die eiskalten Wangen, als fremde Hände versuchten, das Feuer in Schach zu halten. Dann wurde ich von einem unkontrollierten Zittern und Zucken ergriffen. Irgendetwas fraß mich von innen auf, zerfetzte mich. Jeder Atemzug tat weh, als würden tausend heiße Eisen gleichzeitig auf mich einstechen.

Warme Luft drang an mein Ohr, und eine vertraute Stimme flehte mich an, ruhig zu bleiben. Ich wimmerte und schluchzte unsinniges Zeug, während der Druck auf meiner Brust noch zunahm und alles um mich herum in Finsternis versank.

»Du w-wirst wieder …« Neben mir weinte jemand laut, sodass die Worte nur noch heisere Bruchstücke waren.

»Die Heiler sind fast da«, flehte er.

Der Schmerz stieß seine scharfen Zähne in mich, und mein Schrei war das Letzte, was ich mitbekam.

VIERZEHN

Seine rot geränderten Augen waren das Erste, was ich sah, als ich erwachte. Darunter lagen tiefe, dunkle Schatten, und seine Haut war so totenbleich, dass man ihn fast für einen Geist halten konnte. Seine Hände umklammerten das eiserne Gestell meiner Pritsche und die weiß hervortretenden Fingerknöchel verrieten seine Anspannung.

Arme und Oberkörper waren blutverkrustet und auf seinen Rippen prangten diverse Blutergüsse. Er sah aus wie der Tod persönlich.

Ich sog scharf die Luft ein. Wir waren auf der Krankenstation.

Darrens Adamsapfel ging heftig auf und ab, als er bemerkte, dass ich wach war. »Ryiah!«, stieß er mit brüchiger Stimme hervor, und ich hätte schwören können, dass er leise aufschluchzte.

Ich machte den Mund auf und klappte ihn wieder zu, als Hunderte wütender Nadeln auf meine Rippen einstachen. Außerdem hatte eine Heilerin blitzschnell die Hand ausgestreckt und mir einen Finger an die Lippen gelegt.

»Ihr solltet nicht sprechen«, erklärte sie entschuldigend.

»Euer Kampf liegt erst ein paar Stunden zurück. Nun, da der Prinz sich vergewissert hat, dass Ihr aufgewacht seid, müsst Ihr Euch beide ausruhen. Vor allem Ihr, Mylady. Eure Verletzungen waren … sehr schwer.« Sie sah schnell weg. »Die Siegeszeremonie findet morgen statt und …«

Ich hatte verloren.

»Es … es t-tut mir so leid«, unterbrach Darren die Frau mit rauer Stimme. »Ich wollte nicht – ich habe die Kontrolle verloren. Ich –«

Der Dolch. In meiner Brust. Das Feuer, das mich bei lebendigem Leibe verzehrt hatte. Das war *er* gewesen.

Darren hatte die Kandidatur gewonnen.

»… es wird von Euch erwartet, dass Ihr an der feierlichen Amtseinführung teilnehmt«, fuhr die Frau fort, »unabhängig von Eurer körperlichen Verfassung.«

»Bitte verzeih mir«, flehte Darren.

»Die Krone hat jeglichen Besuch untersagt, um den Genesungsprozess zu beschleunigen, aber wir werden all unsere Kräfte mobilisieren müssen, und es bedarf einer ausführlichen Nachtruhe, damit Ihr morgen wenigstens ansatzweise wieder auf den Beinen seid.« Die Magierin beugte sich vor, um eine Salbe auf meine Haut aufzutragen, und winkte einen anderen Heiler heran, um ihr zu assistieren.

Sag etwas, irgendetwas.

Doch ich konnte nicht.

Die Heiler legten mir ihre Hände auf, und ich schrie, als die Knochen anfingen, sich zu bewegen und unter meiner Haut entlangschabten, um in ihre ursprüngliche Position zurückzukehren.

Darren streichelte mir sacht über die Wange und ich schloss die Augen. Er zitterte so sehr, dass das Bett leise schepperte.

Die Schmerzen waren grauenhaft. Aber ich war nicht wütend auf ihn.

Ich war wütend auf mich.

Neid nagte an mir, während ich rasselnd Luft holte.

Ich war gut. Aber großartig war ich nicht.

Die zwölf Stunden Schlaf machten kaum einen Unterschied. Natürlich tat mir alles nicht mehr ganz so weh wie beim ersten Mal, als ich erwacht war, doch die körperlichen Schmerzen waren nichts im Vergleich zu dem Durcheinander in mir.

Ich hatte mich gegen alle Magier meiner Rangstufe durchgesetzt. Eigentlich hätte ich stolz sein sollen. Mir war etwas gelungen, wovon die meisten nur träumen konnten. Und auch wenn ich das ganz große Ziel knapp verfehlt hatte, so ging der Sieg immerhin an den Jungen, den ich liebte, einen Kontrahenten, den ich absolut respektierte.

Aber ich war ein undankbarer Mensch und der Neid machte mir alles zunichte. Nichts von dem, was ich erreicht hatte, zählte. All die langen Jahre, die ich mir vorgemacht hatte, dass ich eines Tages besser sein könnte, all die Plackerei … umsonst. Darren war die Nummer eins und würde es immer bleiben. Seine Schmerzmagie hatte meine eigene ausgestochen. Sein Potenzial war am größten.

Hör auf, rumzujammern.

Verstohlen wischte ich mir eine Träne aus dem Augenwinkel.

»Ryiah?« Darren war noch immer fix und fertig. Die ganze Nacht lang hatte er auf diesem Stuhl ausgeharrt, und immer wenn ich aufgewacht war, hatte ich ein Wirrwarr schwarzer Locken neben meinem Krankenbett gesehen. Jetzt traute er sich nicht, mich zu berühren. Ich erkannte es daran, wie er die Hand ausstreckte und dann wieder zurückzog, als wäre ich aus Glas.

Er konnte sich selbst nicht vergeben.

Wir waren beide unsere ärgsten Feinde.

»Schon in Ordnung.« Ich schluckte. »Was passiert ist … war nicht deine Schuld.«

»Ich habe die Kontrolle verloren.« Seine Stimme war bitter. »Ich habe noch nie die Kontrolle verloren, Ryiah. Ich hätte dich fast umgebracht.«

»Und ich hätte Hadrian beim Kampf jeder gegen jeden beinahe getötet.« Es fiel mir so unendlich schwer, die beschwichtigenden Worte auszusprechen. Am liebsten hätte ich mich irgendwo in ein Mauseloch verkrochen und mir die Seele aus dem Leib geschrien. »Wir haben uns für den Zweig der Kämpfer entschieden. Wir wussten genau, was auf uns zukommt. Du hast mir die Möglichkeit gegeben, zu kapitulieren, und ich habe mich geweigert.«

»Das tut nichts zur Sache.«

»Doch.«

Als er mich ansah, traf sein Blick mich ins Mark.

»Es tut mir leid, dass ich dich so schwer verletzt habe.«

Ich atmete gepresst. »Bitte hör auf, dich zu entschuldigen.« Dadurch fühlte ich mich nur noch schlimmer.

»Soll ich lieber gehen?«

Ich schwieg.

Langsam sammelte Darren seine Sachen zusammen und machte seinem Leibwächter Henry ein Zeichen, ihm zu folgen. Als er das Zimmer verließ, drehte er sich noch einmal um und sah mich an. Die Selbstvorwürfe standen ihm ins Gesicht geschrieben.

»Tut mir so leid, Ryiah.«

Es gab nichts, wofür er sich entschuldigen musste. Jedem Kriegsmagier war bewusst gewesen, worauf er sich einließ, als er den Fuß in die Arena setzte. Doch Darrens Liebe zu mir ließ ihn nicht mehr klar sehen.

Ich wartete, bis er weg war, und stieß dann die Luft aus. Es brannte wie die Hölle.

Einige Stunden später erschien eine Schar Diener mitsamt meinen zwei Kammerfrauen und Madame Pollina. Ganz im Gegensatz zu sonst war sie die Liebenswürdigkeit in Person, als sie mir beim Ankleiden für die offizielle Kandidatenweihe behilflich war. Ich argwöhnte, dass es damit zusammenhing, wie ich aussah. Seit man mich hergebracht hatte, hatte ich noch nicht den Mut aufgebracht, mich vor den Spiegel zu stellen, doch jeder Narr konnte die Bandage um meine Brust und die riesigen blauen Flecken auf meinen Rippen und Armen sehen.

Ich ertappte sie dabei, wie sie mitleidig auf meinen Rücken starrte, als die anderen mir die Haare flochten.

Am liebsten wäre es mir gewesen, wenn sie die Siegeszeremonie eine Woche verschoben hätten, damit ich in gewohnter Stärke hätte erscheinen können. Schwäche zu zeigen, war mir ein Gräuel.

»Ryiah!«

»Ella?«

Meine beste Freundin stürmte herein und sah in ihrer schwarzen Magierrobe und mit ihren Locken ganz wie eine Tochter adligen Geblüts aus. Sie besaß eine natürliche Eleganz, die ich nie haben würde.

»Wie bist du an den Wachen vorbeigekommen?«

»Paige.« Sie hörte auf zu grinsen und ihre Miene wurde ernst. »Ich glaube, es hat ihr leidgetan, dass niemand dich besuchen durfte. Letzte Nacht hat sie uns weggeschickt, aber da Darren schon bei der Zeremonie ist, hat sie anscheinend beschlossen, die Befehle der Krone ein wenig lockerer auszulegen.«

»Und was ist mit uns?« Meine Eltern traten ein.

»Oh, Ryiah«, sagte mein Vater leise und starrte auf den Verband, der weiß aus dem Ausschnitt meiner Magierrobe leuchtete.

»Es geht mir gut, Papa.« Bei seinem mitleidigen Blick schnürte sich mir die Kehle zusammen.

»Wir haben ein paar Kräuter dabei. Wir werden jemanden schicken, der heute Abend einen Beutel bei den Heilern für dich abgibt.« Wenigstens meine Mutter versuchte, den Anschein der Normalität zu wahren. Ich betete, dass sie es schaffte, meinen Vater irgendwie im Zaum zu halten.

»Wo ist Derrick? Und Alex?«

»Wir dachten, es wäre besser, wenn wir allein kommen.« Meine Mutter warf mir einen warnenden Blick zu. Es dauerte einen Moment, bis ich begriff.

Der König. Sie hatten Angst, dass die Wachen Alex erkannten – und Derrick, na ja, der war so wütend gewesen.

Und er war stur. Vermutlich hatte er sich geweigert mitzukommen. Ich ließ den Kopf hängen. Mein neues Leben mit Darren sollte eigentlich ein Traum sein, doch bislang hatte es nur eine Reihe von Komplikationen mit sich gebracht. Meine Brüder konnten – oder wollten – mich nicht sehen. Dabei brauchte ich sie doch mehr denn je.

Wir waren zusammen aufgewachsen, hatten uns für eine ähnliche Laufbahn entschieden. Alex war meine zweite Hälfte, und Derrick die jüngere, vielleicht sogar noch dickköpfigere Version von mir.

Und jetzt … jetzt wusste ich nicht, was ich tun sollte.

»Kommen sie heute Abend?«

Mein Vater schüttelte den Kopf und sein Blick huschte zu meiner Mutter.

»Mein Schatz«, sagte sie. »Diese Zeremonie ist dem Adel vorbehalten. Wir könnten uns natürlich auf unser Verwandtschaftsverhältnis berufen, aber wir wollen lieber nicht …« *Die Aufmerksamkeit des Königs auf unsere Familie lenken.*

Plötzlich fühlte ich mich unglaublich erschöpft und ließ mich schnell auf mein Bett sinken, damit sie es nicht merkten. Mein Vater runzelte die Stirn und meine Mutter holte scharf Luft. Ihnen konnte ich nichts vormachen.

»Ich komme.« Ella verschränkte ihre Finger mit meinen und setzte sich neben mich. »Jemand sollte dort sein, um dich zu unterstützen. Und schließlich bist du meine beste Freundin.«

Mit einer Mischung aus Besorgnis und Zurückhaltung im Gesicht erschien Paige im Türrahmen. »Der König erwartet Euch, Mylady. Die Zeremonie beginnt gleich.«

»Danke, Paige.« Der Blick meines Vaters wurde weicher. »Wir halten unsere Tochter nicht mehr lange auf.«

Die beiden kamen zu mir und nahmen mich behutsam in die Arme. Am liebsten hätte ich sie gar nicht mehr losgelassen. Ich sah sie so selten, und ich bezweifelte, dass ich vor unserem Aufbruch morgen noch einmal die Möglichkeit dazu bekäme.

Sobald meine Eltern gegangen waren, kam Paige mit meinen Kammerfrauen zurück.

»Bereit?«

Ich nickte und Ella half mir beim Aufstehen. Noch immer war ich wackelig auf den Beinen und allein schon das Anziehen hatte mich unheimlich angestrengt.

Zu dritt verließen wir die Krankenstation und machten uns auf den kurzen Weg zu Baron Cuthbert, wo die Feierlichkeiten stattfanden.

Paige ging voran, eine Hand am Heft ihres Schwerts, das sie an der Hüfte trug.

Ella drückte sich enger an mich und nahm meinen Ellbogen. »Ich wollte das nicht so vor den anderen sagen, aber ich möchte, dass du weißt, dass das heute Abend nichts zu bedeuten hat.«

Ich zögerte und sie sah mir in die Augen – ein beständiges bernsteinfarbenes Licht.

»Darren ist jetzt vielleicht der Schwarze Magier, aber ich habe dich von der Tribüne aus beobachtet, und ich bin unheimlich stolz, dass du meine beste Freundin bist.«

Mein Blick verschwamm, und ich grub die Fingernägel in meine Handflächen, um die Tränen zurückzuhalten.

»Titel haben nichts zu sagen, Ry.« Ihr Griff um meinen

Arm verstärkte sich. »Ich weiß, wie du dich fühlst, weil es mir genauso geht. *Natürlich* wollten wir gewinnen. Dafür haben wir schließlich hart trainiert. Aber wir brauchen keinen Titel als Anerkennung für unsere Arbeit, Ry.« Sie hob die Stimme. »Wenn wir heute diesen Saal betreten, dann mit hoch erhobenem Kopf.«

Ich blieb abrupt stehen.

»Ry?« Ella hielt ebenfalls inne. »Ist was –«

Ich ließ sie nicht ausreden, sondern schlang meine Arme um sie. Paige sagte kein Wort, obwohl wir zu spät kommen würden – sie stand einfach nur da, ein kleines Stück abseits, und behielt die Straße im Blick, während ich meine beste Freundin immer noch festhielt und mein ganzer Körper bebte und von stummen Schluchzern geschüttelt wurde.

Mit geschlossenen Augen klammerte ich mich an Ella, bis es abebbte. Bislang hatte ich mir nicht erlaubt, über die Niederlage zu weinen, weil ich befürchtet hatte, dass Darren sich sonst noch mehr Vorwürfe machen und meine Eltern sich alles noch mehr zu Herzen nehmen würden. Und außerdem war ich zu wütend auf mich selbst gewesen. Doch bei meiner besten Freundin konnte ich endlich loslassen.

»Ich hab dich unheimlich lieb, Ella.«

Sie strich mir über den Kopf. »Ich dich auch, Ry. Und noch eins … zweifle bitte nie an dir. Für mich bist du so oder so die Allerbeste.«

Die lang gestreckte Residenz ragte fast so hoch auf wie die Türme der Arena. Wer auch immer die Bezeichnung »Familiensitz« dafür in Umlauf gebracht hatte, hatte ihr unrecht getan. Mit dem Königspalast in Devon konnte sie es zwar nicht aufnehmen, doch mit der Akademie in Sjeka allemal.

Den höchsten Punkt des Gebäudes bildete eine gewaltige Kuppel, wobei Teile des Daches von massiven Säulen getragen wurden und an der Innenseite in luftiger Höhe eine Empore herumlief, von der aus man über den ganzen Ballsaal blicken konnte. Die Wände waren in Weiß gehalten und mit goldenen Kacheln verziert. Lebensgroße Statuen stellten die vier vorigen Sieger jedes Zweigs dar. Direkt am Eingang erkannte ich die Skulptur von Marius – der Bildhauer hatte sein schiefes Lächeln perfekt eingefangen.

Schwere kolbaltblaue und karmesinrote Brokatvorhänge schmückten die hohen Sprossenfenster, und vom Zentrum des Kuppeldachs fiel ein breiter Lichtstreifen herein, der die Siegerloge auf der Empore genau im richtigen Moment anstrahlen würde. Vermutlich kein Zufall.

Sobald Paige, Ella und ich eingetreten waren, bot man uns eine Auswahl edler Weine an, deren berauschender Duft meinen Magen in Aufruhr versetzte. Ella, die mein Unbehagen spürte, lehnte ab, und Paige, die an diesem Abend zwar keinen Dienst hatte, jedoch selten etwas trank, verzichtete ebenfalls.

Wir suchten uns einen Platz im großen Atrium und warteten darauf, dass das Spektakel begann. Der Saal war brechend voll – Gesandte, der Adel und hochrangige Militärs rangelten um die besten Plätze. Von Darren, den beiden anderen Gewinnern und den alten Ratsmitgliedern fehlte jede Spur. Etwas weiter vorne entdeckte ich den König und Blayne mit Prinzessin Wrendolyn, aber ich konnte den Gedanken nicht ertragen, mich zu dem Mann zu gesellen, der meinem Bruder vor gerade mal zwei Tagen so ein grauenhaftes Martyrium auferlegt hatte. Der Raum war ohnehin dermaßen überfüllt, und es waren so viele Honoratioren anwesend, dass er mich vermutlich nicht vermissen würde.

Ich merkte, wie Ella sich verkrampfte, als sie meinem Blick folgte. Sie hatte der Krone nie über den Weg getraut, und ich wusste, wie sehr sie sich zusammenreißen musste, um ruhig zu bleiben. Sie mimte zwar die Besonnene, doch sie war ein absoluter Gefühlsmensch und genauso draufgängerisch wie ich – wenn nicht noch mehr. Es machte sie wahnsinnig, im selben Raum mit dem Kerl zu sein, der um ein Haar ihren Mann ermordet hatte, nur um ein Exempel zu statuieren.

Beim Gedanken an all die langen Jahre, die vor mir lagen, gefangen im Palast mit Lucius als Schwiegervater, wurde mir übel.

Hastig wandte ich den Blick von ihm ab und entdeckte Merrick, der demonstrativ in meine Richtung starrte. Als er merkte, dass er meine Aufmerksamkeit hatte, redete er lautstark auf seinen Begleiter ein und prahlte mit seinem Riesengewinn, weil er auf den Prinzen gesetzt hatte.

Ach, und nicht zu vergessen: Ich hatte ihn lediglich deshalb geschlagen, weil er es nur anständig fand, »dem Mädchen« eine Chance zu geben. *»Dachte mir, ich tue ihr den Gefallen, damit die Weiber sich einreden können, sie könnten auch was reißen.«*

»Arrogantes kleines –«

»Mein Vetter ist ein Idiot.«

Ich fuhr herum und hörte Ella nach Luft schnappen, als

Priscilla aus der Menschenmenge auftauchte. Sie trug ihre Magierrobe wie eine Königin, und es schien sie nicht im Geringsten zu stören, dass sie verloren hatte.

»B-bitte?«, stammelte ich.

»Du hast mich schon verstanden, Ryiah. Ich sage es nicht noch einmal.«

»Priscilla.« Ella setzte ein Raubtierlächeln auf. »Wie kommen wir zu der Ehre?«

»Ah, charmant wie eh und je, Eleanor.« Sie schenkte Ella ein affektiertes Lächeln, ehe sie sich wieder mir zuwandte. »Ich habe im Finale auf dich gesetzt.«

War sie hier, um sich bei mir zu beschweren, weil sie Geld verloren hatte? Ich verkniff mir ein Stöhnen. Priscilla hatte immer gewusst, dass Darren besser war. Alle hatten es gewusst. »Äußerst bedauerlich«, stieß ich mit zusammengebissenen Zähnen hervor.

Sie winkte ab. »*Ich* bedaure eher, dass ich mir dieses idiotische Gefasel anhören muss, aber nicht, dass ich auf dich gewettet habe.«

Ella fiel die Kinnlade herunter und mir ging es nicht anders.

»Hört auf, mich so anzugaffen, ihr zwei. Ich wollte Ryiah nur kurz sagen, dass es mich nicht gewundert hätte, wenn sie das Rennen gemacht hätte. Darren war gut, aber das war er schon *immer.*« Priscilla deutete mit dem Finger auf mich. »*Du,* du bist wie eine Küchenschabe. Egal, wie oft wir versucht haben, dich loszuwerden, du hast es immer wieder geschafft zurückzukrabbeln. Und auch wenn ich dich nicht leiden kann, muss ich zugeben, dass ich deine Hartnäckigkeit irgendwie bewundere.«

Ich machte den Mund auf, doch sie gebot mir Einhalt, indem sie abwehrend die Hand vorstreckte.

»Lass gut sein, Ryiah. Wir werden keine Freunde mehr, und ich hege keinerlei Zweifel daran, dass du eine schauderhafte Prinzessin abgeben wirst. Ich dachte nur, ich sage dir noch kurz was Nettes, ehe du dieses Königreich ins Verderben stürzt.« Dann stolzierte sie davon, ganz die vornehme Dame.

Ella und ich starrten ihr nach.

»Ist das gerade wirklich passiert?«

»Ist es.«

Eine Küchenschabe.

Das war mit ziemlicher Sicherheit das beste und zugleich schlimmste Kompliment, das ich je bekommen hatte.

Als der Herold seinen Namen ausrief, erschien Darren mit Marius zu seiner Linken oben an der Balustrade.

Ein Raunen ging durch den Saal, als der Schwarze Magier die Robe abnahm und die schimmernde Seide um Darrens Schultern legte, der mit angehaltenem Atem zusah, wie die goldgesäumten Ärmel über seine Arme hinabglitten.

Marius zog ihm die Kapuze über den Kopf, und die funkelnden Edelsteine tanzten im Sonnenlicht, das von oben hereinfiel und sich gleich einer strahlenden Aura um Darrens schwarze Silhouette legte.

Es war, als bestünde er aus purer Magie – ein Mensch gewordener Widerspruch aus Dunkelheit und Licht.

»Prinz Darren, neuer Schwarzer Magier von Jerar, Mitglied des Magischen Rats, oberster Anführer der Kriegsmagier der Krone und Repräsentant der Kriegsmagier im Magischen Rat, wir heißen Euch in Eurem neuen Amt willkommen.«

Der Jubel, der nun aufbrandete, war ohrenbetäubend. Entschlossen schob ich den Anflug von Neid beiseite und brüllte am lautesten von allen. Ich konnte sehen, wie Darren den Blick suchend über die Menge schweifen ließ, und als er mich schließlich zusammen mit Ella entdeckte, ließ er ein vages Lächeln aufblitzen. Die Angst stand ihm noch immer ins Gesicht geschrieben, doch nun hatte er wieder ein bisschen mehr Farbe.

Das ist der Junge, den ich liebe. Einen Moment lang vergaß ich meine eigenen Probleme und dachte nur an Darren. *Er hat so viel dafür gearbeitet. Ich bin froh, dass er es ist.* Und das war mein voller Ernst.

Nach eineinhalb Stunden gelang es Darren endlich, der endlosen Schlange von Gratulanten zu entkommen, und er kam in die abgelegene Ecke, wo ich in Reibekuchen, Ingwersoße, gebratenem Lauch, Lamm und Kichererbseneintopf herumstocherte. Daran, wie sein Blick an meiner Bandage hängen blieb, sah ich, dass er noch immer mit Schuldgefühlen kämpfte.

Ich versuchte es mit einem Scherz. »Die Robe steht dir. Du siehst …« Ich machte eine Geste. »… womöglich ein bisschen zu gut darin aus. Es gefällt mir nicht, wie die Damen dir bewundernde Blicke zuwerfen.«

Und das stimmte. Er sah aus wie ein junger Gott, und die adeligen Damen konnten den Blick gar nicht von ihm losreißen – obwohl das genau genommen immer so war, auch wenn ich ihm *das* bestimmt niemals verraten würde.

Darrens Schultern entspannten sich und er machte einen Schritt auf mich zu. »Ist das so?«

»Wenn das so weitergeht, werde ich die eine oder andere in einem Turm einsperren müssen.«

Darrens Grinsen wurde mutiger. »Vielleicht trage ich das Ding mal nachts für dich, wenn wir allein sind.« Er senkte die Stimme. »Wenn es wirklich so heiß aussieht, dann wüsste ich zu gern, wie du darauf reagierst.«

Seine Anspielung ließ mich erröten.

»Ryiah! Darren! Euch habe ich gesucht!« Hinter uns ertönte Andys Stimme.

Als wir uns umdrehten, sahen wir unsere alte Kameradin aus dem Regiment von Port Langli mit ihrem schwerfälligen Mitstreiter, dem schweigsamen Riesen Cethan, im Schlepptau auf uns zusteuern. In der Ausbildung hatten wir zusammen mit den beiden Kampfmagiern an einer Mission teilgenommen und sie im Laufe der Zeit sehr zu schätzen gelernt.

Darren lächelte. »Andy, Ceth, wie schön, euch wiederzusehen!«

Ich hielt mich nicht lange mit Förmlichkeiten auf, sondern warf mich der großen Frau in die Arme und vergaß dabei für einen Moment meine Verletzung.

Autsch.

»Schön, dass ihr euch noch an uns erinnert.« Ceths Lächeln wirkte ein wenig verkrampft. Feierliche Großereignisse lagen ihm nicht. Er bevorzugte die See, ein zuverlässiges Schiff, das Rauschen der Wellen, das Brausen des

Winds und einen Krug Bier – ganz bestimmt keine Ansammlungen vornehmer Leute, wo der Wein in Strömen floss.

»Himmel, alles ein bisschen überkandidelt hier, findet ihr nicht?« Andy war ihrer Gewohnheit treu geblieben, kein Blatt vor den Mund zu nehmen.

Eine weitere vertraute Stimme übertönte die Menge, doch der Ton war scharf. »Cassandra, so spricht man nicht mit der Krone!«

Andy schnitt eine Grimasse und ich zog den Kopf ein.

Mit einem feinen Lächeln, das dem Prinzen galt, gesellte sich Magierin Mira zu uns. »Euer Hoheit, was für eine Freude, Euch wiederzusehen. Gerade habe ich mich mit Eurem Bruder unterhalten. Ryiah … wie ich sehe, seid Ihr auch da.« Ihre Miene brachte deutlich zum Ausdruck, wie egal ihr das war. »Nun ja, dann will ich Euch nicht davon abhalten, Euren Triumph gebührend auszukosten, Euer Hoheit.«

»Ich wünsche Euch auch noch ein schönes Fest, Magierin Mira.« Die Worte kamen Darren so leicht über die Lippen. Ich machte mir nicht die Mühe, überhaupt etwas zu sagen.

Als Mira endlich wieder abgezogen war, grinste Andy mich an. »Der Drachen vermisst dich.«

»Ich sie aber nicht.«

»Auf dem Weg hierher hat sie in einer Tour über dich geschimpft.«

»Ist sie immer noch im Port Langli?«

»Den Göttern sei Dank, nein! Seit ihrer Beförderung treibt sie bei einer dieser Eliteeinheiten des königlichen

Regiments an Land ihr Unwesen.« Mit einem Grinsen nickte sie in Darrens Richtung. »Ich habe mir sagen lassen, dass sie gern wieder mit der Krone zusammenarbeiten möchte.«

Ich musste lachen, hielt im nächsten Moment aber beschämt inne. Nicht zu fassen, wie schnell ich es aus dem Blick verloren hatte: unsere Mission in Caltoth. Das kleine Mädchen und seine Mutter. *Was ist wohl aus ihnen geworden?* Ich sprach die Frage laut aus.

»Keine Ahnung.« Cethans einsilbige Antwort war ein tiefes leises Grummeln, das im Lärm der Menge unterging. Wir waren noch immer an den Befehl der Krone gebunden, völliges Stillschweigen über den Einsatz zu bewahren. Ich musste ganz nah heranrücken, um den Rest zu verstehen. »Wir haben sie an der Stadtmauer abgesetzt und dort haben zwei Männer aus dem königlichen Regiment sie übernommen.«

Ich sah Darren an, der finster dreinblickte. Es schien ihm zu schaffen zu machen, dass er die beiden auch ganz verdrängt hatte. Eine Frau mitsamt Kind zu entführen, so etwas sollte man nicht einfach aus dem Gedächtnis streichen können, doch damals waren wir so mit unserer Ausbildung beschäftigt und hatten so sehr mit unseren Gefühlen gekämpft, dass es dennoch passiert war.

»Nach meiner Rückkehr in den Palast habe ich meinen Vater darauf angesprochen.« Er warf einen Blick zum König und dessen Beraterstab am anderen Ende des Saals. »Er meinte, er könne sich nicht erinnern.«

Andy und Cethan blieben noch ein paar Minuten und rissen Witze über ihre Zeit in Langli, doch die Unterhaltung nahm eine unangenehme Wendung, als Andy einen der neuen Rekruten erwähnte, einen gut aussehenden jungen Kerl mit unheimlich viel Humor und goldgrünen Augen. »Wirklich schade, dass er sich letztes Jahr nach Ferren hat versetzen lassen. War von jetzt auf gleich verschwunden, nachdem er den Ruf erhalten hat.«

Cethan spielte an seiner Weste herum. »Ich glaube, es ging um ein Mädchen. Sie hatte gerade einen Posten dort angenommen.«

Darren sah mich scharf an, und ich hätte mir am liebsten eine Ohrfeige gegeben, dass ich das Thema nicht schnell gewechselt hatte. Warum mussten die beiden Ian überhaupt kennen? Und was genau meinten sie damit? Cethan musste sich irren.

»Ich schwöre dir: Ian hat *nie* auch nur ein einziges Wort in der Richtung verloren.« Meine Stimme war nicht mehr als ein Flüstern. »Was auch immer sein Grund für den Stellenwechsel war, Darren, *ich* jedenfalls nicht.« *Das ist die Wahrheit. Bitte glaub mir.*

Darrens Brust hob und senkte sich heftig, doch er zwang sich, langsam auszuatmen. »Ich glaube dir.«

Andy, die zwischen uns hin und her geschaut hatte, räusperte sich und wünschte uns einen schönen Abend. »Und Glückwünsch noch mal zum Sieg, Darren. Ryiah, du hast deine Sache auch großartig gemacht. Vergesst uns kleine Würstchen nicht, während ihr die Welt rettet.«

Darrens Lächeln war aufgesetzt und meines nicht viel besser. Am liebsten hätte ich mich auf der Stelle auf die Suche nach Ian gemacht und ihn zur Rede gestellt, aber nicht, wenn Darren dabei war. Also stand ich herum und machte artig Konversation, als in Andys und Cethans Kielwasser noch ganze Heerscharen von Gratulanten folgten.

Zu guter Letzt kamen Blayne und seine junge Frau. Der Kronprinz und ich standen noch immer alles andere als auf gutem Fuße, doch seit seiner Enthüllung fiel es mir etwas schwerer, ihn zu verabscheuen. Ich verstand ihn, und das machte es fast noch schlimmer. Nach wie vor vermieden wir es so gut wie möglich, mehr Worte miteinander zu wechseln als unbedingt nötig, und ich unterhielt mich stattdessen die meiste Zeit mit Wren, die eine unglaubliche Naschkatze war und mir in aller Ausführlichkeit erzählte, welche Desserts hier in Montfort am leckersten gewesen waren. Obwohl mich ihr Geplapper über Süßkram zu Tode langweilte, hätte ich ihr das niemals gezeigt, weil sie wirklich lieb war – das genaue Gegenteil von ihrem hinterhältigen Onkel Herzog Cassius, der zum Glück damit beschäftigt war, seinen Weinkelch ein ums andere Mal aufzufüllen.

»Welchen mochtest du am liebsten, Schatz?« Wren zog Blayne an der Hand, um ihn von dem Gespräch mit seinem Bruder loszueisen.

Der Thronfolger nahm einen großen Schluck aus seinem Glas. »Die Himbeertörtchen, genau wie du, meine Liebe.«

»Soll ich dir –«

»Blayne, du siehst irgendwie nicht gut aus«, unterbrach Darren die Prinzessin alarmiert.

»Du auch nicht, Darren.« Blaynes Tonfall war ironisch.

»Stimmt, ich bin noch nicht ganz genesen.« Darren legte die Stirn in Falten. »*Du* musst aber von nichts genesen.«

Ich musterte Blayne. Darren hatte recht. Ein dicker Schweißfilm hatte sich auf der Stirn des Kronprinzen gebildet und er wirkte unheimlich blass. Viel bleicher als noch wenige Minuten zuvor.

»Wirklich, Brüderchen, mir –«

Er beendete seinen Satz nicht. Sein Kelch fiel mit einem lauten Klirren auf die Marmorfliesen. Darren packte seinen Bruder gerade noch rechtzeitig unter den Achseln, während Wren nach einem Heiler schrie.

»Ein Heiler!« Darrens Brüllen übertönte die Menge, während er einen Schutzschild heraufbeschwor. »Wachen, wir brauchen sofort einen Heiler!«

Im Saal brach ein Tumult aus, als Diener und Adlige gleichermaßen herbeieilten, um zu sehen, was mit dem Kronprinzen los war. Marius und mehrere Wachen bildeten einen Kreis, um ihn abzuschirmen, während eine Gruppe von Heilern herbeieilte. Hastig wich ich ein paar Schritte zurück, um ihnen Platz zu machen. An irgendetwas erinnerte mich das. Ich konnte nicht den Finger darauf legen, aber es musste mit Blayne zu tun haben …

Eine rote Pfütze hatte sich auf dem Marmorboden unter meinen Stiefeln ausgebreitet, doch es war kein Blut.

Der Wein.

Seine Mutter. Königin Lillian. Und ihr vergifteter Wein.

Das war das Werk der Caltothen gewesen …

Ich rannte zum anderen Ende des Saals, wo ich Lord Tyrus zuletzt gesehen hatte, und entdeckte ihn genau in dem Moment, als er einen Dolch unter seinem Umhang hervorzog. Er stand direkt hinter dem König, der versuchte, sich zu seinem Sohn durchzudrängen.

»Zum Kö–«

Noch im Schreien streckte ich meine Hand vor, doch es war zu spät. Meine Magie war nichts als ein schwaches Aufzüngeln von Flammen. Damit meine körperliche Genesung schneller voranschritt, hatten die Heiler mir Elixiere verabreicht, die die Rückgewinnung meiner Zauberkraft verlangsamten.

Hilflos musste ich zusehen, wie der Caltothe König Lucius die Klinge in den Rücken rammte.

»Für Caltoth!« Dreimal stach der Mann zu, während Darrens Vater zusammenbrach und Blut spuckte, als er mit einem dumpfen Schlag zu Boden sackte.

Ich rannte weiter, während der Saal völlig im Chaos versank. Magierin Mira war dem Geschehen am nächsten und tat das, wozu ich nicht in der Lage gewesen war. Ein Blitzschlag und Lord Tyrus brach kampflos zusammen. Noch ehe ich den König erreichte, hatte sie bereits zwei Schwerter ausgesandt, die den Gesandten komplett durchbohrten, und sein Blut ergoss sich auf die Fliesen. Seltsam, dass das Blut eines Caltothen kein bisschen anders aussah als das des Königs von Jerar.

»Schützt die Krone! Das ist ein Anschlag!« Kommandant Audric kam angestürmt, um sich um den König zu kümmern, während die eine Hälfte des diensthabenden Regiments einen Kreis um die beiden Prinzen bildete und die andere Hälfte um den niedergestochenen König.

»Onkel!« Mit weit aufgerissenen Augen rannte Wrendolyn durch die Menge zu Herzog Cassius. Ich kämpfte mich durch das Gedränge und bahnte mir schiebend und schubsend einen Weg zu ihr. Jemand musste sie beschützen. Ich war mir nicht sicher, wo die drei caltoth'schen Wachen steckten.

»Wren!«, schrie ich. »*Wren, nein!*«

Ein Diener packte das Mädchen am Arm, dann tauchte ein weiterer auf, ein Messer blitzte, und Wren ging zu Boden. Ein purpurner Schwall rann ihren Hals hinab und färbte ihre blonden Locken rot. Der Schrei des pythischen Gesandten brach mir das Herz.

Während der Herzog und zwei seiner Männer sich zu ihr knieten, nahm ich die Verfolgung der Diener auf. Abrupt bremste ich ab, als ich den ersten Angreifer in die Enge getrieben hatte. Es war kein verkleideter Caltothe, sondern ein ganz normaler Montforter Wachmann. *Ein Rebell,* wie mir erst jetzt aufging, als er sein Messer zog. *Die Rebellen machen gemeinsame Sache mit den Caltothen.*

Ich musste die anderen warnen. »Rebellen!«, schrie ich. »Es sind Rebellen hier!«

Hastig tastete ich mit der Hand in den Falten meines Rockes, dann wurde ich blass. Mein Dolch war nicht da. Ich griff nach dem Futteral an meinem Oberschenkel. *Leer.* Mein Kleid für heute Abend war reine Zurschaustellung. Ich hatte den ganzen Tag auf der Krankenstation verbracht und trug keine einzige Waffe am Leib.

Und ich war noch immer angeschlagen. Schwach. Langsam. Am ganzen Körper von Blutergüssen bedeckt und mit einer dicken Bandage um die Brust.

Und ohne Magie.

Ich war nicht der Jäger. Ich war die Beute.

Der panische Gesichtsausdruck des Mannes wich einem

verschlagenen Grinsen, als er merkte, was los war. Im nächsten Moment wurde ich zur Seite gestoßen, und ein Schwert schlitzte ihm den Bauch auf, sodass Eingeweide und Blut herausquollen und ein fauliger Gestank die Luft erfüllte.

Paige.

Nur mit Mühe gelang es mir, mich nicht zu übergeben.

»Wir müssen hier raus!« Meine Leibwächterin zerrte mich mit sich – eine Hand um mein Handgelenk, in der anderen ihr Schwert.

»Wren –«

Ihre Stimme klang heiser. »Sie ist tot, Ryiah.«

»Aber die Heiler –«

»Bei den Prinzen.« Paige schleifte mich durch den Saal, wobei ihr Blick auf der Suche nach möglichen Gefahren hochkonzentriert hin und her zuckte.

»Wo ist Darren?« Als ich am Eingang weder ihn noch Blayne erblickte, schnürte mir Panik die Kehle zu.

»Hat seinen Bruder in Sicherheit gebracht. Marius und ein paar Leute aus dem königlichen Regiment haben sich mit ihnen im Ostturm verschanzt.«

»Ryiah!« Ella stürmte auf mich zu und bremste nur einen Zentimeter vor Paiges Schwertspitze ab, die auf ihren Hals gerichtet war. Entrüstet sah meine Freundin sie an. »Paige, *ich* bin's. Ich bin hier, um dir zu *helfen*, Dummkopf.«

»Entschuldige.« Meine Beschützerin nickte ihr kurz zu, ohne den Blick von der Menge abzuwenden. »Momentan traue ich niemandem.«

»Ella.« Ich packte sie am Arm. »Es sind Rebellen hier. Du musst Kommandant Audric warnen!«

»Sie wissen schon Bescheid.« Meine Freundin deutete zu den Ausgängen, während irgendwo hinter uns ein weiterer Schrei laut wurde. Ihre Pupillen weiteten sich. »Alle Ausgänge sind abgeriegelt, bis sie die Attentäter aufgespürt haben. Die Einzigen, die noch rausdürfen, sind ausländische Würdenträger und die Mitglieder der Königsfamilie. Du bist hier nicht sicher, Ry. Prinzessin Wrendolyn –«

Paige schnitt ihr das Wort ab. »Weiß sie schon. Hilf mir lieber, sie hier wegzubringen. Wenn sie es auf die pythische Prinzessin abgesehen hatten, schwebt Ryiah in Lebensgefahr.«

»Aber was ist mit den anderen?«, protestierte ich. »Was ist mit –«

»Ihr seid wichtiger«, erwiderte Paige knapp. »Ella und ich werden zurückkommen und den anderen helfen, sobald Ihr in Sicherheit seid.«

Noch nie in meinem Leben hatte ich mich so nutzlos gefühlt. Ich ließ mich von ihnen durch die Menschenmenge bugsieren, vorbei an all den anderen, die darum flehten, den Saal verlassen zu dürfen. *In Sicherheit.* Ich war nicht nur jeglicher Magie beraubt und durch meine Verwundung geschwächt, sondern ich gehörte auf einmal zu jenen, für deren Sicherheit andere ihr Leben aufs Spiel setzten.

Mein halbes Leben hatte ich darauf hingearbeitet, Kriegerin zu werden, doch im Moment war ich eher die Jungfrau in Nöten.

FÜNFZEHN

Neun Tote. Zum Abschluss der Kandidatur trat der neue Magische Rat sein Amt in derselben Nacht an, in der das Blut des Königs von Jerar, der jungen pythischen Prinzessin, vier hochrangiger Berater und zwei bedeutender Edelmänner vergossen wurde und ein Mordanschlag auf den Kronprinzen – den neuen König von Jerar – stattgefunden hatte.

Niemals in der Geschichte des Landes waren so viele hochstehende Persönlichkeiten in nur einer Stunde zu Tode gekommen.

Die fünf Rebellen wurden alle ausfindig gemacht und exekutiert. Die drei caltoth'schen Gefolgsleute von Lord Tyrus hatten keine Chance zu entkommen. Kommandant Audrics Leute und die erst kürzlich beförderte Magierin Mira sorgten dafür, dass die Verräter noch in derselben Nacht hingerichtet wurden.

Vermutlich war ihnen von Anfang an klar gewesen, dass sie den Saal nicht lebend verlassen würden. Schließlich waren bei den Feierlichkeiten große Teile des königlichen Regiments sowie viele hochrangige Magier und der mächtigste Schwarze Magier der Welt anwesend. Ihre Mission hatte einzig darin bestanden, zu töten.

Der Tross der Krone brachte König Lucius' sterbliche Überreste zurück in die Hauptstadt. Herzog Cassius überführte die Leiche seiner Nichte mit seinem übrigen Gefolge per Schiff nach Pythus. Die Gesandtschaft der Boreanischen Inseln reiste ebenfalls ab.

Ich bekam meine Eltern und Ella kaum mehr zu Gesicht, bevor ich aufbrach. Derrick hatte sich mit seinen Waffenbrüdern schon wieder auf den Rückweg nach Ferren's Keep gemacht. Ich sah ihm nach, wie er mit Ian und Jacob davonritt, und ein Teil von mir wünschte, ich könnte ebenfalls dorthin zurückkehren. Derrick hatte mir nicht verziehen, was Alex widerfahren war, und ich wollte es mehr denn je wiedergutmachen.

Die ganzen fünf Tage unseres Ritts nach Süden verbrachte ich in stiller Trauer um Wrendoyln. Still, weil Blayne und Darren einen noch viel größeren Verlust erlitten hatten. Und das alles an einem Abend. Trotz allem, was Lucius ihnen angetan hatte, war er doch ihr Vater – und so etwas war immer ein schwerer Schlag. Zu allem Überfluss musste Blayne auch noch den Tod seiner Frau verkraften.

Die Rede, die er bei der Beerdigung seines Vaters hielt, war eine Kriegserklärung.

»Es ist vorbei mit der Nachsicht, die mein Vater unserem nördlichen Nachbarn gegenüber hat walten lassen. Viel zu lange schon muss ich zusehen, wie unser wunderbares Land unter dem Deckmäntelchen des Friedens angegriffen wird und leidet. Damit ist jetzt Schluss. König Horrace hat seinen obersten Gesandten geschickt, um meinen Vater kaltblütig abzustechen ... Er hat das Leben eines unschuldigen jungen Mädchens auf dem Gewissen, meiner Frau ...« Blaynes Stimme brach, und durch den Lautverstärkungszauber eines Magiers war zu hören, wie er schluckte. »... einer Blume, die gerade erst erblüht war.« Der junge König wischte sich mit der Faust über die Augen. »Ferner ließen mehrere bedeutende Edelmänner bei dem Anschlag ihr Leben. Horrace hat unsere Leute bestochen, damit sie sich gegen die Krone wenden und unser Königreich schwächen ...«

Blayne erklomm die steilen Stufen zu Lucius' Scheiterhaufen, die in den Himmel emporragten. Der weite rote Umhang seines Vaters flatterte im Wind.

»Jerar wird nicht länger das Opfer caltoth'scher Agression und Machtgier sein. Nein, wir werden uns zur Wehr setzen.« Das einfache Volk und der Adel schrien gleichermaßen ihre Zustimmung heraus, und ein ohrenbetäubendes Gebrüll erhob sich, als der neue König von Jerar seine Fackel senkte.

Wütend schlugen die Flammen empor. Rot wie der Zorn. Rot wie die *Rache.*

»Eines verspreche ich euch«, schallte Blaynes Stimme von oben herab. »Jerar ist nicht länger das Opfer. Pythus und die Boreanischen Inseln werden ihren Verpflichtungen aus unserer Neuen Allianz nachkommen und an unserer Seite in den Krieg ziehen. Es ist an der Zeit, zurückzuschlagen.«

Die Straßen Devons waren erfüllt vom Trommeln schwerer Stiefel und lautstarken Kampfparolen. Auch ich ließ mich davon anstecken. Ich schrie, bis ich heiser war. Ich schrie für Wren und Eve und Caine und all meine Landsleute. All die Toten, die auf das Konto unserer Feinde gingen. All die sinnlose Gewalt.

Wut war besser auszuhalten als Trauer, also schrie ich.

Und bemerkte nicht, wie der Junge mit den granatroten Augen sich davonstahl.

»Wo ist er denn hin?«

Henry zuckte die Achseln und ich seufzte genervt. Wie konnte es sein, dass der Leibwächter des Prinzen ihn so kurz nach dem Anschlag ohne Begleitung aus der Stadt ließ?

»Du sollst ihn doch beschützen!«

Der Mann verschränkte ungerührt die Arme. »Vergebt mir, Mylady, aber wenn der Schwarze Magier mir befiehlt, ihm nicht zu folgen, dann folge ich ihm nicht.«

»Ist doch egal, was er –«

Paige legte mir eine Hand auf den Unterarm. »Er weiß es nicht, Mylady. Lasst ihn in Ruhe.«

»Ja, ich mache mir nur –« Ich verstummte und zuckte mit den Schultern. »Er sollte nicht allein unterwegs sein, Paige.« Ich machte mir nicht wirklich wegen der Caltothen oder der Rebellen Sorgen. Bei ihrem Anschlag hatten sie es anscheinend nicht auf Darren abgesehen, und das, obwohl er zu dem Zeitpunkt geschwächt und somit ein leichtes Ziel war. Nach seiner Vorstellung bei der Kandidatur war er wahrscheinlich der Letzte, dem sich jemand in den Weg stellen wollte – zumindest nicht ohne eine ganze Armee im Rücken. »Ich mache mir eben Sorgen.«

Darren war so damit beschäftigt gewesen, seiner neuen Rolle als Schwarzer Magier gerecht zu werden, dass er seit dem Anschlag keine Trauer zugelassen hatte. Er hatte nur funktioniert und seine Gefühle einfach verdrängt. Hatte getan, was man von ihm erwartete. So wie er es stets gehandhabt hatte.

Doch an diesem Abend … an diesem Abend hatte er nicht mehr gekonnt. Was auch immer der Tod seines Vaters in ihm ausgelöst hatte, es hatte ihn bewogen, die Einsamkeit zu suchen, und jetzt wusste keiner, wo er war, und dabei sollte er doch nicht allein sein.

Nicht in diesem Zustand.

Ich stürmte zu den Stallungen, wo unsere Pferde untergestellt waren.

»Mylady!« Paige rannte mir hinterher. »Nicht Ihr auch noch! Ihr wisst doch nicht mal, wo –«

Ich wirbelte abrupt herum, um ihr Einhalt zu gebieten. »Nein. Du bleibst hier. Nur dieses eine Mal, Paige. Lass mich das auf meine Art machen. *Bitte.*«

Sie sah mich mit ihren braunen Augen eindringlich an, dann seufzte sie und stieß einen leisen Fluch aus. »In Ordnung. Zwei Stunden. Ihr habt *zwei* Stunden, um ihn zu finden.«

»Aber –«

»Eine Minute länger und ich hetze Euch einen Suchtrupp auf den Hals. Ihr beide mögt vielleicht die besten Magier des Landes sein, aber unbesiegbar seid Ihr nicht.«

Ich machte einen Schritt auf sie zu. »Dank–«

»Die Zeit ist vor fünf Sekunden losgelaufen.« Sie zog eine Augenbraue hoch. »Ich schlage vor, Ihr seht zu, dass Ihr loskommt.«

Im Galopp verließ ich den Stall. Ich nahm die einsamen Seitengassen, die in Richtung der Ebene aus Devon hinausführten, weil ich wusste, dass Darren genau dasselbe getan hätte.

Sobald ich die Stadt hinter mir gelassen hatte, parierte ich mein Pferd durch. Wohin ich auch blickte, war die King's Road voll von Fußgängern und Gespannen. Alle waren gekommen, um dem alten König die letzte Ehre zu erweisen und dem neuen zuzujubeln, oder hatten die günstige Gelegenheit genutzt, um ihre Waren feilzubieten. Die Luft war erfüllt von Räucherwerk und Tausenden Stimmen. In dieses Getümmel hätte Darren sich wohl kaum gestürzt.

Suchend sah ich mich um. An einer Stelle, an der ich frische Hufabdrücke im Gras entdeckte, bog ich vom Hauptweg in einen kleinen Trampelpfad ab, der, wie ich wusste, irgendwann in einer Sackgasse endete, da der Palast auf ein Felsplateau gebaut war, von dem aus es an seiner Rückseite steil in die Tiefe ging. Die Abbruchkante zog sich mehrere Meilen in beide Richtungen.

Eine halbe Stunde lang ritt ich durch die Stille. Die letzten Sonnenstrahlen schlugen eine Schneise durch das dichte Blätterdach des Waldes, helle goldene Lichtblitze vermischten sich mit dem Grün und man fühlte sich fernab vom Rest der Welt, wie in ein Zauberreich versetzt. Sogar die Luft war hier süßer und ein Bach schien mir etwas zuzuflüstern.

Schließlich kam ich auf eine Lichtung. Und tatsächlich: Ein paar Meter weiter entdeckte ich Darren, der mit Wolf zu seinen Füßen an der Abbruchkante stand und in die Ferne blickte. Am Ende des Plateaus fiel der Bach in Kaskaden hinab und sein Plätschern war weithin zu hören.

Der Himmel von Sternen übersät.

Als Darren das Klappern der Hufe hörte, drehte er sich schwankend um, und ich bemerkte ein Fläschchen in seiner Hand.

Ich saß ab, band meine Stute neben seiner fest und ging zu ihm. »Darren –«

Er streckte die Hand vor, um mich aufzuhalten, und ich merkte, dass er heftig zitterte. »Ich will nicht, dass du mich so siehst, Ryiah.« Er sprach sonderbar verwischt. »Geh nach Hause.«

Ich blieb stehen, machte jedoch keine Anstalten, umzudrehen. Meine Stimme war sanft. »Es ist völlig normal, dass du traurig bist. Er war dein Vater.«

Der Prinz warf den Kopf zurück und lachte, als hätte ich einen großartigen Witz gemacht. Durch die abrupte Bewegung verlor er die Balance …

… und rutschte ab.

Automatisch schoss meine Hand vor und nur meine magische Druckwelle bewahrte ihn in letzter Sekunde vor dem Abgrund. Er sackte auf dem scharfkantigen Granitgestein zusammen, während ich nach Luft rang – rasend vor Wut, dass das überhaupt hatte passieren können, und zugleich völlig entsetzt, weil ich das Gefühl nicht loswurde, dass er es vielleicht zugelassen hätte.

Ich rannte los, um ihn von der Abbruchkante wegzuzerren. Seine Hände waren zerschunden, doch das schien ihm egal zu sein. Ihm war *alles* egal. Während ich seinen einen Arm über meine Schulter hievte, lachte er noch immer wie verrückt. »Du bezeichnest jemanden wie ihn ernsthaft als ›Vater‹?«

Ich wusste nicht, was ich darauf antworten sollte, also blieb ich stumm und schleifte ihn einfach zu einem Felsbrocken ein paar Meter weiter, wo er sich anlehnen konnte, weg vom Abgrund. Er konnte sich nicht aus eigener Kraft auf den Beinen halten.

»All die Jahre ...« Seine Stimme brach. »All die Zeit habe ich ihn gehasst ... Ich habe mich so oft gefragt, wie es wäre, wenn ...« Sein Kopf fiel nach vorne, als ich ihm half, sich hinzusetzen. »Weißt du, ich habe dich immer um deine Brüder und deine Eltern beneidet ... Du hast immer so ... *glücklich* gewirkt.«

Es zerriss mir das Herz. *Der kleine Kerl, der versuchte, seinen Bruder zu retten, und sich nach einem anderen Leben sehnte.*

»Ich habe ihn nie geliebt ... ich hab's versucht, aber das, was ... was er uns angetan hat ...« Darren verstummte einen Moment lang. »Blayne war nicht so stark. Nicht so wie ich. Vielleicht habe ich deshalb nicht ...«

»Was?«

»In dem Moment, als Blayne zusammengebrochen ist, da ... Eigentlich hätte ich zu *ihm* gemusst ... Ich bin der Schwarze Magier.« Er sah mir in die Augen, und plötzlich wusste ich, was er gleich sagen würde. »Es war meine verdammte Pflicht, ihn zu schützen ... Aber ich habe mich für meinen Bruder entschieden.«

»Du konntest doch nicht wissen –«

»Ich habe es geahnt.« In seinen Worten lag Bitterkeit. »Und trotzdem nichts unternommen. Ich hätte dich bitten können, auf Blayne aufzupassen, aber … aber ich dachte, vielleicht wäre es besser so. Also habe ich es laufen lassen.« Er bebte am ganzen Körper.

Ich lehnte mich neben ihn an den Felsen, sodass wir Schulter an Schulter waren, und ein wenig Staub wirbelte auf, als ich meine Sitzposition änderte.

Darren bis sich auf die Unterlippe. »Wenn du schlau bist, dann … dann nimmst du die Beine in die Hand und siehst zu, dass du wegkommst.« Er atmete aus. »Ich bin Gift, Ryiah.« Die letzten Worte gingen mir durch und durch. »Genau wie mein Vater.«

Ich umklammerte seine blutverschmierten Finger, doch er entzog sich mir. »Du bist *ganz* anders als er!«, flüsterte ich.

»Findest du?« Er lachte leise. »Er war nicht immer ein schlechter Mensch. Wirklich nett war er nie, aber er war auch nicht schon immer grausam. Die Diener sagen, er habe sich nach dem Tod meiner Mutter sehr verändert.« Darren sah mich an. »Manchmal frage ich mich, ob mein Vater vielleicht dazu bestimmt war, so zu werden, und ob meine Mutter ihn nur eine Weile vor sich selbst gerettet hat …« Granatrot wurde zu schwarz. »Oder ob seine Liebe zu ihr ihn erst zu dem gemacht hat.«

Mein Herz pochte heftig gegen die Rippen.

Seine Stimme war ganz ruhig. »Und dann habe ich Angst, was meine Liebe zu dir aus *mir* machen wird.«

»Darren …« Jetzt war ich es, die der Verzweiflung nahe war. »Ich …« Ich wusste nicht, was ich sagen sollte. Meine Hände zitterten, und ich presste sie gegen den steinigen Untergrund, um es zu verbergen.

»Manchmal wünschte ich, ich wäre kein Prinz.« Seine Augen verdunkelten sich. »Ich frage mich, wie das wohl wäre … wenn ich einfach irgendein ganz normaler Junge wäre und du nur ein ganz normales Mädchen – ohne das alles.«

Ich ließ meine Finger zu seinen wandern. »Es hätte alles sehr viel leichter gemacht.«

Eine Weile saßen wir schweigend nebeneinander und lauschten dem schweren Heben und Senken seiner Brust und meinem ruhigeren Atem.

Dann schloss er die Augen. »So wie diese beiden sollten wir eines Tages sein.«

»Werden wir.« Ich drückte seine Hand fester. Was immer er auch dachte, er war kein schlechter Mensch.

Darren war nicht die Finsternis und ich nicht sein Licht.

Er hatte ein ums andere Mal bewiesen, dass er viel mehr war als der Sohn seines Vaters, viel mehr als ein überheblicher Wunderknabe, der nur an sich selbst dachte. Ich musste ihm irgendwie begreiflich machen, wie *ich* ihn sah.

Dass er nicht die Dunkelheit war, sondern das Feuer. Mein Feuer. Voller Helligkeit und Wärme. Etwas Gutes. Mir im Grunde sehr ähnlich, jedoch so sehr in seiner Finsternis gefangen, dass man sich die Finger an ihm verbrennen konnte. Außer man wusste, wie man mit ihm umgehen musste.

Also küsste ich ihn. Behutsam legte ich meine Hände um sein Gesicht, zog ihn an mich und küsste ihn auf den Mund. Nur einmal drückte ich meine Lippen auf seine, schloss die Augen und gab ihm auf diese Weise ein Versprechen. Ganz intensiv dachte ich die Worte.

Ich werde dich nie aufgeben. Dich nie im Stich lassen.

Ein Funke schien sich tief in mir zu entfachen. Wie Zunder ging mein Körper in Flammen auf. Und ihm ging es genauso. Wir waren zwei Kohlen, die in der Dunkelheit glühten.

Als ich mich von ihm löste, funkelten seine Augen wie Sterne.

»Versprich mir, Ryiah, dass wir das alles hinter uns lassen, wenn dieser Krieg vorbei ist. Versprich mir, dass wir wie diese beiden werden.«

»Ich verspreche es.«

Die Wochen nach König Lucius' Bestattung brachten viele Veränderungen mit sich. Manche waren gut, andere nicht so … obwohl, in erster Linie wendete sich vieles zum Schlechteren.

Der komplette Königspalast war in Trauer. Wir waren angehalten, uns zu Ehren unseres alten Königs drei Monate lang dunkel zu kleiden, und jegliche Vergnügungen und Feste für die Adligen am Hofe wurden gestrichen, wie es seit jeher Brauch war. Leider bedeutete das auch, dass unsere Hochzeit verschoben wurde.

»Was nicht weiter tragisch ist, weil wir sowieso erst mit Kaiser Liangs Rückendeckung rechnen können, wenn wir König Joren dazu bekommen, die Entscheidung nicht länger vor sich herzuschieben«, hatte Blayne unserem Protest entgegengehalten. »Solange er unserer Forderung nicht zustimmt, gibt es keinen Grund, mit der Tradition zu brechen und das mit der Hochzeit zu forcieren.«

Auch an einer anderen Front sah es nicht gut aus: Der

pythische König behauptete jetzt, er hätte einen Brief von König Horrace erhalten, in dem dieser ihm versicherte, sein Gesandter hätte ohne seinen Auftrag gehandelt. Und dass Tyrus angeblich »Für Caltoth« gerufen habe, könne auch eine Intrige Jerars sein, um die Verbündeten dazu zu bringen, Caltoth den Krieg zu erklären. Er ging in dem Brief sogar so weit, zu behaupten, die Angreifer seien extra hingerichtet worden, ehe eine unabhängige Kommission sie befragen konnte. Mit anderen Worten: Die Caltothen erhoben Vorwürfe gegen Jerar!

Am allermeisten überraschte mich, dass König Joren ihren Anschuldigungen überhaupt Gehör schenkte. Schließlich hatte sein eigener Bruder mit angesehen, wie Prinzessin Wrendolyn ermordet wurde.

Wie konnte jemand den Verlust seiner Tochter hintanstellen und die offensichtlichen, über jeden Zweifel erhabenen Fakten ignorieren? Wie konnte der König bereitwillig dem Mann Gehör schenken, der Wrendolyn vor aller Augen hatte abschlachten lassen? Da musste mehr dahinterstecken. Sogar mir, die ich in derlei Dingen völlig unbewandert war, war klar, dass da etwas im Busch war. Ich wusste nur nicht, was.

Steckten die Pythier am Ende mit den Caltothen unter einer Decke? Aber warum dann der ganze Aufwand mit den Verhandlungen, wenn es nur zum Schein gewesen war? Warum hatten sie Wren dem Prinzen von Jerar zur Frau gegeben, wenn sie doch genauso gut den von Caltoth hätte heiraten können? Warum sich für die Verliererseite entscheiden?

Machten sie gemeinsame Sache mit den Rebellen? Aber

das ergab auch keinen Sinn. Die Caltothen waren doch diejenigen, die uns seit Jahren überfielen und unsere Grenze missachteten.

Oder war König Joren wirklich so abgebrüht, dass er gemütlich auf seinem Thron hockte und in Seelenruhe abwog? Würde er die Tatsachen ignorieren und in Nebensächlichkeiten herumstochern, um die für den Kriegsfall zugesagte Unterstützung hinauszuzögern? Behauptete er nur, mit der Wahrheitsfindung beschäftigt zu sein, während er eigentlich die ganze Zeit nach einem Vorwand suchte, seinen vertraglichen Verpflichtungen nicht nachkommen zu müssen?

Blayne schickte zwei Gesandte nach Pythus, um unserer Bitte mehr Nachdruck zu verleihen. Sie sollten als ständige Gemahnung an seinem Hofe bleiben, bis er die Neue Allianz würdigte. Um uns Hoffnung zu geben, dass wir früher oder später die versprochene Hilfe erhalten würden, reiste jeden Monat ein Bote per Schiff hin und her und informierte uns über den Stand der Dinge.

Doch es tat sich noch mehr.

Mira wurde zur obersten Magierin des königlichen Regiments ernannt und war damit sehr zu meinem Leidwesen meine direkte Vorgesetzte. Als erste Amtshandlung nutzte sie den Anschlag in Montfort schamlos aus und weigerte sich, mich zu den Palasttoren hinauszulassen, weshalb meine neue Aufgabe darin bestand, die offizielle Kammer des Magischen Rates zu bewachen.

Fortan verbrachte ich vier von sieben Tagen die Woche damit, von früh bis spät deren Eingang zu sichern, und wurde mit jeder Stunde unzufriedener. Je länger ich Darren und den beiden anderen Ratsmitgliedern, der Heilerin Karina und dem Alchemisten Yves zusah, wie sie sich mit Blayne und seinem neuen Beraterstab zu Besprechungen trafen, desto mehr begann ich meine Rolle zu hassen – und irgendwie auch mich selbst.

Er ist besser. Das war der erste Gedanke, der mir in den Sinn kam, wenn ich morgens erwachte. Und es war der letzte vor dem Zubettgehen. Ich verachtete mich dafür, doch jedes Mal, wenn mich die Rastlosigkeit befiel, jedes Mal, wenn Mira mich anblaffte, endlich mit meinen ständigen Beschwerden und meinem Gejammer aufzuhören, war er wieder da.

Wenn ich einfach irgendein ein ganz normaler Junge wäre und du ein ganz normales Mädchen … Wäre es doch nur wirklich so gewesen! Dann wäre ich nicht im Palast gefangen. Wäre nicht »zu wichtig, um mich auf Missionen zu schicken«, wie Mira mir mit hämischem Lächeln mitgeteilt hatte. Ich würde nicht nur tagein, tagaus Wache schieben, sondern wäre draußen und würde einen echten Beitrag leisten.

Blayne hatte mir richtige Einsätze versprochen, sobald wir in den Krieg zogen, und an meinen dienstfreien Tagen durfte ich an seinen Zusammenkünften mit dem Kriegsrat teilnehmen, doch das reichte mir nicht.

Gerechterweise sei jedoch gesagt, dass in ganz Jerar die berühmte Ruhe vor dem Sturm herrschte. Die Rebellenangriffe im Süden hatten aufgehört und im Norden gab es keine Grenzüberfälle mehr. Insofern war nirgends wirklich etwas los. Alle Augen waren auf Caltoth gerichtet, während wir auf gute Nachrichten von König Joren warteten.

Blindwütiger Hass griff landauf, landab um sich wie eine Seuche. Unser König war kaltblütig gemeuchelt worden und nur ein Jahr zuvor hatte es einen schweren Angriff auf Ferren's Keep gegeben. Die Caltothen waren skrupellos und unerbittlich in ihrem Bestreben, sich unser Land einzuverleiben.

Nach dem letzten Anschlag hatte sich jeglicher Widerwille, in den Krieg zu ziehen, in Luft aufgelöst.

Darren war in vorderster Reihe dabei. Nach der Bestattung seines Vaters war seine Trauer in Zorn umgeschlagen – siedend heißen Zorn, der ihn wie besessen arbeiten ließ. Außerhalb der Ratstüren bekam ich ihn kaum zu Gesicht. Stets war er an seines Bruders Seite, damit es die Rebellen nicht wagen würden, noch einen Mordversuch zu unternehmen. Seine Eltern waren beide Anschlägen zum Opfer gefallen und Blayne hatte nur mit knapper Not überlebt. Der Schwarze Magier von Jerar war bereit, uns in den Krieg zu führen, und ich war bereit, ihm zu folgen.

Unsere Feinde – diese herzlose, gesichtslose Masse, die so viel Leid über uns gebracht hatte – sollten für alles büßen. Es war ein Feuer, das die Dunkelheit verzehrte, unsere Gemüter erhitzte und sich bis in unsere Herzen brannte.

Vielleicht bemerkte ich es deshalb nicht, als einer geradewegs durch die Tore des Palasts marschierte.

SECHZEHN

Derrick?« Wie vom Blitz getroffen hielt ich inne, und Paiges stumpfes Übungsschwert traf mich mit voller Wucht am Bauch, doch ich spürte es kaum.

Mein kleiner Bruder stand hinter der Zuschauerscheibe des Innentrainingsplatzes des Palasts.

»Überraschung, große Schwester.« Er lächelte mich zaghaft an und mein Herz überschlug sich beinahe. »Hast du mich vermisst?«

Die Hellebarde, die ich heraufbeschworen hatte, löste sich in Luft auf, und ich schlitterte mehr über den Marmorboden, als dass ich rannte. Außer Paige, die nun, da ich unser Training unterbrochen hatte, Trockenübungen machte, war niemand da. Der übrige Hofstaat schlief noch. Und hätte ich nicht diese innere Unruhe in mir gehabt, wäre auch ich noch im Bett gewesen. Allerdings hatten die Dienste, die bis spät in die Nacht gingen und mich so rastlos machten, dazu geführt, dass ich nicht mehr länger als ein paar Stunden am Stück schlafen konnte.

»Was machst du denn hier?« Ich schlang meine Arme

um ihn und vergaß ganz, wie verschwitzt ich war. »Warum bist du nicht in Ferren?«

»Nach meiner Abreise aus Montfort habe ich mich schrecklich gefühlt.« Derricks Stimme klang dumpf. »Irgendwann ist mir klar geworden, dass ich eigentlich gar nicht wütend auf dich war, sondern auf mich selbst. Ich … ich habe dich für etwas bestraft, wofür du nichts konntest.«

»Derrick.« Ich hielt ihn ein Stück von mir weg, um ihn anzusehen. »Das mit Alex tut mir so unendlich leid. Ich wollte nie –«

»Weiß ich doch«, unterbrach er mich. »Damals habe ich es eigentlich auch schon gewusst, aber ich war so zornig, dass ich einfach um mich geschlagen habe … Und als ich dann wieder in Ferren war, ging mir dieser Abend nicht mehr aus dem Kopf – neun Menschen ermordet und meine eigene Schwester hätte es auch treffen können. Und ich wäre nicht da gewesen, um dich zu beschützen, weil ich wie ein Kleinkind bocken musste.« Derrick schüttelte den Kopf. »Das hätte ich mir nie verziehen. Deshalb habe ich Darren geschrieben und ihn um eine Stelle im Palastregiment gebeten.«

»Ehrlich?« Darren hatte es mit keinem Wort erwähnt.

Derrick nickte und packte mich fester um die Taille. »Ich kann doch nicht zulassen, dass meiner Schwester was zustößt. Er hat das verstanden, und ich g-glaube, er wollte, dass du jemanden aus deiner Familie dahast, damit du dich nicht so einsam fühlst. Er meinte, es würde dir nicht leichtfallen, dich hier einzuleben.«

Ich spürte einen Kloß im Hals, einen kleinen nur. Darren hatte es gemerkt. Während ich die ganze Zeit neidisch auf ihn gewesen war, hatte er sich Sorgen um mich gemacht.

»Jetzt arbeiten wir beide im königlichen Regiment. Ich habe draußen in den Baracken schon meine Schlafstatt bezogen und mich gestern Abend beim Anführer der Soldaten vorgestellt. Allerdings war ich danach so hundemüde, dass ich es erst heute früh geschafft habe, mich auf die Suche nach dir zu machen. Zuerst habe ich in deinen Gemächern geschaut, aber die Wachen haben mich hierhergeschickt.« Sein Grinsen wurde frech. »Ihr beide habt euch kein bisschen verändert.«

»Du dich auch nicht.« Ich ließ ihn los und deutete mit einem verlegenen Lächeln auf seinen frisch geplätteten Waffenrock, der jetzt feuchte Flecken von meinem Schweiß hatte. »Entschuldige, das war nicht so schlau von mir.«

»Du warst vor lauter Wiedersehensfreude eben ganz aus dem Häuschen.« Um seine Augen erschienen Lachfältchen. »Ich nehme es als Kompliment, auch wenn ich jetzt stinke wie eine ganze Horde Männer, die auf hoher See verrotten.«

Ich gab ihm einen Schubs und schnitt eine Grimasse. »Ich rieche nicht mal annähernd so fies wie die Leute, mit denen wir in Ferren trainiert haben. Und im Gegensatz zu denen wasche ich mich regelmäßig.«

»Tja, das wäre doch mal eine Idee. Und danach machst du mit mir eine Palastführung, einverstanden? Die Wachen meinten, heute wäre dein freier Tag.«

»Stimmt.« Ich winkte Paige zu, um sie wissen zu lassen, dass ich das Training fürs Erste beendete. Später könnte ich immer noch ein bisschen weitermachen. Vielleicht würde Derrick sich sogar anschließen. »Wann fängt dein Dienst an?«

»Morgen.«

Nun, da Derrick und ich unseren Streit begraben hatten, wurde alles besser. Außerdem hatte Darren recht gehabt: Seit unserer Rückkehr hatte ich tatsächlich unter der Einsamkeit gelitten. Ich war nicht in die Adelsgesellschaft hineingeboren, hatte weder endlose Sommer im Palast verbracht, noch Freunde unter den Höflingen. Bei ein paar Magiern aus dem Regiment hatte ich einen Anlauf unternommen, aber die meisten von ihnen versahen ihren Dienst lieber schweigend, und der Adel dagegen buhlte gar zu offensichtlich um die Gunst der zukünftigen Prinzessin. Außer Paige war ich jedem gegenüber misstrauisch, doch jetzt hatte ich mit Derrick eine weitere Bezugsperson, jemanden, dem ich mich anvertrauen konnte, damit ich Darren nicht mit meinem dummen Neid und meinen Problemen belasten musste.

Jemand, der im Gegensatz zu Paige richtig mit mir mitfühlen konnte und mich auch mal in den Arm nahm. Auch wenn die Ritterin, die ursprünglich von niederer Geburt war, inzwischen eine einflussreiche Position innehatte, behielt sie ihre Gefühle und Gedanken lieber für sich und konzentrierte sich stattdessen darauf, ihre Pflichten mit allergrößter Sorgfalt zu erledigen.

Derrick dagegen war wie ich. Er hatte ebenfalls dieses Machtstreben in sich, hatte sogar versucht, als Kampfmagier in meine Fußstapfen zu treten, und sich dann der Kavallerie angeschlossen, als sein großer Traum geplatzt war.

»Ich war neidisch auf dich und Alex«, gestand er mir eines Nachmittags, als wir draußen auf dem Übungsplatz der Soldaten trainierten. »Aber vor allem auf dich, weil du alles hattest. Die Ausbildung in dem Zweig, der auch mich interessierte. Sir Piers und der Schwarze Magier hielten große Stücke auf dich. Für dich hat sogar einer der Prinzen seine Verlobung gelöst. Unsere Eltern waren unglaublich stolz. Auf Alex natürlich auch, aber von dir haben sie in all ihren Briefen immer am allermeisten erzählt.«

Ich schluckte, während ich seinen Schwerthieb mit meiner Klinge parierte. »Das war mir überhaupt nicht bewusst.«

Er schüttelte den Kopf und zwischen seinen blonden Locken blitzten die strahlend blauen Augen auf. »Sollte es auch nicht. Ich war ja auch stolz auf dich und habe mich für dich gefreut … Und trotzdem hat es wehgetan. Viele Jahre lang. Hat erst langsam aufgehört, als Nyx mich in ihr Regiment berufen hat und ich mir dort einen Namen gemacht habe.«

Ich tänzelte zurück und Derrick fuhr eine Attacke mit Schwerthieben und Fußtritten. Mit einer eleganten Drehung wehrte ich seinen Vorstoß mühelos ab. Dass mein Bruder mir seine Unsicherheit und seinen Neid gestand, war für mich eine Erleichterung. Was in mir vorging, war anscheinend ganz normal.

»Hast du … hast du manchmal gedacht, du wärst ein schlechter Mensch? Missgünstig und so?«

»Täglich. Ich habe versucht, in unseren Briefen positiv zu klingen, was wegen der Distanz nicht schwer war, und ich habe dich ja auch wirklich vermisst. Aber immer, wenn wir uns mal gesehen haben und du mit einem Strahlen von deinem neuen Leben erzählt hast, dann habe ich dich gehasst. Und mich selbst noch viel mehr für diese Gedanken.«

Und ich hatte nie etwas davon mitbekommen.

Unser Kampf war beendet, und Derrick steckte sein Schwert weg, während sich meines in Luft auflöste. Zusammen setzten wir uns auf eine Bank.

»Das tut mir echt leid.«

»Muss es nicht. Es war nicht deine Schuld, Ryiah, sondern meine. Etwas, das ich mit mir selber ausmachen musste.« Er sah mir in die Augen und ein Lächeln spielte um seine Mundwinkel. »Du hast nicht rein zufällig noch den Ring, den dein dummer Bruder wie ein Vollidiot weggeschmissen hat?«

Unter meinem Oberteil zog ich das Lederbändel hervor, an dem das angelaufene Kupferstück mit dem schimmernden »R« hing. »Bedeutet das, dass du *mich* jetzt wieder am allerliebsten hast?« Mein Grinsen war breit. »Denn sonst bekommst du es nicht zurück.«

Derrick schmunzelte. »Der arme Alex hatte doch nie eine Chance.«

Der nächste Monat verging wie im Flug. Nach meinem Gespräch mit Derrick erschienen mir meine Pflichten erträglicher, und so sehr ich mich auch darüber ärgerte, dass Mira mich ihre Abneigung so deutlich spüren ließ, kam ich doch endlich mit meiner neuen Rolle ins Reine. Denn eines war sicher: Die Ratskammer sollte das am besten bewachte Zimmer des ganzen Palasts sein.

Und das war es auch. Bis zu dem Abend, als ich einen Routinegang über den Flur machte und plötzlich Darren mit einem gespielt strengen Lächeln am Eingang lehnte.

»Hallo, hochgeschätzte Magierin«, sagte er. »Könnt Ihr mir vielleicht verraten, warum diese Kammer eine Stunde lang unbeaufsichtigt war? Das stellt eine Gefahr für unser gesamtes Königreich dar.«

Mit hochgezogenen Augenbrauen sah ich ihn ungläubig an. »Sie war den ganzen Abend bewacht. Und zwar von mir höchstpersönlich.«

Mit einem noch frecheren Grinsen stieß er sich von der Vertäfelung ab. »Ich glaube, da irrt Ihr Euch.«

»Und ich glaube, Ihr seid nicht ganz bei Trost.«

»Dann erklärt mir mal, warum da drin so ein Durcheinander herrscht?«

»Ein Durcheinander?« Ich stockte. War mir etwas entgangen? Hatte sich jemand an mir vorbeigeschlichen, als ich dem Eingang nur einen Moment lang den Rücken gekehrt hatte? Und warum machte er noch immer so ein Gesicht wie eine der Palastkatzen, die mit der Pfote in der Sahne des Kochs steckte? »Zeig!«

Er zog einen Schlüssel hervor und öffnete schwungvoll die Tür. Ich eilte hinein, um mich umzusehen.

Alles war an seinem Platz: Die Bücher standen auf den Regalen, die Wandteppiche und die riesigen Landkarten von Jerar und den angrenzenden Ländern hingen dort, wo sie hingehörten, der Ratstisch und die Stühle waren an Ort und Stelle, und die massiven Truhen waren fest verschlossen. Seit meinem Kontrollgang vor einer Stunde war hier drin nichts angerührt worden.

Ich drehte mich zu Darren um und deutete anklagend mit dem Finger auf ihn. »Siehst du, hier drin ist rein gar nichts passiert.«

»Das wird sich gleich ändern.« Darren schloss die Tür, sperrte sie hinter sich ab und sah mich unter seinen langen, kohlrabenschwarzen Wimpern hervor an. Seine Mundwinkel zuckten, als müsse er sich ein Grinsen verbeißen.

Oh. Am liebsten hätte ich mir einen Tritt verpasst. *Oh.*

»Tut mir leid«, sagte er, »dass ich so viel zu tun hatte.«

Mein Atem ging schneller.

»Ich bin fast durchgedreht«, gab er zu. »Unsere Vermählung nochmals verschoben. Die ganzen Ratstreffen. Dass wir uns nur zu den Mahlzeiten sehen. Ich ...« Er verstummte und kam näher. Ich stand mit dem Rücken zu dem großen steinernen Tisch, gegen den er mich jetzt drückte, und es gab kein Entrinnen, nicht mal, wenn ich gewollt hätte – was ich nicht tat.

»Ich vermisse dich sogar, wenn du direkt vor mir stehst«, flüsterte er und sah mir in die Augen. »Ich kann an nichts anderes mehr denken. Wir werden in den Krieg ziehen, und ich bin der Schwarze Magier und muss die ganze Zeit irgendwelche Besprechungen führen und bin in Gedanken doch ständig nur bei dir.« Er senkte den Kopf, sodass seine Lippen nur noch wenige Zentimeter von meinen entfernt waren. »Genau wie jetzt, Liebes.«

»Und ich ...« Mein Herz pochte so laut, dass ich kaum etwas herausbekam. »Ich denke an ...«

»Woran denkst du?« Er stützte sich mit den Händen auf den Tisch. Seine Augen glühten wie Kohle.

»Dich.«

Sein Körper presste sich an meinen und das stellte verrückte Dinge mit mir an. Mir war schwindelig und heiß und kalt zugleich, und ich konnte an nichts anderes denken als an seine Beine, die meine berührten, seine Brust, die sich im gleichen Rhythmus hob und senkte wie meine, seine Hände und meine Haut.

»Und?«

Ich fuhr mir mit der Zunge über die Lippen und seine Augen folgten der Bewegung. Ein Lächeln zuckte um seine Mundwinkel.

»Küss mich, Ryiah.«

Ich stellte mich auf die Zehenspitzen und er kam noch näher. In den Schatten stoben Funken auf, als sich unsere Lippen berührten. Er stöhnte leise, und ich musste sehr an mich halten, um nicht aufzukeuchen.

»Und worüber denkst du sonst noch so nach?« Sein Atem fühlte sich heiß an meinem Ohr an, und mein Verstand setzte aus, als seine Finger über meine Rippen hinabglitten. Was käme als Nächstes?

»Vielleicht darüber?« Er nagte an meiner Unterlippe und jetzt gab ich doch eine Mischung aus Wimmern und Keuchen von mir.

Dann umspielte seine Zunge meine und mein ganzer Körper fing Feuer. Mich überliefen glühend heiße Schauder und ich rang nach Atem. Wenn der Prinz von Jerar mich so küsste, brannte ich lichterloh.

»Willst du, Ryiah?«, wisperte er und das ging mir durch und durch.

Will ich?

Er hob mich auf die kalte Tischplatte, und meine Beine schlangen sich wie von selbst um seine Taille, ehe mir überhaupt bewusst wurde, was ich tat. Schock und Verlangen durchzuckten mich.

»Darren«, stammelte ich.

Er starrte auf mich herab, und ich versuchte, den Bann irgendwie zu brechen, der mich diese Dinge tun ließ. Als Darren sich links und rechts von mir auf die Tischplatte stützte, schoss Hitze bis in meine Magengrube, und ich nahm das Zimmer nur noch verschwommen wahr. Ich wollte ihn nur noch zu mir herunterziehen, sodass nichts, gar nichts mehr zwischen uns war.

Ich wollte ihm die Kleider vom Leib reißen.

Der Gedanke hätte mich in Angst und Schrecken versetzen sollen, doch jetzt … jetzt starb ich fast vor Verlangen.

Ich wusste, dass er es wollte.

Und ich auch.

»Ryiah.« Darren streckte eine Hand aus, um mein Kinn anzuheben und mir in die Augen zu sehen. Sein Blick war ein gähnender Abgrund – dunkler Granat, der mich mit Haut und Haar verschlang. Die Farbe erinnerte mich an die untergehende Sonne, den Moment, in dem das Rot sich ins Unermessliche steigerte, so schön, dass es einen schier wahnsinnig machte … dass man den Blick nicht abwenden konnte.

»Ich liebe dich«, flüsterte er.

Ich zog Darren an mich und küsste ihn. Es war ein langer, langsamer Kuss, der ihm alles sagte, was ich mich nicht laut auszusprechen traute. Seine Augen loderten auf, und er presste sich noch fester an mich, erwiderte wild und atemlos meinen Kuss. Seine Finger glitten tiefer und tiefer zum Saum meines Hemds und mir stockte der Atem.

Mit hämmerndem Puls riss ich ihm die Weste vom Leib und ließ mich ein Stück nach hinten auf die Tischplatte sinken, während sein Mund meinen Hals fand.

Plötzlich hörte ich ein Scharren, ein eigenartiges Kratzen, und einen Moment lang glaubte ich, das wären vielleicht meine Fingernägel auf der Marmorplatte – doch meine Hände waren noch immer in seinen Haaren und zogen ihn an mich, während seine heißen Lippen über meine Haut wanderten und mich bei lebendigem Leib versengten.

Wieder das Scharren und dann das leise Quietschen eines Scharniers.

Ich zuckte zurück und stieß mir den Kopf am Tisch, während Darren herumfuhr. Um mich vor den Blicken des Eindringlings zu schützen, sandte er mit einer Hand einen grellen Lichtstrahl in Richtung Tür.

»Derrick?«, stießen Darren und ich fast gleichzeitig hervor.

Ich rappelte mich hoch und zog mein Oberteil zurecht, das sich in meinen Haaren verfangen hatte.

»Euer Hoheit … Ry? V-Verzeihung. Ich wollte nicht …« Der Hals meines Bruder lief feuerrot an. »Ich … ich habe nur nach Ryiah gesucht, und d-dann habe ich gesehen, dass keiner auf dem G-Gang war. Und da hab ich mir Sorgen gemacht und dachte, ich schaue mal …« Derrick verstummte, während sein Blick durch die dunkle Kammer huschte und ihm langsam dämmerte, was Sache war.

»Danke fürs Nachschauen.« Der Prinz betrachtete ihn

mit einem kleinen Stirnrunzeln. »War die Tür nicht abgesperrt?«

Ich spürte ein Prickeln am Rückgrat.

»K-kann eigentlich nicht sein«, stotterte Derrick. »Wie hätte ich sonst reinkommen sollen? ... Da muss sich irgendwas verklemmt haben. Sie ging einfach auf, u-und dann habe ich gemerkt ... äh ...«

Darren sah weg, genauso verlegen wie mein Bruder. Peinlicher hätte es echt nicht sein können.

Derrick stieß die Luft aus. »Ich ... ich gehe dann mal wieder.«

»Derrick«, rief ich. »Was wolltest du denn eigentlich von mir?«

Sein Kopf zuckte hoch, doch er mied meinen Blick. »I-ich hab's vergessen.«

Die Tür fiel zu und Darren und ich waren wieder allein. Nur dass sich jetzt ein Schatten über meine Gedanken legte. Unruhe und eine vage Angst ergriffen mich und ließen mein Herz unregelmäßig rumpeln, als ich vom Tisch aufstand.

Darren hielt mich am Arm fest. »Du gehst?« Er klang verwirrt.

Wie gern wäre ich geblieben, hätte alles vergessen und dort weitergemacht, wo wir aufgehört hatten, aber ... »Kannst du für heute Nacht eine Vertretung für mich organisieren?«

»Natürlich.« Er schluckte. »Tut mir leid ... ich wollte nicht, dass du dich irgendwie –«

»Das ist es nicht.« Ich lief feuerrot an und war froh, dass es hier so düster war. »I-ich ...« *Ihr Götter, steht mir bei!* »Ich habe nur keinen von den Zaubertränken genommen, die … die eine Schwangerschaft verhindern. Das … das würde ich momentan nicht riskieren wollen. Nicht vor dem Krieg.«

»Oh.« Sein Hals war so rot wie mein Gesicht. »Ich … ich, äh, könnte einen von den Heilern bitten, einen zu … Also wenn du möchtest?«

Am liebsten wäre ich im Boden versunken, so peinlich war mir das alles, aber andererseits schrie alles in mir danach, sein Angebot nicht abzulehnen. Ich wollte nicht einfach wie ein kleines Kind davonrennen. Ein Teil von mir wollte das hier. »E-einverstanden«, brachte ich mit hoher Stimme heraus, ehe ich fluchtartig den Raum verließ.

Darren musste nicht erfahren, dass der wahre Grund, warum ich es so eilig hatte, Derrick war. Dass ich meinen Bruder finden musste, ehe er Zeit hatte, sich von dem Schreck zu erholen, damit ich ihn in die Enge treiben und dazu bringen konnte, mir ein paar Dinge zu erklären.

Nur zwei Wachen – ich und ein Magier namens Ike – hatten einen Schlüssel zur Ratskammer. Und Ike nahm seine Pflichten genauso ernst wie Paige. Nicht ein einziges Mal hatte ich ihn gähnen sehen, wenn er im Dienst war. Ansonsten waren da nur noch die amtierenden Ratsmitglieder und die Krone. Und Derrick gehörte weder zu den einen noch zu den anderen.

»Du hast ihn mir gestohlen, richtig? An dem Tag, als wir miteinander trainiert haben.« Ich wartete seine Antwort nicht ab, sondern schubste meinen Bruder gegen die Stallwand und zischte: »Erst dachte ich, ich hätte ihn verloren, aber das stimmt gar nicht, oder? Und am nächsten Tag hast du mir erzählt, du hättest ihn gefunden, dabei hast du ihn geklaut und nachmachen lassen!«

»Ich –« Derricks Brust hob und senkte sich, während er nach Luft rang. Seine Arme waren doppelt so dick wie meine, und er überragte mich mindestens um zwei Köpfe, doch im Moment wirkte er ziemlich klein.

»Wofür hast du ihn gebraucht, hm?« Ich packte ihn so fest an den Schultern, dass es blaue Flecken geben würde. *»Sag schon. Was wolltest du damit, Derrick?«* Außer uns war weit und breit niemand in Sicht. Bis auf das leise Kauen, das Rascheln von Hufen im Stroh und ein gelegentliches Schnauben herrschte in den Stallungen gespenstische Stille.

Alle anderen waren beim Abendessen. Oder im Bett. Oder hatten Dienst. Die nächsten Wachleute waren eine Viertelmeile entfernt an den Palasttoren postiert und ein paar befanden sich bei den Baracken. Derrick hielt bei den Stallungen Wache.

Oder sollte es zumindest. Nur dass er eben unter dem Vorwand, mir einen Besuch abstatten zu wollen, versucht hatte, in die Ratskammer einzudringen.

Mein Bruder hörte auf zu keuchen und sah mir ins Gesicht. »Du kennst die Antwort«, sagte er ruhig.

»Nein! Nein, tue ich nicht!« Meine Faust krachte gegen das Holzbrett neben seinem Hals und ein schmales Rinnsal Blut tröpfelte von meinen Knöcheln auf den Boden.

»Doch.« Derrick hielt meinem Blick stand.

»Nein, ich …« Er hatte recht. Meine Beine gaben unter mir nach und ich lehnte mich gegen die Wand. »Oh Gott, oh Gott, oh …« Ich rutschte an den groben Brettern hinunter, bis ich mit angezogenen Knien im Stroh saß. Die Worte kamen mir nur schwer über die Lippen. »Du gehörst zu den Rebellen.«

Wortlos setzte sich Derrick neben mich.

»Du … du bist gar nicht wegen mir hier.« Mein Atem ging schnell und stoßweise. »Sondern wegen *denen.*«

Für mich brach eine Welt zusammen. Plötzlich musste ich würgen. Ich krümmte mich und übergab mich so heftig ins moderige Stroh, dass Staub und Dreck aufstoben.

Derrick hielt meine Haare nach hinten, wartete, bis ich zu husten aufhörte, und reichte mir seinen Trinkschlauch. Ich spülte mir den Mund aus und spuckte aus.

Dann erst sprach er.

»Sie sind nicht so, wie du denkst.«

»Kaltblütige Mörder?«, stieß ich hervor. »Sie haben versucht, mich zu töten, Derrick, in meinem ersten Ausbildungsjahr in Mahj! Sie haben versucht, Darren zu töten. Sie haben Caine auf dem Gewissen und noch viele andere. Sie überfallen unsere Städte. Sie …« Meine Stimme versagte. »Sie haben Wren umgebracht.«

»Sie hatten es auf die Salzfelder abgesehen, nicht auf dich oder Darren.« Sein Ton war schroff. »Hätten die Lehrlinge nicht versucht, die Helden zu spielen, hätte ihr Anführer nie angegriffen. Die Rebellen wollen Jerars Schatzkammern Schaden zufügen, indem sie Exporte sabotieren, nicht junge Leute ermorden. Als sie allerdings herausbekommen haben, dass einer der Prinzen dabei ist …« Er schwieg einen Moment. »Na ja, da haben sie gedacht, sie könnten zwei Fliegen mit einer Klappe schlagen. Die Krone ist unser Feind, Ryiah.« Er stieß die Luft aus. »Du verschließt nur die Augen davor.«

»Du hast doch keine Ahnung, wovon du redest.« Ich fühlte mich elend. Es war, als hätte mir jemand einen Tritt in die Magengrube verpasst, als wollte jemand prüfen, wie viel ich aushielt. *Meinen kleinen Bruder gegen mich aufbringen. Ihn zu meinem Feind machen.*

Es war die schrecklichste Prüfung, die man sich vorstellen konnte, und eine, die ich nicht bestehen würde. Ich konnte mich nicht dazu durchringen, Derrick festzunehmen. Ging einfach nicht.

»In Ferren's Keep haben sie versucht, uns beide auf ihre Seite zu ziehen, Ry.«

»Im Norden gibt es keine Rebellenangriffe …« Und ich habe mich immer gefragt, wieso nicht.

»Nyx hat dir nach deiner Ausbildung die Stelle angeboten, weil sie wusste, wie mächtig du bist. Sobald du angenommen hattest, hat sie nach Ian geschickt. Seine Eltern sind auch Rebellen.« *Nein.* »Genau wie er. Er war in Langli, um Nyx eine Übersicht über alle möglichen Seetransporte zu verschaffen, aber dann hat sie ihn gebeten, sich lieber um dich zu kümmern. Dich auf die Probe zu stellen nach deiner Verlobung mit dem Prinzen …«

Ian war wirklich wegen mir dort hingegangen. Darren hatte die ganze Zeit recht gehabt, nur nicht, was seine Gründe betraf. »Sie wusste, dass sie vorsichtig vorgehen mussten, also hat sie Ian herbeordert … Und als du die ganze Zeit mit Trauermiene herumgerannt bist und dich abgekapselt hast, beschloss sie, mich zu holen. Und

Jacob hat sie auch angeheuert, da sein Vater bereits einer von ihnen war.«

Sie sind Rebellen. Alle miteinander. Heimlich, still und leise rekrutieren sie Soldaten, Ritter und Magier aus dem einfachen Volk, die für sie den Kopf hinhalten sollen. »Im Norden die armen Leute, im Süden die fette Meute.«

Alles nur, um die Leute im Norden gegen uns aufzubringen. Und deshalb stellten sie auch so gut wie nie Adlige ein.

Derrick sah mich flehend an. »Ich wusste es nicht, Ry. Sie haben es mir erst gesagt, als du das erste Mal zum Palast gerufen wurdest. Sie stecken alle Neulinge in Sir Gavins Einheit. Nehmen sie mit auf Missionen, bauen eine Beziehung zu ihnen auf, fühlen ihnen auf den Zahn, und wenn man den Test besteht – wenn man sich zum Beispiel in einer spontanen Diskussion kritisch gegenüber der Krone äußert –, bekommt man eine Beförderung. Und dann weihen sie einen ein. Ray hat den Test bestanden, aber Ian und ich wurden nicht befördert, weil Nyx uns ja brauchte, um an dir dranzubleiben«, fuhr er fort. »Du hast dich nicht mit den anderen aus deiner Einheit abgegeben. Ständig hast du für die verdammte Kandidatur trainiert und Darren verteidigt. Als du das Geld angebracht hast, dachte ich, jetzt geht es bergauf, aber dann hast du dich wieder in dein Schneckenhaus zurückgezogen. Dir war nicht zu trauen.« Seine Augen blitzten zornig. »Auf Knien habe ich Sir Gavin angefleht, dir eine Chance zu geben, doch Ian war nicht überzeugt. Er sagte, du stündest der Krone zu nahe, sodass es nichts zur Sache tue, wie viel du für uns bewirken könntest – du seist ein zu großes Risiko. Er meinte, dass du uns an *ihn* verraten würdest.«

Ich bekam keine Luft mehr.

»Die Räuberbande, die ihr in der Nähe von Pamir ausgehoben habt, wurde nie an das Gefängnis nach Gilys überstellt. Die Männer wurden rekrutiert und in den Städten im Norden stationiert. Und man gab ihnen Geld zum Überleben.« Die Finger meines Bruders gruben sich ins Stroh. »Die Rebellen überlassen die Leute nicht sich selbst, Ryiah. Sie lassen sie nicht einfach verhungern und bestrafen sie auch nicht dafür, dass sie zu Verbrechern werden, wenn die Krone ihnen den Rücken kehrt.«

Das Atmen fiel mir schwer. »Derrick, die Krone hat nicht genug für alle. Sie kann unmöglich jeden unterstützen, wenn Caltoth einen Angriff nach dem anderen startet ...« Ich riss die Augen auf. »Die Rebellen, Derrick. Machen sie gemeinsame Sache mit den Caltothen?« *Und warum erzählt er mir das alles, wenn er doch einer von ihnen ist?*

Außer er war sich sicher, dass ich ihn niemals verraten würde.

»Caltoth ist nicht der Feind, Ry.«

»Wer denn dann?« Ich spuckte ihm die Worte förmlich ins Gesicht. »Die Krone? König Blayne? Darren? *Ich?*« Tränen schossen mir in die Augen, und ich machte mir nicht die Mühe, sie zu verbergen. Ich *wollte,* dass Derrick mich so sah. Mich, seine Schwester, sein eigen Fleisch und Blut. »Sag mir, Derrick. Wer ist der Feind?«

Derrick sollte mich ansehen und es mir sagen, weil ich es nicht über mich brachte, es selbst auszusprechen.

Mein Bruder war wenigstens so anständig, beschämt zu wirken, und seine Wangen nahmen die Farbe einer kranken, fleckigen Rose an. »So einfach ist das nicht. Ich –«

»Raus damit, Derrick!«

»König Lucius.«

Ich unterdrückte ein hysterisches Lachen, das sich mit dem Staub vermischte, den ich zuvor in Mund und Nase bekommen hatte, und ich musste fast eine Minute lang husten. »Was Besseres fällt dir wohl nicht ein?«, spottete ich. »Ein toter König. Mein eigener Bruder kann sich nicht mal eine ordentliche Lüge ausdenken. *Eure Leute haben ihn vor nicht mal zwei Monaten ermordet, schon vergessen?*« Ich war außer mir vor Wut und ihm ging es nicht viel anders. Mein eigener Bruder ... dermaßen verlogen. *Wie kann es sein, dass ich die ganze Zeit nichts gemerkt habe?*

»Nein.« Derrick straffte die Schultern und schüttelte mich. »Das ist keine Lüge, Ry. König Lucius hat von Anfang an auf diesen Krieg hingearbeitet. Wusstest du, dass er zwei Monate vor dem Tod seiner Frau seinen Beratern gesagt hat, er wolle Jerars Herrschaftsgebiet erweitern?«

»Woher willst *du* das denn wissen? Das sind doch alles Lügen, die sie dir aufgetischt haben, damit du dich ihnen anschließt!«

Mein Bruder ging nicht auf meine Frage ein. »Raphael, einer der Berater, war anderer Meinung. Er hat dem König zwar nicht offen widersprochen, aber dafür seiner jüngeren Schwester im Norden geschrieben, die einen hochrangigen Ritterposten im Regiment in Ferren's Keep innehatte. Sie hieß Nyx.«

Kommandantin Nyx?

»Gemeinsam mit ihren engsten Vertrauten haben sie ein Komplott geschmiedet, den König zu ermorden. Es war die einzige Möglichkeit, ihn aufzuhalten. Sie wussten, dass Königin Lillian, die nichts von den Plänen ihres Mannes ahnte, eine leicht zu lenkende Herrscherin wäre. Es ging nie darum, die Krone auszulöschen, Ryiah. Die Leute wollten einfach nur einen Herrscher, der nicht korrupt war und versuchte, einen Krieg zwischen zwei Ländern anzuzetteln, der Tausende Menschen das Leben kosten würde. Und sie wussten, dass es den Prinzen unter der Führung ihrer Mutter besser gehen würde als mit dem Vater.« Derrick schluckte. »Aber dann hat Raphael aus Versehen den Wein vertauscht, sodass Königin Lillian aus dem falschen Glas getrunken hat. Den Rest kennst du: König Lucius ließ in dieser Nacht alle bei dem Fest Anwesenden abschlachten. Er hat wahrscheinlich geahnt, dass der Anschlag ihm gegolten hat, und sich die Situation zunutze gemacht, indem er den Mord den Caltothen in die Schuhe schob.«

Ich wollte ihm den Mund verbieten, widersprechen … aber andererseits wollte ich auch mehr erfahren.

»Lucius hat die Angriffe im Grenzgebiet selbst inszeniert, Ry. *Über Jahre hinweg.* Irgendwann ist Nyx misstrauisch geworden und hat einige ihrer besten Leute losgeschickt, um dem auf den Grund zu gehen. Anfangs waren es nur kleine, relativ harmlose Scharmützel, aber mit der Zeit wurde es immer schlimmer. Und durch Raphael wusste sie, dass mehr dahintersteckte. Sie war noch immer nicht über den Tod ihres Bruders hinweg und auch nicht über das Geheimnis, das er ihr anvertraut hatte.« Er holte Luft. »Also schickte Nyx Sendboten nach Caltoth zum König mit der Bitte um Aufklärung. Horrace behauptete, das alles wäre eine Farce. Hätte er die Überfälle angeordnet, hätte er ihre Leute auch einfach hinrichten können, aber stattdessen schenkte er ihnen Gehör.« Mein Bruder machte eine Pause. »König Horrace hat vielleicht genug Geld, jedoch nicht die militärische Stärke, um gegen Jerar in den Krieg zu ziehen. Er hat jahrelang um König Jorens Gunst geworben und ihn auf Lucius' Anschuldigungen vorbereitet. Denn Lucius hat caltoth'sche Verbrecher – Flüchtige, Räuber und Mörder – angeheuert, Ry. Er hat sie bezahlt, um seine eigenen Landsleute zu überfallen.«

»Nein.« Ich versuchte aufzustehen und lehnte mich schwer gegen die Wand. Meine Knie waren wie Pudding. »Warum sollte ein König kriegerische Angriffe auf sein eigenes Volk inszenieren?«

»Was wäre besser geeignet, um die Unterstützung seiner Untertanen zu gewinnen? Was wäre besser geeignet, um den anderen Nationen zu demonstrieren, dass Caltoth sich nicht an den Großen Kompromiss hält?« Derrick schwieg einen Moment lang. »Das heißt nicht, dass es nicht auch hin und wieder Überfälle gab, die wirklich aus eigenem Antrieb von Caltothen verübt wurden. Von gierigen Lords, die mehr wollten. Meuchelmördern, die dachten, sie könnten Lucius' Geld einstreichen und zusätzlich noch ihren eigenen Nutzen daraus ziehen … wie zum Beispiel in Ferren. Nyx hat mir erzählt, dass du dich an etwas bei dem Angriff erinnert hast.«

Plötzlich war ich wieder in dem Wald, der die Festung umgab. *»Du kennst die Anweisung genauso gut wie ich, Walter: keine Überlebenden.« – »Und wenn wir es ihnen einfach nicht sagen?« – »Willst du dieses Risiko wirklich eingehen, Walter? Du weißt, welche Strafe auf doppelten*

Verrat steht. Es wäre ein äußerst langsamer und schrecklicher Tod.«

»Lucius hat caltoth'sche Straftäter dafür bezahlt, dass sie während des Übungskampfes eines der patrouillierenden Regimenter attackierten. Nie und nimmer hat er damit gerechnet, dass sein Sohn schon so weit wäre, ihm einen Strich durch die Rechnung zu machen. Und außerdem solltet du, Darren und die anderen aus eurem Jahrgang euch eigentlich innerhalb der Festungsmauern aufhalten.«

Eve. Ich verspürte einen Stich im Herzen. Wenn es stimmte, was er sagte, dann hatte sie nicht ihr Leben gegeben, um uns vor den Caltothen zu retten, sondern vor unserem eigenen König.

»Alle, die an jenem Tag den Tod gefunden haben, gehen nicht auf das Konto von König Horrace. Sie waren der endgültige Beweis, der Lucius noch gefehlt hat, um die anderen davon zu überzeugen, dass Caltoth den Großen Kompromiss gebrochen hat. Ab da musste er nur noch die Vermählung mit der pythischen Prinzessin in trockene Tücher bringen.«

Ich war am Boden zerstört und bekam kaum noch Luft. *Wren und all die anderen …*

»Du meinst, die Rebellen wären so edel und über alles erhaben«, krächzte ich. »Aber sie wollten uns in der Wüste töten, Derrick! Du sagst, es ging nur um Kontrolle über den Handel? Und was ist dann mit Montfort? Was ist *damit*, hm?« Meine Stimme zitterte. »Warst du da auch dabei? Hast du es irgendwie geschafft zu entkommen –«

Derrick schüttelte vehement den Kopf. »Das waren wir nicht, Ry.«

»Du hast gesagt, die Krone sei der Feind der Rebellen«, stieß ich mit erstickter Stimme hervor. »Und sie haben ihn ermordet, Derrick. Lucius ist tot. Sie haben Wren umgebracht und bei Blayne haben sie es auch versucht und –«

»*Das waren wir nicht!*« Derrick sprang auf, packte meine Arme und schüttelte mich. »Ich schwöre dir, Ry, das waren nicht die Rebellen. Und ich war ganz sicher nicht dabei. Und die Rebellen, die sie ›gefasst‹ haben, das war niemand von uns.«

»Woher willst du das denn wissen?«, brüllte ich. »Du nickst doch einfach brav zu allem, was Kommandantin Nyx dir erzählt. Sie ist die Anführerin der Rebellen, oder etwa nicht?«

»Schon, aber –«

»Ihr behauptet, ihr wärt es nicht gewesen!« Ich schubste ihn weg. »Lucius war euer erklärter Feind und jetzt ist er tot. *Wie praktisch.* Und wer waren dann diese ›unechten‹ Rebellen? Eine weitere Gruppe Flüchtiger, die sich gegen die anderen gestellt haben? Pythier, die ihre eigene Prinzessin umbringen wollten? Wenn die Pythier sich Jerar hätten einverleiben wollen, hätten sie sich doch einfach mit Caltoth verbünden können. Sie hätten sich nicht mit langwierigen Verhandlungen herumschlagen oder den Tod ihrer Kronprinzessin in Kauf nehmen müssen.« Die Worte sprudelten nur so aus mir heraus. »Und die Boreaner? Die sind das schwächste Glied in der Kette und Kaiser Liang zieht überhaupt keinen Nutzen aus diesem Anschlag. Bleiben also nur die Rebellen oder Caltoth!«

Die Wut verlieh mir neue Kraft und ich stieß mich von der Wand ab und ging auf meinen Bruder zu. »Siehst du es denn nicht, Derrick? Sie haben dich reingelegt. König Horrace hat euch alle gegeneinander ausgespielt. Er benutzt die Rebellen, um für ihn die Drecksarbeit zu erledigen, während er auf seinem Thron hockt und sich ins Fäustchen lacht und seine Armee losschickt, um unsere Grenze zu schwächen. Und selbst wenn es stimmen sollte, was du über Lucius gesagt hast, hätte König Horrace es zu seinem Vorteil nutzen können. Vielleicht waren diese Männer in Montfort nicht eure Leute. Vielleicht waren sie *unsere eigenen Soldaten, die von den Caltothen bestochen wurden!* Ist dir das schon mal in den Sinn gekommen?«

Derrick blickte finster drein. »Der Gesandte hat ›Für Caltoth‹ geschrien. Irgendjemand hat augenscheinlich versucht, Horrace und die Rebellen in einen Topf zu werfen.«

»Oder vielleicht«, sagte ich mit zusammengebissenen Zähnen, »hat Horrace den Anschlag wirklich stillschweigend gebilligt, und es war ihm egal, dass alle Bescheid wissen. Oder die Caltothen arbeiten überhaupt nicht mit euch zusammen und *Nyx* hat den Gesandten bestochen!«

»Der Norden hat nicht mal genug Geld, um seine Infanterie richtig auszustatten!«, schrie Derrick. »Du bist Magierin. Du hast doch keine Ahnung, wie es ist, als einfacher Soldat niederer Herkunft ohne irgendeine Perspektive. Die Krone macht keinen Finger für uns krumm. Nyx würde uns niemals hintergehen, denn sie ist eine von uns – *ganz im Gegensatz zu dir!*«

Ich versuchte, ruhig durchzuatmen, um nichts zu sagen, was ich hinterher bereuen würde. Ich war mir nicht mehr so sicher, wer der Feind war, aber eines war klar: Er befand sich in Lauerstellung, und ich musste meinen Bruder davon abbringen, ihm in die Hände zu spielen. »Der Feind könnte jeder sein, Derrick. Sogar deine eigenen Leute.«

»Übrigens hast du jemanden vergessen.« Mein Bruder sah mich an und in seinen Augen wütete ein Sturm. »Jemand, der *praktischerweise* bei dem Anschlag in Montfort nichts abbekommen hat. Nicht den kleinsten Kratzer.«

»Es gab viele Leute, die nicht –«

»Jemand Wichtiges.« Derrick machte einen Schritt auf mich zu und trieb mich in die Enge. Seine Fäuste bebten. »Jemand, für den richtig viel auf dem Spiel steht. Der nach der Macht greifen könnte. Hast du dich schon mal gefragt, wer das ist?«

»Blayne?« Ich schnaubte. »Schon vergessen? Er wurde *vergiftet.*«

»Nein.« Seine Augen blitzten. »Nicht Blayne. Keiner weiß, ob König Lucius seine Söhne in seine Pläne und Intrigen eingeweiht hat. Aber *einer* würde definitiv am meisten vom Tod des Königs und des Thronfolgers profitieren. Jemand, der möglicherweise beschlossen hat, dass es an der Zeit wäre, selbst den Thron zu besteigen –«

Mein Bruder taumelte zurück, als ich ihn mit der Hand mitten im Gesicht traf. Tränen brannten in meinen Augen und ich brüllte ihn an: »*Niemals würde Darren das tun!*«

»Nein?« Mein Bruder fing meine Hand ab, ehe ich wieder zuschlagen konnte. »Wenn es um ihn geht, bist du blind, Ry. *Hast du Alex schon vergessen? Hast du vergessen, was sie deinem eigenen Bruder angetan haben? Und du hast es zugelassen, weil du dich nicht getraut hast, der Krone die Stirn zu bieten!*«

Ich riss mich von ihm los. »Darren wollte das nicht! Sein Vater war ein schlechter Mensch! Darren hat ihn *gehasst!* Du hast keine Ahnung –«

»Vielleicht war ja auch das das Motiv: Hass.« Damit drehte er sich um und ging.

»Derrick!« Ich rannte ihm nach. »Wir müssen ihnen alles erzählen. Darren und Blayne müssen die Wahrheit über ihren Vater erfahren!«

Mein Bruder fuhr herum. »*Wir* erzählen ihnen überhaupt nichts. Und *du* auch nicht.«

»Du hast im Palast nach Beweisen dafür gesucht, dass Lucius die Überfälle in Auftrag gegeben hat, richtig?«, fragte ich in flehendem Ton. »Das haben sie doch von dir verlangt, oder?«

Er schwieg.

»Darren könnte dir helfen. Sogar Blayne. Wenn es stimmt, was du sagst –«

»Der Krone kann man nicht trauen.« Derricks Stimme hallte durch die Stallungen. »Selbst wenn die Prinzen nicht in Lucius' Pläne involviert waren – glaubst du ernsthaft, Blayne würde die Kriegserklärung widerrufen? Mit Unterstützung der Pythier wird Jerar gewinnen, und das sind rosige Aussichten für die Krone.«

»Darren könnte ihn zur Vernunft bringen. Blayne vertraut ihm.«

Derrick schüttelte den Kopf. »Lucius hat Darren so erzogen, dass er die rechte Hand seines Bruders ist. Er wird tun, was Blayne verlangt, und sich dessen Willen beugen.«

»Du kennst ihn doch gar nicht!«

»Muss ich auch nicht. Er gehört zur Königsfamilie. Er würde uns an seinen Bruder verraten.«

»Derrick!« Ich fiel auf die Knie und flehte ihn an, nicht zu gehen. »Du musst damit aufhören. Wenn sie jetzt, noch dazu nach dem Anschlag in Montfort, rauskriegen, dass du dich den Rebellen angeschlossen hast –« *Dann töten sie dich.*

»Du wirst mich schon melden müssen, um mich aufzuhalten.« Derrick biss die Zähne zusammen, und mir wurde bewusst, dass er nicht mehr der kleine Junge war, den ich mit großgezogen hatte, sondern ein Mann. »Ich werde weitersuchen, weil einer es machen muss. Und wenn du mich verrätst – was ich nicht glaube –, dann musst du damit leben, dass mein Blut an deinen Händen klebt. Und mit dem Wissen, dass du unsere Familie auseinandergerissen hast. Du hast es selbst in der Hand, ob du dein Leben zerstörst.«

Ich floh in meine Gemächer. Doch zuvor sorgte ich dafür, dass mir nicht mehr anzusehen war, dass ich geweint hatte. Ich wusch mein Gesicht und bürstete das Stroh von meiner Hose. Hocherhobenen Hauptes und mit einem Lächeln im Gesicht marschierte ich an den Wachen auf ihrem Kontrollgang vorbei.

Sobald ich in meiner Kammer war, schlug ich die Tür hinter mir zu, warf mich aufs Bett und erstickte meinen Schrei in der Matratze.

Ich hasste Derrick. Ich hasste ihn dafür, dass er unsere Familie gegen mich ausspielte, um mich mundtot zu machen. Er wusste, dass ich ihn nie an die Krone verraten würde, denn auch wenn sein Auftrag hier vergleichsweise harmlos war, wäre ich nicht in der Lage, ihn zu schützen, falls er erwischt wurde.

Warum? Warum muss ausgerechnet mein kleiner Bruder sich mit den Rebellen einlassen? Ich hasste Kommandantin Nyx. Ian. *Wie konnte er es wagen, auch nur zu versuchen, mich für ihre Sache zu gewinnen?* Und Ray. All die wütenden, feindseligen Soldaten auf der Festung. Jacob. Und ich mittendrin. *Warum kann Derrick nicht mehr wie Alex sein? Wieso muss er ausgerechnet nach mir kommen?*

Ich hasste sie allesamt. Derrick, weil er mich vor eine schreckliche Wahl gestellt hatte. Und weil er wusste, dass ich mich für ihn entscheiden würde. Ich brachte es nicht übers Herz, meinen Bruder zu verraten, mein eigen Fleisch und Blut, den kleinen Frechdachs, mit dem ich immer auf den Feldern Fangen gespielt und mich im Dreck gebalgt hatte. Was wiederum bedeutete, dass Darren Blayne niemals hintergehen würde, den Bruder, der vor seinen Augen misshandelt worden war; den er geschworen hatte zu beschützen. Und ich konnte nicht darauf zählen, dass Blayne bei Derrick Gnade vor Recht ergehen lassen würde.

Mein Bruder hatte mich zur Verräterin gemacht. Und das würde ich ihm nie, *niemals* vergeben.

Mir entfuhr ein Schluchzen.

»Ryiah?« An der Tür erklang ein besorgtes Klopfen.

Ich hielt so lange die Luft an, bis es mir fast die Lunge zerriss, und krallte die Nägel in die Decken, um einen Schrei zu unterdrücken. Ich konnte nicht mit Darren reden. Nicht jetzt. Nicht wenn meine Welt zusammenbrach und alles in Scherben lag, woran ich geglaubt hatte. Mein Bruder hatte mich gezwungen, mich für eine Seite zu entscheiden. Und es war nicht die von Darren.

Mit angehaltenem Atem wartete ich, bis der Prinz wieder ging.

Derrick hatte angedeutet, dass der Junge, den ich liebte, der Verräter in unserer Mitte sein könnte. Aber er täuschte sich. Denn tief in mir wusste ich: Wenn Darren mich gebeten hätte, einen grausamen Tyrannen und dessen Thronfolger zu töten, wenn er mich angefleht und gesagt hätte, es wäre zum Wohle Jerars, dann hätte ich ihm geholfen.

Die wahren Verräter waren die Rebellen. Oder König Horrace. Oder vielleicht sogar der pythische König.

Ich war eine Kampfmagierin, verlobt mit dem Prinzen eines Königreichs, das vom Untergang bedroht war. Bei so vielen Unwägbarkeiten musste irgendetwas schiefgehen.

Und wenn das geschah, würde das ganze Kartenhaus zusammenbrechen.

SIEBZEHN

Ich hatte mich für eine Seite entschieden, doch das hieß nicht, dass ich bereit war, mich wirklich darauf einzulassen. Ich war noch immer wild entschlossen, meinen Bruder irgendwie aufzuhalten. Sogar wenn das bedeutete, dass ich selbst zum Verräter werden musste.

Wenn ich Beweise für ihn finde, kann er nach Ferren's Keep zurückkehren. Das war alles, woran ich denken konnte. Denn solange Derrick im Palast weilte, schwebte er in Gefahr. Ein Teil von mir hätte nur zu gern geglaubt, was er über König Lucius gesagt hatte, denn nach allem, was dieser Mann seinen Söhnen angetan hatte, war ihm alles zuzutrauen.

An meinen drei freien Tagen durchkämmte ich jeden Zentimeter seiner Gemächer. Blayne war noch nicht in die Königsgemächer übergesiedelt – schließlich war er noch in Trauer –, also war nichts verändert worden. Die Wachen auf dem Gang behielten nur den Zugang zum königlichen Trakt im Auge, und da meine Kammer sich ebenfalls in diesem Flügel befand, musste ich mit keinem Kontrollgang rechnen.

Einen Schlüssel benötigte ich nicht. Das Schloss zerbrach schon beim zweiten Anlauf. Ich half mit ein klein wenig Magie nach und ließ das Metall rosten, sodass es bei der geringsten Berührung nachgab. Niemand würde Verdacht schöpfen.

Und so war es auch. Blayne war zu sehr mit seinen Kriegsvorbereitungen eingespannt und traf sich ständig mit seinem Beraterstab und mit Darren, dessen Rat in allen Fragen eingeholt wurde, die die Kampfmagier betrafen, und in allen möglichen anderen Dingen auch, denn Yves und Karina schlossen sich seiner Meinung meist an.

Aber ich fand *nichts*.

»Der König hätte derartige Dokumente doch nie und nimmer in seinen Gemächern aufbewahrt!«, rügte Derrick mich an einem Nachmittag in den Stallungen, als ich zu ihm kam, um ihm Bericht zu erstatten. »Ein so durchtriebener Mensch wie er? Wahrscheinlich hat er alles verbrannt.«

»Warum suchst du dann überhaupt?« Ich hob frustriert die Hände. »Was tust du noch hier? Geh, Derrick. Kehr zurück zur Festung, bevor sie dich erwischen.« Meine Stimme brach. »Ich kann das nicht mehr.«

»Keiner hat dich um deine Hilfe gebeten«, war seine lapidare Antwort.

Ich stürmte davon und hasste meinen Bruder noch mehr als zuvor.

Als Darren sich an diesem Abend neben mich setzte, war ich so damit beschäftigt, auf den Rehbraten auf meinem Teller einzustechen, dass ich es gar nicht merkte.

»Ryiah?« Er legte seine Hand auf meine. »Was ist los? Seit Tagen rührst du kaum etwas an.«

»Nichts.« Es klang verbittert und ich stopfte mir schnell ein Stück Fleisch in den Mund.

»Habe ich dich irgendwie verärgert?« Er klang traurig und verwirrt und das versetzte mir einen Stich ins Herz. »Ich …« Er senkte die Stimme, damit uns sein Bruder über das Gerede der Berater und anderen Ratsmitglieder hinweg nicht hören konnte. »Die Diener haben mir den Zaubertrank gebracht, aber …« An seinem Hals erschien ein leuchtend roter Fleck. »Wenn du deswegen sauer bist … Wenn du noch nicht so weit bist …«

Ich errötete heftig. »D-das ist es nicht.«

»Ganz sicher?« Er sah mir tief in die Augen, bis ich seinem Blick ausweichen musste, Verräterin, die ich war.

Fieberhaft suchte ich nach einer Ausrede. »Es ist wegen Wren.« Natürlich spielte auch sie eine Rolle. Die Lüge ging mir jedenfalls leicht über die Lippen. »Dein Bruder spricht jeden Abend über Pythus und da muss ich ständig an sie denken.«

Darrens Blick verfinsterte sich und er drückte meine Hand. »Bald schnappen wir uns die Rebellen, Ryiah. Wir werden nicht eher ruhen, bis wir sie alle haben. Blayne hat mich gebeten, die kompletten Berichte von Marius noch einmal nach irgendeinem Hinweis durchzugehen, den er vielleicht übersehen hat. Marius war sehr gründlich, aber ich habe mit den anderen Beratern gesprochen, und ich könnte mir vorstellen, dass er das alles vielleicht falsch angegangen ist. Was, wenn sie gar nicht im Süden sind?«

Mir stockte der Atem, während er fortfuhr. »Wir dachten, das wäre ihre Hochburg, weil sie immer dort zugeschlagen haben, aber vielleicht sollten wir genau das glauben. Vielleicht agieren sie vom Norden aus.«

»Euer Majestät, wir haben einen Verräter unter uns.«

Ich zuckte in meinem Stuhl zurück und warf mich anscheinend so heftig gegen die Lehne, dass die Holzbeine über den Boden schabten.

Mira stürmte herein, mit zwei ihrer Günstlinge unter den Magiern – und mit *Derrick.* Sein Kopf hing vornüber, an seinen Armen lief Blut hinunter, und er humpelte leicht. Mein Herz hämmerte mir so laut in der Brust, dass ich die nächsten Worte, die Mira schrie, nicht verstand.

Nein, bei allen Göttern, nein!

Blayne sprang von seinem Stuhl auf und Darren folgte mit einer Sekunde Verzögerung – dann wich er zurück, so wie ich einen Augenblick zuvor.

»Den hier haben wir in der Kriegskammer erwischt.« Mira gab ihren Männern ein Zeichen, die Derrick daraufhin grob nach vorn stießen, sodass er taumelte und auf die Knie fiel. Mit einem grässlichen Knacken schlug sein verwundetes Bein auf die Marmorfliesen. *Derrick.* »Er hat eine Liste angefertigt. In den Büchern gestöbert. Sich einen zahlenmäßigen Überblick über die Stärke der Truppen aller Städte verschafft. Namen notiert.«

Sie spie die Worte förmlich aus und ein Tropfen Speichel traf das Oberteil meines Bruders. Er machte keine Anstalten, es wegzuwischen – konnte er auch nicht, weil ihm die Hände auf dem Rücken gefesselt waren.

Listen? Zahlen? Mir blieb das Herz stehen. Mein Bruder hatte nie nach Beweisen gesucht. Seine Geschichte über

König Lucius war eine einzige Lüge. Er hatte die ganze Zeit für die Rebellen spioniert – und mich hatte er für seine Zwecke eingespannt.

Er hatte mein Vertrauen missbraucht. Und was noch schlimmer war: Mir blutete dennoch das Herz wegen ihm, selbst jetzt, da ich die Wahrheit kannte. »Das muss ein Irrtum sein«, rief ich flehend.

»Ausgeschlossen.« Mira erdolchte mich mit Blicken. »Und soweit wir wissen, habt Ihr ihm geholfen. Er ist Euer Bruder. Da musste sich der Verräter gar nicht weit aus dem Nest wagen.«

»Ich habe ni–«

»Solltet Ihr meine Verlobte jemals wieder des Verrats bezichtigen …« Darrens Stimme klang tief und drohend, ohne dass er einen einzigen kurzen Blick in meine Richtung geworfen hätte, und seine Fäuste, die seine Stuhllehne umklammerten, waren weiß. »*… wird Euch die Magierrobe aberkannt und Ihr könnt im Kerker verrotten. Habt Ihr das verstanden, Magierin?«* Nicht einmal mit Namen sprach er sie an.

Ich kam fast um vor Scham.

»Das reicht, Darren.« Blayne ließ mich nicht aus den Augen, während er Befehle erteilte. »Mira, lasst ihn ins Verlies werfen. Ryiah, Darren, kommt mit Magierin Mira und mir in die Kriegskammer. Jetzt. Der Rest bleibt hier und nimmt ganz normal seine Mahlzeit ein. Und *kein* Wort zu irgendjemand darüber, dass wir einen Rebellen gefasst haben, sonst landet derjenige gleich in der Zelle nebenan.«

»Ryiah.« Der König fixierte mich mit eiskalten Augen. Obwohl er einiges jünger war als Lucius, hatte ich das Gefühl, seinem Vater gegenüberzusitzen. Lucius hatte bei seinem Sohn ganze Arbeit geleistet.

Blieb nur zu hoffen, dass es immer noch Blayne war, der mich eindringlich musterte.

»Wusstet Ihr, dass Euer Bruder ein Verräter war?«

Tief atmen. Keine abrupten Bewegungen. Den Mund ungläubig aufreißen. Entsetzen in den Augen. Wut und Verzweiflung im Herzen – und Verrat. »Nein, i-ich hatte keine Ahnung.«

Es ist nicht gelogen. Es ist nicht gelogen. Ich dachte, er wäre trotzdem einer von den Guten. Ich dachte, das Wohl unseres Landes läge ihm am Herzen. Ich wusste nicht, dass er die Caltothen dabei unterstützt, sich für den Krieg zu rüsten.

»Ich habe es dir doch gesagt«, fuhr Darren seinen Bruder an. »Ryiah würde uns *niemals* hintergehen!«

»Wenn du dich nicht zusammenreißt, lasse ich dich rauswerfen!«, gab Blayne zurück. »Bei den Göttern, wenn es nach dir geht, kann deine schöne Verlobte gar nichts falsch machen. Jeder Narr kann sehen, wie du sie vergötterst. Aber *ich* bin nicht blind vor Liebe, Darren, und *ich* stelle hier die Fragen. Als König. Du würdest gut daran tun, das nicht zu vergessen.«

»Und du würdest gut daran tun, nicht zu vergessen, dass sie versucht hat, unseren Vater zu retten!«, schrie Darren. »Und Wren auch. Ryiah ist in Mahj selbst attackiert worden! Und da wirfst du mir vor, ich wäre blind vor Liebe. Dabei ist sie der letzte Mensch auf der Welt, der der Krone in den Rücken fallen würde. Und außerdem solltest du nicht vergessen, dass ich in meiner Funktion als Schwarzer Magier hier bin und mit dir diskutiere, nicht als dein Diener.«

»Noch *ein* Wort.« Blaynes Stimme dröhnte durch das Zimmer. »Noch *ein* weiteres Wort und ich lasse dich ebenfalls in den Kerker werfen. Ich bin dein König, und ich verbitte mir, dass du so mit mir sprichst.«

Darren legte die Arme um meine Taille. Er schwieg, doch diese Geste sagte mehr als alle Worte. Ich bebte in seinen Armen und betete, dass Blayne zu sehr von ihrem Streit vereinnahmt war, um meine Unehrlichkeit zu durchschauen.

»Ich würde vorschlagen, wir knüpfen den Rebellen auf, wie es sich für diesen Abschaum niederer Geburt gehört …« Miras Blick huschte zu mir, als wollte sie mich herausfordern, ihrem grausamen Antrag zu widersprechen. »… und stopfen ihn dann mit glühenden Kohlen aus. Eins nach dem anderen. Es ist schon eine ganze Weile her, dass die Leute einen Verräter von innen her haben verbrennen sehen.«

Darrens Arme und Blaynes Blick waren alles, was mich davon abhielt, mich auf sie zu stürzen und *sie* in Stücke zu reißen, und zwar ein Körperglied nach dem anderen. Ich grub mir die Fingernägel in die Handflächen und stellte mir vor, es wäre ihr Fleisch.

»Bitte«, krächzte ich, »lasst mich erst mit Derrick sprechen. Ihr wisst nichts über die Rebellen. V-vielleicht hat er Informationen –«

»Die bekommen wir auch mit ein paar Stunden Folter heraus«, meinte Mira nur und winkte ab.

»Woher wollt Ihr das wissen?«, widersprach ich. Sie

konnte es kaum erwarten, meinen Bruder in die Finger zu kriegen, und ich wusste, dass das nicht zuletzt an diesem Tag in Caltoth lag. »Keiner der Rebellen hat je bei einem Verhör auch nur ein Sterbenswörtchen verraten. Sie haben sich lieber töten lassen oder sich selbst das Leben genommen –«

»Sie wurden nicht von *mir* verhört.«

»Bitte, Blayne …« Ich löste mich aus Darrens Griff und fiel vor seinem Bruder auf die Knie.

»Ryiah –«, wollte Darren protestieren, doch ich schüttelte den Kopf.

Wenn ich betteln musste, dann würde ich eben betteln. »Bitte.« Ich hob den Kopf, um den König anzusehen. *Bitte sei nicht wie dein Vater.* »E-er ist noch so jung. Derrick wusste nicht … Und wenn er sein Verbrechen gesteht? W-wenn ich ihn dazu kriege, Euch zu verraten, wer sie sind und wo sie sich versteckt halten …«

»Sprecht weiter.«

»Wenn er das macht … könnt Ihr dann das Leben meines *kleinen Bruders* verschonen?« Ich betonte die beiden Wörter in der Hoffnung, dass Blayne an seinen eigenen jüngeren Bruder denken musste.

Er verschränkte die Arme und sah mich unverwandt an. »Weil Ihr es seid, Ryiah. Drei Tage. Wenn Ihr Euren Bruder dazu bringt zu gestehen, wenn er meinen Leuten die Informationen gibt, von denen Ihr gesprochen habt, dann werde ich ihn dafür am Leben lassen.«

»Danke. Oh, bei den Göttern, ich dank–«

»Aber«, fügte er mit schneidender Stimme hinzu, »ich erteile Mira die Erlaubnis, am zweiten Tag mit *ihren* Verhörmethoden zu beginnen.«

Das Herz hämmerte mir gegen die Rippen, und Darren kniete sich hin, um mir aufzuhelfen, wobei er seinen Bruder anfunkelte. »Nicht nötig, ihr zu drohen«, knurrte er. »Ryiahs Bruder ist kein schlechter Kerl, auch wenn er eine dumme Entscheidung getroffen hat. Er ist eben noch jung. Sie wird ihn schon dazu bringen, zu reden.«

»Man staunt, was für Schurken man in der eigenen Familie haben kann.« Blaynes Tonfall war zynisch. »Oder hast du unseren Vater schon vergessen?«

»Derrick kann man ja wohl kaum mit –«

»Jeder ist zu allem fähig.« Die Miene des Königs war finster. »Es stünde euch beiden gut zu Gesicht, das im Hinterkopf zu behalten. Seid nicht aus Liebe zu irgendjemandem blind für die Wahrheit. Sonst kann man denjenigen ganz schnell verlieren, wenn er einen hintergeht.«

Mira und Darren führten mich durch eine Reihe von Fluren, gefolgt von einem mit Fackeln erleuchteten Gang, über Wendeltreppen und vorbei an rostigen Gittertoren, ehe wir schließlich unser Ziel erreichten. Durch einen schmalen Kellergang gelangten wir zu einer letzten, mit Eisen beschlagenen Tür, neben der links und rechts eine Wache in den Farben des königlichen Regiments stand.

Der Kerker.

»Allein lasse ich sie da nicht rein!«, knurrte Mira. »Vielleicht will sie ihm zur Flucht verhelfen!«

»Ihr traut also Euren Leuten nicht zu, es mit einem einzigen gefesselten Soldaten aufzunehmen?« Darren sah die Frau scharf an. »Noch nie hat einer der Rebellen bei einer Befragung etwas preisgegeben. Ryiahs Bruder wird mit Sicherheit weniger auskunftsfreudig sein, wenn jemand ihr Gespräch überwacht.«

»Es ist einfach nicht *richtig* –«

»Mira«, schnitt der Prinz ihr das Wort ab. »Ich bin auch nicht erfreut darüber, dass sich ein Rebell unter uns befindet, aber dieser Junge kann nicht entkommen. Als Euer Vorgesetzter und Euer Prinz befehle ich Euch, Euch zurückzuhalten. Und wegzutreten.«

Die Magierin warf mir einen zornigen Blick zu, dann gab sie den Wachen mit einem Nicken zu verstehen, dass sie mich einlassen sollten. Ich schluckte, als die Männer den schweren Schüssel im Türschloss drehten, und betete, dass mir das schlechte Gewissen nicht ins Gesicht geschrieben stand.

Ob Mira es mir ansieht?

Ich hatte regelrecht Bauchkrämpfe vor lauter Schuldgefühlen, doch in diesem Moment wollte ich einfach nur zu meinem Bruder und ihn überreden, auf Blaynes Angebot einzugehen. *Sonst nichts.* Ich wollte, dass er am Leben blieb.

In der Sekunde, in der die Tür aufschwang, traf mich ein solcher Schwall von Verwesungsgeruch, Moder und Uringestank, dass ich zurückprallte und mir die Hand auf Mund und Nase schlug. Doch es half nichts. Die Luft war so dick, dass man sie hätte schneiden können, und es fühlte sich an, als würde man Tod und Fäulnis einatmen. An der gegenüberliegenden Wand befanden sich zehn Zellen aus Gitterstäben, an deren Innenseite Handfesseln angebracht waren. Darunter waren eingetrocknete Blutlachen auf dem Boden, und aus morschen Holzbottichen sickerte etwas, das nach alten menschlichen Ausscheidungen aussah.

Ich entdeckte meinen Bruder – den einzigen Gefangenen – in der hintersten Zelle. Sein eines Bein war seltsam verdreht auf dem dreckigen Boden ausgestreckt und er hielt sich die Rippen. Auf den Lumpen, die er am Leib trug und die nicht viel mehr waren als ein alter, verschlissener Kartoffelsack, zeichneten sich Blutflecken ab.

Keinen Meter von mir entfernt stand ein eiserner Stuhl, der über und über mit spitzen Dornen gespickt war. Sogar an den Armlehnen.

Der Befragungsstuhl. Ich hatte an der Akademie in den Büchern darüber gelesen. Er war eines der beliebtesten Folterinstrumente bei peinlichen Befragungen. Man gurtete die Verbrecher darauf fest und zog dann die Riemen immer enger. Die Schmerzen mussten grauenhaft sein, doch normalerweise starben die Gefangenen nicht daran, sondern wanden und krümmten sich stundenlang unter Höllenqualen und hatten nur noch den einen Wunsch, dass es ein Ende nehmen möge. Und dann holte man sie heraus und ließ sie in ihrer Zelle verbluten, wenn sie Glück hatten. Falls sie überlebten, drohte ihnen noch Schlimmeres. Es gab Folterinstrumente, die den Körper immer mehr streckten und in die Länge zogen, bis sie einem bei lebendigem Leib Stück für Stück die Gliedmaßen ausrissen. Verstümmelung. Feuer. Heißes Metall, das einem auf die nackte Haut gegossen wurde.

Die Könige von Jerar verfügten über vielerlei Möglichkeiten, ihre Gefangenen zu »befragen«. Im Normalfall waren diese Verhörmethoden zu aufwändig, um sich die Mühe zu machen. Ein gewöhnliches Verbrechen, auf das der Tod stand, wurde mit dem Strick gesühnt. Aber die meisten Gefangenen trugen auch keine Geheimnisse mit sich herum, die die Krone bei der Jagd auf die Rebellen einen entscheidenden Schritt weiterbringen konnten.

»Derrick!« Ich warf mich gegen die Gitterstäbe seiner Zelle und versuchte, wegen des Gestanks den Atem anzuhalten.

»Was tust du hier?« Das Husten meines Bruders war schwerfällig.

»Wie meinst du das?« Meine Fäuste umklammerten die Stäbe. »Ich bin hergekommen, um dich zu überzeugen, die Namen der anderen preiszugeben.«

Derrick blieb stumm.

»Derrick!« Ich rüttelte an den Eisenstäben. *»Du musst ihnen Namen liefern!«*

»Von mir erfährt die Krone nichts«, erwiderte er mit tonloser Stimme. »Und das weißt du auch, Ryiah.«

»Wie kannst du so was sagen?« Meine Hände verkrampften sich, so fest hatte ich das Metall umklammert. *»Die lassen dich sonst hinrichten, Derrick!«* Tränen brannten in meinen Augen, als ich vor seiner Zelle zusammensackte. »Du musst es ihnen sagen.«

»Wenn ich schon sterben muss, dann wenigstens nicht mit dem Blut der anderen an meinen Händen.«

»Ihr Blut? Und was ist mit Alex? Und unseren Eltern? Was ist mit mir, Derrick?« Meine Stimme wurde schrill. *»Bedeuten wir dir gar nichts mehr?«*

»Ich würde mein Leben für euch vier geben.« Er hob den Kopf und sah mir in die Augen, die Hände zu Fäusten geballt. »Aber für *sie* auch.«

»Warum?« Meine Stimme hallte durch das Verlies, doch

es war mir egal, ob Darren oder Mira mich hörten. »Wieso solltest du diese Verräter schützen, die unsere Staatsgeheimnisse an den caltoth'schen König verkaufen?«

»Ryiah –«

»Du hast mich angelogen!« Mir hob sich der Magen, als ich scharf die Luft einsog. Ich zwang mich, die Stimme zu senken, damit mich niemand anders hören konnte. »*Alles Lüge.* Du hast nie nach irgendwelchen Beweisen gesucht, oder? Das hast du mir nur aufgetischt, um mich zu manipulieren.«

Er bewegte sein Bein, und ich merkte, wie sehr er sich zusammennehmen musste, um nicht laut aufzuschreien. »Ich habe nicht gelogen. König Lucius –«

»Sogar jetzt lügst du mich noch an!« Ich funkelte ihn an. »*Und weißt du, was das Schlimmste daran ist? Es ist mir egal!* Ich habe Blayne angefleht, dich am Leben zu lassen, Derrick, weil du mein Bruder bist und ich dich liebe.« Die Stangen schepperten, als ich wieder und wieder daran rüttelte. »*Ich ertrage es nicht, dich zu verlieren.* Du musst den König um Gnade bitten und ihm alles sagen!«

»Dieser Mann ist nicht mein König.« Bitterkeit lag in den Worten meines Bruders.

»Sie werden dich foltern, Derrick. Und dann bringen sie dich um. Und zwar auf die allerschlimmste Art, weil du ein Verräter bist!«

»Viele große Männer sind genauso gestorben.«

»Du bist ein verdammter Fußsoldat. Nur eine kleine Schachfigur!«, kreischte ich.

»Und du eine verdammte Närrin«, konterte er. »Ich habe nicht gelogen! Alles, was ich gesagt habe, entspricht der

Wahrheit!« Er senkte die Stimme zu einem wütenden Zischen. »Ich habe wirklich nach Beweisen gesucht. Na gut, das mit den Listen und Übersichten für Nyx habe ich weggelassen, aber doch nur, weil ich wusste, dass du sonst versucht hättest, mich aufzuhalten!«

»*Interessiert mich nicht!*« Ich hämmerte mit den Fäusten gegen die Gitterstäbe und riss mir an dem scharfkantigen Metall die Haut auf. Dann senkte ich die Stimme zu einem Flüstern. »Du wirst auspacken.« Meine Augen blitzten kalt. »*Oder ich mach's.*«

»Nein, das wirst du nicht.« Mein Bruder betrachtete mich ebenso frostig, seine Augen wie Gletschereis.

»Doch, ich –«

»Würdest du auf dein Leben im Palast verzichten wollen?« Seine Worte trafen mich wie ein Schlag in den Magen. »Würdest du *deinen Prinzen* aufgeben? Würdest du wirklich Ian opfern? Und Ray? Und all die anderen im Norden?« Er stieß ein kaltes Lachen aus. »Nur um mich zu retten, würdest du dein eigenes Leben wegwerfen. Darren und Blayne würden dir nie wieder vertrauen, wenn sie herausfinden, dass du über die Rebellen Bescheid wusstest –«

Ich gab einen erstickten Laut von mir.

»Vielleicht lässt der König dich am Leben wegen *ihm* … Aber du würdest hier neben mir sitzen in einer dieser Zellen. Lebenslang als Verräterin im Verlies dahinvegetieren.«

Er hat recht.

Meine Finger glitten von den Gitterstäben ab und ich vergrub das Gesicht in den Händen.

»Kann sein, dass Blayne mich nicht hinrichten lässt, aber lieber sterbe ich als Verräter, als mir mein Leben durch den Tod der anderen zu erkaufen und dann in diesem Kerker zu verrotten.« Sein nächster Satz schnitt mir tiefer ins Herz, als jede Klinge es jemals vermocht hätte. *»Du und ich, wir sind aus dem gleichen Holz geschnitzt.«*

»Derrick«, schluchzte ich. »Bitte, w-was ist mit Alex? Mutter? Vater?« *Was ist mit mir?*

»Es tut mir so leid.« Scham huschte über sein Gesicht und zum ersten Mal sah ich Gefühle in seinen Augen. *Schmerz. Bedauern.* »Ich hab dich lieb, Ry.«

»Aber sie wissen nicht mal Bescheid!« Glassplitter zerfetzten mich innerlich. Was war mit unserer Familie? »Drei Tage, Derrick. Sie werden es erst erfahren, wenn du schon tot bist.«

»Sag ihnen, dass es mir leidtut.« Er schleuderte das Lederbändel und den daran befestigten Kupferring auf den Boden.

»Nein!« Ich schlug gegen die Stäbe. »Derrick, bitte!« *Es muss doch einen Ausweg geben.*

»Wachen!« Mein Bruder hob die Stimme. Sie klang brüchig. »Bitte bringt meine Schwester weg.«

»Nicht, Derrick!« Ich griff durch die Stäbe nach seinem Arm, doch er zuckte zurück. *»Bitte, mach das nicht!«*

Derbe Hände packten mich und zerrten mich von seiner Zelle weg.

»Nein!« Ich schlug wild um mich und kratzte dem Mann, der mich eisern festhielt, mit den Fingernägeln die Haut auf, sodass Blut wie Tränen herabtropfte.

»Ryiah!« Ein weiteres Paar Hände packte mich und entriss mich den Fängen des ersten. Vor meinen Augen blitzte verschwommen Granat auf, dann brachen bei mir alle

Dämme, und ich schluchzte so hemmungslos, dass ich alles nur noch durch einen Schleier wahrnahm.

»Wir kommen morgen wieder«, versprach Darren.

»Er wird nichts sagen!« Meine Stimme war heiser vom vielen Schreien. *»Er wird nichts sagen!«* Und *ich* konnte es auch nicht. Ich war eine Lügnerin. Und ein Feigling. Und –

»Wir müssen sie hier wegbringen. Schnell!« Der besorgte Ausruf des Prinzen drang wie aus weiter Ferne zu mir, als ich in seinen Armen kollabierte. Einen Moment später nahm mich jemand um die Taille und ich wurde hochgehoben und irgendwie herumgeschwungen. Dann fiel mein Kopf gegen etwas Weiches. Der Duft von Kiefern und Nelken dämpfte den Gestank von Blut und Verwesung und machte es zugleich noch schlimmer.

Zu Hause.

Ich rang nach Atem. Kühles Glas wurde an meine Lippen gedrückt und jemand bat mich zu trinken. Ich öffnete den Mund, um zu protestieren, und schmeckte im nächsten Moment eine bittere Flüssigkeit auf der Zunge. *Derrick.* Es wurde immer mehr von der Flüssigkeit, und ich musste schlucken, wieder und wieder. Ein kräftiger, süßlicher Kräutergeruch stieg mir in die Nase.

Derrick.

Das ohrenbetäubende Trommeln meines Pulsschlags wich langsam einer zähen Schläfrigkeit und der verzweifelte Kampf fiel von meinen Gliedern ab.

Derrick.

Eine sonderbare Ruhe überkam mich und dann … konnte ich mich an nichts mehr erinnern.

ACHTZEHN

Als mein Bruder sich auch am zweiten Tag verweigerte, begann Mira mit ihrer Befragung. Eigentlich war es Aufgabe des Schwarzen Magiers, die Gefangenen zu verhören, doch Darren hatte Blayne gebeten, dass es in diesem speziellen Fall jemand anders übernahm.

Ein Teil von mir wünschte sich, *er* hätte die Vernehmung durchgeführt. Mira war eine Sadistin, und es fiel mir schwer, sie nicht ebenfalls als Feindin zu betrachten. Ja, mein Bruder hatte sich einer Straftat schuldig gemacht, aber ich war nicht in der Verfassung, klar zu denken. Sie mussten mich regelrecht von der Kerkertür wegzerren und sogar dann hallten seine Schreie noch in meinem Kopf wider und hörten nicht mehr auf.

Ich konnte nicht schlafen. Ich konnte nicht essen. Ich weigerte mich zu trinken. Darren flehte mich auf Knien an, wenigstens zu atmen. Alles, was ich konnte, war, an die Wand zu starren. Ich musste mir etwas einfallen lassen, um meinen Bruder zu retten. Nur wie? Selbst wenn ich so weit gegangen wäre, mit den Rebellen Kontakt aufnehmen zu wollen, war die Entfernung einfach zu groß. Ich hatte keine

Ahnung, ob Derrick in der Stadt einen Mittelsmann hatte, und er weigerte sich strikt, es mir zu verraten, aus Angst, dass ich versuchen würde, sein Leben gegen das eines anderen einzutauschen. Womit er gar nicht so falsch lag.

Am Morgen des dritten Tages drehte ich durch. Miras Methoden hinterließen meinen Bruder in einem dermaßen entsetzlichen Zustand, dass Darren mich aus dem Verlies schleifen musste, während ich wild um mich trat und kreischte und der Frau, die das zu verantworten hatte, mit dem Tod drohte.

Sie sperrten mich in meine Kammer und postierten Paige als Wache davor, aber ich brach die Tür mit meiner Magie auf, und als Paige versuchte, sich mir in den Weg zu stellen, beschwor ich einen Dolch herauf, hielt ihn ihr mit zitternder Hand an die Kehle und bat sie, mich zum König zu bringen.

Sie hätte mich aufhalten können, doch als ich sie flehend ansah, gab sie nach, steckte ihr Schwert weg und ließ mich gewähren.

Ich fiel auf dem kalten Marmor auf die Knie, die schon ganz purpurrot und blutig waren, weil sich die frischen Wunden immer wieder öffneten und neben alten Blutergüssen ständig neue prangten, so oft hatte ich mich vor dem König auf den Boden geworfen und ihn angefleht, meinen Bruder zu begnadigen.

»Es tut mir aufrichtig leid, Ryiah.« Blayne sah mit kummervoller Miene von seinem Thron auf mich herab. »Für dieses Vergehen kann ich ihn nicht ungestraft davonkommen lassen. Außer natürlich Derrick gibt uns wichtige Informationen.«

»B-bitte.« Es zerriss mir das Herz. Darren nahm mich in den Arm, während ich haltlos weinte und den Boden mit meinen Tränen überschwemmte. »*Ich tue alles. Wirklich alles.*«

»Ihr habt bis morgen zum Tagesanbruch.« Blayne mied meinen Blick. »Zu viele Menschenleben stehen auf dem Spiel. Ich würde ihn gern verschonen, Ryiah, glaubt mir. Ihr habt Euch der Krone gegenüber stets als loyal erwiesen …« Sein Ton wurde scharf. »Doch Euer Bruder hat das Leben aller in diesem Königreich in Gefahr gebracht. Laut Strafrecht muss ein Verräter nach nur einer Nacht hingerichtet werden und ich habe ihm drei gewährt. Mehr, als mein Vater Euch je zugestanden hätte.«

Ich hatte keine Kraft mehr. Darren und Paige halfen mir hoch und begleiteten mich zum Verlies, wo ich ganz zusammenbrach und nur noch schreien und schluchzen konnte, während ich meinen kleinen Bruder, der im Sterben lag, anflehte zu reden.

Irgendwann brachte man mich zurück in meine Kammer, und Darren setzte sich mit dem Rücken an die Tür gelehnt draußen davor und sprach von dort aus beruhigend auf mich ein.

Stunde um Stunde ging es so, bis er irgendwann mit heiserer Stimme sagte: »Es tut mir so leid, Ryiah.« Dann hörte ich die leisen Schritte seiner Stiefel, als er sich in seine eigenen Gemächer zurückzog.

Ich wälzte mich hin und her, fand jedoch keinen Schlaf. Tausend Gedanken stürmten auf mich ein, während mein Herz und mein Verstand einen harten Kampf miteinander ausfochten. Jede Minute erwog ich, durch diese Tür zu rennen und alles zu beichten. Ich redete mir ein, dass Blayne, wenn ich ihm reinen Wein einschenkte, im Gegenzug meinen Bruder am Leben lassen würde.

Doch dann kamen mir wieder Derricks Worte in den Sinn:

»Würdest du auf dein Leben im Palast verzichten?«

Ja.

»Würdest du deinen Prinzen aufgeben?«

Ich würde Darren aus der Ferne lieben, in meiner Zelle, bis zum bitteren Ende. Für das Leben meines kleinen Bruders könnte ich seine Liebe zu mir opfern. Es würde mich um den Verstand bringen, doch es stand außer Frage.

Würdest du wirklich Ian opfern? Und Ray? Und all die anderen dort oben im Norden?«

Hunderte von Menschen zum Tode zu verurteilen …

»Du und ich, wir sind aus dem gleichen Holz geschnitzt.«

Er wusste, dass ich es nicht übers Herz brachte. Derrick wusste es. Mich selbst könnte ich opfern, aber nicht die anderen.

Ständig dachte ich darüber nach, ihm zur Flucht zu verhelfen. Ungefähr bei jedem Luftholen. Doch dann kamen mir wieder der König von Caltoth und die Aufzeichnungen meines Bruders in den Sinn. Tief in mir wusste ich: Wenn er entkam, hätten König Horrace und die Rebellen alles beisammen, was sie brauchten, um in den Krieg zu ziehen.

Hunderte, wenn nicht Tausende Menschen würden ihr Leben verlieren.

So viele mehr als »nur« mein Bruder.

Ich konnte es einfach nicht.

Die Stunden verrannen. Dann, um Mitternacht, ließ ein Alarm die Wände des Palasts erzittern.

Ich schreckte hoch und schüttelte mit einem Ruck die Decken ab. Mir war sofort klar, was das bedeutete. Ich musste nicht nachdenken, ja ich musste nicht einmal Luft holen.

Ich wusste, was zu tun war.

Durch die Wand hörte ich Darren gedämpft fluchen und dann einen lauten Schlag, als er aus dem Bett sprang, um in seine Stiefel zu schlüpfen.

Die Rebellen sind da.

Ich machte mir nicht die Mühe, mich umzuziehen. Mir blieben nur wenige Sekunden, ehe Darren auf den Gang käme, und ich musste vor ihm da sein. Musste als Erste bei Derrick eintreffen.

Also stürmte ich los. Barfuß rannte ich über den eisigen Marmor und umrundete schlitternd und rutschend die erste Kurve – keine Wachen in Sicht. Aus der Richtung der Baracken erschollen panische Schreie.

Das ist ein Überfall.

Als ich mich dem Verlies näherte, entdeckte ich zwei Wachen, die mit blutenden Kopfwunden am Boden lagen.

Ich würde meinen Bruder aufhalten. *Ich* musste es tun.

Am Ende des Gangs fand ich Jacob, der meinen Bruder mehr oder minder aus seiner Zelle trug. Der Schlüsselbund von einem der toten Wachmänner baumelte an einer Kette um seine Hüfte.

Der Soldat aus Ferren's Keep begrüßte mich mit einem höhnischen Grinsen. »Willst du uns aufhalten?«, meinte er herausfordernd. »Ich habe Derrick immer gesagt, dass dir nicht zu trauen ist.«

Meine Hand zitterte, als ich sie ihm entgegenstreckte.

»Du bist seine *Schwester* und trotzdem hältst du zur Krone.« Der Junge macht einen weiteren Schritt auf mich zu, wobei der Kopf meines Bruders schlaff gegen die Brust seines Freundes rollte. Mein Herz setzte einen Schlag lang aus, als Derrick röchelnd Luft holte. Er war so schwach.

»Wenn du uns nicht gehen lässt, ist das sein Todesurteil.« Jacob war nur noch wenige Meter von mir entfernt. In seinen Augen blitzten Häme und Hass. »Ist es das, was du willst, du Hexe?«

»N-nein«, stieß ich hervor, während meine Hand wie verrückt zitterte.

»Er liebt dich, weißt du.« Jacobs Worte trafen mich ins Herz wie ein Messerstich. »Immer und immer wieder hat er auf Nyx eingeredet, dass sie sich irrt. Jeden Abend, wenn du für die verdammte Kandidatur trainiert hast, hat er die anderen angefleht, dich einzuweihen.«

Du musst sie aufhalten, Ryiah. Mach es. Mach es jetzt, ehe er dich davon abbringen kann –

»Töte ihn.« Jacob schubste Derrick nach vorne, sodass er direkt vor meinen bebenden Fingern stand. Sein Gesicht war blutüberströmt und aufgequollen. Er war am ganzen Körper von Wunden übersät und selbst das Atmen war eine Qual.

Er blickte mich mit seinen blauen Augen an, und ich sah, dass er gebrochen war.

»Wenigstens stirbt er dann durch die Hand seiner Schwester«, zischte Jacob, »statt exekutiert zu werden.«

Ich wusste, dass ich es tun musste. All die Leben, die davon abhingen. Der Krieg. Ich musste einfach.

Doch ich war wie gelähmt. Ich schaffte es nicht.

Stattdessen ließ ich mich gegen die Wand sinken und die beiden passieren. Angesichts Jacobs wissenden Lächelns überkam mich ein maßloser Zorn, doch alles, woran ich denken konnte, war mein Bruder.

Ein Ruf und dann ein gewaltiger Knall.

Jacob und mein Bruder wurden in hohem Bogen gegen die Tür des Kerkers geschleudert, sodass das Holz krachend barst.

Schnelle Schritte näherten sich und ich fuhr hoch. Ohne es zu wollen, errichtete ich einen magischen Schutzwall vor meinem Bruder und seinem Freund.

»Halt!«, ertönte Darrens Stimme. »Keinen Schritt weiter, sonst –« Als er mich sah, bremste er abrupt ab. *»Ryiah?«*

»Darren …« Meine Stimme brach. *»Bitte.«*

Er erstarrte.

»Bitte lass nicht zu, dass mein Bruder stirbt.«

Den Blick fest auf mein Gesicht gerichtet, trat er zur Seite.

Jacob hievte Derrick wieder hoch und dann waren sie weg. Zwei Paar Stiefel, die über den Gang trommelten.

Darren machte keine Anstalten, etwas dagegen zu unternehmen. Er stand einfach nur da und sah mich an und seine Brust hob und senkte sich im Takt mit meiner.

Er hat sich auf meine Seite gestellt.

Die Worte füllten mich aus, wärmten mich, machten mich wieder ganz. Ich brachte keinen Ton heraus, doch das war auch nicht nötig. Darren streckte mir seine Hand hin und ich nahm sie.

Plötzlich ließ ein weißer Lichtblitz den Gang vor uns aufleuchten.

Ich stürmte los, rannte um die Ecke und entdeckte Mira, die vor zwei zusammengesackten jungen Männern stand, auf deren Brust große Brandwunden prangten. Direkt auf dem Herzen.

Unter ihren Nägeln zuckten noch immer winzige Lichtblitze. »Euch ist etwas *entgangen*«, sagte sie.

Und da begann ich zu schreien.

»Sie wollte sie aufhalten und dann hat sie gezögert. Das kann man ihr doch nicht verdenken, dass sie nicht ihren eigenen Bruder getötet hat!«

»Sie hätte sie entkommen lassen, Blayne!«, kreischte Mira. »Sie ist keinen Deut besser als die Rebellen!«

»Wenn es Marius gewesen wäre –«, protestierte ich.

»Und er wäre ein Rebell gewesen?« Sie lachte höhnisch. »Dann hätte ich ihm eigenhändig ein Schwert in die Brust gerammt.«

»Blayne«, flehte Darren. »Wenn du an seiner Stelle gewesen wärst, hätte ich es auch nie und nimmer übers Herz gebracht –«

»Weil Euer König niemals so ein Narr wäre!«, schnaubte die Frau. »Und Ihr wart auch dabei –«

»Ich habe versucht, sie aufzuhalten! Aber Ryiahs Magie ist ebenso mächtig wie meine und sie hat mich überrumpelt. Wir haben uns gegenseitig mit unserer Magie neutralisiert, als die beiden entkamen –«

»Soweit ich weiß, habt Ihr ihr geholfen!«

»Genug!«, schrie der Dritte im Bunde. »Ich versuche nachzudenken.«

»Es ist Ryiah, Blayne. Du kennst sie. Sie hat alles ge-

geben, um Wren und Vater bei dem Anschlag zu retten! Gerade eben hat sie ihren Bruder verloren. Sie hat einen Fehler gemacht, aber nie im Leben ist sie eine von ihnen. Dreh ihr bitte keinen Strick daraus.«

Stille.

Dann: »Wir machen Ryiah nicht für die Geschehnisse der letzten Nacht verantwortlich. Sie hatte nichts mit dem Ablenkungsmanöver der Rebellen in den Gärten zu tun. Ihre Gemächer sind bereits durchsucht worden –«

»Blayne!«

»Schweig still, Bruder. Meine Leute kamen mit leeren Händen zurück. Die Wachen berichten von keinerlei ungewöhnlichen Vorkommnissen und in der Vergangenheit hat sie mehrfach ihre unverbrüchliche Loyalität zur Krone unter Beweis gestellt. Ihre Leibwächterin schwört, dass nie jemand an sie herangetreten ist, um sie zu kontaktieren, und ihre übrige Familie ist der Krone treu ergeben.« Er machte eine Pause. »Im Übrigen glaube ich inzwischen, dass die Caltothen zumindest einen Teil der Rebellen an der Nordgrenze rekrutieren. Der Junge und sein Freund haben beide im Regiment von Ferren's Keep gedient. Da Nyx allem Anschein nach nichts von den Aktivitäten ihrer Leute ahnte, möchte ich, dass du deine besten Magier hinschickst, um Nachforschungen anzustellen. Marius hatte bei der Jagd auf die Rebellen kein glückliches Händchen, aber ich vertraue darauf, dass du gründlicher vorgehen wirst.«

»Ja, Bruder.«

»Und, Mira, schreibt Eurem Bruder in Langli. Sagt ihm, ich wünsche, dass er seine Suche im Süden wieder auf-

nimmt. Er ist zwar nicht mehr der Schwarze Magier, aber ich brauche unsere besten Leute für diesen Auftrag.«

»Ja, Euer Majestät …«

Einen Tag lag ich im Bett und schrie mir die Seele aus dem Leib.

Einen Tag verschloss ich mich der Wahrheit, radierte sie aus, riss sie mir aus dem Herzen und verfütterte sie an die Schatten, die mich bis in den Schlaf verfolgten. Tränen brannten in meinen Augen und wilder Hass schnürte mir die Kehle zu.

Einen Tag lang erlaubte ich mir, schwach zu sein.

Ich wollte aufgeben, sterben, mich an Ort und Stelle von der Dunkelheit verschlingen lassen. Aber ich konnte nicht.

Also nahm ich die Zaubertränke, die die Heiler mir brachten. Ich gehorchte, wenn der Junge mich bat, etwas zu essen. Ich lächelte, wenn ich doch eigentlich nur noch schreien wollte.

Dann bat ich, gleich am nächsten Morgen den Palast verlassen zu dürfen. Es war nicht so wichtig, dass ich kurz davor war, mich ganz in meiner Verzweiflung zu verlieren, war nicht wichtig, dass ich am Rande des Nervenzusammenbruchs stand und keinen Atemzug machen konnte, ohne dass mein Herz seinen Namen schrie.

Ich musste es ihnen trotzdem sagen.

Und das ging nicht in einem Brief. Es konnte nicht warten.

Auch wenn ich eigentlich keine Kraft dazu hatte, durfte ich mich nicht meiner Trauer überlassen. Oder zumindest erst danach.

Außerdem musste ich es allein machen.

Er verstand es. Und sein Bruder auch.

Der fünftägige Ritt nach Demsh'aa war der schwerste Gang meines Lebens. Mit vier Wachen hinter und Paige vor mir trabte ich dahin. Da die Rebellen die Krone in den letzten Monaten nicht nur ein-, sondern gleich zweimal angegriffen hatten, war es viel zu gefährlich für mich, mit nur *einer* Leibwächterin unterwegs zu sein.

Sollen sie es ruhig versuchen.

Jetzt hatte ich neben Paige zwei Kampfmagier und zwei weitere Ritter an meiner Seite, um mich vor den Gefahren des Verrats meines Bruders zu schützen.

Doch vor mir selbst konnten sie mich nicht beschützen. Konnten mich nicht vor den alles verschlingenden Schuldgefühlen bewahren, die mich innerlich zerfleischten. Und sie konnten nicht über die schreckliche Wahrheit hinwegtäuschen.

Derrick war tot.

Es machte keinen Unterschied, dass er ein Rebell gewesen war, ein Landesverräter. Immer wenn ich an ihn dachte, ballten sich meine Hände vor Wut zu Fäusten, und ich musste einen stummen Aufschrei unterdrücken.

Wie konnte er nur? Wie konnte er uns so hintergehen? Und sich dann auch noch erwischen lassen?

Wie konnte er es mir aufbürden, dass ich diejenige war, die es ihnen erzählen musste?

Mein kleiner Bruder war tot. Derrick. Derrick mit seinen niedlichen Grübchen. Der immer lächelte. Der uns immer alle zum Lachen gebracht hatte.

Ich erstickte ein Schluchzen, indem ich scharf die Luft einsog, und starrte wütend auf die King's Road. Noch zwei Stunden, dann wäre ich da. Darren hatte zwei Boten ausgesandt: einen an meine Eltern, den anderen zu Alex und Ella nach Montfort mit der Aufforderung, in genau einer Woche nach Demsh'aa zu kommen. Alex und Ella hatten einen weiteren Weg als ich, was mir die Möglichkeit gab, zuerst mit meinen Eltern allein zu sprechen.

Ich zog an dem Lederband um meinen Hals. Die Haut darunter war bereits wund. Der Kupferring schimmerte in der Sonne, und das »R« blendete mich und erinnerte mich daran, wie schwer der Verlust wog.

Ein Ring für jeden Zwilling. Ein Junge und ein Mädchen, die unterschiedlicher nicht hätten sein können. Und dann kam Derrick, der quirlige kleine Kerl mit den blonden Locken, drei Jahre jünger, aber frech wie Oskar und immer mit einem Stock in der Hand. Er hatte mir vom ersten Moment an das Herz gestohlen.

Ich hatte ihm den Ring geschenkt, der eigentlich für mich bestimmt war, und ihm gesagt, dass nun jeder meiner Lieblingsbrüder einen hatte.

Und jetzt hatte ich ihn wieder.

An diesem Abend, als ich meinen Eltern ins Gesicht blickte und es ihnen sagte, zog mich die Verzweiflung in ungeahnte Tiefen hinab.

Eines war klar: Dafür mussten die Caltothen bezahlen. König Horrace hatte Kommandantin Nyx und ihre Leute hereingelegt und das hatte meinen Bruder das Leben gekostet.

Ich würde die Rebellen nicht verraten. In den Tagen

nach Derricks Tod hatte ich unzählige Male darüber nachgedacht, aber ich brachte es nicht übers Herz. Die Vorstellung zerriss mich. Mein Bruder hatte sich für ihre Sache aufgeopfert. Wenn ich sie jetzt meldete, würde das bedeuten, dass er umsonst gestorben war.

Also behielt ich mein Wissen für mich. Und sah mit an, wie meine Eltern litten. Geschirr ging zu Bruch, unterdrückte Schreie, Tränen. Dann Wut und Fassungslosigkeit, gefolgt von dem schrecklichen Gefühl, verraten worden zu sein, und zuletzt stille Trauer.

Ich trauerte mit ihnen. Und ging innerlich noch mehr in Scherben. Als Alex ankam, fühlte ich mich nur noch leer.

Wie viel hält ein Mensch aus, bis er nicht mehr kann?

Viel.

Paige wartete mit den restlichen Wachen des königlichen Regiments draußen. Wenigstens das konnte sie mir zugestehen, als Alex und Ella zu Hause eintrafen.

»Ryiah.« Alex sah sich verwirrt um. Als er in einer Ecke meine Eltern entdeckte, die sich gegenseitig an den Händen umklammert hielten und ihm nicht in die Augen sehen wollten, verfinsterte sich seine Miene. »Was ist passiert? Warum sind wir hier?«

Ehe Alex verstand, was los war, las Ella es schon in meinem Gesicht. »Nein.« Sie schlang ihre Arme um ihn, als er das Bändel um meinen Hals bemerkte. Ich hatte es nicht abgenommen.

»Derrick?«, krächzte er. »Wo ist er?«

Ich machte den Mund auf, brachte jedoch keinen Ton heraus. Tränen schossen mir in die Augen.

»Derrick!« Alex' Stimme klang heiser. *»Wo ist er, Ryiah?«* Er befreite sich aus Ellas Umklammerung, rannte zu mir und schüttelte mich.

Ich kann es ihm nicht sagen. Du musst. *Geht nicht.*

»Ryiah!« Mein Bruder schrie mich an. *»Wo ist Derrick?«*

Das Schluchzen meines Vaters war Antwort genug.

»Nein.« Alex stolperte zurück. *»Nein!«*

»Er ist tot, Alex.« Meine Mutter schaffte es irgendwie, die Hand auszustrecken und ihn am Arm zu nehmen. »Derrick ist tot.« Ihre Stimme brach und mein Vater legte ihr hilflos den Arm um die Schultern.

»Was ist geschehen?« Ellas Stimme war kaum mehr als ein Hauchen.

»Wie kommt es, dass du als Erste davon wusstest?« Mein Zwillingsbruder ließ mich nicht aus den Augen. »Ryiah, warum erfahren wir das von dir?«

»Derrick hat sich den Rebellen angeschlossen.« Ich zitterte am ganzen Körper. Die Dunkelheit kehrte zurück und drohte mich wieder zu verschlingen. »E-er hat für sie spioniert, Alex.«

»Nein.«

»Und d-dann haben sie ihn auf frischer Tat ertappt –«

»Nein!« Tränen liefen ihm über die Wangen.

»Ich habe v-versucht, ihn dazu zu bringen, alles zu gestehen und auszupacken. Ich hab's wirklich versucht –« Ich biss mir auf die Unterlippe, um nicht laut aufzuschluchzen. »Aber er wollte nicht auf mich hören.«

Alex sank zu Boden und Ella fiel neben ihm auf die Knie.

»Die Rebellen … sie … sie haben ihn rausgeholt.«

Ich senkte die Stimme. »Darren und ich haben ihn gehen lassen, aber er wurde von einer der W-Wachen … geschnappt.«

Mein Bruder sprang auf und stürzte sich auf mich. Im nächsten Moment schlug ich gegen die Wand und Schmerzen schossen mir durch Rücken und Schultern.

»Warum war er ein Rebell, Ryiah?« Seine Stimme war ein tiefes Knurren.

»Alex«, wimmerte ich.

Mein Zwillingsbruder packte noch fester zu und meine Eltern schrien entsetzt auf. »Du verschweigst uns doch was, Ryiah!«, zischte er. »Ich sehe es dir an.«

»Alex!« Ella kam auf die Beine. »Lass sie los!«

»Erst wenn sie uns die ganze Wahrheit sagst!« Er fixierte mich.

»Aber das ist doch die –«

»Nein«, schnitt er mir das Wort ab. »Lüg mich nicht an. Ich kenne dich viel zu gut, Ry. Ich kenne dich besser als mich selbst, und ich weiß genau, dass du etwas verheimlichst.« Er atmete tief durch, ließ seine Stirn an meine sinken und flüsterte: *»Was verbirgst du, Ryiah?«*

Mein Blick fiel auf die Tür, wo noch immer die Wachen standen. Vermutlich nahmen sie an, mein Bruder würde so zornig reagieren, weil er die Wahrheit einfach nicht akzeptieren wollte. Ähnliche Szenen hatten sich auch schon bei meiner Ankunft mit meinen Eltern abgespielt.

Ich nahm ihn am Arm und flüsterte: »Nicht so laut.« Mit einem Blick gab ich meinen Eltern und Ella zu verstehen, uns in den hintersten Winkel des Raums zu folgen.

»Ich weiß, wer die Rebellen sind.«

»Was –«

Ella presste meinem Bruder die Hand auf den Mund. »*Alex!*«

»Du weiß es?« Meine Mutter sah mir in die Augen. »Warum hast du nicht –«

»Es ist gefährlich.« Meine Stimme zitterte. »Darren hat sich mit seinem Bruder angelegt, damit er Derrick und mir eine Gnadenfrist gewährt. Würde Blayne auch nur im Ansatz den Verdacht hegen, dass ich etwas weiß …« Ich verstummte einen Moment und zwang mich dann weiterzusprechen. »Sie suchen fieberhaft nach den Verrätern, und n-nach dem, was mit Derrick g-geschehen ist, wollte ich nicht, dass sie denken, ihr könntet was mit dem Ganzen zu tun haben. Dass ihr irgendetwas wisst, das ihr nicht wissen solltet.«

»Wieso hat Derrick sich auf die Rebellen eingelassen?« Mein Vater schlotterte am ganzen Körper. »Hat er dir das erklärt? Und warum war er überhaupt im Palast und nicht auf der Burg?«

»Was ich euch jetzt erzähle …« Meine Stimme war brüchig, und ich versuchte, mich zusammenzunehmen. »… das darf dieses Haus nie verlassen. Keiner von euch darf auch nur *ein* Sterbenswörtchen jemand anderem gegenüber erwähnen. *Niemals.* Nicht einmal *miteinander* dürft ihr darüber reden.« Eigentlich wollte ich sie nicht mit hineinziehen, aber mir blieb nichts anderes übrig. Sie hatten ein Recht darauf zu erfahren, warum ihr Kind nie mehr nach Hause kommen würde. Und Alex hatte ein Recht darauf zu erfahren, weshalb sein kleiner Bruder hatte sterben müssen.

Also erzählte ich es ihnen. *Alles.*

Meine Eltern und Ella waren entsetzt, doch Alex …

Ich hätte ihn nicht ins Vertrauen ziehen dürfen.

»Woher willst du wissen, dass Derrick nicht die Wahrheit gesagt hat?«, hakte er nach. »Du hast doch bei der Kandidatur mit eigenen Augen gesehen, wozu Lucius fähig war. Denk nur mal an diese Gefangenen. Und mich …« Seine Stimme zitterte. »Und Ella. Hast du vergessen, was Blayne ihr angetan hat? Und der König hat nichts dagegen unternommen. Und was Darren dir im Laufe der Ausbildung alles zugemutet hat? Nein!« Er schnitt mir das Wort ab, noch ehe ich den Mund aufmachen konnte, um zu protestieren. »Darren hat sich eindeutig falsch verhalten, Ry. Man darf jemandem nicht Hoffnungen machen, wenn man mit einer anderen verlobt ist. Er hat dich belogen, dich vor dem versammelten Hof gedemütigt. Zwei Jahre lang hat er dich jeden verdammten Tag angelogen, ehe er endlich Manns genug war, etwas an der Situation zu ändern.«

»Ich habe dir doch erklärt, warum Darren die Hände gebunden waren!« Meine Stimme wurde laut. »Und wage es ja nicht –«

»Diese ganze Familie ist die Pest!« Mein Zwillingsbruder musste sehr an sich halten, um nicht zu schreien. »Vielleicht hatte Derrick ja recht. Vielleicht wussten die beiden die ganze Zeit Bescheid, was ihr Vater vorhatte. Vielleicht hat dein teurer Prinz beschossen, sich seinen grausamen Vater und seinen Bruder am Abend der Kandidatenweihe vom Hals zu schaffen, nur dass sein Plan nicht ganz aufgegangen ist. Vielleicht hatte er das schon lange vor. Du

hast selbst gesagt, dass du Derrick geglaubt hast, was er dir über König Lucius erzählt hat. Woher willst du dann wissen, dass er nicht auch die Wahrheit über den Anschlag in Montfort gesagt hat?« Alex' Atem ging immer schneller, und seine Brust hob und senkte sich heftig, während sein Gesicht feuerrot anlief. »*Was, wenn es weder die Rebellen noch König Horrace waren? Dann hast du Derrick umsonst sterben lassen!*« Heiße Tränen strömten ihm übers Gesicht, und er schob Ellas Hand weg, als sie ihn festhalten wollte.

Stattdessen schnappte er sich seine Satteltasche, warf sie sich über die Schulter und sah mich an. In seinen Augen brannte der blanke Hass. »Die Krone hat den Menschen, die ich liebe, zu viel angetan!«

»Alex, nein!« Die Stimme meines Vaters klang panisch und meine Mutter schrie.

»Alex, denk nicht mal dran –«

»Mein kleiner Bruder ist ermordet worden, und ich konnte nicht mal zu seiner Bestattung kommen, weil unser neuer König angeordnet hat, dass seine Leiche vor aller Augen auf dem Marktplatz von Devon von einem Spieß hängen soll.« Sein Ton war scharf wie eine Glasscherbe. »Wenn ich die Wahl hätte zwischen einem grausamen Tyrannen und einigen *möglicherweise* fehlgeleiteten Leuten, die versuchen, etwas an der Situation zu ändern, würde ich mich für Letztere entscheiden. Die Rebellen hatten die ganze Zeit recht.«

»Alex!« Am ganzen Leib zitternd versuchte Ella, ihn irgendwie aufzuhalten. »Bitte, Ryiah hat dir das nicht erzählt, damit du –«

»Es tut mir leid, Ella.« Mein Bruder zuckte hilflos mit den Schultern. »Du musst nicht mitkommen.«

»Alex –« Ich streckte die Hand nach ihm aus, doch er wich zurück und starrte mich mit blitzenden Augen an.

»Geh nur und zeig mich an!«, spottete er. »Du hast schon zugelassen, dass dein einer Bruder stirbt, da kommt's auf einen mehr oder weniger auch nicht mehr an.«

Meine beste Freundin und meine Eltern schrien und weinten, als Alex zur Tür hinausstürmte. Im nächsten Moment wirbelte eine Staubwolke auf, als er seine Stute antrieb und in die Nacht hinauspreschte.

Mir schnürte sich die Kehle zu. *Warum habe ich ihn eingeweiht?* Jetzt hatte ich es geschafft, dass sich auch noch mein anderer Bruder gegen mich wandte. Und dass mein Verlobter Jagd auf ihn und die Rebellen machen würde, während Blayne den Krieg ausrief.

Verschwommen nahm ich eine Bewegung wahr: Ella rannte zur Tür.

»Ella!«

»Tut mir leid, Ryiah.« Ihre Stimme war belegt. »Ich muss versuchen, ihn aufzuhalten.«

Damit war sie verschwunden.

Jetzt waren nur noch meine Eltern und ich übrig.

»Das tut mir alles so unendlich leid«, flüsterte ich.

»Erst Derrick …« Meinem Vater fiel das Sprechen schwer. »Und jetzt Alex.«

Meine Mutter starrte mich nur stumm an, und daran, wie sie die Nägel in ihre Handflächen grub, erkannte ich, dass sie sehr an sich halten musste, um ihre Gedanken nicht laut auszusprechen. Doch ihr Blick sagte mehr als alle Worte. Sie war eine starke Frau, die niemals aufgab, doch das überstieg selbst ihre Kraft.

Meine Eltern konnten nicht mehr. Ich hörte ihren unausgesprochenen Vorwurf: *Ryiah, warum hast du uns das angetan?*

Ich hatte keine Antwort darauf. Es gab nichts, was ich hätte sagen können, um all das Leid auch nur ein wenig erträglicher zu machen, das ich über sie gebracht hatte.

NEUNZEHN

Ich kehrte in den Palast zurück und mein Leben war rot.

Hinter jeder Biegung sah ich Derricks zerschundenes Gesicht; jeder junge Mann in der karmesinroten Kluft der Soldaten war sein Geist. Jeder Fleck auf dem kalten Marmorboden stammte von seinem scharlachroten Blut.

Meine Seele hatte die Farbe dunklen Granats angenommen und der Schattengott zählte meine Tage herunter.

Ich hatte alle verraten: den Jungen, den ich liebte, denn jedes meiner Worte war eine Lüge. Meinen kleinen Bruder, weil ich zu feige gewesen war, die Wahrheit zu sagen. Meinen Zwillingsbruder, weil ich ihm das Herz gebrochen und ihn den Rebellen in die Arme getrieben hatte. Meine Eltern, weil ich auf meinen kleinen Bruder hätte aufpassen müssen und versagt hatte. Und meine beste Freundin, deren Mann sich jetzt der falschen Seite anschloss – und das alles, weil ich die Wahrheit gesagt hatte, statt zum rechten Zeitpunkt zu lügen.

Nichts als Unglück hatte ich über die gebracht, die ich liebte. Und das hatte ich einzig und allein mir selbst zuzuschreiben.

Wie konnte jemand wie ich überhaupt schlafen? Mit der Schuld, die tonnenschwer auf mir lastete, hätte ich mich jede Nacht vor Angst und Verzweiflung hin und her werfen müssen. Doch der Selbsthass half mir. Er lenkte mich von meiner Trauer ab und bewahrte mich davor, endgültig zu zerbrechen. In gewisser Weise machte er mich sogar stark.

Wie betäubt versah ich meine Pflicht.

Mehrere Wochen gingen ins Land, und alle dachten, ich wäre in Trauer. Jeder hatte Verständnis dafür, dass die Schwester des Verräters verzweifelt war. Doch das war ich nicht. Ich weinte mich nicht jede Nacht in den Schlaf … ich fühlte gar nichts. Nur Leere.

Die Flammen der Wandleuchter im Palast tanzten für mich, wenn ich an ihnen vorüberging. Sie verhöhnten mich und winkten mir zu, um mir zu sagen, dass sie mich durchschaut hatten und wussten, dass ich in Wahrheit ein schwarzes Herz hatte.

Ich hätte die Rebellen auffliegen lassen sollen. Wenn schon nicht für Derrick, dann für Alex. Ich hätte zu Blayne gehen sollen. Hätte alles gestehen, um Straffreiheit für Alex bitten und mich selbst in den Kerker werfen lassen sollen. Ich hätte das Leben Tausender Menschen retten können, indem ich Alex und die Rebellen anzeigte.

Doch ich war zu feige, hatte zu viel Angst davor, was es wohl bedeuten würde, wenn der König zu der Einschätzung gelangte, dass Alex ein noch schlimmerer Verräter war als Derrick. Zu viel Angst, einen weiteren Bruder zu verlieren. Zu viel Angst, dass auch *sein* Blut an meinen Händen klebte, also opferte ich durch mein Schweigen die anderen.

Im Totenreich hielten sie mit Sicherheit schon einen Platz im Schlund der Finsternis für mich frei. Es war nur eine Frage der Zeit.

Als Blayne verkündete, dass König Joren unseren Forderungen zugestimmt hatte und seinen Verpflichtungen aus der Neuen Allianz nachkommen wolle, verspürte ich keinerlei Erleichterung. Die Massen jubelten auf dem großen Marktplatz, doch mein Blick blieb starr auf die Dachsparren gerichtet.

Darren hatte Blayne endlich dazu gebracht, die Leichen von Derrick und den anderen toten Rebellen abzunehmen. In der Nacht zuvor waren sie verbrannt worden. *Da* … da hatte ich etwas gefühlt.

»Pythus hat uns vierzig Kriegsschiffe versprochen. Sie stechen in zwei Monaten in See.« Blaynes Worte hallten über die Menge und animierten sie zu Jubelrufen und wütenden Schreien nach Gerechtigkeit. Das Gebrüll von Narren. *Verstehen sie denn nicht, dass das ein einziges großes Blutvergießen bedeutet?*

»Unsere Feinde in Caltoth werden am eigenen Leib erfahren, was es heißt zu leiden. Sie werden Jerars Zorn zu spüren bekommen.« Mit funkelnden Augen stieß der König die Faust in die Luft und der Schwarze Magier stand an seiner Seite. »Als euer König habe ich euch Frieden versprochen. Und für diesen Frieden werden wir kämpfen. Kaiser Liang hat das Bündnis mit uns ebenfalls erneuert. In vierzehn Tagen wird die Vermählung meines geliebten Bruders und seiner Verlobten stattfinden – die zwei größten Kriegsmagier, die unser Land je gesehen hat, als Prinz und Prinzessin vereint. Nie war die Krone mächtiger.«

Darrens Blick fiel auf mich, doch ich wich ihm aus. Und auch sein bedrücktes Gesicht wollte ich gar nicht erst sehen. In mir wütete ein Gefühlschaos und drohte herauszubrechen. Dabei musste ich das alles doch tief in mir verschließen.

Als Blayne mit seinen Ankündigungen fertig war, war ich die Erste, die den Platz verließ.

Dreimal klopfte es an der Tür.

Ich verhielt mich still und tat, als wäre niemand da. Er sollte weggehen. Ich wollte allein sein.

Doch Paige ließ ihn trotzdem ein. Ich hörte, wie sie den Schlüssel im Schloss drehte, ein sonderbares, ernstes Geräusch, das mir in den Ohren wehtat.

Mein Zimmer war eine finstere Höhle. Ich wollte kein Licht, und er unternahm auch keinen Versuch, eines zu entzünden, sondern schob sich neben mich aufs Bett.

»Ich wünschte, es gäbe eine Alternative«, sagte er.

Ich erwiderte nichts, aus Angst, dass sonst alles aus mir herausbrechen würde. Dass ich ihm in der Dunkelheit meine Sünden gestehen würde, und das durfte ich nicht. Sonst würde nur noch mehr Blut vergossen.

»Du hast kein Wort mehr mit mir gesprochen, seit … seit es passiert ist.« Die Verzweiflung war ihm anzuhören und das tat mir weh. »Selbst als Eve und Caine … und mein Vater gestorben sind …« Er schluckte. »So war es nie. Ich weiß, wie sehr du Derrick geliebt hast. Er war der Jüngste von euch und du hast dich für ihn verantwortlich gefühlt.« Darren drehte sich auf dem Bett ein Stück zu mir. »Ich kenne dich, Ryiah. Du gibst *dir* die Schuld. Genau das würde ich auch.«

Ich schwieg beharrlich weiter.

»Du denkst, du hättest es irgendwie verhindern müssen. Aber glaub mir: Jeder muss seine eigenen Fehler machen. Da kann man niemanden davon abhalten … In Demsh'aa haben sie dir Vorwürfe gemacht, stimmt's?«

Stille.

»Alex konnte mich noch nie ausstehen. Bestimmt hat er es so hingestellt, dass ich der Böse bin … Aber wir haben nichts falsch gemacht.«

Ich schon. Ich blinzelte die Tränen weg.

»Wir haben nie darüber gesprochen nach …« Darrens Stimme war nur noch ein Flüstern. »Ich hätte ihn gehen lassen, Ryiah. Mir ist klar, dass das ein Fehler gewesen wäre. Bei den Göttern, nach allem, was die Rebellen getan haben …« Er schwieg eine Weile, dann holte er tief Luft. »Ich schwöre dir, Ryiah, wenn ich geahnt hätte, dass Mira da ist, hätte ich sie aufgehalten. *Für dich.*« Seine Stimme brach. »Keiner sollte mit ansehen müssen, wie der eigene Bruder umkommt.«

Mein Gesicht war ganz nass und meine Hände zitterten in meinem Schoß. Ich schob sie unter die Decke und hielt den Atem an. Wartete darauf, dass er ging.

»Ich wünschte, ich könnte dir helfen. Dir die Last irgendwie abnehmen.« Darren drückte noch einmal mein Handgelenk, ehe er aufstand und ein dunkler Schemen zur Tür glitt.

»Bleib«, wisperte ich.

Die Umrisse seiner Schultern erstarrten, dann hörte ich die leisen Schritte seiner Stiefel, als er zurückkam.

Ich schob mich hoch und kauerte mich gegen das Kopfteil. Ich wollte nicht allein sein. Nicht heute Nacht. Sonst würde ich in den Tränen ertrinken.

Darren schlang die Arme um meine Taille, zog mich mit dem Rücken an sich und hielt mich fest.

Kiefern und Nelken hüllten mich ein und das stete Heben und Senken seiner Brust wiegte mich in den Schlaf.

Das Letzte, was ich hörte, war sein Flüstern.

»Ich liebe dich, Ryiah.«

In den darauffolgenden zwei Wochen fiel mir das Atmen langsam wieder etwas leichter. Ein und aus. Ich schlief in Darrens Armen. Jede Nacht kam er in mein Zimmer und jeden Morgen lag eine gepresste Blüte neben meinem Kopf. Tag für Tag.

Der Prinz war auf dem besten Weg, mir über den Verlust und Schmerz hinwegzuhelfen. Mir zurückzugeben, was Derrick mir in jener Nacht genommen hatte – und Alex an dem Tag, als er sich den Rebellen anschloss.

Darren tat nichts anderes, als mich einfach nur festzuhalten. Doch das bedeutete mir *alles*.

Es war ein Sonnenstrahl in einem Gefängnis aus Eis. Es brachte den Teil von mir wieder zum Vorschein, von dem ich schon gedacht hatte, ich hätte ihn verloren. Und es nahm mir die Furcht, die Zweifel, das Entsetzen und hielt sie auf Abstand.

Und an meinem großen Tag wachte ich auf und war glücklich. Als meine Kammerfrauen im Türrahmen erschienen, lächelte ich. Nur ein klein wenig, nicht mehr als ein kurzes Zucken der Lippen, doch es war echt.

Heute würde ich meinen besten Freund heiraten.

Denn genau das war Darren nach all den Jahren. Ella war meine beste Freundin – Hand in Hand waren wir zusammen an der Akademie durch dick und dünn gegangen, und wer weiß, ob ich es ohne ihre Unterstützung überhaupt geschafft hätte. Doch im letzten Jahr war Darren für mich der wichtigste Mensch geworden. In den dunkelsten Stunden unseres Lebens hatten wir uns gegenseitig Kraft gegeben und uns niemals im Stich gelassen.

Madame Pollina, Celine und Gemma halfen mir beim Baden und gaben reichlich duftendes Rosenwasser und Öle in den Zuber, die meine Haut weich machten und ihr einen zarten Schimmer verliehen. Sie bürsteten mir die Haare und steckten nur ein paar Strähnen am Hinterkopf mit Kupfernadeln zusammen, sodass mir der Rest in sanften Wellen ums Gesicht und über die Schultern floss.

Dann trugen sie ein wenig Rouge auf, um meine schmalen Wangen hervorzuheben, ein bisschen Lippenpomade und einen Hauch dunkles Puder, das meine Augen betonte.

Zuletzt brachten sie mein Kleid, das aus einem hellgelben Seidenrock mit dezenten, quer verlaufenden Rüschen und einem geschnürten Mieder bestand, das mit goldenen und orangefarbenen Perlen bestickt war. So etwas Herrliches hatte ich noch nie gesehen. Es übertraf meine kühnsten Erwartungen und ließ keinen Wunsch offen. Mit den passenden Satinpantoffeln war es einer Prinzessin wahrhaft würdig.

Damit sie mir besser in das Kleid hineinhelfen konnten, musste ich mich auf einen niedrigen Hocker stellen. Während sie mir das Mieder schnürten, hielt ich die Luft an und betrachtete in dem goldgerahmten, edelsteinbesetzten Spiegel meine nackten Arme.

Erst dann las ich seinen Brief:

»Dieses Kleid erinnert mich an den Wintersonnwendball in unserem zweiten Jahr an der Akademie. Du hattest bloße Arme, und Priscilla meinte, das würde gewöhnlich aussehen … Ella hat mich gefragt, was ich davon hielte, und ich sehe noch immer dein Gesicht vor mir, als ich nichts darauf erwidert habe. Aber du sollst wissen, Ryiah, dass du wunderschön darin warst. So bezaubernd, dass ich den Blick nicht von dir losreißen konnte und dich einfach zum Tanzen auffordern MUSSTE. Auch wenn ich wusste, dass uns das nichts als Ärger und Liebeskummer einbringen würde, so war es doch die beste Nacht meines Lebens. Deshalb möchte ich, dass du heute, an dem Tag, an dem du meine Frau wirst, genau so ein Kleid trägst.«

»Nicht weinen!« Celine schnappte mir die Karte weg, ehe ich sie noch einmal lesen konnte. »Ihr seid doch schon geschminkt.«

»T-tut mir leid«, stotterte ich, auch wenn das gar nicht stimmte. Nicht, nachdem ich diesen Brief gelesen hatte.

Meine Augen schwammen noch immer. Behutsam tupfte ich mir die Tränen mit den Fingerspitzen aus dem Augenwinkel und betrachtete mich blinzelnd im Spiegel.

Und da sah ich es.

Was mir die ganze Zeit entgangen war. Was ich bis zu dem Moment, als die cremegelbe Seide meines Kleides im Licht glänzte, übersehen hatte.

»Könnte ich vielleicht ein paar Minuten für mich haben?«, bat ich mit heiserer Stimme. »Allein?«

»Mylady, uns bleibt nicht mehr viel Zeit bis zur Zeremonie!«

»Bitte.« Ich rang nach Atem und meine Finger zitterten. In der Hoffnung, dass niemand es merkte, krampfte ich die Hände zusammen.

Mit einem Seufzen gab Madame Pollina meinen Kammerfrauen ein Zeichen zu gehen und zog die Tür hinter sich zu, um kurz darauf noch einmal den Kopf hereinzustecken. »Zehn Minuten, Mylady.«

Ich wartete, bis das unbekümmerte Geplapper der drei auf dem Gang verklungen war, und warf wieder einen Blick auf mein Kleid. *Gelbe Seide.*

Dann schloss ich die Augen und ließ die Erinnerung kommen.

Ein verängstigtes Mädchen, nicht älter als sechs Jahre, das an einem gelben Seidenband herumspielte, mit dem ihr schwarzer Lockenschopf zusammengebunden war.

Ein Mann, der seiner Tochter nicht im Geringsten ähnlich sah, schleifte sie bei der Kandidatur hinter sich her über die Tribüne bis vor den Kronprinzen.

Der schwarzhaarige caltoth'sche Gesandte, der das Schauspiel mit hasserfüllter Miene und geballten Fäusten verfolgte.

Und dann Blaynes Stimme: *»Ach, Vater, jeder weiß doch, dass sich die Adligen auf ihren Reisen gern ein oder zwei Geliebte nehmen, auch wenn sie verheiratet sind. Wie heißt es so schön: In jedem Hafen eine Geliebte.«*

Die Frau, die wir in der Ausbildung aus Dastan's Cove entführt hatten.

Lady Sybil, die die Rückkehr ihres Ehemanns erwartete.

Ich sprang von dem kleinen Schemel und presste die Handflächen gegen die Wand. Das durfte nicht wahr sein! Nicht jetzt. Nicht so.

Doch nun, da die Pforten erst einmal geöffnet waren, stürmten die Erinnerungen mit aller Macht auf mich ein. Die Frau hatte eine dreijährige, schwarz gelockte Tochter gehabt. Das war jetzt drei Jahre her.

Die Mutter, die eine blasse Seidenschleife am Kleid des Kindes wieder zuband.

Die kleine Tamora, die dem Mädchen auf der Tribüne wie aus dem Gesicht geschnitten war. Dieselben blauen Augen, das richtige Alter, die Vorliebe für Seide. Schwarze Haare wie ihre Mutter. Gelockt wie Lord Tyrus. Die blauen Augen, die sie von beiden hatte.

Der unbändige Zorn in seinem Gesicht …

Das konnte nicht Baron Cyr gewesen sein. Die anderen Honoratioren hätten ihn erkannt …

War Lord Tyrus Lady Sybils Geliebter?

War Tamora seine Tochter?

Eiskalt durchzuckte es mich. *Hatte Blayne es gewusst?*

Aber *woher?*

Und dann fiel es mir wieder ein.

Flint. Der caltoth'sche Überläufer, der zuvor als Wachmann bei Lady Sybil gedient hatte. Er hatte für uns eine Karte von Dastan's Cove angefertigt und kannte sich bestens auf Baron Cyrs Stammsitz aus. Und der Baron war immer viele Monate auf See.

Master Byrons Worte kamen mir wieder in den Sinn: *»Ihr habt Glück. Kommandant Chen hat soeben einen Befehl der Krone erhalten.«*

Und dann Miras Drohung, als sie uns gesagt hatte, dass wir »*kein Wort über unsere Mission verlieren dürften. Niemals. Außer mit der ausdrücklichen Erlaubnis des Königs.*«

Die Krone hatte eine Entführung angeordnet, doch auf wessen Geheiß? König Lucius'?

»*Nach meiner Rückkehr in den Palast habe ich meinen Vater darauf angesprochen*«, hatte Darren gesagt. »*Er meinte, er könne sich nicht erinnern.*«

Was, wenn der König sich deshalb nicht erinnern konnte, weil er den Befehl gar nicht erteilt hatte?

Blayne und Darren hatten ihren Vater gehasst. Doch Blayne … Blayne hatte noch viel länger unter ihm gelitten.

Der Kronprinz lächelte mich sarkastisch an. »Als sein Nachfolger ist es weitaus schwieriger, ihn zu beeindrucken. Darren war nicht immer da. Irgendwann hörte es dann auf.«

War Blayne der Drahtzieher? Hatte er das alles von langer Hand geplant?

Eine geheime Mission im Auftrag der Krone, von der niemand etwas wusste. Hatte Blayne etwa die Geliebte und die Tochter des obersten caltoth'schen Abgesandten entführen lassen? Um dann Lord Tyrus mit seinem Kind zu erpressen?

Hatte man das Mädchen deshalb zur Kandidatur mitgeschleppt? Damit der Lord es sehen konnte, als Mahnung? Ein Versprechen, sie am Leben zu lassen, wenn er im Gegenzug einen Mord beging? Den König inmitten eines Saals voller Soldaten, Ritter und mächtiger Magier erdolchte? Dem Mann war vollkommen bewusst gewesen, dass es für ihn kein Entkommen gab.

»Für Caltoth!«, hatte er gerufen, um auch wirklich allen, vor allem den Abgesandten der anderen Nationen, klarzumachen, dass es sich um einen caltoth'schen Anschlag und damit den schwerstmöglichen und endgültigen Vertragsbruch handelte.

Niemand wäre in der Lage, einen Zusammenhang zwischen Lord Tyrus und Baron Cyrs entführter Frau nebst Tochter herzustellen. Keiner hatte gewusst, dass Lady Sybil einen Geliebten hatte. Bis auf einen treulosen Wachmann, dem es zugleich gelungen war, unbemerkt jeden Winkel des Stammsitzes auszukundschaften. Der möglicherweise Zeuge geworden war, wie Lord Tyrus bei der Edeldame ein und aus ging, während ihr Ehemann fort war.

Vielleicht war Flint einer derer, die König Lucius angeheuert hatte, um die Überfälle auf die Grenze zwischen unseren Ländern zu inszenieren.

Möglicherweise haben Kommandantin Nyx und König Horrace gar nicht gelogen. Genauso wenig wie Derrick.

Und vielleicht hatte Blayne keine Lust mehr gehabt, im Schatten seines grausamen Vaters zu stehen, und deshalb auf der Suche nach irgendetwas, das er sich zunutze machen konnte, Flint bestochen, damit er ihm alles verriet, was er wusste. Jedes noch so kleine Geheimnis der Caltothen. *Denn vielleicht hatte sein Vater ihn in die inszenierten caltoth'schen Angriffe eingeweiht.* Schließlich war Blayne all die Jahre zu König Lucius' Nachfolger aufgebaut worden. *Warum sollte der König sein Geheimnis nicht mit seinem Thronfolger teilen?*

Und vielleicht hatte Blayne einen Magier gebraucht, um seine Mission zu vollenden. Keinen Kommandanten, nicht den damals amtierenden Schwarzen Magier Marius, sondern die von Neid zerfressene Schwester. Mira. Deren bedingungsloses Machtstreben ungebrochen war. Die nach jedem Strohhalm griff, um endlich aus dem Schatten ihres mächtigen Bruders zu treten. *Um sich über ihn zu erheben.*

Wie eine Heldin war sie eingeschritten, um den Mörder des Königs zu töten. Es war so einfach gewesen. So ungemein praktisch. Damit hatte sie sich die Stelle als oberste Magierin im königlichen Regiment redlich verdient. Blaynes rechte Hand in allem, was im Palast vor sich ging.

Mit der Erpressung von Lord Tyrus hatte Blayne zwei Fliegen mit einer Klappe geschlagen:

Erstens: *seinen Vater aus dem Weg geräumt.* Den Mann, der ihn jahrelang gequält hatte. Der aus einem lieben kleinen Kerl ein Monstrum gemacht hatte.

»Ihr seht die beiden Prinzen so, wie sie jetzt sind. Als junge Männer«, hatte Benny gesagt. *»Damals waren sie völlig anders.«*

Und zweitens: die anderen Herrscher überzeugt, dass Caltoth mit dieser unbestreitbaren Tat den Großen Kompromiss endgültig gebrochen hatte. Die Ermordung der pythischen Prinzessin war ein willkommener zusätzlicher Schlag für den besonnenen König Joren, der sich in diesem Konflikt nur widerstrebend auf eine Seite ziehen ließ.

Natürlich war da noch der Giftanschlag auf Blayne. Aber wenn der nur vorgetäuscht war? Was, wenn einer der Heiler bereits ein Gegenmittel bereit gehalten hatte?

Normalerweise benötigte ein Heiler mehrere Minuten, um die Symptome eines unbekannten Gifts zu identifizieren – kostbare Zeit. Und noch länger dauerte es, die richtige Mixtur aus Magie sowie Kräutern und Pulvern, die man gerade zur Hand hatte, herzustellen. Ich hatte zugesehen, wie sehr die Heiler bei der Kandidatur ins Schwitzen geraten waren, um rechtzeitig den passenden Zaubertrank für die Leiden ihrer Probanden zusammenzubrauen. Und dazu hatten sie eine knappe Stunde gebraucht.

Der Kronprinz dagegen war innerhalb von zwanzig Minuten geheilt worden.

Ich sank zu Boden.

Obgleich Blayne sich das gesamte letzte Jahr sehr ins Zeug gelegt hatte, um mein Vertrauen zu gewinnen, waren bei mir immer Zweifel geblieben.

Doch als er mir einen Einblick in seine Vergangenheit gewährt hatte, war ich unachtsam geworden. *Die besten Lügen sind die, die einen wahren Kern haben.*

Aber warum hatte er nicht versucht, auch mich aus dem Weg zu räumen? Warum hatte er nicht versucht, sich des verhassten Mädchens zu entledigen, und seinen Bruder stattdessen gezwungen, Priscilla zu heiraten?

Der Kronprinz hatte mich vom ersten Moment an nicht ausstehen können. Sobald er im zweiten Jahr bei der Magierweihe mitbekommen hatte, wie Darren mich ansah –

Dann hielt ich inne. *Darren.* Das war der Schlüssel.

»Darren ist der einzige Mensch«, hatte Benny gesagt, *»der ihm wichtig ist – also mal abgesehen von ihm selbst natürlich.«*

Blayne hatte es nicht übers Herz gebracht. Nicht nachdem er mitgekommen hatte, wie sehr Darren sich ins Zeug gelegt hatte, um seinen Vater mittels einer List dazu zu bringen, mich als seine Verlobte zu akzeptieren. Eine Vernarrtheit, die er nicht einfach so beiseitewischen konnte. Aber Liebe? So sehr Blayne mich auch hasste, die Liebe zu Darren war stärker. Zu dem kleinen Bruder, der sich immer wieder gegen den Vater aufgelehnt hatte, um ihn vor dessen Schlägen zu schützen.

Wahrscheinlich hatte er das Gefühl, in Darrens Schuld zu stehen. Also hatte er mich in seinen Plan integriert. Er hatte die Strategie gewechselt und mir seine verwundbare Seite gezeigt, die Grausamkeiten seines Vaters schamlos ausgenutzt, um Mitleid zu schinden und mich auf seine Seite zu ziehen.

Alles nur, um seine Intrigen weiterzuspinnen. Wie hatte Blayne so schön gesagt: »*Die zwei größten Kriegsmagier, die unser Königreich je gesehen hat. Nie war die Krone mächtiger.*«

Die ganze Zeit hatte er an seiner uneingeschränkten Herrschaft gearbeitet, am Ausbau seiner Macht.

Schwer atmend legte ich die Stirn an die Wand meiner Kammer und kniff die Augen zu, während Übelkeit in mir hochstieg.

Derrick.

Als der Schrei mich zerriss, presste ich mir die Faust so fest vor den Mund, dass die Zähne Abdrücke in meiner Haut hinterließen. Er war so lang und laut, dass ich mir, um ihn irgendwie zu ersticken, auch noch die andere Hand über den Mund schlug, bis ich Blut auf der Zunge schmeckte. Heißes Metall, das mich innerlich zerfraß.

Derrick.

Ein Schrei nach dem anderen erschütterte mich, bis mich alle Kraft verließ und meine Arme und Hände schlaff auf dem kalten Marmorboden lagen.

Ich habe ihn sterben lassen. Ich habe zugelassen, dass er umkommt, dabei hätte ich ihm zur Flucht verhelfen können. Immerhin war ich die zweitbeste Kampfmagierin des Königreichs. Ich hätte es mit einer ganzen Mannschaft von Wachleuten aufnehmen können. *Warum habe ich nichts unternommen?*

In der allerersten Nacht nach seiner Gefangennahme hätte ich ihn retten können. Natürlich hätten sie mich erwischt und in eine Zelle geworfen, um dort jämmerlich zu verrotten. Aber Darren hätte Blayne überredet und mich vor dem Tod bewahrt.

So wie *ich* meinen Bruder vor dem Tod bewahrt hätte.

Stattdessen hatte ich ihn des Verrats bezichtigt und ihm vorgeworfen, dass er mir nicht die ganze Wahrheit über seinen Auftrag erzählt hatte. Wieso sollte er auch? Er hatte gewusst, dass der Krone nicht zu trauen war. Er hatte zwar den Falschen verdächtigt, doch weit hatte er nicht danebengelegen.

Warum habe ich nicht auf ihn gehört? Die Lösung war die ganze Zeit direkt vor meiner Nase gewesen.

Blayne war durch und durch böse. Was er um ein Haar Ella angetan hatte, wie er mit mir umgesprungen war, als er noch dachte, ich wäre für seinen Bruders nichts als ein kleiner Zeitvertreib …

Ich hatte es immer gewusst. Ich hatte es gewusst und dennoch weggesehen. Weil er sich mir als Opfer präsentiert hatte. Und in meiner Naivität hatte ich zugesehen, wie aus dem bösen Wolf ein Opferlamm geworden war, und hatte nie ernsthaft hinterfragt, ob er nicht vielleicht beides war. Weil kein Mensch gut und böse zugleich sein konnte.

Weißt du denn nicht, kleines Mädchen, dass die Welt nicht nur schwarz und weiß ist, sondern es dazwischen alle möglichen Grauschattierungen gibt?

Ich war eine der wenigen, die an dieser Mission in Caltoth beteiligt gewesen waren, und ich war die *Einzige,* die Tamora in Montfort auf der Tribüne bemerkt hatte. Ich hatte sogar gesehen, wie der caltoth'sche Gesandte sie und den Prinzen angestarrt hatte. Niemand außer mir hätte diese beiden Indizien in Verbindung bringen können.

Ich hatte meinen kleinen Bruder zum Tode verurteilt. Meine Familie hatte recht, dass sie mich hasste. Ich hasste mich ja selbst.

Was ich nach seinem Tod durchgemacht hatte – die unsägliche Trauer, die Qualen, die Wut und die Selbstgeißelung, die Schuldgefühle – das alles war nichts im Vergleich zu dem hier.

Doch eines war auch komplett anders. Denn diesmal durfte ich nicht das Opfer sein. Durfte nicht das kleine Mädchen sein, das die Augen vor der Welt verschloss. Ich konnte mir keine Schwäche leisten. Ich musste etwas unternehmen. Und ich wusste genau, was ich zu tun hatte.

Nämlich Darren und Marius davon abhalten, herauszufinden, wer die Rebellen waren. Blayne hatte die beiden damit beauftragt, Untersuchungen anzustellen, und meine Aufgabe bestünde nun darin, sie zu sabotieren.

Außerdem musste ich den Beweis finden, nach dem die Rebellen suchten, um den Krieg doch noch irgendwie zu verhindern.

Es galt, so viele Informationen wie nur möglich zu sammeln. Meine Stellung in der Königsfamilie ermöglichte mir den Zugang zu allem Möglichen, was bei jedem anderen Fragen aufgeworfen hätte. Mehr als einmal hatte ich meine Loyalität unter Beweis gestellt – sogar Blayne war sich mit Darren darin einig gewesen, dass ich kein Rebell war, keine Bedrohung. *Doch nun lagen die Dinge anders.*

Ich musste den pythischen Gesandten überzeugen, den Verpflichtungen aus dem Bündnis mit Jerar nicht nachzukommen. Er hatte mit eigenen Augen gesehen, wie ich versucht hatte, seiner Nichte das Leben zu retten; er hatte meinem Verhandlungsgeschick Respekt gezollt – er musste König Joren umstimmen.

Und dann würde ich mir etwas einfallen lassen, um dem König von Jerar Einhalt zu gebieten.

Meine Finger schlossen sich um den Dolch, der sich innerhalb von Sekundenbruchteilen materialisiert hatte.

Ich könnte ihn jetzt gleich töten. Darren wäre nicht in der Lage, mich aufzuhalten. Er wäre völlig unvorbereitet, unfähig, seinen Bruder zu schützen …

Heiße Wut brodelte in meinem Bauch und wollte sich ihren Weg an die Oberfläche freibrennen, tödlicher Zorn streckte seine Fangarme nach meinem Herzen aus. Meine Faust umklammerte die Klinge so fest, dass Blut über mein Handgelenk lief und kleine rote Tropfen auf meinen Rock sickerten.

Es wäre so leicht. Ich könnte es tun.

Aber es ging nicht. Und zwar aus demselben Grund, aus dem Blayne mich nicht töten konnte.

Darren.

Darren hatte keine Ahnung von alledem. Er wusste nichts von Blaynes Machenschaften. Er wusste nicht, wozu sein Bruder fähig war. Dass er ein Feuer gelegt hatte, nur um die Welt brennen zu sehen.

Alles, was er wusste, war, dass er ihn liebte. Dass er mit angesehen hatte, wie Blayne unter den Misshandlungen litt, immer und immer wieder, und dass es an ihm lag, ihn zu beschützen. Lucius hatte Darren zu Blaynes rechter Hand gemacht.

So krank Lucius auch war, war er doch zugleich unglaublich raffiniert gewesen. Die sicherste Methode, seinen Sprösslingen den Machterhalt zu garantieren, bestand darin, die beiden Brüder in unverbrüchlicher Loyalität zu verbinden, und was eignete sich besser dazu, sie zu einen, als Angst und Hass? Lucius hatte einen Tyrannen und seine rechte Hand herangezogen.

Ich hatte um das Leben meines kleinen Bruders gebettelt und gefleht und allem besseren Wissen zum Trotz gehofft, Blayne wäre nicht wie sein Vater.

Und das stimmte auch.

Denn Blayne war noch viel schlimmer.

Meine Kammerfrauen kehrten zurück, um vor der Zeremonie letzte Hand anzulegen. Pollina war außer sich, als sie die frischen Blutflecke auf meinem Rock und an meiner Hand sah.

Ich machte ihnen weis, ich wäre gestürzt, weil das Mieder zu eng geschnürt war – schließlich hatten sie mich ja auf dem Boden gefunden. Die Tränen in meinen Augen? Kamen daher, dass ich keine Luft mehr bekommen hatte.

Ich war einfach nur ein verzagtes Mädchen, das gleich den Jungen seiner Träume heiraten würde.

Obwohl alles in mir schrie.

Du wirst ihn verlieren.

Sobald mir der Gedanke in den Sinn gekommen war, wusste ich, dass es stimmte.

Ich konnte es ihm nicht erzählen. Selbst wenn Darren mir glauben würde, würde er darauf bestehen, seinen Bruder mit den Anschuldigungen zu konfrontieren, und der war nun mal der König. Ehe ich mich's versah, würde Blayne mir den Kopf abschlagen lassen. Gegen ein paar Soldaten oder sogar Magier hätte ich mich vielleicht zur Wehr setzen können, aber gegen eine ganze Armee?

Und welche Beweise hatte ich in der Hand? *Nichts.* Keine Dokumente, keinen Zeugen, nichts als meine Erinnerung an ein Mädchen mit einem gelben Band im Haar.

Darren hatte die Kleine auf der Tribüne gar nicht gesehen. Nur den Gesandten.

Alles andere waren nur weit hergeholte Schlussfolgerungen, die wie das wirre Gebrabbel einer Irren klangen, die den Namen ihres Bruders um jeden Preis reinwaschen wollte.

Und Blayne war *sein* Bruder. Darren wäre nicht in der Lage, ihm etwas zu verheimlichen oder sich gegen ihn zu stellen. Selbst als ich geglaubt hatte, Derrick wäre imstande, Tausende Menschenleben zu riskieren, hatte ich ihn dennoch entkommen lassen. Ich hatte zu meinem Bruder gestanden.

Und Darren würde zu seinem stehen.

Ich würde Darren verlieren. Indem ich dieses Geheimnis für mich behielt, indem ich eine Verräterin wurde, indem ich die Krone auf die übelste Weise hinterging, würde ich alles verlieren. *Aber manchmal muss man Opfer bringen.*

Und der Preis, den *ich* zahlen musste, war Darren.

Ich würde ihn beschützen. Vor den Rebellen. Vor Blayne. Vor sich selbst – nur nicht vor meinen Lügen. Und wenn das alles hier vorbei war, wenn sein Bruder in Ketten lag und das Land sicher vor der Tyrannei seiner Familie war, dann würde ich vor ihm auf die Knie fallen und ihn um Vergebung anflehen.

Und vielleicht könnten wir irgendwann dieser Junge und dieses Mädchen sein, von denen er gesprochen hatte, und das alles hinter uns lassen.

Mein Kleid funkelte im Sonnenlicht, als ich den Zeremoniensaal betrat – ein buttergelbes Leuchten gepaart mit scharlachroten Locken und Augen grau wie Stahl.

Hoch erhobenen Hauptes schritt ich an den Reihen entlang auf den Priester zu, den Blick starr auf den Gobbelin hinter ihm gerichtet, der einen König auf einem goldenen Thron mit einem Hämatit-Anhänger um den Hals zeigte. Zu seiner Rechten stand ein Mann in kostbaren schwarzen Gewändern: sein Schwarzer Magier.

Der König und seine rechte Hand. Blayne und Darren.

Meine Pantoffeln glitten über den weichen Teppich, mit dem der Mittelgang ausgelegt war, und erst als ich ganz vorne angekommen war, erlaubte ich mir einen Blick nach links zu Darren.

Tintenschwarze, kinnlange Locken und granatrote Augen – alles, was ich je geliebt hatte. In seiner Magierrobe. Genau wie auf dem Wandbehang.

Er streckte mir die Hand entgegen, als ich das Podest erklomm, und in seinem Blick lag so viel Gefühl.

Dann begann der Priester mit der Zeremonie. Fast schon zusammenhangslos brabbelte er vor sich hin, weiter und immer weiter. Irgendwann hielt er inne, tunkte seinen Daumen in eine Schale blutroten Weins und machte erst mir und dann Darren ein Zeichen auf die Stirn. Dazu sprach er ein Gebet.

Mein Blick huschte zum König, der unterhalb des Podiums stand – ein grausames Lächeln auf den Lippen, seine Seele besudelt vom Blut hunderter Menschen. All jener, die im Namen der Krone ihr Leben gelassen hatten.

Ich verstand nicht, wie ich zuvor so blind hatte sein können. Es war dasselbe Lächeln, das ich im letzten Jahr zahllose Male gesehen hatte, nur dass ich jetzt hinter die Fassade blickte und seinen wahren Charakter erkannte.

Die Hinterhältigkeit. Die Korruptheit. Die Gier.

»Wollt Ihr, Darren, Prinz von Jerar und Schwarzer Magier der Krone, die hier anwesende Magierin Lady Ryiah von Demsh'aa annehmen als Eure Frau, sie lieben, achten und ehren, bis dass der Tod Euch scheidet?«

»Ja, ich will.« Laut und deutlich hallte Darrens Stimme durch den Saal. Was er mir danach zuflüsterte, riss mich einen Moment lang aus meinen düsteren Gedanken und brach mir das Herz: »Für immer und ewig.«

»Und so frage ich Euch, Lady Ryiah von Demsh'aa, wollt Ihr Darren, den Prinzen von Jerar und Schwarzen Magier der Krone, annehmen als Euren Mann, ihn lieben, achten und ehren, bis dass der Tod Euch scheidet?«

Meine Hände zitterten, als ich langsam den Blick hob und dem Jungen in die Augen sah, den ich hintergehen würde.

»Ja, ich will.«

DANKSAGUNG

Es gibt unheimlich viele Leute, bei denen ich mich für die großartige Unterstützung auf dieser Reise bedanken muss und möchte. Anfangs war ich mir gar nicht so sicher, ob sich überhaupt jemand für die verrückten Figuren in meinem Kopf interessieren würde – tausend Dank dafür, dass ihr den Beweis angetreten habt, dass ich mich geirrt habe.

Als Allererstes (denn ihr kommt immer ganz vorne!) danke ich meinen Lesern. Diese Reihe markiert den Beginn meiner Fulltime-Karriere als Autorin und auf diesem Weg war mir euer positives Feedback eine große Stütze. Hiermit verspreche ich feierlich, weiterhin für euch zu schreiben, und sage danke, dass ihr mir geholfen habt, meinen Traum wahrzumachen. Danke auch an all jene, die keine Rezensionen schreiben, sondern einfach nur Bücher kaufen und verschlingen – mit eurer Freude am Lesen verleiht ihr uns Autoren Flügel.

Wie immer haben auch meine FAMILIE, FREUNDE und meine AUTORENGRUPPE eine große Rolle gespielt, genauso wie das spitzenmäßige Team von Hot Tree Editing und mein COVERILLUSTRATOR (Milo).

Zuletzt ein dickes Dankeschön an meine TESTLESER COURTNEY HOOVER, TIFFANY KIMBRELL und SHAWN HOWZE dafür, dass sie sich, obwohl sie selbst viel um die Ohren haben, die Zeit genommen haben, all die Buchstabendreher und kleinen Fehlerchen zu entdecken, die mir entgangen sind. Das war ganz großes Kino, dass ihr mir bei der knappen Deadline aus der Klemme geholfen habt!